ENIGMA

LOS | IMPERDIBLES

ISABELLA MALDONADO

ENIGMA

Traducción de Begoña Prat

DUOMO EDICIONES
Barcelona, 2023

Título original: *The Cipher*

© 2020, Isabella Maldonado.
  Publicado gracias al acuerdo con Amazon
  Publishing, www.apub.com, en colaboración
  con la Agencia Literaria Sandra Bruna.
© 2023, de esta edición: Antonio Vallardi Editore S.u.r.l., Milán
© 2023, de la traducción: Begoña Prat Rojo

Todos los derechos reservados

Primera edición: mayo de 2023

Duomo ediciones es un sello de Antonio Vallardi Editore S.u.rl.
Av. Riera de Cassoles, 20, 3.º B. Barcelona, 08012 (España)
www.duomoediciones.com

Gruppo Editoriale Mauri Spagnol S.p.A.
www.maurispagnol.it

ISBN: 978-84-18538-92-6
Código IBIC: FA
DL: B 6.871-2023

Diseño de interiores:
Agustí Estruga

Composición:
Grafime Digital S. L.

Impresión:
Grafica Veneta S.p.A. di Trebaseleghe (PD)

Impreso en Italia

Para Mike,
la otra mitad de mi corazón.
Te quiero.

1

Hace diez años
Tribunal de Distrito de Menores y de Relaciones Familiares
del condado de Fairfax, en Virginia

Nina Esperanza observó al hombre en cuyas manos estaba su destino. El juez Albert McIntyre revisaba detenidamente y en silencio los documentos que le habían presentado. Nina se obligó a dejar de agitar la pierna debajo de la larga mesa de roble y adoptó lo que esperaba que pareciera una expresión educada y respetuosa. Una vez entregado el papeleo, y después de que hubiera terminado el testimonio, solo quedaba esperar el veredicto.

El juez dejó de leer y la sopesó con la mirada antes de hablar.

—Estoy listo para fallar sobre su petición al tribunal, pero antes quiero asegurarme de que es consciente de las consecuencias de esta decisión. Este fallo no podrá revocarse. A partir de ahora, la responsabilidad de todos sus actos o de los acuerdos a los que llegue recaerá únicamente en usted.

El tutor *ad litem* de Nina, Cal Withers, se metió un dedo por el cuello de la camisa.

—Mi clienta acepta los términos, señoría.

Withers era el abogado designado por el tribunal para representar los intereses de Nina. Al tener solo diecisiete años, esta no podía hacer una solicitud al tribunal por sí sola. El pelo canoso de Withers, las arrugas marcadas en su piel y su eficacia sosegada daban fe de su experiencia. Su expresión de inquietud reflejaba los años que llevaba lidiando con un sistema de tribunales de menores que tanto podía hacer justicia como no, dependiendo de las circunstancias.

El juez miró un instante a Withers antes de dirigir sus siguientes palabras a la chica cuya vida estaba a punto de cambiar de manera irrevocable.

—Entiendo las razones que la han llevado a solicitar a este tribunal la emancipación. Sobre todo dadas sus circunstancias actuales.

Las pocas personas a las que se les había permitido asistir a la vista a puerta cerrada se removieron en sus asientos, pero Nina se negó a encogerse en su silla. Después de lo que había pasado, se había prometido a sí misma que nunca volvería a entrar en el sistema. Si el juez no fallaba en su favor, volvería a escaparse. Y, esta vez, nadie la encontraría hasta que hubiera cumplido dieciocho años.

—Ha demostrado que puede usted mantenerse por sí misma —continuó el juez McIntyre—, pero ¿cuáles son sus planes de ahora en adelante? ¿Tiene alguna meta para el futuro?

Withers tomó la palabra antes de que Nina pudiera contestar:

—Señoría, la documentación que hemos presentado muestra que la Universidad George Mason ha concedido a mi clienta una admisión anticipada. También le han concedido una beca y una asignación económica para costear sus estudios. Tiene un trabajo a tiempo parcial y vivirá en una residencia del campus, donde…

El juez alzó una mano que mostraba manchas de la edad.

—Me gustaría que la joven hablara por ella misma.

Withers había intentado intervenir, evitarle ese momento. La trabajadora social y él la habían aconsejado antes de la vista. Si el juez le preguntaba por sus proyectos profesionales, le habían sugerido que diera un emotivo discurso en el que explicara que se había planteado ser enfermera, profesora de guardería o ingresar en el Cuerpo de Paz. Técnicamente, no era mentira. Lo cierto es que Nina se había planteado esas opciones. Durante un nanosegundo, más o menos. Luego se había dado cuenta de lo que debía hacer con el resto de su vida. Pero ¿aceptaría el juez su decisión?

Por debajo de la mesa, Withers le dio un toque con el pie. Nina sabía lo que él quería que dijera. Por otra parte, ella nunca había hecho nada solo porque alguien se lo pidiera. Probablemente esa era una de las razones por las que había ido rebotando de un hogar de acogida a otro.

Al final tomó una decisión, se irguió en la silla y optó por decir la verdad.

—Voy a matricularme en el programa de justicia penal en la Universidad George Mason y después de graduarme ingresaré en el cuerpo de policía, me abriré camino hasta llegar a ser inspectora y dedicaré el resto de mi carrera a meter entre rejas a los monstruos que abusan de los niños.

Withers se frotó la cara con la palma de la mano. La trabajadora social meneó la cabeza.

Nina ignoró sus reacciones y centró su atención en el juez.

—¿Le parece que mi futuro está suficientemente planificado?

El juez McIntyre entornó los ojos.

—¿Seguirá yendo a terapia?

—Sí, señor.

—Las circunstancias la han llevado a convertirse en alguien muy independiente pese a su corta edad, señorita Esperanza —dijo el juez—. Pero tiene que aceptar la ayuda de los demás cuando la necesite. No lo olvide.

Se hizo el silencio en la sala. Todos los ojos estaban clavados en el juez. A la espera.

La tensión se acumuló en Nina hasta alcanzar su punto álgido. ¿Acaso lo había hecho dudar de que fuera capaz de lidiar con lo que le había ocurrido? Contuvo el aliento.

Al cabo de una eternidad, el juez rompió el silencio con su voz grave:

—Voy a concederle su petición.

Nina soltó un largo suspiro.

—Ahora, en lo que respecta al otro asunto. —La sonrisa se congeló en los labios de Nina mientras el juez continuaba en tono sombrío—: La petición para cambiar de nombre. —Sostuvo entre las manos un documento notarizado—. Solicita usted cambiar su apellido, Esperanza, para pasar a llamarse Nina Guerrera. Según este documento, desea cambiarse el nombre en lugar de seguir utilizando el que se le ha asignado. Es algo que podría hacer cuando cumpla los dieciocho; ¿a qué vienen las prisas?

Withers tomó la palabra:

—Señoría, fue la trabajadora social asignada originalmente al caso la que dio a mi clienta su actual nombre legal cuando quedó claro que era poco probable que se produjera... una adopción —concluyó al tiempo que le lanzaba a Nina una mirada de disculpa.

Ella bajó la vista hacia sus manos entrelazadas. De pequeña nunca había sido una de esas niñas con el pelo rubio ensortijado y vivaces ojos azules. No tenía la piel de porcelana ni las mejillas rosadas. Los trabajadores sociales nunca se referían a ella con los términos «adorable» o «tímida». En lugar de eso, Nina oía que las conversaciones relacionadas con ella incluían palabras como «obstinada» y «terca». Puede que en esa época no entendiera por completo el significado, pero sabía que estos términos (junto con su pelo moreno, los ojos marrones y la piel oscura) la diferenciaban de las demás niñas. Las niñas a las que adoptaban.

Withers se apresuró a romper el incómodo silencio:

—Mi clienta no pudo expresar su opinión entonces y cree que el momento de su emancipación de la tutela legal de la mancomunidad de Virginia es la oportunidad perfecta para escoger un nombre que refleje su nuevo camino en la vida.

El juez arqueó una ceja canosa en dirección a ella.

–¿Su nuevo camino en la vida?

Ella alzó la cabeza y le sostuvo la mirada.

–¿Habla usted español, señoría?

–No.

Ella inspiró hondo. Lo mejor era que se lo explicara todo.

–Conseguí localizar a la primera trabajadora social que se ocupó de mi caso cuando entré en el sistema hace diecisiete años.

La expresión del juez se tornó sombría.

–Estoy al tanto de las... circunstancias.

«Circunstancias». Un término neutro y aséptico pensado para proteger sus sentimientos. Lo más probable era que el juez tuviera la impresión de estar siendo amable, pero no podía disfrazarlo.

Con tan solo un mes de edad, la habían tirado a un contenedor para que se muriera.

Nina se tragó el nudo que tenía en la garganta y continuó:

–Se llama Myrna Gonzales. Me contó que en un principio se referían a mí como «niña desconocida» y, como quería que tuviera un nombre étnicamente adecuado, me llamó Nina, la versión inglesa de «niña». También deseaba que yo fuera una de esas niñas que tenían un final feliz, que me adoptara una familia cariñosa, por eso me llamó Esperanza. –El nudo en la garganta era cada vez mayor, de modo que casi no le salieron las últimas palabras–: No conseguí tener un final feliz.

–No –convino el juez McIntyre–. No fue así.

No se mostró condescendiente, cosa que ella agradeció.

–Pero ¿por qué Guerrera? –quiso saber.

–Es el término femenino para «guerrero», en español.

El juez se tomó un momento para digerir las palabras de la chica antes de que la comprensión se reflejara en sus ojos.

–Guerrera.

Nina inclinó la cabeza.

–He renunciado a la esperanza –dijo en voz baja, y luego levantó la barbilla–. A partir de ahora, lucharé.

2

En la actualidad
Parque del lago Accotink, Springfield, en Virginia

Ryan Schaeffer aplacó su entusiasmo. Debía mantener la concentración. Le había costado mucho prepararse para llegar a ese momento. El sol de última hora de la tarde se derramaba entre la densa vegetación de las copas de los árboles, moteando la pista para correr. Una cálida brisa otoñal soplaba a través del seto vivo, y el leve aroma a azalea le proporcionaba un alivio momentáneo de la penetrante peste a sudor que desprendía su mejor amigo.

Zippo asomó la cabeza sobre el arbusto para comprobar si se acercaba la corredora.

—Ahí viene. —Se llevó los prismáticos a los ojos y enfocó el camino serpenteante que bordeaba la orilla del lago Accontik—. Distingo el top azul fluorescente que lleva.

—Déjame ver. —Ryan le arrancó de las manos los prismáticos a Zippo, lo cual provocó una cascada de improperios—. Vaya que sí. —Se le aceleró levemente el pulso al enfocar mejor la imagen—. Está buenísima.

El pelo corto de la corredora estaba húmedo de sudor, lo cual le daba un aspecto atractivo, igual que las mallas elásticas que ceñían su cuerpo torneado. El hombre analizó el ritmo constante de las zancadas que la acercaban a su escondite mientras se le calentaba la sangre.

—Y es pequeñita —dijo Zippo—. No creo que llegue a los cincuenta kilos. Dudo que pueda resistirse mucho, ¿no? —Le rozó las costillas a Ryan con un codo huesudo—. Será pan comido para ti, colega.

Ryan, que cursaba el último curso en el Instituto East Springfield, ya era más corpulento que su padre. Cuatro años en el campo de fútbol americano le habían enseñado a placar a un corredor. Zippo tenía razón: podía derribarla sin ni siquiera sudar. Aquel día habían encontrado la... ¿Cómo la había llamado Zippo...? «Presa». La presa perfecta. Ellos eran los cazadores y ella, su presa.

Le lanzó una mirada a Zippo.

—No irás a cagarte, ¿no?

Zippo se agarró el paquete.

—Colega, estoy más preparado que nunca.

Ryan asintió.

—¿Lo tienes?

Zippo sostuvo en alto el teléfono de prepago que había comprado la semana anterior.

—Aquí está.

Ryan se lanzaría primero mientras Zippo transmitía en directo todo lo que ocurría. Le había jurado que la policía no podría rastrearlos. Ryan había comprado pasamontañas para ambos de modo que pudieran intercambiarse en cuanto él hubiera acabado.

Ryan le dio el visto bueno. Aquello iba a ser épico. Volvió a mirar a través de las lentes.

—Llegará en unos treinta segundos. Será mejor que nos pongamos en posición.

Se pusieron los pasamontañas en la cabeza. Zippo se agachó y metió el teléfono a través de un agujero del seto.

Ryan se dobló sobre sí mismo y apoyó un puño en el suelo cerca de la parte más densa de la vegetación. La chica no lo veía hasta que fuera demasiado tarde. La observó mientras se acercaba. Habían escogido un lugar cerca del fin del sendero, imaginando que así ella estaría cansada después de haber corrido ya un buen rato, pero en el fondo no importaba. Era muy menuda. De cerca, sus ojos marrones se veían enormes en su cara pequeña. Él haría que se le agrandaran aún más. Mientras la adrenalina le corría por el cuerpo, anticipando lo que iba a pasar, se concentró y esperó.

En el momento en que la chica pasó corriendo frente a él, Ryan se abalanzó sobre ella y le apoyó todo el peso del hombro en la espalda.

La chica cayó bocabajo sobre la hierba, junto al sendero. La había dejado sin aire, pero Ryan se imaginó que no tardaría más de unos segundos en recuperarse lo suficiente para gritar.

Eso no podía suceder.

La joven se dio la vuelta mientras él volvía a lanzarse contra ella y utilizaba todo el peso de su masa corporal para aplastarla. Ryan oyó cómo el aire se le escapaba de los pulmones con un jadeo, y supo que había conseguido unos segundos más de silencio.

Antes de que estuviera preparado, ella presentó pelea. Blandió una de las palmas de su mano hacia arriba y le golpeó en la nariz. Ryan soltó un aullido y le apartó la mano de un golpe. Mientras intentaba agarrarle los brazos, ella le dio una patada en la entrepierna. Él apretó los dientes y consiguió evitar rodar sobre sí mismo y doblarse en dos.

En ese momento se dio cuenta de que si no recuperaba rápido el control, aquella loca le daría una paliza. Así que le sujetó los muslos con las piernas y alargó los brazos para agarrarla por las muñecas. Eran tan finas que podía cogerlas las dos con una sola mano. Sujetó una y en cuanto se lanzó a por la otra notó un dolor agudo en la carne de la parte posterior de la mandíbula, justo bajo el lóbulo de la oreja.

Echó la cabeza hacia atrás, apartándose un poco de la chica, y distinguió algo oscuro en la mano libre de ella. ¿Lo había apuñalado? No tenía sangre. Mientras seguía agarrándola de la muñeca, la chica levantó el otro brazo y le dio un puñetazo en la cara; en ese momento regresó el agudo dolor y le paralizó todos los nervios por encima de los hombros. La chica siguió clavándole aquella cosa negra.

Ante el dolor más intenso que había experimentado nunca, la mente se le quedó en blanco. Era una sensación sobrecogedora, devastadora, inmovilizadora.

¿Dónde estaba Zippo? La pequeña parte de su mente que aún funcionaba se dio cuenta de que necesitaba ayuda para tumbar a una mujer de la mitad de su tamaño. ¿En qué demonios lo había metido Zippo? Lanzó una mirada a la izquierda y vio la parte de atrás de la camiseta gris de su colega ondeando al viento mientras se alejaba. Iba a matar a aquella comadreja en cuanto tuviera oportunidad. Durante una fracción de segundo notó que los nervios dejaban de dolerle y se dio cuenta de que la mujer que tenía debajo estaba hablando.

Había entornado sus enormes ojos marrones hasta convertirlos en dos rendijas.

–¿Cómo te llamas?

El intenso dolor mermaba su capacidad de pensar hasta reducirla al nivel más primario. Sus sinapsis neuronales tan solo podían centrarse en un asunto primordial.

–Me haces daño.

–Ah, ¿sí? –La mujer presionó con más fuerza y la visión periférica de él se volvió borrosa–. Vaya, me dejas sin palabras. A ver qué te parece esto: no asaltes a mujeres en el parque.

Él apenas pudo musitar una débil protesta.

–Yo no quería… Era una broma. No iba en serio.

–Ahórratelo. –La mujer curvó el labio–. Estás detenido.

Al oír sus palabras a Ryan se le cayó el alma a los pies: su futuro, que una vez había pintado tan brillante, se desplomó en la oscuridad trazando espirales. Hace menos de cinco minutos, su plan era empezar la universidad con una beca completa de fútbol americano, y ahora tendría que dedicarse a meter pelotas en el aro del patio de una cárcel.

Clavó los ojos llenos de lágrimas en los de ella, que le sostuvo la mirada.

–¿Po-policía?

–Agente especial Nina Guerrera. –Bajó el tono hasta convertirlo en un susurro–. FBI.

3

Al día siguiente
Oficina de campo del FBI, Washington D. C.

Nina se sentó en el borde de una silla dura de vinilo. Estaba en la sala de espera del despacho del agente especial a cargo Tom Ingersoll, que llevaba media hora metido dentro con el agente especial supervisor Alex Conner, su superior inmediato.

Conner había dejado un mensaje en el mostrador de entrada en el que le indicaba a Nina que se dirigiera al despacho del AEC en cuanto llegara a trabajar esa mañana. En los dos años que llevaba en la oficina de campo de Washington, su primer destino después de incorporarse al FBI, nunca la habían convocado para ver a Ingersoll. Convencida de que era algo relacionado con su carrera en el parque del día anterior, mientras estaba fuera de servicio, reprodujo mentalmente los acontecimientos por enésima vez, incapaz de averiguar qué era lo que había hecho mal, si es que había hecho algo mal.

Se tocó con cautela el costado e hizo una mueca. ¿Acaso el muy zoquete le había roto una costilla al caer sobre ella? Lo cierto es que le dolían todos los músculos después de que aquel tipo cayera con todo su peso sobre su cuerpo menudo. Aunque la policía local había llamado a una ambulancia, ella había apartado a los técnicos de emergencias, así que estos habían procedido a asegurarse de que su atacante no tuviera lesiones permanentes. Nina se había negado a que la llevaran al hospital y se había pasado el resto de la noche prestando declaración ante sus excompañeros de la policía del condado de Fairfax. Ahora se preguntaba si no habría sido mejor idea ir a Urgencias a que le hicieran unas radiografías.

Conner abrió la puerta e interrumpió así sus meditaciones.

—Ya puedes pasar.

Nina se levantó y se dirigió al despacho, con una falsa expresión de seguridad en el rostro. Una vez dentro, saludó a Ingersoll con un leve asentimiento de cabeza antes de tomar asiento en una de las dos sillas colocadas frente al escritorio.

—Me quedé muy preocupado al enterarme de lo que había pasado ayer en el parque —comenzó a decir Ingersoll—. Me alegro de ver que te encuentras bien.

—Sin problemas, señor. Gracias.

Conner se sentó junto a Nina.

—Según el informe policial, utilizaste un bolígrafo táctico para defenderte de tu atacante.

Los agentes podían llevar armas aunque no estuvieran de servicio y, de hecho, se les animaba a hacerlo, pero lo de correr suponía un desafío. Nina no podía ir por el parque con una pistola en la mano sin que alguien llamara a la policía, y no tenía dónde guardársela en sus mallas de correr. Teniendo en cuenta sus limitadas opciones, la mejor era un dispositivo pequeño que pudiera esconder en la mano.

Nina sacó el bolígrafo del bolsillo interior y se lo tendió.

—Siempre llevo algún objeto para defensa personal cuando salgo a correr.

Conner cogió el utensilio e hizo rodar el cilindro para que saliera la punta del boli.

—Estoy de acuerdo en que una… persona sola en un parque arbolado debe tomar las precauciones necesarias.

Nina estaba segura de que Conner había estado a punto de decir «una mujer sola», pero había conseguido contenerse a tiempo, antes de que alguien le metiera sus zapatos estilo pala vega del cuarenta y seis en la boca.

Ingersoll cogió el boli que le tendía Conner y lo estudió.

—No es un arma estándar.

—La llevaba cuando patrullaba con la policía, antes de entrar en el FBI. Una vez usé la capucha de carburo para romper la ventanilla de un coche en llamas. Logré sacar al hombre a tiempo. —Se encogió de hombros—. Es un artefacto muy útil.

La caña negra de aleación de aluminio, ligeramente más gruesa que la de un boli normal, parecía un objeto inocente. En manos de alguien entrenado, sin embargo, podía ser un arma formidable.

—El informe policial indica que usaste la técnica del ángulo mandibular —observó Ingersoll al tiempo que se la devolvía.

Era una maniobra que permitía someter al oponente sin utilizar fuerza innecesaria. Nina había hecho presión con la punta en un lugar específico detrás de la mandíbula, cerca de la base de la oreja, lo cual hacía que un dolor agudo se extendiera como una corriente eléctrica a lo largo del nervio alveolar inferior. Después de ello, Nina le había dado al hombre órdenes cortas y sencillas. El cerebro de este, saturado de estímulos por los receptores del dolor, no habría podido procesar instrucciones complejas. Una vez que él se había rendido, ella lo había retenido con una maniobra de control mientras un paseante llamaba a la policía. El móvil de Nina se había roto durante el ataque.

Ingersoll cogió una carpeta de su escritorio y cambió de tema.

—Esta es una copia del informe que hizo del incidente la policía del condado de Fairfax. —Abrió la carpeta—. ¿Has seguido la historia en las noticias, o en internet?

Nina miró a Ingersoll, luego a Conner y otra vez al primero.

—Mi móvil quedó pulverizado y esta mañana no he mirado la tele. ¿Qué ocurre?

Ingersoll bajó la vista hacia los papeles que tenía en las manos.

—Ryan Schaeffer no estaba solo cuando te atacó.

—La policía local me comentó que tenía un cómplice —contestó ella—. Lo localizaron después de que Schaeffer lo delatara.

Ingersoll pasó una hoja del informe.

—¿Eres consciente de que el cómplice transmitió en directo todo el incidente antes de huir?

Nina notó cómo se le aflojaba la mandíbula.

—No.

Ingersoll le dedicó una sonrisa irónica que no se reflejó en sus ojos.

—Como diría mi hija, eres tendencia.

Nina tuvo la extraña sensación de entrar en un teatro después del intermedio e intentar entender el argumento.

—Espere. ¿Qué?

Conner tomó la palabra:

—Alguien ha editado el vídeo y le ha puesto la banda sonora de *Wonder Woman*. —Meneó levemente la cabeza—. A partir de ese momento se ha hecho viral.

—¿No lo has visto? —dijo Ingersoll, que parecía sorprendido.

—Tenía órdenes de presentarme aquí a primera hora. —Separó las manos con las palmas hacia arriba—. No he tenido ocasión de sustituir mi móvil ni de ir a mi despacho y fichar.

—El tipo que añadió la banda sonora ideó un concurso para ver quién podía identificar a la mujer del vídeo —explicó Ingersoll—. Han tardado, pero al final esta mañana alguien ha acertado. Los de Relaciones Públicas no paran de recibir llamadas de periodistas que piden al director que haga declaraciones.

A Nina comenzó a darle vueltas la cabeza. Al director del FBI, un hombre al cargo de unos treinta y ocho mil empleados federales, lo estaban asediando para que hiciera una declaración sobre ella.

—Madre del amor hermoso.

—Pero esa no es la razón por la que te hemos pedido que vinieras —continuó Ingersoll.

Ella lo miró, incapaz de imaginar que más podría haber pasado.

—Un asesino dejó anoche una nota en un escenario del crimen, en un callejón que está detrás de la calle M. Tenemos motivos para creer que hace referencia a ti.

Un escalofrío le recorrió el cuerpo.

—¿Qué escenario del crimen?

Ingersoll levantó una mano.

—Antes me gustaría verificar varias cosas. —Frunció el ceño—. ¿Te cambiaste legalmente el nombre, de Nina Esperanza a Nina Guerrera, hace diez años?

El carrusel de la cabeza de Nina comenzó a dar vueltas en una nueva dirección.

—Formaba parte de mi proceso de emancipación. Tenía diecisiete años.

Ingersoll y Conner intercambiaron una mirada elocuente. Por lo visto, Nina tan solo acababa de confirmarles un dato. Profundamente frustrada, miró a uno y a otro con las cejas arqueadas, en una petición tácita de respuestas.

—Soy consciente de que se trata de un tema muy personal —dijo Ingersoll—. Pero está relacionado de manera directa con lo que estamos a punto de abordar.

—Los informes judiciales juveniles son información confidencial —añadió Conner—. Estamos en proceso de obtener una citación para reclamarlos, pero preferiríamos escuchar antes la historia de tu propia boca. ¿Pediste la emancipación después de huir de un hogar de acogida?

—Así es. —Nina se pasó la lengua por los labios secos.

—¿Y eso fue después de que… te secuestraran? —dijo Ingersoll, sin mirarla a los ojos.

Así que lo sabía. Nina se agarró con fuerza las manos sobre el regazo. Los dos hombres sabían lo que le había ocurrido.

—Tenía dieciséis años. —Nina adoptó un tono monótono, desprovisto de emociones, para relatar uno de los episodios más terribles de su vida—. Me había escapado de una casa de acogida y vivía en la calle. Un hombre pasó con un coche en plena noche, se detuvo y... me cogió. Me ató en la parte trasera de su furgoneta.

No explicó lo que había ocurrido a continuación. Los detalles no revelados de las horas que había pasado con su captor flotaban en el aire entre ellos.

—Por la mañana conseguí escaparme —terminó la historia de forma abrupta y, luego, le planteó una pregunta a Ingersoll—: ¿Qué importancia tiene eso ahora?

—Anoche asesinaron a una chica de dieciséis años en Georgetown —explicó Ingersoll en voz baja—. Se había escapado de su familia de acogida. —Sus últimas palabras apenas resultaron audibles—: Dejaron su cuerpo en un contenedor de basura.

Conner tomó la palabra:

—La policía metropolitana se encarga del caso. Los de la científica encontraron una nota metida en su boca, sellada en una bolsa de plástico.

Nina se imaginó la escena y el dolor largamente enterrado en su interior afloró a la superficie. Una joven vida aniquilada. Un monstruo merodeando las calles en busca de su siguiente víctima.

Ingersoll sacó una hoja de una carpeta.

—La nota contenía un mensaje impreso en papel corriente.

Se sacó unas gafas de leer del bolsillo de la camisa, abrió las varillas y se las puso. Bajó la vista hacia el papel y carraspeó.

Con el corazón a punto de salírsele del pecho, Nina lo escuchó mientras él leía el mensaje del asesino.

—«Después de buscar durante años, creía que nunca más tendría Esperanza. Pero hoy, todo ha cambiado. Ahora se hace llamar Guerrera. Pero para mí siempre será... La Que Se Escapó».

Ingersoll alzó la vista y por fin la miró a los ojos.

—Deja tres líneas en blanco, y luego añade dos palabras más en mayúsculas.

Nina esperó a que Ingersoll leyera el final del mensaje.

—«Hasta ahora».

4

Aturdida, Nina cogió el papel que le tendía Ingersoll. La hoja le tembló levemente mientras recorría con la mirada el mensaje que, lo sabía muy bien, iba dirigido a ella.

En un instante, se encontró de nuevo en el espacio oscuro y agobiante de la furgoneta, amordazada con cinta americana para ahogar sus gritos.

Consciente de que sus jefes la observaban, movió la mandíbula, como si quisiera quitarse la cinta pegajosa, y se obligó a plantear la única pregunta relevante:

—¿Lo atraparon anoche?

—No hay ningún sospechoso detenido —contestó Conner—. Tampoco tenemos pistas.

Nina llevaba años temiendo este momento. Había intentado autoconvencerse de que el monstruo estaba muerto, pero ya no podía engañarse más. Se había escabullido de sus pesadillas y se había colado en su vida real.

Turbada todavía, Nina se dirigió a Ingersoll:

—¿Cómo dedujo que la nota se refería a mí? No dice mi nombre, al menos directamente.

—Ha sido la UAC3 la que nos ha dado tu nombre.

Ella se mordió la lengua mientras procesaba la información.

En la Unidad de Análisis del Comportamiento trabajaban los mejores analistas de perfiles. Investigadores de la mente humana. Dentro de la unidad, la UAC3 se encargaba específicamente de los delitos contra los niños.

–Uno de los agentes especiales que trabaja allí ya… conocía tu caso con anterioridad –explicó Ingersoll, eligiendo con cuidado las palabras.

–¿Cómo ha podido averiguarlo alguien? –preguntó ella, intentando deducir de qué agente hablaban–. Es un rapto sin resolver de hace once años. –El año antes de la vista para la emancipación.

Ingersoll apartó la mirada al tiempo que se frotaba la nuca.

–Ha sido Jeff Wade.

Nina cerró los ojos un instante mientras intentaba bloquear las imágenes que se arremolinaban en su mente. El agente especial Jeffrey Wade, un nombre que había esperado no volver a oír jamás.

–Creía que se había marchado definitivamente de la UAC3.

A Wade lo habían reenviado a la academia de formación después de cagarla con un perfil de una niña que murió; al menos, eso era lo que alegaba la familia de Chandra Brown en la demanda que había interpuesto. Chandra denunció a la policía local que un hombre la acosaba, y estos enviaron la información al FBI, ya que las circunstancias eran parecidas a las de un asesinato sin resolver que había tenido lugar unos meses antes en una jurisdicción cercana. Un caso en el que estaba trabajando Wade en el marco de una serie de asesinatos de chicas adolescentes. El agente había leído la denuncia por acoso de Chandra, había decidido que no tenía nada que ver con su investigación y se la había devuelto a la policía local. Al cabo de veinticuatro horas, Chandra estaba muerta y, posteriormente, su nombre se sumó a la serie de casos en los que Wade había estado trabajando.

Debido a la notoriedad de Wade como principal analista de perfiles del FBI, la agencia había sido objeto de duras críticas. La familia de Chandra había aparecido numerosas veces en televisión –con abogado incluido– para echar la culpa de lo ocurrido a las fuerzas del orden. Wade pidió una excedencia, derivó sus investigaciones a otro miembro de la UAC y solicitó un nuevo destino para cuando se reincorporara. Corría el rumor de que al final el legendario doctor Wade se había desmoronado a causa de la tensión experimentada en las dos décadas que llevaba persiguiendo a depredadores de niños. En vista de que Wade había vuelto, el rumor debía de ser falso.

–Su traslado a la academia solo duró seis meses –señaló Conner.

Ingersoll continuó con el caso que tenían entre manos después de una pausa, como si también él estuviera recordando la sonada caída en desgracia de Wade.

–Debido a la extraña elección de palabras de la nota, la unidad de Homicidios de la policía metropolitana introdujo la información en el Programa de Detención de Delincuentes Violentos para saber si otro cuerpo policial tenía un caso parecido. Así fue como Wade encontró el informe.

–Igual que todo el mundo en el FBI, había visto el vídeo viral, así que te tenía en mente –añadió Conner.

Quién sino Wade podría haber encajado todas las piezas. Decir que estaba familiarizado con el pasado de Nina era decir poco. Aquel hombre casi había evitado que Nina se convirtiera en agente debido a lo que sabía sobre ella.

Que ella supiera, nadie se había visto sometido a un nivel de escrutinio tan exhaustivo durante su proceso de ingreso. Nina se había hecho un polígrafo y en una de las preguntas acerca de su pasado, la respuesta indicaba una posible mentira. A causa de eso, la asistente ejecutiva del director, Shawna Jackson, había intervenido y había convocado al doctor Wade para que realizara una evaluación. La asistente ejecutiva era una de las pocas personas que informaban directamente al director del FBI. Nadie más se habría implicado tanto en el proceso de ingreso estando el ambiente tan enrarecido, pero Shawna tenía un interés personal en el resultado, dado que era ella la que había reclutado a Nina para el FBI.

Después de revisar los resultados del polígrafo y el informe sobre su historial, Wade había convocado a Nina a una sala de interrogatorios, donde le había preguntado por qué se había emancipado y el sentido del nuevo apellido que había elegido; no se quedó satisfecho hasta que hubo derrumbado los muros que a Nina tanto le había costado construir.

Wade la había obligado a revivir las palizas propinadas por los chicos más mayores dentro del sistema, que la habían considerado una presa fácil debido a su baja estatura. También la había obligado a relatar la noche de su secuestro hasta el más mínimo detalle, arrancando la costra protectora que su mente había creado para que toda aquella historia sangrara sin que ella lo sufriera. Durante todo el rato él la había mirado fijamente y había garabateado notas en su libreta, mientras ella describía la sensación que producía sobre la piel una colilla encendida.

Nina había hablado entre sacudidas, titubeos y espasmos; él, en cambio, la había escuchado en un silencio absorto, sin revelar ninguna emoción, juzgándola. Puesto que le habían encargado que determinara si ella intentaba ocultar algo al examinador del polígrafo, Nina comprendió que él esperaba que se derrumbara. Que llorara o gritara o la tomara con él. Wade había abierto el alma de Nina y había mirado dentro para escudriñar sus secretos más íntimos.

Al final, Wade le dijo que no creía que ocultara nada, sino que el polígrafo había revelado la supresión voluntaria de ciertos detalles del trauma. En su recuerdo de los hechos había lagunas que hacían que Wade la considerara un lastre, una bomba de relojería que sin duda detonaría cuando se dieran las circunstancias adecuadas. Solo la intervención de la asistente ejecutiva Jackson había impedido que aquel informe evitara su entrada en la academia. Desde el día que la contrataron, Nina había trabajado más duro que nadie, decidida a demostrar que el doctor Jeffrey Wade se había equivocado por segunda vez en su carrera. Y que era un capullo moralista.

—Te hemos asignado para que trabajes directamente con Wade —la informó Ingersoll.

Nina sintió una necesidad casi incontrolable de abandonar el despacho, irse a casa, meterse en la cama y esperar a despertarse de aquella condenada pesadilla.

—Tendrás que permanecer en segundo plano —decía Conner—. O en tercero, lo que haga falta para que nadie te vea. Wade ha ido en coche desde Quantico hasta Georgetown. Hace una media hora que ha llegado al escenario del crimen. Puedes ponerte al día con él una vez que llegues.

Esperaban que trabajara con un hombre que la había diseccionado con la eficiencia despiadada de un forense en una autopsia, un hombre que no la creía capacitada para ser agente. Una parte de ella quería rechazar el caso. Nadie la culparía si lo hiciera.

Deseó que la expresión de su cara fuera impasible. Ni de coña permitiría que sus superiores descubrieran lo mucho que le iba a costar realizar la tarea que le habían encomendado.

—Ahora mismo cojo un coche de la agencia y me voy al escenario del crimen.

5

Nina mostró sus credenciales al agente uniformado que vigilaba el perímetro. Este echó un vistazo superficial a su identificación.

–Llega tarde a la fiesta.

Tan solo quedaban allí los restos de un escenario del crimen activo desde el amanecer.

–Me tocará acabar el trabajo. –Se agachó y pasó bajo la cinta amarilla tendida a lo ancho del callejón.

Una de las furgonetas de la policía científica metropolitana estaba aparcada junto a la acera, con la rejilla delantera apuntando hacia un contenedor de basura cubierto de grafitis. Nina se fijó en un grupo de hombres que se encontraban tras una mampara portátil de metro y veinte de alto. Unos llevaban uniforme de la policía metropolitana, otros trajes blancos de *Tyvek* y otros, chaqueta y corbata.

No le costó distinguir al agente especial Wade. Las llamativas letras doradas «FBI» destacaban sobre el cortaviento azul marino que cubría su largo cuerpo. Cuando se volvió hacia ella, en su mirada se reflejó la desolación de un hombre que ha visto demasiado. Clavó en Nina sus ojos de acero gris y llevó a cabo una evaluación que se parecía de manera espeluznante a la de su encuentro de dos años atrás.

Nina avanzó hacia él y le tendió la mano para saludarlo. Puede que él controlara su acceso al caso, pero no iba a dejar que la controlara también a ella.

—Buenos días, doctor Wade.

Suponía que la mayoría de las personas que se habían tomado la molestia de sacarse un doctorado querrían acompañar su nombre del título oficial.

—Llámame Wade. —Su voz grave encajaba a la perfección con su tosco rostro.

Le estrechó la mano con firmeza y a Nina le sorprendieron los callos de su palma. Se dio cuenta de que él prefería que utilizase su apellido en lugar de su nombre, para mantener cierta distancia profesional. A ella no le suponía ningún problema.

—Guerrera —contestó.

Wade señaló con la cabeza en dirección al hombre que se encontraba a su izquierda.

—Inspector Mike Stanton, de Homicidios de la policía metropolitana.

Stanton le dedicó un rápido saludo.

Wade bajó la voz:

—Si en algún momento te sientes incómoda, dímelo.

Ella lo miró a los ojos y mintió:

—Lo haré. —La verdad es que ya se había pasado muchas pantallas de incomodidad.

—No hay tiempo para andarse con remilgos —dijo Wade, pasando al modo «investigación»—. No somos los primeros en llegar, así que necesitamos cualquier observación que puedas hacer, y la necesitamos ya.

Nina se volvió hacia la mampara, tanto para evitar la mirada penetrante de Wade como para estudiar el escenario.

—Entonces será mejor que me ponga a ello.

El inspector Stanton se adelantó para cortarle el paso.

—Antes de que le eche un vistazo al cuerpo, ¿podría describirnos qué clase de vehículo utilizó... —le preguntó mientras cambiaba el peso de un pie a otro, claramente incómodo— con usted?

Lógico. Lo más probable era que alguien que había equipado específicamente una furgoneta con el objetivo de raptar a sus víctimas la conservara durante años.

–Una Ford Econoline azul. –Al ver la expresión interrogativa de Stanton, desarrolló su respuesta–: Averigüé el modelo y la marca en las fotos que la policía me enseñó después del incidente.

El «incidente». Una palabra banal que Nina había elegido adrede.

El inspector asintió levemente.

–¿Algo más?

–Era una furgoneta normal; no había nada que llamara la atención. Al menos por fuera. –Tenía la garganta seca, así que tragó saliva–. Por dentro era como un armazón vacío; incluso habían arrancado el alfombrado. El hombre había puesto un suelo de vinilo negro para cubrir el metal sobre el que me encontraba. Me ató las muñecas a la espalda. Y los tobillos también me los ató.

Al acabar, Wade y Stanton dejaron que el silencio se alargara. Nina se dio cuenta de que esperaban que ella continuara.

–Tenía unas ventanillas pequeñas y redondas en la parte de atrás. –Juntó las manos ahuecadas y dibujó con ellas un círculo de la misma forma y el mismo tamaño, aproximadamente, que un plato llano–. Las había tintado con pintura oscura en espray.

Stanton quería más.

–¿Cómo se abría la puerta trasera?

–Eran dos, una hacia cada lado. Después de meterme dentro, cerró primero la que le quedaba a la izquierda y luego la de la derecha.

–Eso no consta en el informe –señaló Wade.

–Hay un montón de detalles como este. –Nina se encogió de hombros–. Cosas que nadie me preguntó o de las que nadie tomó nota, pero recuerdo la mayor parte de lo que pasó con mucha claridad.

Wade arqueó un par de centímetros sus cejas canosas.

−¿La mayor parte?

Intercambiaron una mirada en silencio. Aquello era lo que casi había impedido que se convirtiera en agente. Se negó a disculparse.

−Hay algunas partes que no recuerdo. O, por lo menos, que nunca he intentado recordar.

Le dio la espalda a Wade y continuó describiendo la furgoneta:

−El motor iba suave. Nada de petardeos y el tubo de escape casi no se oía; nada que llamara la atención. −Se adentró en las hendiduras de su mente para rescatar fragmentos de información−. Condujo alrededor de media hora antes de pararse. Un panel separaba la parte delantera de la caja, así que tuvo que bajar y rodear la furgoneta para abrir las puertas.

−¿Qué viste entonces? −preguntó Wade.

Un monstruo con piel humana.

−Me dio la sensación de que estábamos aparcados en un lugar del bosque −contestó Nina−. El sol aún no había salido, así que solo vi un montón de árboles oscuros. No fui capaz de distinguir nada más.

El inspector Stanton sacó su teléfono móvil, dio media vuelta, se alejó y se puso a hablar muy rápido y en voz baja. Nina supuso que estaba pidiendo una orden de búsqueda de un vehículo que coincidiera con la descripción que ella acababa de darles. Las posibilidades de encontrarlo eran escasas, aunque valía la pena intentarlo.

−De acuerdo −dijo Wade−. Los de la científica ya han terminado. Hemos dejado el cuerpo hasta que llegaras.

Rodeó la mampara que ocultaba el cadáver. Nina lo siguió y entendió por qué habían levantado una barrera visual. La larga melena morena de la chica estaba desparramada sobre el suelo, bajo su cabeza, con la parte derecha apelmazada por la sangre seca. Estaba tendida de espaldas y su cuerpo desnudo era una exhibición obscena sobre la mugrienta acera.

Nina se agachó para observar los lechosos ojos marrones que

la miraban sin ver. Al bajar la vista distinguió restos de cinta americana pegados al labio superior de la chica.

De pie, detrás de Nina, Wade le hizo un breve resumen:

—La encontró uno de los mozos del restaurante del otro lado del callejón. Iba a tirar la basura de la noche después de cerrar el local, a eso de las tres de la mañana. La vio en el contenedor, creyó que podía estar viva y la sacó. Le quitó la cinta americana de la boca antes de darse cuenta de que ya había exhalado su último suspiro.

El inspector Stanton se acercó a ellos después de terminar su llamada.

—El asesino colocó la bolsa de plástico con la nota en su boca antes de tapársela con la cinta adhesiva. Probablemente quería asegurarse de que no se cayera.

Nina estuvo de acuerdo. El tipo no quería arriesgarse a que la nota se perdiera. De pronto se le ocurrió algo que le provocó una sensación de temor.

—¿Alguien de la científica le ha dado la vuelta al cadáver? —preguntó, dirigiéndose a Stanton.

El inspector miró de reojo a Wade antes de contestar.

—Una media hora antes de que llegaras. Luego la hemos vuelto a dejar como la encontramos.

Con cuidado de que su expresión no revelase nada, Nina analizó lo que había visto hasta el momento e intentó relacionarlo con la críptica nota que el asesino había dejado para ella. Este tenía que saber que el FBI la incluiría a ella en la investigación y quería mandarle un mensaje.

—«Después de buscar durante años, creía que nunca más tendría Esperanza» —murmuró Nina para sí, mientras ladeaba la cabeza para estudiar el cadáver de la víctima desde un ángulo distinto—. «Pero hoy, todo ha cambiado» —terminó de citar la nota y levantó la vista hacia Wade—. Eso significa que ha recuperado la esperanza, pero ¿cómo? ¿En qué sentido?

Wade le dedicó una mirada especulativa.

–Dímelo tú.

No compartió con ella ninguno de sus análisis; sin duda prefería escuchar su opinión sobre la situación. Nina les dio la espalda a ambos hombres y volvió a agacharse. ¿Qué más le había hecho el asesino a aquella pobre chica? Un destello metálico llamó su atención. Inspiró con fuerza.

–¿Estás bien, Guerrera? –preguntó Wade, adoptando un tono de preocupación.

–El collar. –Fue incapaz de pronunciar más de dos palabras.

Una vez más, el monstruo había demostrado que podía arrebatarle el control a Nina en cualquier momento.

Una cadena de plata con un adorno en forma de diamante descansaba sobre el suelo junto al pelo apelmazado de la chica; la larga cadena estaba enrollada alrededor del esbelto cuello. El mismo collar que Nina llevaba puesto cuando se la llevó. Observó de cerca las cuentas de plástico que formaban un patrón multicolor de diamantes concéntricos y confirmó sus sospechas.

Se negó a dejar que se le humedecieran los ojos.

–Ese collar era mío –susurró.

–¿Estás segura? –preguntó Stanton.

–Lo hice en una clase de arte cuando tenía quince años. –Se irguió y señaló el colgante–: Es un diseño antiguo; se llama «el ojo de Dios».

Stanton le indicó a uno de los técnicos de la científica que se acercara.

–¿Podrías sacar varias fotos más del collar y mandármelas al móvil?

Nina se dio la vuelta y fingió estar muy interesada en la parte de acera que quedaba al otro lado del cadáver para recuperar la compostura. No quería mirar a Wade hasta ser capaz de aparentar objetividad. Aquello era mucho más difícil de lo que había imaginado.

–¿Quieres un poco de agua? –dijo Wade suavizando el tono–. Me sobra una botella.

—Estoy bien. –Otra mentira. Estaba segura de que Wade se había dado cuenta, pero no le importaba. Lo que hizo fue centrarse en los hechos que tenía delante y llegó a la única conclusión que lo ponía todo en perspectiva–. Está recreando el tiempo que pasó conmigo.

Stanton apartó la mirada del técnico de la científica.

—¿A qué te refieres?

Nina cruzó los brazos sobre el pecho.

—¿Cuántas marcas han encontrado en su espalda?

—¿Cómo es posible…?

—Veintisiete –lo interrumpió Wade.

El mismo número de cicatrices que cubrían la espalda de Nina. ¿Cómo podía el monstruo recordar el número exacto de azotes? No era él quien le había provocado las heridas, pero se había mostrado fascinado por ellas. Reprimió un escalofrío mientras revivía la sensación de las yemas de los dedos de aquel hombre recorriéndole la columna, resiguiendo los bordes de sus heridas.

—¿Y tres quemaduras?

Wade no respondió. Su silencio parecía una prueba. Todavía estaba valorando la utilidad de Nina en la investigación. Ella se volvió hacia él y le aclaró:

—Una quemadura de cigarrillo para señalar cada ángulo de un triángulo. Como las que me hizo a mí.

Giró sobre sus pies y aparentó estudiar cada centímetro del suelo.

—Tengo que seguir buscando. Tal vez haya algo más.

Nina no distinguió nada de manera consciente hasta que detuvo la mirada en el contenedor decorado con arte urbano. En la esquina inferior derecha del frontal metálico, abollado y lleno de golpes, destacaban cinco hileras de cifras y letras, pintadas con un espray de color azul fluorescente. En la hilera superior se leía «4NG», seguido de dos puntos. Algo se removió en el interior de Nina y la obligó a acercarse. Se puso en cuclillas y entornó los ojos.

A Wade le crujieron las rodillas cuando se agachó junto a ella.

—La pintura parece fresca.

—Llevaba guantes de látex de un azul intenso –dijo Nina–. Exactamente de este mismo color.

El hombre arqueó una ceja con escepticismo.

—¿Crees que intenta decirnos algo con un código?

—Sin duda lo ha hecho con la nota y el collar. Y ambos estaban dirigidos a mí. –Ladeó la cabeza–. ¿Y si 4NG significa «para Nina Guerrera»?* Después de eso hay dos puntos, lo que indica que el resto es un mensaje.

Ambos se acercaron más al contenedor. En la siguiente línea se leía «12, 1», en la de debajo «5, 20, 17, 5, 19, 1, 41, 25, 1», luego un solitario «81» y la última hilera consistía en un 13, un 22, un 5, un 19, un 21 y un 16.

—El resto de mensajes que ha dejado estaban en el cuerpo. Como si quisiera asegurarse de que los encontráramos. –Wade extendió una mano hacia el contenedor–. Esto no coincide con su patrón. Excepto por el color, se fusiona con los grafitis que cubren todo el callejón. No podía estar seguro de que lo encontráramos.

—Para ser sincero, se nos ha escapado –intervino Stanton, indicando de nuevo a uno de los técnicos que se acercara.

Nina no había oído acercarse al inspector de la policía metropolitana. En su tono se reflejaba una nota de disgusto mientras ordenaba al técnico fotografiar hasta el último rincón del callejón.

Wade se puso en pie.

—Maldita sea –dijo por lo bajo.

Nina se levantó mientras él sacaba el móvil de su bolsillo.

—¿Qué?

Wade la ignoró mientras pulsaba con el pulgar sobre el dispositivo. Lanzó otra mirada con sus ojos grises a los números dibujados y luego se centró de nuevo en la pantalla del teléfono.

—Hijo de puta.

* «4» se utiliza en inglés como abreviatura de *for*, debido al parecido fonético. *(N. de la T.)*

Nina estaba a punto de cogerle del cuello de la chaqueta y sacudirlo.

–¿Qué pasa, Wade?

Este le contestó por fin:

–Es un código de sustitución bastante simple. Muy básico. Pero sin duda lo ha dejado él.

–¿Qué dice?

–Deletrea las palabras: «La esperanza ha muerto».

–Mierda –dijo Stanton–. Cuando ha llegado usted aquí me he dado cuenta de una cosa, agente Guerrera, pero no he querido decirlo por si le daba importancia a algo que no la tenía.

–¿De qué se ha dado cuenta?

–Mírela. –Stanton hizo un gesto en dirección al bulto inmóvil que yacía a su lado–. Se parece mucho a usted.

Nina se levantó e intentó mirar a la chica con imparcialidad. Era latina, menuda y delgada. Como ella. Stanton estaba en lo cierto. Tal vez Nina no lo había visto antes porque miraba a alguien que era mucho más joven, una completa desconocida que, además, estaba muerta.

–Sin embargo, la víctima lleva el pelo largo –señaló Wade–. Si quisiera que se pareciera a Guerrera se lo habría cortado.

–No –repuso Nina en voz baja–. No lo haría. –Rememoró los sucesos de aquella noche–. Cuando me secuestró, yo llevaba el pelo largo como ella. –Mantuvo la mirada fija en la chica–. Me agarró de la coleta para meterme en la furgoneta.

Después de que le dieran el alta en el hospital aquella noche, había regresado a la casa de acogida y se había quedado bajo el chorro de la ducha hasta que el agua salió fría. Luego se colocó delante del espejo del baño, mientras las gotas de agua que le caían del pelo mojado se mezclaban con sus lágrimas. Se agarró mechones de pelo mojado y los cortó implacablemente con unas tijeras de cocina hasta pelarse la cabeza. Desde entonces, había llevado siempre un corte de pelo *pixie*.

–Entonces, a lo mejor ya ha terminado su trabajo –dijo Stanton mientras los pensamientos de Nina regresaban al presente–. Le ha parecido que no podía matar a una agente del FBI, así que ha buscado a otra víctima para sustituirla. Ha cerrado el círculo.

–He visto antes esta clase de fijación –comentó Wade al tiempo que meneaba la cabeza–. Esto no es solo un asesinato. Es una obsesión. –Miró a Nina a los ojos–. Y no ha hecho más que empezar.

6

Apartamentos Hermosa Vista
Springfield, en Virginia

Nina sacó la enchilada del horno. Se tomó un momento para comprobar el queso fundido de un color marrón dorado que burbujeaba en los bordes antes de mirar por encima de su hombro a Shawna Jackson.

–Tú no estabas allí. Se veía a la legua que Wade no quería que me implicara en la investigación. Se ha mostrado de lo más distante. Cuando he encontrado las pintadas de espray, no ha creído que tuviera nada que ver con el caso hasta que él solito ha descifrado el código.

–En este momento, para él eres una herramienta de investigación. Está en tus manos cambiarlo.

Shawna estaba sentada a la minúscula mesa de cristal de la abarrotada cocina, en el piso de Nina.

Ubicado en la última planta de un edificio de cuatro pisos en lo que se conocía extraoficialmente como el corredor latino del distrito de Springfield-Franconia, el piso de Nina era lo que un agente inmobiliario describiría como «modesto» o «acogedor». Igual que las señoras de la limpieza, los cocineros y los jardineros que constituían la mayor parte de los inquilinos, Nina estaba dispuesta a vivir en aquel ruinoso edificio de cuarenta años de antigüedad solo para tener fácil acceso a la capital del país.

Dejó la cazuela de cerámica sobre una manopla para que se enfriase en la encimera.

—Dime la verdad, ¿cómo podías trabajar con él cada día?

Durante un breve instante, percibió un destello de nostalgia en los ojos marrón oscuro de Shawna.

—No siempre ha sido así. Hubo una época en la que Wade era encantador. Afectuoso.

Nina se sentó frente a ella en la mesa.

—Antes del caso de Chandra Brown, quieres decir.

—Antes de que la agencia lo dejara tirado.

—Por entonces tú eras asistente ejecutiva del director —observó Nina—. Podrías haberle ayudado.

—La asistente ejecutiva no es el director. Hice lo que pude cuando él... —Shawna vaciló mientras buscaba la palabra adecuada.

—Se desmoronó —la ayudó Nina.

Shawna frunció el ceño.

—A veces somos más duros con nosotros mismos de lo que lo son los delincuentes. Wade se sintió personalmente responsable de la muerte de Chandra. Se echaba la culpa.

—Por lo que yo sé, no la creyó cuando ella le dijo que un hombre la seguía. Podría haber hecho más. Incluso podría haber evitado...

—Hablas como los periodistas.

—Porque yo también he sido víctima de su mal juicio —replicó Nina—. Lo que no sé es por qué lo salvaste.

Shawna lanzó un largo suspiro.

—Hay muchas cosas que no sabes. Por eso he venido a verte; tenemos que hablar. —Le dedicó a Nina una mirada elocuente—. Lejos de miradas ajenas.

La última vez que Nina había visto a su mentora adoptar esa expresión en esa misma mesa había sido tres años atrás, cuan-

44

do Shawna la había reclutado para que se incorporase al FBI. Se conocían de mucho antes, de cuando Nina tenía dieciséis años y a Shawna la habían destinado a la Unidad de Análisis del Comportamiento, la UAC.

La policía del condado de Fairfax había solicitado ayuda al FBI para elaborar un perfil del hombre que había secuestrado a Nina. Quantico se encontraba a media hora en coche y Shawna había tomado la poco habitual decisión de ir a hablar con ella en persona. Nina nunca había conocido a nadie que la impresionara tanto como aquella agente federal alta, elegante y serena, por lo que no tardaron en conectar. Shawna había mantenido el contacto con Nina incluso después de que quedara claro que no se iba a realizar ninguna detención en su caso. Preocupada por la posibilidad de que su secuestrador siguiera suelto, Shawna había trabajado con la fiscalía para asegurarse de que ni el nuevo apellido de Nina ni su dirección aparecieran en su informe final al cerrar su expediente. Como adulta emancipada a ojos de la ley, Nina no recibiría más visitas por parte de trabajadores sociales ni aparecería en ninguna base de datos que se pudiera hackear. Para ello, su cambio legal de nombre se realizaría en una vista juvenil confidencial. Era parte de un pasado que Nina quería dejar atrás.

Ver el profesionalismo de Shawna acompañado de una dosis de compasión era lo que había inspirado a Nina a intentar entrar en las fuerzas del orden lo antes posible. Mientras la carrera de Nina como agente de policía prosperaba, Shawna alcanzó un rango de supervisora en la agencia. Durante todo este proceso, Shawna había sido su mentora y su amiga, propiciando su evolución de víctima a protegida.

—Entonces, ¿no has venido por la deliciosa comida? —preguntó Nina.

Shawna no picó el anzuelo.

—Tengo que contarte algo sobre Wade. Algo que nunca había pensado que te contaría, pero ahora que vas a trabajar con él...

45

En ese momento sonó el timbre de la puerta.

Deseosa de deshacerse del inoportuno intruso, Nina se dirigió en silencio hasta la puerta y la abrió.

–*Hola, mi'ja.** –La vecina de al lado, la señora Gomez, se encontraba en el umbral con una bandeja de cerámica en las manos. Bianca, su hija de acogida de diecisiete años, estaba a su lado–. No estaba segura de si habrías comido, así que te he traído un café de *tres leches*.

La señora G, eternamente preocupada por si Nina pasaba hambre, le llevaba a menudo platos caseros o un capricho delicioso. Bianca la acompañaba cada vez que uno de sus seis hermanos de acogida la ponía de los nervios, lo cual solía ser unas tres veces por semana.

Nina ejecutó debidamente su parte del ritual al aceptar la ofrenda.

–*Gracias.*

–Vaya, pero veo que tienes compañía –dijo la señora Gomez–. No quiero molestarte con mis problemas.

Anda que no.

–¿Qué ocurre, señora G?

Esta le dedicó una sonrisa avergonzada.

–Iba a preparar unas empanadas, pero se me han estropeado los fogones.

Al parecer cansada de las vacilaciones de su madre de acogida, Bianca apoyó una mano en la cadera y fue al grano.

–Tienes que llamar a Jaime. –Arqueó las cejas, en las que llevaba *piercings*–. A nosotras no nos hará ni caso, pero si lo llamas tú, vendrá corriendo.

Nina soltó un suspiro, dio un paso atrás y les sujetó la puerta.

–Pasad.

La señora G se dirigió a la cocina y dejó la tarta en la encime-

---

* A partir de ahora, las palabras en cursiva aparecen en español en el original. *(N. de la T.)*

ra; luego se quedó allí con las manos entrelazadas mientras Nina cogía el teléfono para llamar al conserje.

Jaime contestó al primer timbre.

–*¿Qué pasa, Nina?*

–*Hola*, Jaime, hay un problema con…

La señora G agitó frenéticamente las manos y negó con la cabeza.

Nina cambió el discurso sobre la marcha.

–Con algo que hay que reparar. ¿Puedes venir?

–Estaré ahí en un par de minutos, *bonita*.

Nina puso los ojos en blanco, colgó y se volvió hacia su vecina.

–Cuando se entere de que he llamado por ti se va a enfadar. No me saldré con la mía una segunda vez.

–Lo llamé hace dos días –explicó la señora G–. Estamos hartos de la comida procesada. –Hizo una mueca con los labios como si describiera un residuo tóxico. Y quizá para ella fuera así.

–Eh –dijo Bianca, mirando por encima de Nina por primera vez para ver mejor a Shawna–. ¿Tú no sales en la tele o algo así?

–Shawna Jackson –contestó esta al tiempo que se ponía en pie–. Salí en las noticias ayer por la noche.

Después de que Shawna dejara el FBI seis meses atrás, Nina había experimentado una sensación de pérdida obvia. Los agentes debían retirarse a los cincuenta y siete años, con una posible extensión hasta los sesenta. A los cincuenta y dos, Shawna había visto la oportunidad de empezar una nueva carrera y la había aceptado. Muchos miembros de la agencia se jubilaban para aceptar trabajo como asesores, expertos en seguridad o especialistas, ya que la experiencia que tanto les había costado adquirir constituía un valioso activo. No obstante, unos pocos tenían una combinación natural de talento y carisma que los convertía en una apuesta segura para aparecer en los informativos nacionales en calidad de expertos en fuerzas del orden.

Hacía unos meses, una serie de incidentes en los que varios policías blancos habían disparado a unos hombres negros desarmados había aparecido en los titulares de todo el país, y Shawna

47

había recibido una avalancha de peticiones para entrevistarla. Al ser la mujer afroamericana de más rango en la historia del FBI, su puesto y su experiencia a la hora de investigar casos de violación de los derechos civiles le proporcionaban unas buenas credenciales para hablar con autoridad sobre el tema. Hacía poco que un importante canal de noticias nacional la había contratado como asesora profesional.

La señora G se apresuró a estrecharle la mano a Shawna.

–Es incluso más guapa en persona.

Antes de que Shawna pudiese contestar, alguien llamó con fuerza a la puerta. Nina frunció los labios y la abrió.

–*Hola, bonita* –saludó Jaime a través de una nube de Old Spice–. ¿Qué problema tienes?

Nina parpadeó para evitar las lágrimas que le habían provocado los vapores de la colonia.

–Son los fogones.

Él frunció el ceño.

–¿Los cuatro o solo uno?

–Tendrás que preguntárselo a la señora Gomez.

Contempló a Jaime mientras este echaba un vistazo a la cocina y, a medida que entendía lo que estaba pasando, endurecía la expresión.

Bianca le dedicó una peineta.

–*Hola,* Jaime.

Este se volvió hacia Nina con el ceño fruncido.

–No mola, *bonita*. No mola.

Bianca acercó su cara a la de él.

–No nos has arreglado los fogones. Hemos tenido que preparar la comida en el microondas, Jaime. ¿Te lo imaginas? –Bajó la voz para expresar el verdadero horror y la gravedad de la situación–. Burritos envasados. En el microondas. –Enseñó dos dedos–. Durante dos días.

Jaime hizo una mueca.

–Vale, vale.

Las siguió fuera del piso al tiempo que murmuraba por lo bajo algo que sonaba como «*pinches* fogones».

Nina cerró la puerta y al volverse se encontró a Shawna reprimiendo la risa.

—Me gustan tus vecinos.

—Pues no sabes de la misa la mitad. Son como una gran familia disfuncional.

—Ya me lo habías comentado. Podrías permitirte un piso de lujo en el centro, lo sabes, ¿no? —Shawna abrió mucho los ojos y añadió enseguida—: Sin ofender.

Esta vez, Nina se rio.

—No te preocupes. Me gusta vivir aquí. Cuando era pequeña, vivía en edificios de pisos como este.

No añadió que había elegido adrede un lugar en el corredor latino para permanecer en contacto con su comunidad. Al haber salido rebotada de una familia a otra mientras crecía, a veces se sentía desconectada de su legado. Para compensar la ausencia de familia, había estudiado español en la escuela y se juntaba con guatemaltecos, puertorriqueños, salvadoreños, peruanos, mexicanos y colombianos, que constituían la mayor parte de la población latina en D. C. por entonces.

Tras mudarse al edificio de pisos, la señora Gomez, originaria de Chile, adoptó de vez en cuando el papel de madre sustituta. Le había enseñado a Nina un montón acerca de los alimentos y de cocina, y también sobre el vino chileno, que según la señora G dejaba en evidencia a «esa cosa francesa». Nina habría apostado el sueldo de un mes a que la señora G nunca había probado un vino francés.

Nina empezó a cortar la enchilada y retomó la conversación donde la habían dejado.

—¿Has venido a hablar de Jeffrey Wade?

Shawna se puso seria.

—Mientras tú pasabas por el proceso de ingreso, a Wade lo habían apartado de la UAC.

Una manera considerada de decirlo. Según algunos, Wade había tocado fondo; otros decían que había perdido trece kilos y medio, que no le sobraban precisamente; y unos pocos aseguraban que había pasado varios días de sus vacaciones en una institución. Nina no sabía qué parte de todo eso era cierta, pero el daño a su reputación había sido profundo y continuado.

Shawna dejó vagar la mirada, aparentemente perdida en sus pensamientos. A Nina le dio la sensación de que era como una olla a presión a punto de explotar. Se guardó muy mucho de interrumpir y lo que hizo fue emplatar en silencio la comida y llevarla a la mesa.

Al final, Shawna continuó:

—Existe otra razón por la que no recomendó tu contratación. Soy una de las pocas personas que conoce toda la historia.

Nina se dejó caer en la silla al tiempo que la embargaba una sensación de aprensión.

—Wade tenía una hermana pequeña —explicó Shawna—. La secuestraron cuando tenía catorce años. La policía la encontró al cabo de unos días. Físicamente estaba bien pero...

Nina se miró las manos. Siempre se había preguntado por qué Wade había ingresado en la sección de delitos contra la infancia en la UAC, un puesto relativamente nuevo cuando él lo asumió. Al menos ahora conocía la respuesta.

—¿Qué le pasó a su hermana?

—A los veinte años se tomó una sobredosis letal de medicamentos. —Shawna meneó la cabeza—. Según Wade, nunca volvió a ser la misma después de lo ocurrido.

Una pieza del rompecabezas se colocó en su sitio.

—Cree que yo haré lo mismo. —Nina lo dijo como una afirmación—. Y que mi trabajo en el FBI será el detonante.

Shawna levantó una mano para apaciguarla.

—Míralo desde su punto de vista. Una candidata se presenta con una historia de abusos y violencia peor que la de algunas de las víctimas con las que él había trabajado. –Respiró hondo–. Peor que lo que le había pasado a su hermana.

–¿Y entonces me echa en cara que yo fuera capaz de recuperarme y convertirme en poli? –dijo, al tiempo que señalaba a Shawna con el tenedor–. Estuve en las fuerzas policiales durante cuatro años sin ningún problema antes de solicitar el ingreso en el FBI.

–Desde su perspectiva, te estaba protegiendo.

Shawna empezó a cortar la enchilada.

–Y no quería que todo le estallara en la cara si daba el visto bueno a mi salud mental y, al cabo de cinco años, se me iba la olla. –Soltó un resoplido despectivo–. Es peor de lo que pensaba.

–No, no es solo eso. –Shawna vaciló–. En tu expediente se indicaba que a veces podías ser… difícil. Que no siempre encajabas bien en el equipo. Tenías una tendencia a trabajar de manera independiente, incluso en la policía. Y eso no es lo que hacemos en el FBI.

Nina no podía rebatírselo y le sentó fatal saber que había expedientes secretos por ahí. Expedientes en los que se detallaba todo lo relacionado con su vida desde que tenía un mes. Expedientes que a ella se le ocultaban, mientras que otros podían leerlos. La mayoría de los niños no tenían documentación en la que se registrara cada aspecto de su comportamiento y de su situación a lo largo de su vida. Los niños que estaban en el sistema de acogida sí la tenían. Y aquellos descritos como «difíciles» tenían los expedientes más gruesos de todos.

–Ya sabes que Wade fue mi compañero cuando me asignaron a la UAC –dijo Shawna cambiando de tema–. Pero lo que no sabes es que unos años después de que me ascendieran y abandonara la unidad, estuvimos… liados.

–Espera, ¿qué?

Nina era incapaz de imaginarse a Shawna con Wade.

–Como te he dicho, por entonces era un hombre distinto. –Shawna se comió un bocado y se quedó callada, como si se estuviera planteando cuánto debía compartir–. En el momento en que pediste tu ingreso en el FBI ya lo habíamos dejado, pero Wade sabía que yo te había animado a presentar la petición. Se sintió obligado a contarme que se negaba a apoyar tu incorporación. –Endureció las facciones–. Así que fui a hablar con el director.

–Lo sé –contestó Nina–. Y hay personas en la agencia que saben de tu intervención y que me guardan rencor por ello. Sin duda, Wade es una de ellas.

Shawna dejó el tenedor en el plato y miró a Nina con los ojos entornados, mientras el aire se impregnaba de la mezcla de olor a comino y cebolla.

–Lo hice porque el FBI te necesita. –Se dio unos golpecitos en el pecho con el índice–. Nos necesita a las dos. –Al ver que Nina no contestaba, alzó la voz–. La agencia sigue estando controlada sobre todo por hombres. Cuando me contrataron, apenas habían aceptado a unas pocas mujeres para ser agentes de pleno derecho. Imagínate lo que supuso para una mujer negra cruzar las puertas en esa época. Pero igual que tú, decidí trabajar más que nadie para demostrar a los que dudaban de mí que se equivocaban. Acepté cargos de mierda, casos de mierda y un equipo de mierda. Me lo comí todo con patatas y me propuse alcanzar un puesto en el que pudiera contribuir a allanar el camino para otras. Eso fue lo que hice contigo y no pienso pedir perdón por ello. Ni a ti ni a nadie. –Se estaba quedando sin aliento.

Shawna nunca hablaba de los comienzos de su carrera. De la discriminación a la que había tenido que enfrentarse. Del techo de cristal que había roto una y otra vez en su camino hasta alcanzar los puestos más altos en la jerarquía de las agencias del orden estadounidenses.

–Nunca me lo había planteado así –dijo Nina en voz baja–. Gracias.

Shawna aceptó la disculpa con un ademán de la cabeza antes de proseguir:

–Le dije al director que no debíamos utilizar contra ti el hecho de que fueras una superviviente. Le recordé que habías sido policía durante cuatro años y que en tu expediente personal no había más que elogios. –Shawna volvió a coger el tenedor y lo clavó en su enchilada como si esta la hubiera ofendido de alguna manera–. A continuación utilicé la táctica nuclear. El director sabía que Wade y yo habíamos sido compañeros años antes. –Bajó la vista–. Puse en cuestión el criterio de Wade. Le dije al director del FBI que, como exanalista de perfiles, creía que los temas personales de Wade habían influido en su opinión sobre ti.

–Madre mía, Shawna.

–Me posicioné en contra de mi compañero, un hombre al que en su día había amado y por el que aún sentía un gran afecto, solo porque creía en ti, Nina. –Se le humedecieron los ojos–. Y lo haría otra vez… porque era la decisión correcta.

–Debió de ser muy doloroso. –Nina extendió el brazo para apretar la mano de Shawna, honrada por la fe que su mentora había mostrado en ella–. ¿Qué dijo el director?

–¿Qué iba a decir? El historial reciente de Wade jugaba en su contra. Lo habían obligado a abandonar la UAC porque se le consideraba inestable. Tu rendimiento, en cambio, era ejemplar, y tus test estaban cerca del percentil más alto en todas las categorías. Wade había concluido que los resultados de tu polígrafo no mostraban ningún engaño, tan solo una falta de claridad en ciertos aspectos debido a un trauma del pasado. Por si eso fuera poco, tenías un historial asentado de excelencia en un departamento de policía grande y muy respetado. –Se encogió de hombros–. El director decidió aceptarte en la agencia.

–Y Wade me trata como si no formara parte de la investigación porque eso es lo que cree en realidad. –El resentimiento se apoderó de ella–. Que no debería formar parte del FBI.

–No tenía intención de contarte nada de esto, pero ahora que sois compañeros, me ha parecido que debías saberlo.

–¿Cómo puedo trabajar con Wade si no confío en él?

–Porque no tienes otra –respondió Shawna–. La decisión es tuya, pero si decides ser su compañera, al menos sabes qué terreno pisas.

Nina procesó las palabras de Shawna, plenamente consciente de que estaba como siempre había estado: sola.

El precio que debía pagar para que la incluyeran en la investigación más importante de su vida implicaba ser compañera de un agente que había intentado dejarla fuera del FBI. No se molestó en decir que le parecía injusto. Las dos lo sabían.

Miró a Shawna a los ojos.

—Si mis opciones son echarme a un lado y observar o subirme al cuadrilátero, pienso luchar. Siempre.

7

Jaula de acero del club de lucha Central
Washington, D. C.

Después de examinar meticulosamente la herida, el luchador conocido como Odín alzó la aguja para coser los bordes del irregular corte que tenía sobre el ojo izquierdo. Experimentó un dolor abrasador que lo puso a prueba para que se acobardara y se diera por vencido. El hombre se sobrepuso e introdujo el hilo quirúrgico a través de la carne hinchada.

—Ostia —dijo Sorrentino a su espalda—. No sientes nada, ¿verdad?

Con la mirada clavada en el espejo agrietado, Odín introdujo la aguja por el otro lado de la herida y vio como se le tensaba la piel antes de que la punta la atravesara.

—Lo siento todo. —Dio un tirón para unir ambos bordes—. Pero yo estoy al mando. Soy yo quien decide si reaccionar o no. —Volvió a hundir el afilado acero en su piel—. Tengo un completo dominio sobre mí mismo.

Sorrentino soltó una carcajada.

—Igual que has dominado a The Raider esta noche.

Odín se permitió una sonrisa de satisfacción que curvó sus labios. Andrew *The Raider* Benett había sido el idiota que se había

55

metido en la jaula con él. Ahora descubriría la dicha de tener el brazo roto.

Así era como funcionaba el deporte de la sangre. Los miembros del público desataban su rabia contenida en un combate mientras que los gladiadores competían por la gloria. Pero Odín tenía un secreto que le daba ventaja. Era distinto de los demás. Distinto de toda la humanidad. Había aprovechado las ventajas genéticas con las que había sido bendecido y se forzaba más que el resto. La combinación de superioridad física y mental lo colocaba en otro nivel. La visión del sudor volando por los aires, el sabor de la sangre en la boca, el olor almizclado a miedo: todas esas cosas lo embriagaban.

—Me he jugado mucho dinero contigo —dijo Sorrentino—. Siempre apuesto por Odín.

Este ignoró el halago. En la escala de la evolución, Sorrentino se hallaba en algún lugar situado entre una cucaracha y un sapo, aunque tenía instinto para los negocios. Sabía apostar por el caballo ganador. Odín terminó el último punto de la sutura y se dispuso a atarla.

Sorrentino se acercó a él, con la uniceja de abundante pelo negro fruncida.

—Muy bien los puntos, muy rectos. ¿Dónde lo has aprendido?

Odín clavó los ojos en los de Sorrentino y no apartó su fría mirada hasta que el otro retrocedió un paso, nervioso. Satisfecho de haber zanjado el tema, retomó su tarea.

—¿Estás disponible el viernes por la noche? —preguntó Sorrentino, cambiando a un tema más seguro.

Apretó los extremos para que quedaran más ceñidos a la piel y se irguió antes de echar un vistazo a la hilera de televisores de pantalla plana colgados en la parte superior del rincón de la sala.

—El viernes por la noche estoy ocupado. Te mandaré un mensaje la próxima vez que esté libre para una pelea.

Sorrentino, que pareció darse cuenta de que era el momento de retirarse, se apresuró a salir del vestidor.

Odín volvió a mirar los monitores. Ignoró las noticias de ESPN y NASCAR, y se centró en la pantalla que emitía noticias locales. Lanzó las tijeras en el kit médico y escupió un hilillo de sangre que cayó sobre el suelo de cemento. Las noticias locales. Él también habría aparecido en los titulares nacionales si los medios conocieran la conexión existente entre la chica sin hogar aparecida en el callejón y la agente del FBI que aparecía en el vídeo viral. Nina había salido en todas las cadenas. Era la heroína de todo el mundo. ¿Qué pasaría si descubrieran que su nueva favorita era la responsable de la muerte de esa chica?

Recordó el vídeo de la pelea entre Nina y aquel inútil que la había atacado en el parque. Lo había visto mil veces. Nina seguía siendo menuda, tal como la recordaba, pero estaba claro que había recibido entrenamiento. Había perfeccionado sus habilidades y ahora llevaba una pistola y una placa.

Nina Guerrera. La chica guerrera.

Nunca había llegado a enterarse del cambio de nombre. Al intentar rastrear a Nina Esperanza, todas las pistas se perdían al cumplir ella los diecisiete años. Suponía que el cambio de nombre formaba parte de un fallo confidencial del tribunal de menores, uno de los pocos expedientes a los que no podía acceder. Nina le debía once años de castigo.

Esta vez, pagaría su deuda completa antes de que acabara con ella.

8

Unidad de Análisis del Comportamiento,
Edificio de oficinas Aquia
Aquia, en Virgina

Nina detestaba los secretos. Este en concreto era como una herida supurante bajo la superficie, lo cual contaminaba todas las interacciones que tenía con Wade, y estaba destinado a explotar en forma de un espray tóxico que los cubriría a los dos con una pátina de veneno en algún momento indeterminado del futuro.

No importaba lo que hubiera hecho Wade ni los motivos que se escondían detrás: cualquier consideración personal quedaba relegada para centrarse en la caza del asesino. Y, precisamente por eso, a la mañana siguiente Nina se encontró siguiendo a Wade a la sala de reuniones de la UAC, como si no tuviera ni idea de que él la había apuñalado por la espalda dos años atrás.

Nina observó a las personas sentadas alrededor de la mesa de reuniones. A la cabecera se encontraba Gerard Buxton, un hombre al que Nina conocía por su reputación.

–Agente Guerrera. –Wade hizo un gesto con la cabeza en dirección al hombre–. Este es el agente especial supervisor, jefe de unidad de la UAC3.

Buxton la saludó con un asentimiento.

–He reunido a varias personas clave para esta primera reunión sobre el caso.

Nina se volvió a la derecha, donde había una mujer de tez pálida con una melena cobriza que caía en una cascada de rizos hasta media espalda. Advirtió un brillo de curiosidad en sus ojos turquesa.

–Kelly Breck –se presentó–. Trasladada desde informática, donde aterricé después de un periodo en análisis de imagen. –Un leve acento sureño suavizaba los términos técnicos.

Nina decidió no preguntar por la inclusión de una especialista en cibernética en una reunión del UAC. Buxton era conocido por utilizar enfoques poco convencionales en las investigaciones, y por conseguir resultados.

El hombre con el pelo rubio rapado que se sentaba junto a Breck parecía estar en una misión de reconocimiento a la que lo habían enviado desde la base del cuerpo de marines que quedaba unos kilómetros más abajo, en la misma calle. Unas gafas de montura negra añadían un toque incongruente a sus rasgos cincelados.

–Jake Kent –se presentó–. UAC3.

Nina y Wade tomaron asiento frente a los otros dos agentes.

–Empecemos con la victimología –declaró Buxton sin más preámbulos.

Todas las miradas se centraron en Wade, que abrió una libreta encuadernada en cuero. Todos los demás tenían algún tipo de dispositivo electrónico abierto sobre la mesa. A nadie pareció sorprenderle que Wade tomara notas al estilo clásico.

–La chica se llama Sofia Garcia–Figueroa –comenzó Wade–. Mujer hispana de dieciséis años. En la actualidad la madre se encuentra en rehabilitación intentando superar su adicción a la metanfetamina. El padre lleva dos años de una condena de diez por cargos relacionados con drogas. Sofia ha formado parte del sistema de acogida desde los cinco años. Llevaba seis meses en un hogar compartido y hace dos semanas se escapó por tercera vez. El supervisor del hogar lo denunció tras el recuento de camas, pero no se tomaron más medidas para encontrarla. Según los detectives de la metropolitana, empezó a mantenerse practicando la prostitución. –Alzó la vista de sus notas–. Igual que su madre.

Al escuchar la historia de Sofia, Nina se desgarró por dentro. Con unas breves frases, Wade había resumido una vida de dolor, rechazo y trauma. Sofia podría haber encauzado su vida, pero ahora nunca tendría esa oportunidad.

Wade pasó a la siguiente página.

–El último lugar en el que la vieron fue unas manzanas más abajo de la calle M, a las diecinueve horas de la noche anterior al hallazgo del cadáver.

–¿Estaba con un cliente?

Antes de que Wade pudiera contestar, Buxton le dedicó una mirada elocuente a Breck, que tomó la palabra.

–He estado trabajando con los analistas de imágenes. La tenemos en la cámara de seguridad de una tienda a la que entró a comprar cigarrillos –explicó Breck–. Estaba sola.

–¿Utilizó un carné falso? –preguntó Nina.

–No tuvo necesidad –intervino Wade–. Por lo visto el dependiente que trabaja en ese turno no le da mucha importancia a las leyes para la venta de tabaco. La policía metropolitana se está ocupando de él en este momento.

–¿Quién encontró el cuerpo? –quiso saber Kent, que por lo visto acababa de incorporarse al caso.

–Joaquin Ochoa –contestó Wade volviendo a bajar la vista–. Un mozo del club nocturno Triple Threat. Salió por la puerta trasera para sacar la basura alrededor de las tres de la madrugada, después del cierre. Vio sobresalir la pierna de Sofia. Tenemos suerte de que el contenedor estuviera casi lleno, o la chica habría estado en el fondo y él nunca la habría visto.

Nina no conocía ese detalle.

–El perpetrador no quería hacerla desaparecer. Quería asegurarse de que yo fuera al escenario del crimen. Tenía que saber con anterioridad que el contenedor estaría lleno. –Nina se volvió hacia Wade–. ¿Era esa la hora a la que normalmente se recoge la basura?

Wade pasó varias hojas más.

–La basura la recogen una vez a la semana. Estaba programada para la mañana siguiente a las seis. –Le dedicó un asentimiento a Nina–. Quería que la encontraran.

–Y quería que la encontraran en un contenedor –añadió Nina.

Estaba segura al respecto. Nada de lo que hacía este asesino parecía aleatorio.

–Hay algo que no entiendo –continuó Wade–. ¿Por qué la echó dentro del contenedor? Si lo único que quería era retrasar el hallazgo, podría haberla dejado detrás, sobre la acera. Nadie la habría descubierto hasta la hora de recogida de la basura, cuando un camión con elevador hidráulico hubiera levantado el contenedor para vaciarlo. En realidad, eso habría tenido más sentido si lo que quería era asegurarse de que alguien la viera. –Miró a Nina–. Eso hace que me pregunte si conocía tu historia.

Lo dijo con la objetividad clínica de un investigador experimentado, pero las palabras cayeron sobre Nina con la fuerza de un golpe físico. Planteaba la idea de que el asesino había colocado el cuerpo de Sofia en una espeluznante parodia de Nina cuando era una niña: por tanto, sospechaba que el tipo tal vez supiera que a ella la habían arrojado en un contenedor.

Se recompuso lo más rápido posible, esforzándose por ocultar su reacción.

–No sé cómo podría haberlo sabido. Evidentemente yo no se lo conté mientras me retuvo.

–Pero ¿había personas que lo sabían? –preguntó Wade.

–Las circunstancias de mi ingreso en el sistema de acogida están en mi expediente, pero yo nunca se lo he contado a nadie. –Apartó la mirada de Wade–. Nunca.

—Lo que hace un asesino con su víctima después de muerta es muy relevante —intervino Kent, evitando así que Nina tuviera que dar más explicaciones—. Cuando alguien dispone el cuerpo meticulosamente, o lo cubre, está indicando que conocía a la víctima o que experimenta un mínimo de remordimiento por sus actos. En cambio, alguien que trata el cuerpo con desprecio pretende una total deshumanización de la víctima. —Dio unos golpecitos a su libreta—. Este asesino no sentía ningún respeto por Sofia y no creía que mereciera ningún tipo de consideración. Ese podría ser el motivo por el que la tiró donde lo hizo.

—Cierto —convino Wade—. Pero hay que tener en cuenta otros aspectos. ¿Qué pasa con la nota que le metió en la boca y el mensaje en clave que pintó con espray en el escenario del crimen? Por la forma de mencionar la palabra «esperanza» en ambos, queda claro que conocía el antiguo apellido de la agente Guerrera. —Se volvió de nuevo hacia ella—. ¿Cómo podía saberlo?

Ella vaciló un instante antes de contestar.

—Porque yo se lo dije. —La frase quedó flotando en el aire durante un momento antes de que Nina se explicara—. Me obligó a hacerlo. Al principio le di un nombre falso, pero se dio cuenta de que mentía. —Se irguió en la silla. Ni por asomo iba a dejar que nadie juzgara a la chica de dieciséis años que había sido una vez—. Siguió haciéndome daño hasta que le conté la verdad.

Ese día, el hombre había conseguido romperla. Una parte de ella permanecería rota para siempre.

Sin inmutarse ante su patente incomodidad, Wade siguió hurgando en la herida.

—¿Te dio la sensación de que en ese momento entendía que tu apellido significaba *hope* en inglés? ¿Hizo algún comentario al respecto?

Nina intentó recordar, obligando a su mente a compartimentar mientras se abría paso a través de los restos de sus recuerdos fragmentados.

—No. Debió de averiguarlo luego.

Todos parecieron reflexionar al respecto durante un instante antes de que Buxton decidiera dejar de lado la discusión para deshacer el incómodo giro que había tomado la conversación.

—¿Abusó sexualmente de Sofia Garcia-Figueroa?

—La violó —dijo Wade al tiempo que apartaba la mirada de Nina para centrarse de nuevo en su libreta—. También tiene veintisiete laceraciones horizontales en la espalda así como tres quemaduras de lo que parece un cigarrillo y marcas de ligaduras alrededor del cuello. No sabremos en qué orden sucedió todo eso hasta que recibamos noticias del forense.

A Nina se le hizo un nudo en el estómago.

—¿Quieres decir que la violación pudo producirse *post mortem*?

—Cuando tengamos la autopsia completa, podremos hacernos una idea más clara —señaló Wade—. También esperamos los resultados de toxicología y un informe sobre el ADN.

—Estoy en ello —contestó Buxton.

—¿Alguna idea de cómo se produjo el asesinato? —preguntó Kent.

—Solo sabemos que no se cometió en el lugar donde se encontró el cadáver —explicó Wade—. Los análisis forenses de las pruebas también pueden ayudarnos a establecerlo.

Nina se centró en la vida de la chica en busca de claves sobre su muerte. ¿Cuánto tiempo había conseguido sobrevivir en la calle? Trabajar de prostituta era peligroso a muchos niveles. Habría necesitado protección, y era probable que hubiera sido presa del tráfico de estupefacientes al que tantas otras chicas se veían arrastradas.

—¿Formaba parte de alguna banda? —preguntó. Al ver que Wade arqueaba las cejas, se explicó—: ¿Tenía un chulo? ¿Un camello?

—La policía metropolitana está investigando esa posibilidad —contestó él—. Ahora mismo, sus hombres están trabajando sobre el terreno en el vecindario. Espero que Stanton me diga algo más hoy o mañana. Es todo lo que tengo.

Buxton se volvió de inmediato hacia Breck.

–Veamos qué tenemos sobre el vídeo.

Como si la hubieran cogido desprevenida, Breck se sobresaltó y cogió el portátil que tenía enfrente. Nina simpatizó con ella. Buxton estaba dirigiendo la reunión a un ritmo muy rápido.

–Hemos analizado las grabaciones de numerosas cámaras de vigilancia de la ciudad y los comercios de la calle M –explicó Breck–. Ninguna estaba enfocada al callejón que hay detrás del club.

–Apuesto a que el asesino también lo sabía –intervino Nina–. Dado que había planeado todo lo demás, lo lógico sería que hubiera estudiado el lugar por adelantado.

–Nos hemos centrado en una franja de tiempo de diez horas, desde dos horas antes de que se la viera con vida en la tienda hasta la hora en que la encontraron en el contenedor –dijo Breck–. Pero podemos poner en marcha otra búsqueda aumentando la franja horaria.

–¿Tenéis algo? –preguntó Wade.

En la cara de Breck se dibujó una sonrisita.

–Mira esto.

Le dio la vuelta al portátil para que pudieran ver la pantalla. Todos se inclinaron hacia delante y se concentraron en un vídeo de la calle M bajo la luz sobrecogedora de las farolas y los carteles de neón. Aquella zona de ocio nocturno, con un aire de mala muerte, era un hervidero de tráfico y peatones, muchos de ellos en diversos estados de embriaguez.

Breck pulsó una tecla y todos los vehículos desaparecieron, junto con la etiqueta de la hora. Los peatones caminaban por las aceras o cruzaban corriendo la calle, serpenteando entre los coches, ahora invisibles, bajo los círculos de luz que proyectaban las farolas, cada uno de ellos seguido de una marca horaria concreta.

Breck les explicó las imágenes mientras todos miraban; su acento sureño se acentuó por la emoción:

–Hemos utilizado un filtro de reconocimiento facial para detectar a la víctima, pero no aparece en ninguna de las imágenes tomadas en esta calle a lo largo de la franja de diez horas que hemos comprobado.

–Entonces no entró por voluntad propia en el callejón –observó Nina–. Alguien la llevó allí.

–Ya hemos determinado que habían pasado varios días desde la última recogida de basura –dijo Wade–. Así que no pudieron trasladarla al callejón en un camión de la basura. ¿De qué otra forma pudo el asesino llevarla allí?

Nina consideró las posibilidades.

–¿Puedes reducir los parámetros a personas que lleven cajas o carritos? Cualquiera que fuera a realizar una entrega.

–No solo puedo hacerlo; también puedo hacer que parezca sencillo. –Breck introdujo una orden–. Mirad.

Varios hombres con carros y cajas deambulaban por la acera extrañamente vacía. Uno de ellos se detuvo en seco, agitó las manos y gritó algo antes de cruzar la calle. Nina se rio por lo bajo al ver al hombre volverse y hacer una peineta, un comportamiento habitual que se convertía en cómico por la eliminación digital del vehículo que casi debía de haberlo atropellado.

Kent se inclinó hacia delante con los ojos clavados en la pantalla.

–¿Puedes eliminar a todo el mundo excepto a las personas que entran en el Triple Threat?

Breck deslizó los pálidos dedos sobre el teclado. Más imágenes se evaporaron. Todos observaron con gran atención.

–Ahí –señaló Nina.

Un hombre fornido con un uniforme oscuro y una pronunciada cojera empujaba al interior del club nocturno un carrito en el que transportaba una caja grande y abultada. La visera de la gorra le ocultaba la parte superior del rostro, mientras que una poblada barba difuminaba la inferior. Breck pasó las imágenes a cámara rápida y luego otra vez a velocidad normal mientras el hombre empujaba el carrito vacío al salir del club, zigzagueando calle M abajo hasta que salió del encuadre.

—¿Dónde está su furgoneta? —quiso saber Nina.

—Deja que lo etiquete. —Breck introdujo otro comando—. Vale, lo tengo justo aquí.

El hombre se dirigió a una furgoneta Ford Econoline, abrió las puertas traseras e introdujo el carrito. A Nina se le heló la sangre al ver el vehículo.

El tipo se dirigió cojeando a la puerta del conductor, se subió a la furgoneta con un esfuerzo evidente y se alejó.

—¿Matrícula? —preguntó Kent.

Breck amplió la imagen.

—No tiene.

—Las cámaras de tráfico —intervino Buxton, inquieto—. Síguelo.

—Solo hemos recabado las imágenes de vídeo en un radio de tres kilómetros alrededor del escenario del crimen. —La piel de porcelana de Breck se ruborizó lentamente—. Ampliaré los parámetros de búsqueda. Ahora que tenemos un vehículo sospechoso, puedo ponerme a rastrearlo.

Nina se centró en la única otra opción que les quedaba.

—¿Puedes buscar también en la base de datos para hacer un reconocimiento facial del hombre?

—Déjame ver si consigo una imagen mejor de su cara —contestó Breck—. Está oscuro, pero seguramente podemos iluminarla lo suficiente para distinguirla.

—Hay algo que no me cuadra —observó Nina—. El hombre que me atacó estaba en forma y era musculoso. —Señaló a Kent—. Como él. Este tipo parece obeso y cojea del pie derecho.

—Hace once años que no lo ves. —Wade se señaló su cuerpo de arriba abajo—. Por experiencia propia, te digo que muchas cosas pueden deteriorarse en el físico de un hombre durante ese periodo de tiempo. Sobre todo si se hizo daño en la pierna y no ha podido hacer ejercicio.

Breck le dio la vuelta al ordenador y se puso a teclear.

—Introduciré su manera de andar en el sistema. Si un candidato sospechoso aparece en el vídeo, podremos comparar su cojera con esta.

Kent se quitó las gafas.

—Si quisiera engañar al sistema de reconocimiento facial, ¿podría ponerme una nariz falsa, una barba o gafas para generar confusión?

Breck negó con la cabeza.

—El reconocimiento facial se centra en la estructura ósea facial, así que ese tipo de trucos no sirven. Tendrías que tomar medidas más drásticas para burlar la tecnología de la que disponemos.

—Pero ¿podría hacerse con implantes cosméticos o cirugía?

Breck lo miró con el ceño fruncido, dubitativa.

—En teoría, sí.

—En cualquier caso, disponemos ya de nuestra primera pista viable —dijo Buxton, interrumpiendo la conversación de sus subordinados—. La agente Breck hará el seguimiento. Mientras tanto, centrémonos en el perfil.

Nina se irguió en la silla. Aquello era lo que más temía escuchar. A pesar de que su reputación había sufrido un revés, el doctor Jeffrey Wade seguía siendo el mejor experto en mentes criminales. ¿Cómo diseccionaría la psique del monstruo?

—Todo se reduce al móvil —empezó a decir Wade—. El comportamiento del asesino refleja su personalidad, que responderá a ciertos patrones. Estos patrones proporcionan información sobre su forma de ser. —Juntó las yemas de los dedos y se dio unos golpecitos con ellos en la barbilla—. Este asesino es metódico. Escogió a Sofia como víctima con el propósito evidente de atraer a la agente Guerrera a la investigación. En su nota deja claro que relaciona este crimen con el que intentó cometer hace once años. Es la realización de un deseo. Podemos concluir con bastante seguridad que lo cometió después de ver el vídeo viral de Guerrera.

Kent frunció el ceño.

—¿Quieres decir que el vídeo fue el catalizador?

—Es la suposición más lógica —contestó Wade, antes de mirar a Nina—. Los asesinos pueden fantasear con sus crímenes durante bastante tiempo antes de cometerlos. Por lo general una serie de circunstancias o acontecimientos convergen de tal forma que los impulsan a actuar. Es posible que el hecho de verte otra vez, sobre todo en una posición de autoridad y reduciendo con decisión a un depredador, lo hiciera estallar.

Nina supuso que Wade estaba proporcionando estos antecedentes para que tanto ella como posiblemente también Breck se beneficiaran del análisis, al ser las dos personas de la sala con menos experiencia en perfiles.

Así que aprovechó la oportunidad.

—¿Qué clase de depredador comete dos crímenes en once años?

—Un acosador obsesionado de verdad que encontró a otra víctima que ocupara tu lugar —contestó Wade—. Alguien que ha reprimido sus ansias hasta que un estresor las disparó.

Kent volvió a ponerse las gafas.

—O un depredador que no ha llamado la atención pero que ha matado a otras durante la última década. No sabemos si Guerrera fue su primera o su última víctima antes de cometer este crimen.

—Me sorprendería que alguien con un patrón tan único y consistente no hiciese saltar las alarmas del sistema —señaló Wade.

Buxton negó con la cabeza.

—No hay ningún caso similar en el ViCAP,* y en la base de datos forenses no hemos obtenido ninguna coincidencia con las muestras que se tomaron en el escenario. Eso incluye pelos, fibras, fluidos... Todo. Aunque como ya he comentado antes, se trata tan solo de una comprobación preliminar. No tardaremos en tener un informe más completo, después de que lo analicen todo en el laboratorio.

Nina planteó la pregunta incómoda que todos parecían evitar:

* Unidad del FBI dedicada al análisis de delitos violentos sexuales y en serie. *(N. de la T.)*

–¿Se ha comparado alguna de las pruebas de la calle M con las muestras recogidas en mi caso?

–Estamos en contacto con el departamento de policía del condado de Fairfax –contestó Wade–. Están buscando la caja en el almacén de pruebas archivadas. Nuestro laboratorio quiere analizar el material original. Mientras tanto, nos han mandado el perfil digital. Pronto sabremos algo más.

–Espera un momento –dijo Buxton al tiempo que miraba su móvil–. Los de Relaciones Públicas me acaban de mandar un mensaje. Dicen que pongamos las noticias.

Cogió el mando a distancia y apuntó a la pantalla plana que se encontraba tras la espalda de Nina.

Esta hizo girar la silla para quedar de cara al monitor.

–¿Qué ocurre?

–El asesino ha mandado un mensaje. –Buxton pulsó el mando a distancia–. Al público.

9

Nina contempló en el televisor colgado en la pared a un conocido presentador de pelo canoso vestido con un traje gris. Una cortinilla se deslizaba por la parte inferior de la pantalla mientras él hablaba a la cámara:

–... un mensaje a través de la página de Facebook de Channel Six News. Como muestra de respeto a nuestros televidentes, lo hemos investigado antes de emitir la historia en directo. También nos hemos puesto en contacto con el FBI para que hicieran comentarios al respecto. Y ahora, para que nos amplíe esta noticia de última hora, hablamos con Jerrod Swift.

El plano se abrió hasta abarcar a otra persona, un periodista de poco menos de treinta años sentado junto al presentador.

–Gracias, Steve. –Jerrod se apartó un mechón moreno de la frente y miró a cámara–. Hace unos veinte minutos, alguien ha mandado un mensaje directo a nuestra página de Facebook en el que aseguraba ser la persona que hace dos noches mató a Sofia Garcia-Figueroa, de dieciséis años, en Georgetown.

La voz de Jerrod siguió sonando de fondo mientras en la pantalla aparecía una imagen de la página de Facebook del canal.

–La persona que se ha puesto en contacto con nosotros ha utilizado un perfil falso y ha asegurado disponer de datos que solo podría conocer el asesino. Ahora podemos compartir en exclusiva con ustedes el contenido de ese mensaje.

–¿Qué es lo que dice? –preguntó el presentador mientras en la pantalla aparecía de nuevo un plano de la redacción.

–Está enfadado por lo que él considera un encubrimiento por parte de las fuerzas del orden.

–¿A qué encubrimiento se refiere? –El presentador hizo girar la silla para quedar de cara a Jerrod–. ¿Y cómo ha llegado a la conclusión nuestro equipo de noticias de que el mensaje es auténtico?

–Nos hemos puesto en contacto con el FBI y les hemos proporcionado la imagen que nos ha mandado. –En la pantalla apareció la foto del críptico mensaje encontrado en la bolsa de plástico–. No han querido hacer comentarios, pero fuentes cercanas a la investigación confirman que coincide con una nota que el asesino dejó en el escenario del crimen.

–Hijo de puta –dijo Wade, cosa que distrajo a Nina por un instante.

Volvió a dirigir la mirada hacia la pesadilla que se desplegaba ante sus ojos mientras Jerrod continuaba la crónica:

–La persona que ha mandado el mensaje directo a nuestra página afirma que la nota hace referencia a la agente especial del FBI Nina Guerrera, que hace poco apareció en un vídeo que se hizo viral. La apoda la Chica Guerrera.

Nina apretó las mandíbulas para taponar el torrente de obscenidades que amenazaban con salir por su boca mientras el vídeo de Accotink Park ocupaba la pantalla y, de fondo, la voz de Jerrod seguía su relato.

–Al revisar las imágenes, hemos encontrado algo interesante –explicó Jerrod–. Aquí tienen un fotograma.

En esta ocasión la pantalla se dividió en dos: en un lado apareció un fotograma aislado de Nina, extraído del vídeo viral, y, en el otro, una imagen de Sofia Garcia-Figueroa en el instituto.

–El parecido es evidente –dijo el presentador cuando la cámara volvió a enfocarlo–. ¿Qué ha dicho el FBI?

–Todavía no han emitido un comunicado oficial.

–Entonces, ¿qué quiere el asesino? –preguntó el presentador a Jerrod–. ¿Ha indicado por qué habla a través de los medios?

–Afirma que no va a permitir que el FBI oculte información al público –contestó Jerrod–. Por lo que parece, quiere que se le reconozca el mérito por lo que ha hecho.

Wade soltó un gruñido de exasperación. Nina se imaginó que no le gustaban especialmente los analistas de sillón.

–Y también ha compartido un mensaje codificado con nosotros –continuó Jerrod.

Nina contuvo el aliento mientras en la pantalla aparecía una imagen en la que se veía una serie de letras y números. Era distinta de la que había pintado en el contenedor del escenario del crimen.

El presentador siguió acribillando a preguntas al reportero:

–¿Qué significa, Jerrod?

–Todavía no lo sabemos, pero estamos trabajando en ello.

–Así pues, ¿el asesino tan solo se ha puesto en contacto con nuestra cadena?

–Sí. Y no ha dicho por qué.

–Espera un momento; el productor me está comentando algo. –El presentador se tocó levemente la oreja–. Tenemos un montón de comentarios en nuestra página de Facebook. La gente está intentando descifrar el mensaje. –Dirigió la mirada a Jerrod–. Nos aseguraremos de compartir las posibles soluciones con las autoridades.

Jerrod asintió e intentó disimular su emoción con una expresión lúgubre, pero no le salió bien.

–Aunque no sabemos qué más está ocurriendo, el asesino parece centrarse en la agente especial Guerrera –dijo–. Esperemos que el FBI le esté dando caza en este mismo momento.

–Gracias por este informe, Jerrod, y avísanos si hay alguna novedad, por favor. Este hombre supone un enigma tan grande como las pistas que deja tras de sí. –El presentador giró la silla para quedar de cara a la cámara–. Después de los anuncios, conectaremos con una empresa de control de plagas en Reston que utiliza videntes y el poder de los cristales para liberar de bichos las casas de sus clientes.

–Apaga el puñetero televisor –dijo Buxton, antes de mirar a los que estaban sentados a la mesa–. ¿Alguien ha tomado nota?

Breck leyó en la pantalla de su ordenador:

–Veintiséis, cuarenta y cuatro, diez, veinticuatro, veinticuatro, diez, seguidos de una F y una Q.

Wade alzó la vista de sus notas.

–Dudo que haya utilizado otra vez un simple código de sustitución.

–Se lo reenviaré a los criptoanalistas –decidió Buxton–. Las reglas del juego han cambiado. El asesino ha metido al público en el meollo de nuestra investigación.

–Quiere controlar todos los aspectos del caso –dijo Wade–. Incluida la información que revelamos. También está disfrutando del espectáculo, siempre que él sea el protagonista. Un narcisista de libro.

–¿Cuál será su próximo movimiento? ¿Qué creéis?

Por la expresión demacrada de Buxton, Nina supo que temía la respuesta.

–Doblará la apuesta –contestó Wade–. Irá personalmente a por Guerrera. Demostrará su superioridad eliminando a una agente federal.

Nina no tenía ninguna intención de dejar que eso sucediera. El monstruo creía que tenía asuntos que resolver con ella, pero no tenía ni idea de en quién se había convertido Nina. Sus caminos parecían destinados a encontrarse de nuevo, pero esta vez lo estaría esperando.

–¿Y si no lo consigue?

Wade la taladró con la mirada.

–Entonces morirá otra persona.

10

A Nina no se le pasó por alto lo que eso implicaba. Sofia Garcia-Figueroa había muerto en su lugar y, si ella no era capaz de detener al monstruo, le pasaría lo mismo a otra chica. Un manto de culpabilidad la embargó.

Breck rompió el silencio:

–¿Qué clase de asesino se comunica con un código?

–En mi experiencia –respondió Wade–, un asesino en serie.

–Pero solo tenemos una víctima. –Breck miró de reojo a Nina y añadió–: Una víctima muerta, en cualquier caso.

–Este es otro de los problemas que tengo con este caso. –Wade se pasó la mano por el pelo canoso e hirsuto–. Las personas que se implican hasta ese punto han matado antes, aunque las pruebas físicas, o la ausencia de ellas, indican que tan solo ha llevado a cabo un intento anterior, sin éxito.

Se hizo el silencio de nuevo en la sala.

–La esperanza ha muerto –dijo Nina mientras le daba vueltas al primer mensaje codificado–. ¿Qué diantres significa eso?

–Si la víctima era una sustituta tuya, eso quiere decir que, ritualmente, te mató a ti –contestó Wade en un tono neutro.

–Entonces, ¿por qué has dicho que alguien más va a morir? –quiso saber Breck.

—Buena pregunta —intervino Buxton—. De hecho, ¿puede actualizar su valoración sobre el asesino basándose en lo que acabamos de escuchar, agente Wade?

—La manera más segura de introducirse en la mente de un asesino es a través de su comportamiento, sobre todo en el escenario de sus crímenes, donde despliega sus vilezas —empezó a decir Wade—. Entre el caso de Guerrera y este último ocurrido en D. C., ha establecido un patrón definido, tanto en términos de victimología como de metodología. El hecho de que llevara guantes, de que evitara que su crimen quedara registrado en una cámara, que alterase su apariencia y que consiguiera un uniforme de repartidor me indica que es organizado y disciplinado. El truco que se ha sacado de la manga con los medios demuestra que le encanta la atención y recalca aún más su necesidad de control. Quiere mostrar al mundo que quien está a cargo de la investigación es él, no el FBI. —Clavó la mirada en Nina—. Y siente fascinación por ti.

Nina se dio cuenta de que la atención se había centrado en ella. Como si todos creyeran que ocultaba un fragmento de información esencial que los llevaría hasta la puerta de la casa del asesino.

—No tengo ni idea de por qué —dijo, intentando que sus palabras no revelaran una actitud defensiva.

Wade siguió mirándola.

—En las ocasiones en que un criminal comete más de un crimen, los casos más importantes que hay que analizar son los primeros, pues se hallarán cerca de su lugar de residencia y desvelarán más claves acerca de los motivos de los crímenes. —Hizo una pausa como para sopesar sus palabras—. Si tú fueras, como dice la nota, «la que se escapó», eso podría indicar que también eras su primera víctima. Aún no había perfeccionado su técnica, así que es posible que tú dispongas de información fundamental acerca de él. Cosas que puede que ni siquiera seas consciente de que sabes.

—¿Crees que es un asesino en serie? —Nina cruzó los brazos sobre el pecho—. No tenemos tres víctimas.

Del mismo modo que el resto de agentes, en la academia Nina

había estudiado los distintos tipos de asesinos. Lo que definía a un asesino en serie era que tuviera tres víctimas, con una distancia cronológica o psicológica entre ellas. Los asesinos en masa se definían por haber matado por lo menos a cuatro individuos en un único incidente. Por último, los asesinos itinerantes mataban a dos o más víctimas en distintos lugares sin un periodo de distensión entre ellas.

Wade encogió un hombro.

—No digo que sea un asesino en serie, pero sin duda es un criminal reincidente. Cabe la posibilidad de que lo que lo provocó en un principio, lo que generó una reacción en él, fuese algo relacionado contigo. Al escapar, hiciste que se sintiera derrotado y tal vez le hiciste perder la confianza en sí mismo. Es posible que haya reprimido sus ansias de violencia hasta que te vio en el vídeo.

Kent asintió lentamente.

—Y ahora quiere demostrar al mundo, y a sí mismo, que puede atraparla.

—Para él sería esencial —señaló Wade.

Buxton se metió un dedo por dentro del cuello de la camisa y soltó un profundo suspiro.

—Necesitamos información útil para identificar a este tipo. Vamos a tener que repasar el incidente en que se vio envuelta la agente Guerrera. —Vaciló, y luego añadió—: En detalle.

Por su expresión desalentadora, Nina dedujo que le estaba ofreciendo la posibilidad de retirarse con elegancia. Si ella no estuviera en esta sala y no formara parte del equipo, Wade la entrevistaría en privado e informaría a los demás de los resultados. Todo estaría filtrado, para protegerla del escrutinio y los juicios de valor de sus colegas. Si permanecía en la sala, tendría que relatar su historia y responder preguntas a medida que surgieran. El entrenamiento básico le había enseñado que las entrevistas de primera mano eran siempre la mejor fuente de información. Y ella era la fuente más viable que tenían.

Era su momento. Había llegado la ocasión de hablar de lo que había sucedido y de todos los acontecimientos que habían llevado a ese punto. De hablar de las horas más íntimas y humillantes de su vida. Si no era capaz de afrontarlo, más le valía quedarse al margen y dejar que otros agentes se ocuparan del caso.

Al mirar a sus colegas sentados alrededor de la mesa, recordó que había relatado su historia a investigadores y terapeutas con solo dieciséis años. Si eso servía para atrapar al monstruo, podía volver a hacerlo ahora, ya como una mujer adulta.

Wade habló entre dientes y en una voz tan baja que solo ella lo oyó:

–No tienes por qué hacerlo.

Lo que Wade no entendía era que aquello era justo lo que debía hacer. Irguió la espalda y dirigió la mirada hacia Buxton.

–¿Qué quiere saber?

Buxton miró de reojo a Wade. Debían de haber planeado la situación de antemano, designando al doctor Jeffrey Wade, psicólogo forense, para que la acompañara a lo largo del relato. Era evidente que Buxton sabía que Wade ya había repasado el incidente con ella durante el proceso de ingreso. Debía de haber decidido que a Nina le resultaría más sencillo abrirse de nuevo con él.

Que se lo creía él.

Wade giró la silla para quedar de cara a ella.

–Nina, ¿por qué no empiezas con lo que recuerdas del secuestro?

Nunca antes se había dirigido a ella por su nombre de pila. También se había referido al «secuestro» para distanciarla del ataque. Nina había utilizado las mismas tácticas para entrevistar a víctimas de crímenes.

–Era de madrugada –comenzó–. Me había escapado de la casa compartida de acogida y me quedé con un grupo de mujeres que acampaban en la parte de atrás de un centro comercial en Alexandria.

Wade asintió, animándola a continuar.

–La primera vez que vi la furgoneta, pasó lentamente frente a nosotras, pero luego volvió y se paró al otro lado del aparcamiento. Una de las mujeres se levantó para ver si el tipo quería hacer negocios.

Recordaba a aquella mujer con tanta claridad como si hubiera ocurrido el día anterior: su manera afectada de caminar, que hacía que el grasiento pelo rubio oscilara mientras se pavoneaba como una mujer de la calle.

–Yo me quedé con las demás –continuó Nina–. No tenía una adicción que alimentar, así que no estaba en el mercado. –Se dio cuenta de que estaba concentrada en los ojos grises y fríos de Wade mientras contaba su historia–. La mujer regresó a donde estábamos nosotras y dijo que el tipo estaba interesado en mí, no en ella.

Aún oía en su mente la carcajada de la mujer, aún veía sus dientes negruzcos y las encías inflamadas que creaban un oscuro vacío que contrastaba con su piel pálida bajo la luz de la luna.

–Sin previo aviso, el hombre abrió la puerta del acompañante, saltó fuera y corrió directo hacia mí. –Nina se calmó mientras el terror descarnado de aquella noche volvía a embargarla, acompañado de recuerdos de dolor y angustia–. Llevaba un pasamontañas negro y unos guantes de látex de un azul vivo. Hacía frío, pero no tanto como para llevar un pasamontañas. En cuanto vi que llevaba la cara cubierta intenté huir, pero él ya había echado a correr. Me alcanzó en varias zancadas, me agarró de la coleta y tiró de mí. –Se tocó el pelo corto con aire ausente–. Me rodeó la garganta con una de sus grandes manos y apretó.

–¿Qué hicieron las otras mujeres? –preguntó Wade.

–Se largaron.

Nina había albergado la convicción de que se apresurarían a ayudarla. Eran cinco mujeres adultas. Entre todas podrían haberlo ahuyentado. En lugar de eso, se habían limitado a observar como el hombre se alejaba arrastrándola y no habían hecho nada para evitarlo. Como muchas otras personas en su vida, la habían abandonado. Aquel fue el momento en que aceptó de verdad que estaba sola. Que solo podía contar con ella misma.

–Ni siquiera llevaba un arma, pero todas se dispersaron. –Tragó saliva para hacer bajar el nudo que se le había formado en la garganta–. Me dejaron ahí sola.

–¿Qué pasó a continuación? –la animó a seguir Wade en voz baja.

–Me cogió, me llevó a la furgoneta y allí me estranguló hasta que perdí el conocimiento.

–¿Y cuándo volviste en ti?

El tono de Wade no reflejaba ninguna emoción. Estaba en modo entrevista.

–Me puse a pelear y él me dio un golpe en la cabeza. Todo para mantenerme desorientada. –Siguió concentrándose en Wade, quien la anclaba al presente a medida que ella se hundía más y más en el pasado–. Estaba mareada y aletargada. Recuerdo que me arrancó la ropa y me ató las muñecas y los tobillos con cinta adhesiva. También me amordazó.

–¿Recuerdas que clase de cinta utilizó?

Nina intentó desenterrar de su interior una imagen más nítida.

–No.

–¿De qué color era?

–Estaba oscuro. No lo recuerdo.

Wade, que percibió claramente su agitación, pasó a otro asunto.

–Por favor, no te tomes a mal la siguiente pregunta, pero necesito entender qué tipo de personalidad tiene. –Esperó a que ella asintiera antes de seguir–: ¿Te enfrentaste a él?

–Como si me fuera la vida en ello.

–¿Cómo respondió?

–Cuanto más me resistía, más violento se ponía él. De hecho, creo que le excitaba.

Wade le dedicó un leve asentimiento, como si hubiera esperado esa respuesta.

–Muy bien. ¿Qué pasó luego?

–Abrió las puertas traseras de la furgoneta. Estábamos rodeados de árboles. Muchos árboles. Me arrastró fuera, me cargó al hombro como si fuera un saco de arena y me llevó a un cobertizo. Era pequeño, pero sólido.

Se detuvo y se recompuso para afrontar la siguiente parte. Wade no insistió. Todos esperaron a que fuera ella quien retomara la historia.

—Una vez estuve dentro, cerró la puerta y me colocó bocabajo sobre una mesa de acero. Utilizó una cuerda de nailon para atarme la muñeca izquierda a un poste que había en la parte superior izquierda. Una vez me tuvo asegurada, cortó la cinta adhesiva, me agarró la muñeca derecha y la ató a la otra esquina. Luego hizo lo mismo con los tobillos.

—Así pues, ¿se aseguró de que estuvieras sujeta en todo momento? —quiso saber Wade.

—No podía escaparme. —La voz de Nina fue apenas un susurro.

—Tranquila —dijo Wade en voz baja y tranquilizadora—. ¿Qué ocurrió después?

—Desapareció durante unos minutos. Al volver, llevaba una capa negra y no se había quitado ni la máscara ni los guantes.

—¿Qué aspecto tenía la capa?

—Yo estaba tendida bocabajo, pero vi que era larga y que se abría por delante. Llevaba un cordón atado a la cintura.

—Lo estás haciendo muy bien. Adelante.

Nina no sabía con certeza si alguien —aparte de Wade— había leído el informe policial del condado de Fairfax y sabía con exactitud lo que le había ocurrido. Su idea había sido compartimentar y adoptar el papel de investigadora para generar una distancia emocional. Su objetivo era enumerar los hechos como si le hubieran ocurrido a otra persona y ella se limitara a informar sobre ellos, pero las imágenes de aquella noche la habían asaltado y amenazaban con superarla. Pensó en Sofia Garcia-Figueroa para armarse de valor y continuó con el relato:

—No dejaba de tocar las marcas de mi espalda. Dijo que... que ojalá me las hubiera hecho él. —Hizo una pausa para recordar bien las palabras–: En realidad, dijo que ojalá me las hubiera «otorgado», como si hablara de un premio.

Por lo visto, los retazos borrosos de recuerdos que a Wade le habían parecido problemáticos durante su proceso de ingreso empezaban a aclararse un poco.

–Estoy seguro de que esto debe de ser difícil –dijo Wade en tono empático–. ¿Qué hizo después?

Nina se frotó las palmas húmedas en los pantalones al tiempo que se preparaba para la siguiente parte.

–Sacó un cigarrillo y lo encendió. Lo vi por el rabillo del ojo. No dejaba de hablarme, preguntándome por las marcas de cinturón y si yo había llorado al recibirlas. También fue entonces cuando me pidió que le dijera cómo me llamaba.

Breck se llevó la mano a la boca mientras escuchaba.

–¿Dijo exactamente marcas de cinturón? –preguntó Wade.

Nina cerró los ojos y se sumergió en su subconsciente en busca de detalles.

–Creo que sí.

La voz de Wade dejó traslucir una sensación de urgencia:

–¿Cómo podía saber que las marcas te las habían hecho con un cinturón?

Nina sabía adónde quería llegar Wade con esas preguntas: trabajaba con la hipótesis de que el asesino la conocía antes de llevársela. Nina lanzó un dardo a su teoría.

–Los cardenales eran recientes. Me los habían hecho pocos días atrás. Seguramente aún se veían los sitios en los que la hebilla había cortado la carne. Debió de resultarle evidente con qué me los habían hecho.

Wade intentó adoptar un enfoque más directo.

–¿Recuerdas haberlo visto antes de esa noche?

Una pregunta que la policía le había hecho un millón de veces. Y que ella misma se había planteado aún más veces.

–No.

Wade la estudió en silencio, como si la estuviera midiendo. El aire acondicionado se puso en marcha y su zumbido llenó la habitación.

—¿Qué hizo con el cigarrillo?

Wade sabía perfectamente lo que el maldito monstruo había hecho con el cigarrillo.

—Me lo hundió tres veces en la espalda. —El pulso se le aceleró pero mantuvo la compostura y no vaciló al responder—. Dibujó un triángulo. Con una quemadura en cada extremo.

Recordó el sonido de su propio grito, que ahogó el chisporroteo de la punta encendida al quemarle la piel. El olor a carne chamuscada que le inundó la nariz. El pecho que le palpitaba contra el acero frío mientras se preparaba antes de cada contacto del cigarrillo con su piel desnuda, uno en cada omoplato y el último en la parte inferior de la espalda.

Aunque no quería continuar, sabía que tenía que hacerlo. Cualquier cosa que recordara podía proporcionar una pista para detener al monstruo, cualquier detalle en apariencia insignificante que nunca antes había aparecido. Se lo debía a Sofia. Y a quien fuera que el tipo tuviese en mente, sin duda.

—Al terminar, se lo veía... excitado. Se desató el cordón que sujetaba la capa por la cintura y abrió la parte de delante.

Con el corazón a punto de salírsele del pecho, Nina procedió a describir las tres ocasiones en las que el monstruo la había violado. La había mantenido atada durante horas, y la recolocaba después de cada violación.

Wade escuchó sin interrumpirla. Al terminar, le preguntó:

—¿Te dijo algo durante ese periodo?

—Se tumbó encima de mí y me susurraba al oído. —Cerró los ojos con fuerza con la esperanza de que le vinieran a la memoria las palabras del hombre—. Maldita sea, no recuerdo lo que me dijo.

—No pasa nada —dijo Wade, incapaz de disimular su decepción.

A continuación, Nina respondió una a una todas las preguntas que le hicieron los demás. Sí, se había puesto un condón nuevo cada vez. No, no la había mordido. Sí, la había golpeado. No, no le había roto ningún hueso, pero Nina se había hecho un esguince en la muñeca intentando huir.

Se sentía agotada. Exprimida mental y físicamente. Sin embargo, aún no había terminado.

–¿Cómo te escapaste? –preguntó Wade, cambiando de tema con evidente reticencia.

–Después de… acabar conmigo, se marchó. Yo seguía atada a la mesa y casi no podía moverme debido al daño que me había hecho. –Se tragó el nudo de la garganta–. Mucho daño. Estaba empapada en sudor. Tenía las manos tan húmedas que se escurrían de la cuerda de plástico. Seguí estirando. Tengo las manos pequeñas, y las encogí aún más, así. –Levantó el brazo y metió el pulgar dentro de la palma para enseñárselo–. Tiré y tiré hasta liberar la mano izquierda. Después, conseguí desatarme por completo.

Wade arqueó las cejas.

–No sabías si él iba a volver o cuándo, ¿verdad?

–Tuve que darme prisa. Lo que más me costó fue deshacer el nudo del tobillo derecho. Para entonces ya había recuperado el equilibrio, pero tenía un dolor de cabeza espantoso. Me deslicé de la mesa hasta tocar el suelo, avancé de puntillas hasta la puerta y la abrí. Todavía estaba oscuro, pero quedaba poco para que saliera el sol. No vi a nadie en los alrededores. La furgoneta había desaparecido, así que eché a correr por el bosque.

–¿Desnuda? – intervino Breck por primera vez.

–En el cobertizo no había ropa y él debió de dejar la mía en la furgoneta. En cualquier caso, en ese momento mi vida era más importante que mi pudor.

Wade hizo callar a Breck con una mirada.

–Continúa, Nina.

–Tuve que correr durante bastante tiempo antes de salir de entre los árboles, cerca de unas casas. No conocía la zona, pero más adelante me enteré de que me había llevado a Chantilly. Se encuentra en la parte occidental del condado de Fairfax, a unos treinta y cinco minutos de donde me secuestró.

Nina recordó su frenética busca de ayuda, su terror al llamar a la puerta de un desconocido en ese momento en que se sentía tan herida y vulnerable. Un desconocido que podía ser peor que el monstruo del que había escapado.

—Distinguí una casa con la luz encendida y llamé al timbre. Un hombre abrió la puerta, me miró de arriba abajo y llamó a su mujer. Esta me cubrió con una manta mientras su marido llamaba a la policía.

—¿Qué pasó después de que llegara la policía?

—Lo habitual. Me tomaron declaración mientras un par de técnicos sanitarios examinaban mis heridas. Yo estaba bastante traumatizada.

Había sacado fuerzas de la mezcla de adrenalina y terror que le recorría el cuerpo para no derrumbarse a lo largo de las numerosas horas de incontables entrevistas con inspectores y personal médico. Solo mucho después, cuando por fin se encontró sola tras darse una ducha, se permitió el lujo de derramar lágrimas.

—¿Te trasladaron al hospital?

—¿Te refieres a si me examinaron con el kit de violación? —preguntó Nina en un tono más cortante de lo que pretendía—. Sí. Yo nunca vi el informe, así que seguramente tú sepas más que yo sobre los resultados.

Otro expediente con información que ella nunca había visto.

—¿Qué me dices del escenario del crimen? —continuó Wade.

—Conseguí indicarles dónde se encontraba el cobertizo, pero para cuando llegaron había desaparecido por completo. Habían ardido hasta los cimientos en menos de media hora.

—¿Quién era el propietario del terreno en el que se encontraba? —preguntó Buxton.

—Era la finca de una pareja de ancianos que habían muerto sin dejar testamento. Hace décadas habían construido una casa en una parcela de ocho hectáreas. Sus hijos adultos, que se habían independizado todos, andaban a la greña para quedársela. La propiedad llevaba como un año en proceso de legitimación. La policía me contó que lo más seguro era que mi atacante hubiera construido el cobertizo sin que nadie lo supiera ni lo aprobara. Procesaron hasta la más mínima prueba que quedó tras el incendio, pero el fuego destruyó todas las huellas, fibras y restos de ADN.

Al terminar su relato, algo que Wade había dicho con anterioridad llevó a Nina a plantear una pregunta.

–Antes me has insistido en la clase de cinta adhesiva que utilizó –dijo–. ¿Por qué?

–Saber si había algo fuera de lo normal que pudiera sernos de ayuda. Lo mismo se aplica a lo que fuera que usó para cortarla de tus muñecas y tus tobillos. Hay cuchillos militares que pueden cortar las cuerdas de un paracaídas y tejidos duros.

–No recuerdo haber visto lo que usó.

–Creo que ya es suficiente por ahora –se apresuró a decir Buxton, tal vez con demasiada rapidez. La tensión que reinaba en la sala se suavizó mientras miraba ostentosamente su reloj.

Nina no pudo evitar la sensación de que el jefe la había rescatado en el momento en que la memoria la había vuelto a dejar tirada. De que, de algún modo, había fallado al equipo. Deseaba con todas sus fuerzas desenterrar cualquier fragmento de información, pero debía admitir que una pequeña parte de ella se había convertido en una experta en relegar los detalles a los más oscuros recovecos de su mente. Si quería atrapar al monstruo, tendría que sacar a la luz esos fragmentos, y el dolor que los acompañaba, del lugar donde los había almacenado meticulosamente.

11

Tres horas después, Nina dio un respingo cuando Kent dejó un tanque de cerveza con un golpe seco sobre la superficie mellada de la mesa redonda. Wade colocó cuatro jarras limpias a su lado al tiempo que se sentaba junto a Nina.

Breck cogió una y se sirvió.

−La primera va por Guerrera.

Nina agarró el asa fría de la jarra.

−¿Buxton no viene?

Kent hizo un gesto con el que abarcaba toda la sala.

−Tengo la sensación de que los gerifaltes se esfuerzan por no ver lo que sucede aquí dentro.

Tras un día agotador en los confines de la UAC, se habían apretujado en uno de los Chevrolet Suburban de la agencia para recorrer la escasa distancia que los separaba de las instalaciones de Quantico, donde la academia del FBI tenía su propio bar. Conocido como la sala de juntas, en el local se reunían desde agentes nuevos hasta ejecutivos policiales de todo el mundo que asistían a la Academia Nacional del FBI. Según la noche, podía haber baile, karaoke o partidas de cartas entre aquellos que querían liberar tensiones.

Nina echó un vistazo a su alrededor.

–Hoy no hay mucha gente. Nadie que dé la nota.

Wade inclinó el tanque y vertió el líquido ambarino en su jarra.

–Creo que la intención de Buxton era que tuviéramos la oportunidad de hablar entre nosotros.

Tenía sentido. Los había reunido a todos para que trabajaran como un equipo. Wade y Kent eran los únicos asignados de manera permanente a la unidad. Para ser productivos, les hacía falta encajar. Nina pensó que bien podría aprovechar la oportunidad.

Deslizó sobre la mesa una jarra vacía hacia Kent.

–Te he visto estudiando el código en el ordenador hace un par de horas. ¿Ha habido suerte?

–Estaba trabajando con los criptoanalistas del servidor interno. –Kent se llenó la jarra antes de empujar el tanque hacia Breck–. Descifrar códigos es su especialidad, pero quería centrarme en la fraseología previa del asesino, para ver si podía arrojar luz sobre este nuevo mensaje.

–Kent tiene formación en análisis psicolingüístico –explicó Wade mientras escarbaba en la cesta de *pretzels* del centro de la mesa–. Gentileza del Tío Sam.

Nina miró a Kent y arqueó una ceja, invitándolo a que se explicara.

–Antes de incorporarme al FBI estuve en las Fuerzas Especiales –se limitó a decir él–. Mi equipo necesitaba a alguien que lo ayudara con los interrogatorios. –Alzó una mano–. No me pidáis detalles; todas mis misiones están clasificadas. Como ya tenía una diplomatura en Psicología, me escogieron para recibir la formación avanzada. También me pagaron el máster.

Breck le dio un codazo a Wade.

–¿Estás buscando un cacahuete en el fondo de ese cesto?

Wade dejó de toquetear los *pretzels*.

–Me iría bien algo de proteína.

–A mí también, pero los cacahuetes no me sirven –dijo Breck–. Tengo tanta hambre que me comería un caballo y luego perseguiría al jinete.

Nina sonrió.

—Me encanta cómo hablas, pero no logro ubicar tu acento.

—Soy de Georgia —contestó Breck—. Pero ni siquiera de Atlanta, sino de la zona del País Bajo, donde al *sushi* todavía lo llaman cebo. —Se puso de pie—. Voy a pedir *pizza* para todos.

—¿Qué te llevó a estudiar lingüística? —le preguntó Nina a Kent. Estaba mucho más interesada en su experiencia que en la comida.

—Fue una evolución lógica —contestó él—. Hablo cuatro idiomas y me gusta leer. Me interesan las palabras.

—¿Qué puedes deducir sobre una persona a partir de su forma de hablar?

—No es solo su forma de hablar, también está la comunicación escrita. Puedo hacerme una idea de su nivel educativo, su cociente de inteligencia, la zona donde se crio y su manera de entender el mundo, entre otras cosas. A veces un modismo peculiar puede proporcionar información, como cuando el asesino dijo que ojalá te hubiera «otorgado» él las heridas de la espalda. —Dejó la cerveza sobre la mesa—. Lo siento, no quería volver a sacar el tema.

Nina vio que Wade la miraba y lo señaló con el pulgar.

—Me ha hecho repasarlo todo tres veces más mientras Breck y tú estabais ocupados. —Hizo un gesto con la mano para indicarle a Kent que no se preocupara—. Cada vez me afecta menos.

Lo cual, seguramente, formaba parte del plan de Wade. Vacunarla obligándola a hablar del tema una y otra vez al tiempo que extraía datos de su subconsciente y buscaba hasta el último detalle sobre su secuestro.

—Yo también he pensado en lo extraña que es la elección de esa palabra —dijo Wade—. ¿Sabes quién otorga cosas a la gente?

—¿Un rey? —propuso Breck, que acababa de llegar después de pagar en la caja en el otro extremo de la sala.

—¿Una organización? —se aventuró Kent.

Nina respondió con la primera cosa que le vino a la cabeza:

—Un dios.

Wade alzó su cerveza a modo de saludo.

–Exacto.

Nina se pasó las yemas de los dedos por la garganta.

–El colgante del ojo de Dios. Lo ha guardado durante todos estos años. ¿Qué significa eso? ¿Se cree Dios?

–No tenemos suficiente información para estar seguros –contestó Wade–. Sin duda quiere ejercer un poder y un control totales. Es lo que sugieren sus comentarios de hoy a la prensa.

–Lo único que les importa a los depredadores es el control –dijo Kent–. Parte de su personalidad incluye nociones grandilocuentes de superioridad, pero otra tiene que dominar todo lo que les rodea para disimular una sensación enraizada de no ser suficiente.

–Eso es una completa contradicción –dijo Nina.

–Una de las muchas razones por las que no son lo que llamaríamos tipos equilibrados. –Kent cogió un *pretzel* y lo estudió–. Creo que el término técnico es «pirado».

–Algunos de ellos sufrieron abusos por parte de sus padres en la infancia. –Wade frunció el ceño, pensativo–. Dada la personalidad de este tipo, sospecho que se trata del padre o de una figura paterna.

–Tú escarbas en sus mentes y yo en sus discos duros –dijo Breck–. Me gusta más mi trabajo.

–Hablando de eso... –Nina se volvió hacia ella–. Esta tarde te he visto en un corrillo con los de delitos informáticos. ¿Algún avance?

–Para hablar de eso me hace falta una cerveza. –Breck volvió a llenarse la jarra–. Por lo visto, al tipo que buscamos le encantó el comentario del presentador de las noticias; ¿os acordáis, lo de que es un enigma mayor que los que deja tras de sí? –Todos asintieron y Breck hizo una mueca de desprecio–. Ahora se hace llamar Enigma.

–Alimenta su ego –señaló Wade–. No alcanzo a comprenderlo. Es un misterio.

–Un misterio. –Breck soltó un resoplido burlón–. Le faltan varios tornillos. –Le dio un trago a la cerveza–. Se ha abierto cuentas en redes sociales con la imagen de un pergamino cifrado. Es como si estuviera creando su propia marca.

–Y eso significa que tiene intención de seguir –concluyó Nina.

–Tiene una legión de seguidores –explicó Breck–. La mayoría le trolean, pero también hay unos cuantos admiradores.

Nina casi se atragantó con la cerveza.

–¿Admiradores?

–Subió una foto de la pista en su página de Facebook y retó a sus seguidores a que la resolvieran. –Breck dio otro trago–. Consiguió un montón de «Me gusta». De hecho, se están formando equipos que compiten entre sí para ver quién descifra antes el código. Hay un grupo en el MIT que afirma que ha encontrado varias respuestas posibles.

Wade meneó la cabeza.

–Así que ahora tiene a un montón de personas que juegan a su juego. Que hablan de él.

–¿No podemos enviar una citación a las plataformas de las redes sociales para que nos entreguen su información? –preguntó Nina.

–Ya hemos presentado varias citaciones de emergencia –contestó Breck–. Nos proporcionarán los datos, pero no soy muy optimista. Da la sensación de que es un experto en tecnología. Es imposible que usara su propio nombre para abrir la cuenta, y lo más probable es que también haya encontrado la manera de ocultar la IP y también la localización.

Kent soltó una maldición.

–Entonces cerrémosle las cuentas.

–No –Wade habló en un tono extremadamente cortante–. Cada pedacito de información que consigamos sobre él, todo lo que publique, nos dará una imagen más nítida de quién es.

–Ha implicado al público y eso interfiere en nuestra investigación –dijo Kent–. ¿Qué pasa si alguien descifra el acertijo antes que nosotros? Nuestro equipo de criptografía sigue trabajando en ello.

La mesa quedó en silencio. Era obvio que esperaban a que Nina diera su opinión. Era ella quien había sido objeto de los mensajes previos de Enigma y la diana de sus amenazas. ¿Qué sentía Nina al saber que miles, quizá millones de personas estaban jugando con un hombre que la quería muerta?

Se acabó lo que quedaba de su cerveza.

–Si nos va a ayudar a atraparlo, yo voto por dejar las páginas activas.

–Eso atraerá más atención sobre ti –observó Kent–. Y también sobre el FBI.

Nina comprendió el mensaje subyacente. Dependiendo de cómo fuera el caso, era posible que los resultados no sentaran bien en el nivel ejecutivo. Desde su fundación en los días de J. Edgar, todos los agentes seguían una regla sacrosanta.

No poner en evidencia al FBI.

¿Incluiría eso el hecho de que su nombre y su nuevo apodo estuvieran desperdigados por todo internet?

–Tenemos que presentar un frente unido ante Buxton –observó Breck, que debía de pensar en los mismos términos–. Antes de que se marchara de la oficina le ofrecí un informe rápido. Vamos a dejarlo todo tal y como está hasta que sepamos algo de las citaciones, y su intención después es cerrar las cuentas de Enigma en las redes sociales si no tenemos pistas para seguir la investigación. Está todo preparado para desconectarlo, pero lo he convencido de que esperemos. Estoy de acuerdo con Wade, aunque por motivos distintos. Cuanto más tiempo interactúe Enigma, más oportunidades tenemos de echar abajo las protecciones que ha instalado para ocultarse en el ciberespacio.

Kent pasó el dedo por el borde de su jarra.

–No me gusta la idea, pero soy un jugador de equipo. Mañana iremos todos juntos a ver a Buxton. –Clavó sus ojos azul oscuro en los de Nina–. Este tipo ya te ha hecho bastante daño. Tengo la sensación de que le estamos dando una soga con la esperanza de que se cuelgue él solo. Demasiada soga para mi gusto.

Nina asintió despacio para decir que lo había entendido. Enigma era peligroso, y habían elegido a propósito permitirle acceso a una audiencia global que él ansiaba desesperadamente. ¿Valdría la pena correr el riesgo de darle soga de más, o la tensaría él y la utilizaría en su contra? Si alguien sabía lo que el monstruo podía hacer con un trozo de soga, era ella.

12

Después de un sueño corto y reparador, la rutina que Nina seguía todas las mañanas se vio interrumpida por la inesperada aparición de la hija de acogida de la vecina de al lado. Nina abrió la puerta de su piso y se encontró a Bianca con un enorme gato callejero en los brazos.

–Lo estás petando en internet –dijo la chica a modo de saludo.

Nina le dedicó una mirada adormilada.

–Ese gato empieza a sentirse demasiado cómodo por aquí.

–En serio, tienes que ver esto –contestó Bianca, ignorando deliberadamente la indirecta.

Entró en la casa con el gato sobre un hombro y el móvil en la mano libre.

–Hablan de ti en todas las redes, y sales la primera en todas las entradas del buscador.

Como adolescente adicta a las redes sociales, Bianca soltó un torrente de información actualizada sobre la creciente fascinación pública con el asesino, sus códigos secretos y la Chica Guerrera, como empezaba a conocerse a Nina.

Bianca le tendió el teléfono.

–¿Y sabes que ahora usa un escalofriante apodo de asesino

en serie? —Hizo una pausa para generar un efecto dramático—. Enigma.

Al ver que Nina no reaccionaba, Bianca soltó un resoplido impaciente.

—¿Y? ¿Qué te parece el nombre?

Nina cerró un momento los ojos.

—Ya lo había oído. —Le dio un sorbo al café—. Esto no nos ayuda con la investigación. ¿Las personas que responden a sus publicaciones son conscientes de que alimentan su ego?

—Seguro que algunas sí —contestó Bianca—. Pero no pueden evitarlo, ¿sabes?

Nina lo sabía.

—Ahora que tiene público, se sentirá obligado a ofrecerles un espectáculo.

—Pero lo pararéis antes de que pueda hacer nada más, ¿no? Me refiero a que el FBI tiene a todos sus frikis informáticos siguiendo el rastro del tipo, ¿verdad?

—En primer lugar, no son frikis. Son agentes y analistas sumamente formados. —Bianca arqueó una de sus cejas, en la que llevaba un *piercing*, y Nina añadió—: Vale, es verdad que algunos se pasan demasiado tiempo delante de la pantalla, pero son buenos en lo suyo. Y por eso resulta tan frustrante.

—¿El qué? ¿Que un psicópata sea más listo que el FBI o que los estudiantes universitarios sean más frikis aún que ellos?

Nina sabía que Bianca ocultaba su preocupación bajo una gruesa capa de sarcasmo. Como muchos niños que formaban parte del sistema de acogida, Bianca había aprendido a ocultar sus emociones con humor negro, hostilidad o una indiferencia fingida. Nina había hecho lo mismo mientras estuvo en el sistema. Se dio cuenta de que Bianca estaba preocupada por ella.

—Tengo que contarte algo —continuó Bianca, sin mirarla a los ojos.

A Nina se le despertó el instinto de policía.

—¿El qué?

–He montado un grupo. Un grupo selecto de especialistas en informática como yo. –Bajó la vista–. *Gamers*, programadores y hackers que dejarían en ridículo a todos esos *nerds*.

Bianca se había graduado del instituto a los catorce años y había obtenido una beca presidencial completa para estudiar en la Universidad George Washington. Después de obtener el título de Ciencias al final del semestre, su siguiente objetivo era sacarse un máster. A Nina no le gustaba el derrotero que tomaba la conversación. Dejó la taza en la mesita de centro, se inclinó hacia delante y le dedicó a Bianca su mejor ceño fruncido de agente federal que exige respuestas.

–Suéltalo. Ya.

Bianca alzó la barbilla.

–Vamos a cerrarle el tinglado. –Al ver que Nina se limitaba a esperar, apretujó al gato y le hizo un arrumaco antes de explicarse–: Dice que va a publicar un enlace para un nuevo canal de YouTube en cuanto lo tenga abierto.

Breck no había comentado nada acerca de una emisión en directo la noche anterior. Enigma podría atraer a una audiencia aún mayor con más contenido visual. Nina no quería ni plantearse que más podía decidir mostrar al público.

Hablaría después con Breck. En aquel momento tenía otras preocupaciones.

–¿Cómo tenéis pensado cerrarle el tinglado?

–¿Hola? ¿Te acuerdas de que he dicho que somos especialistas en informática? –Bianca lo dijo como si la respuesta fuera obvia–. Hackeamos su cuenta y la cerramos. Le dejamos claro que no puede publicar las gilipolleces que se le ocurran e irse de rositas. –Entornó los ojos–. Vamos a presentar batalla.

Nina se planteó cuál era la mejor manera de detener el plan, pero sabía que Bianca se parecía demasiado a ella como para darse por vencida sin una buena razón. Por lo que parecía, ya había puesto el plan en marcha. No quedaba tiempo para debatir en Quantico acerca de las normas. Tomó una decisión.

–Te voy a contar un par de cosas, pero si publicas una sola palabra de esta conversación, o la compartes con alguien, te aplastaré ese teléfono tuyo con las ruedas del coche. –Observó a Bianca que acariciaba el pelaje corto y denso del gato mientras asimilaba la amenaza.

–No hace falta que te pongas en plan agente malota conmigo –replicó–. No le diré ni pío a nadie.

Nina dejó escapar un suspiro. El mensaje demoledor que Breck había enviado al equipo hacía media hora había hecho que el día comenzara envuelto en un halo de frustración. Las principales plataformas de redes sociales habían contestado a sus citaciones de urgencia, pero todos los perfiles del asesino habían resultado ser falsos e imposibles de rastrear, como había anticipado Breck.

–La verdad es que no hemos realizado ningún avance rastreando al tipo –le dijo a Bianca–. Sabe lo que se hace.

–Tiene que haber abierto las cuentas desde algún sitio. ¿No podéis pillarlo siguiendo los servidores?

–Es un fantasma digital.

–Entonces la manera de detenerlo es cerrarle todo.

Otra vez no.

–No podéis hacerlo, Bee.

–Claro que sí. Es fácil, solo tenemos que...

–Lo que quería decir es que no queremos que lo hagáis. –Se pasó los dedos por el pelo–. El único motivo por el que estoy compartiendo todo esto contigo es para convenceros a tus amigos y a ti de que lo dejéis correr. Porque si no, seguiríais a lo vuestro y lo haríais igualmente, ¿verdad?

Se miraron a los ojos hasta que el gato se retorció entre los brazos de Bianca. Se agachó para dejarlo en el suelo.

–¿Por qué queréis que el tipo este publique su mierda? Es retorcido.

–Ayer por la tarde lo discutimos en Quantico –explicó Nina–. Y decidimos que, por ahora, lo mejor es dejar que siga publicando. –Levantó las palmas de las manos–. Puede que él solo se delate.

Bianca ladeó la cabeza, pensativa, mientras la coleta de pelo negro azabache le caía hacia un lado.

–Seguro que estás convencida de que vuestro equipo puede localizarlo de alguna manera, ¿a qué sí?

La chica era más lista que el hambre. Tanto que daba miedo. Nina blandió el índice frente a ella.

–Tú y tus amigos… dejadnos esto a nosotros. No interfiráis en una investigación federal.

Bianca apoyó una mano en la cadera.

–Noticia de última hora, agente Guerrera: todo el país está interfiriendo. ¿No es eso lo que, según acabas de decirme literalmente, comentabais ayer?

Nina ignoró su actitud impertinente.

–No puedo proteger al país entero, pero te aseguro que sí puedo proteger a una chica de diecisiete años que se ha inmiscuido en algo que ni siquiera entiende. –Se puso seria–. Algo… malvado.

–Ah, la maldad me la conozco bien –dijo Bianca en voz baja–. La entiendo a la perfección.

Nina había conocido a Bianca hacía cuatro años, mientras era agente de policía del condado de Fairfax y Bianca, una adolescente problemática de trece años que huía de todas las casas en las que vivía. Al desaparecer por enésima vez, Nina se propuso encontrarla: fue a todos los lugares en los que sabía que se reunían los adolescentes y levantó hasta la última piedra para localizarla. Mientras se comían unas hamburguesas, Nina consiguió que Bianca se abriera después de compartir con ella su propio pasado. Cuando se enteró de por qué había huido Bianca, detuvo a los que en ese momento eran sus padres de acogida y organizó las cosas de modo que Bianca se quedara con ella durante varios días, hasta que los servicios de menores encontraran una nueva destinación adecuada para ella. En el momento en que la señora Gomez vio a Bianca, encontró un nuevo motivo para vivir. Sus hijos ya eran mayores, y la señora G no tardó en convencer a su marido para llenar su hogar con niños de acogida. Y la primera sería una adolescente precoz con el intelecto de una adulta. Un entorno lleno de cariño había logrado suavizar las aristas del carácter de Bianca.

Nina no quería que jugara al juego de Enigma y volviera a caer en un sitio oscuro después de lo lejos que había llegado. Se dirigió a la chica y la agarró por los estrechos hombros.

–No lo subestimes, *mi'ja*. Le he mirado a los ojos. –Reprimió un escalofrío–. No tiene alma.

Bianca, en apariencia, aceptó su apreciación, pero intentó un nuevo enfoque.

–A lo mejor lo que tendrías que hacer es publicar algo en una de sus cuentas de redes sociales.

–¿Para qué? ¿Para animarlo?

–Si lo que quieres es que se delate, solo tienes que conseguir que siga hablando –señaló Bianca.

Por la mente de Nina cruzaron velozmente los distintos resultados posibles.

–No es mala idea. –Paseó por la habitación mientras pensaba–. Antes tendría que convencer a Buxton. Seguro que cree que la interacción directa introducirá otra variable que no podemos controlar.

Se planteó convencer a Wade para hacer frente común y descartó la idea. Aunque durante la conversación que habían tenido a última hora del día anterior parecía que él había reconsiderado su opinión sobre ella, Nina tenía la sensación de que se reservaba la sentencia definitiva.

–A mí me parece que es mejor que lo hagáis vosotros que una persona cualquiera –comentó Bianca–. La gente se ríe de él, lo llama friki o idiota. El tipo se enfada y les contesta con agresividad. –Meneó la cabeza–. A cada cual más burro.

Breck había mencionado los troles. Debían de estar tocándole la moral. Nina se planteó qué pasaría si el tipo recibiera un mensaje directo del FBI. ¿Contestaría? ¿Lo haría en su página para que lo viera todo el mundo? Al oír un grito ahogado, Nina centró de nuevo su atención en Bianca, que estaba mirando su móvil.

–Han descifrado el código. –Miró a Nina con un centelleo en los ojos–. El equipo del MIT. Han averiguado qué dice el mensaje y han publicado la respuesta.

Nina se apresuró a acercarse a ella.

–¿Qué dice? ¿Cómo lo han resuelto?

Bianca bajó por la pantalla con el dedo.

–Han dividido entre dos el veintiséis, el cuarenta y cuatro, el diez y el veinticuatro, y han obtenido los números trece, veintidós, cinco y doce. Si intercambias los números por las letras del abecedario correspondientes, obtienes la palabra «MUELLE». Las cifras iban seguidas por las letras F y Q. Siguiendo la misma lógica, han dividido el número correspondiente y el resultado corresponde a las letras C e I. Si llevas a cabo el proceso inverso y las conviertes en cifras, son un tres y un nueve. Al juntarlo todo tienes la respuesta: «Muelle 39».

Nina cruzó la habitación para coger de nuevo el móvil de la mesita de centro.

–Me pregunto si los analistas también lo han solucionado. ¿Dónde han publicado la respuesta esos del MIT?

–En la cuenta de Twitter de Enigma, en respuesta a uno de sus tuits. –Bianca se llevó la mano a la boca–. Oh, no. Oh, no, no, no.

–¿Qué pasa?

Nina retrocedió para echar un vistazo por encima del hombro trémulo de Bianca.

–Enigma ha publicado una imagen después de recibir la respuesta –dijo la chica, hablando entre los dedos.

Nina extendió el brazo y pulsó en la imagen para ampliarla. En la pequeña pantalla apareció el cuerpo de una chica flotando bocabajo en unas aguas turbias, con la melena rubia ondeando como un abanico dorado. Debajo había un pie de foto: «Demasiado tarde, Chica Guerrera».

A Nina le sonó el móvil en la mano. En estado de *shock*, se lo llevó a la oreja.

–Agente Guerrera. –Wade pronunció las palabras con una lacónica voz de barítono–. Haz la maleta. Nos vamos a San Francisco.

13

Nina le dio la espalda a los curiosos que se arremolinaban tras la cinta amarilla. Notaba cómo el posible sospechoso la observaba; su presencia resultaba casi palpable a través del pesado aire con aroma a almizcle procedente de los leones marinos que descansaban tumbados al sol.

–Deberíamos estar en la morgue, donde tienen el cuerpo –dijo Wade–. Podría conseguir mucha más información observando lo que ha hecho el tipo con la víctima que aquí con un montón de turistas curiosos.

Nina se sentía vulnerable y expuesta tras haber compartido su historia con Wade delante del resto del equipo el día anterior. El hecho de ir todos hacinados en la parte posterior de un vuelo comercial de seis horas tampoco había ayudado. Nina no había tenido la posibilidad de pasar tiempo a solas con su nuevo compañero para establecer los parámetros de su relación laboral sobre el terreno y, ahora, una vaga sensación de tensión impregnaba sus interacciones.

Se suponía que ella estaba allí para ofrecer su valoración sobre los actos de Enigma. En lugar de eso, se sentía como una más de las herramientas a disposición de Wade. Un recurso útil. Pero Nina era más que eso. Era una agente federal. Él tenía su manera de investigar y ella, la suya. Era obvio que él ya había visto todo lo que quería ver en el escenario, pero ella aún no había terminado de analizarlo.

—Estoy segura de que uno de los agentes de campo de la oficina de San Francisco estará encantado de llevarte a las oficinas del forense —le dijo a Wade—. Yo iré dentro de un rato.

Wade apretó la boca hasta convertirla en una fina línea.

—Lo único que digo es que ya hemos pasado suficiente tiempo aquí.

—Soy una agente de campo. —Sin albergar la más mínima preocupación por que alguien pudiera oírlos, se plantó justo delante de él e hizo un gesto con el brazo dibujando un amplio círculo que incluía la bahía y el muelle—. Ya sabes, de las que están sobre el maldito terreno.

—Eso es una idiotez, Guerrera. Los agentes de la UAC también salen a veces con algunos casos. Si te acuerdas, fui al escenario del crimen en D. C. Aquí ya hemos acabado. Si descubren algo más, podemos obtener la información a través de la policía de San Francisco sin tener que seguir poniéndonos en ridículo y alimentar el ego del que ha hecho esto.

Aunque Wade fuera el agente con más experiencia, podía cometer errores como cualquiera.

—En Georgetown no viste ni el colgante ni la pintura en espray del contenedor. No quiero que aquí se nos pase algo por alto.

Tras dejar clara su postura, dio media vuelta y avanzó a grandes zancadas hacia el borde del muelle, donde el agua verdiazul lamía suavemente los tablones de madera desteñidos por el sol.

Habían atado el cuerpo de la chica a una de las cadenas que sujetaban el grupo de plataformas flotantes. Nina estudió las tablas cubiertas de excrementos de ave que formaban una isla en la bahía de San Francisco. No distinguió un camino fácil para llegar al muelle propiamente dicho, que estaba separado de los cercanos atracaderos en los que amarraban los barcos para preservar el refugio de los leones marinos que se tostaban al sol. ¿Cómo lo había hecho Enigma?

Giró sobre sus talones y pasó junto a Wade para acercarse al teniente de la policía de San Francisco que les había resumido la situación cuando habían llegado, hacía veinte minutos.

–Teniente Spangler, ¿a qué hora ha dicho que encontraron el cuerpo?

–Alrededor de las cinco de la madrugada.

–¿No estaban abiertos los comercios para turistas ni los restaurantes?

El policía negó con la cabeza, en la que se apreciaba una incipiente calvicie.

–Las únicas personas que había por la zona eran navegantes que se preparaban para salir más tarde y algunos de los chicos que venden comida en el mercado al aire libre de Fisherman's Wharf. Preparan sus puestos pronto. –Ahuyentó con un gesto de la mano a una insistente gaviota–. Estamos tomando declaración a todo el mundo, aunque dudo que encontremos algo. Nuestra mejor opción son los que preparaban sus barcos.

–¿Es esa la única manera de acceder a los pantalanes flotantes? –preguntó Nina–. No hay acceso directo desde el muelle.

–Este es el muelle más fotografiado del país. Hay imágenes de vídeo a todas horas. El tipo debía de saberlo. –Spangler señaló con la barbilla una hilera de yates amarrados en un embarcadero cercano–. Suponemos que debió de coger una zódiac de una grada y trasladó aquí a la pobre chica mientras aún estaba oscuro. –Se metió un dedo por dentro del cinturón del uniforme–. Tendría que estar chalado para llevarla a nado, con las corrientes, los leones marinos y demás…

Nina siguió su mirada.

–¿El agua está siempre tan picada?

–Más o menos.

Nina le dio las gracias al teniente y se alejó despacio mientras estudiaba los pantalanes, la gente que se alineaba en el muelle y la grada. ¿Cómo se le había ocurrido? ¿Por qué había elegido un lugar tan público? ¿Por qué arriesgarse a que lo descubrieran? Por desgracia, el hombre que probablemente tuviera más opciones de descifrar las intenciones de Enigma estaba a unos metros de ellos con las manos en las caderas, mirándola con el ceño fruncido.

Sin dejarse intimidar por el evidente resentimiento que reflejaba su tensa postura, Nina se acercó a Wade con su siguiente pregunta:

—En la fotografía que publicó, la victima parecía rubia. Según el informe, mide metro setenta. Bastante más alta que yo.

Wade la miró.

—Por lo que nos han contado, físicamente no se parece en nada a ti. Por eso quiero echarle un vistazo en persona y enterarme de lo que han descubierto sobre su pasado. Debe de tener alguna otra cosa en común contigo. Sea cual sea la conexión, nos dirá muchas cosas sobre él.

Nina llamó con un gesto al teniente Spangler.

—¿Podría llevarnos otra vez al embarcadero? Me gustaría ver el... —Se interrumpió antes de decir «el cuerpo». Todas las víctimas merecían que se las mencionara por su nombre—. ¿Lo han identificado ya?

—La chica estaba desnuda —contestó él—. No llevaba documentación. Varias familias con adolescentes desaparecidas se han puesto en contacto con nosotros para ver si era su hija, pero hasta ahora no ha habido suerte. Los chicos que patrullan la zona creen que quizá viviera en la calle. —Hizo un gesto hacia la zona del centro de la ciudad—. Hay muchos por aquí. Los llaman «campistas urbanos».

Nina miró a Wade.

—¿Algo más?

—Hacer el perfil geográfico de este tipo acaba de ponerse difícil que te cagas.

Subieron a bordo de la embarcación de la policía de San Francisco, amarrada al grueso pilón de madera, y se sentaron en los asientos de vinilo de la parte trasera. Al cabo de cinco minutos estaban en el embarcadero, donde un agente del FBI de la oficina

San Francisco los esperaba junto a un sargento de la policía de San Francisco, ambos con una expresión de impaciencia en el rostro.

Wade fue el primero en reunirse con ellos.

−¿Qué ocurre?

El federal señaló con la cabeza al sargento, que sostenía una bolsa de plástico para pruebas.

−Uno de los agentes que están peinando el perímetro ha recuperado esto. Lo tenían un par de personas que estaban entre los curiosos −informó el sargento−. Los tenemos a cada uno en un coche patrulla distinto, listos para interrogarlos.

A Nina le llamó la atención un destello de tinta azul y tendió la mano para coger la bolsa del sargento. Al darle la vuelta, vio un sobre con las palabras «Chica Guerrera» impresas en el centro.

Una sensación ardiente y punzante le recorrió la columna.

−¿De dónde ha salido?

−Las personas que lo encontraron dicen que estaba pegado con cinta adhesiva a un contenedor de basura. Ya lo han abierto; dicen que había un mensaje escrito en una especie de código. −Se encogió de hombros−. No han entendido nada.

Wade y Nina intercambiaron una mirada. Otro cuerpo. Otro contenedor. Otro mensaje codificado.

Para ella.

14

Parque municipal de Laramie
Condado de Sweetwater, en Wyoming

Enigma lanzó la hamburguesa de comida rápida sobre el salpicadero, bajó la ventanilla y escupió un pedazo de ternilla. Asqueroso.

Se limpió la grasa de las manos, giró el móvil sobre el soporte acoplado a la rejilla de ventilación del coche y lo puso en horizontal. Una imagen mucho más amplia. Buscó en Google «Pista encontrada en contenedor» y clicó el primer enlace que le salió. El vídeo de YouTube empezaba con un plano de una multitud en Fisherman's Wharf. Sonrió. Aquello iba a ser divertido. Había valido la pena salir de la autopista para disfrutar de la escena de la que había oído hablar por la radio. Al menos tenía búsqueda automática, así que no le hacía falta ir toqueteando la radio para encontrar las emisoras de noticias mientras pasaba de un estado a otro en su camino de vuelta al este.

Se le aceleró el pulso al ver aparecer en el plano el Suburban negro. Se lamió una mancha de kétchup de la comisura de la boca y se inclinó hacia delante para subir el volumen.

–No entiendo por qué todavía no nos dejan acercarnos al muelle. –Mientras se desarrollaba la escena se oía de fondo una voz estridente de mujer. Daba la sensación de estar narrando al tiempo que grababa las imágenes, no de hablarle a alguien–. Hace horas que se han llevado el cuerpo –continuó.

Detectó ira y miedo en su voz. Su sonrisa se ensanchó.

–Vaya, un momento. Aquí está el FBI –dijo la mujer.

La imagen osciló un poco, como si se estuviera abriendo camino a codazos a través de la multitud para ver mejor.

–Eh, ahí está la agente del vídeo ese. Nina no sé qué… La Chica Guerrera.

Él ya la había visto, con la chaqueta del FBI que le venía grande y engullía su pequeño cuerpo. Las gafas de sol ocultaban gran parte de sus reacciones. Maldita sea. Se moría de ganas de ver aquellos grandes ojos marrones colmados de pavor. En lugar de eso, lo único que percibió fue cómo tensaba el cuerpo durante un momento. En ese instante, no le cupo duda alguna de que pensaba en él. Estaban conectados.

La excitación le tensó los pantalones y se retorció en el asiento mientras recordaba los momentos que había pasado con ella. Durante su adolescencia y comienzos de su juventud, había reprimido sus impulsos más oscuros y se había anulado a sí mismo. Todo eso cambió en el momento en que posó la mirada en Nina por primera vez. Era la elegida.

Había reunido el equipo y había organizado el cobertizo para aquella misma noche, pero cuando ya lo tenía todo preparado, Nina había desaparecido. Se pasó tres días buscándola. En ese momento se había enfadado con ella, pero la caza había añadido emoción. Y le había dado un motivo para castigarla. Le había otorgado una marca por cada día que lo había hecho esperar. A continuación la había tomado tres veces, completando así el triángulo de la venganza.

Volvería a hacerla suya. Y la castigaría mucho más por haber escapado. Le quitaría todo lo que tenía, incluida la vida. A medida que aumentaba su excitación, dio gracias por haber parado en un parque comunitario desierto. Un hombre solo sentado en su coche en una zona de descanso concurrida de la autopista habría llamado una atención que no deseaba.

Consiguió enfriar su sangre recalentada mientras la narradora invisible del vídeo continuaba con sus comentarios:

—Espero que pillen al Enigma ese…

Le gustaba su nuevo nombre. Enigma. Lo era. Seguiría dejando pistas e invitando al mundo a seguirle el juego. Con sus normas. En su terreno.

La imagen se bamboleó.

—¡No empujen!

Enigma pasó un dedo por la parte inferior del vídeo, para adelantarlo hasta la parte crucial.

—… en el sobre pone «Chica Guerrera» —decía la voz femenina—. Seguro que es para la chica del FBI.

El ángulo del plano se inclinó hacia abajo mientras una mano femenina manchada de nicotina tiraba del sobre que se hallaba en el lateral del contenedor, y arrancaba la gruesa cinta americana con él.

Enigma volvió a adelantar el vídeo mientras la mujer se peleaba con el cierre del sobre; tardó una exasperante cantidad de tiempo en abrirlo con una sola mano ante la cámara. Nadie pareció prestarle atención mientras sacaba la tarjeta y la sostenía en alto.

La mujer leyó el mensaje en voz alta.

—«No entender te hará sollozar. Tienes cuarenta y ocho horas para resolverlo».

Volvieron a empujarla y ella dejó de leer, aunque mantuvo la tarjeta delante de la cámara.

Estudió la serie de cifras que aparecían escritas: 75, 73, 3, 9, 101, 8, 75.

Chupaos esa, lumbreras del MIT.

Mientras el vídeo continuaba, alguien pareció darse cuenta por fin de lo que hacía la mujer. Un chico alto y delgado de unos veintitantos le dio un toque con el codo.

–Eh, ¿qué tienes ahí?

–Estaba pegado al lateral de ese contenedor. –La mujer apartó la nota en un gesto posesivo–. Creo que es una pista de Enigma.

–Sí, claro. –El tono del chico era de pura mofa–. ¿Dice que lo hizo el profesor Mora en el estudio con una tubería de plomo?

–Mira, capullo, es igual que el otro mensaje que dejó.

–Déjame verlo. –El chico se apresuró a extender el brazo.

–Lo he encontrado yo. –La chica le arrancó la nota–. Es mío.

–Dámelo ahora mismo. –El tipo se acercó y su camiseta roja bloqueó por un momento la imagen.

A continuación se sucedieron una serie de empujones, improperios y gruñidos.

–¡Mío! –El hombre dio un paso atrás al tiempo que agitaba la tarjeta maltrecha.

–Se lo voy a contar a la policía.

Tras anunciar sus intenciones, la mujer soltó unos cuantos improperios más que cuestionaban la inteligencia, la hombría y el linaje del hombre.

–Si es una pista auténtica, el FBI te va a buscar de todas maneras por haberla tocado.

–¿Y tú qué, Einstein? Ahora también tiene tus huellas.

El hombre se irguió.

–Solo me aseguraba de que se entregara a las autoridades competentes.

–¿Qué pasa aquí? –Un policía apareció en la pantalla.

Enigma recolocó el teléfono para eliminar el brillo del sol que se ponía a su espalda y soltó una risita al ver como los dos gilipollas se apresuraban a explicar al policía que el otro había alterado una prueba muy importante. Aquello era mejor de lo que esperaba.

Le sobresaltaron unos bruscos golpecitos en el parabrisas y se irguió en el asiento. Ladeó la cabeza con rapidez y al entornar los ojos vio a un policía que iluminaba el coche con una linterna.

Bajó la ventanilla.

–El parque cierra al anochecer, amigo.

¿Debería señalar que aún no era de noche? ¿Alegar un problema médico? ¿Disparar al policía allí mismo? Tantas opciones...

La voz ronca del agente interrumpió sus pensamientos. Aquel tono brusco y acusatorio, junto con el pecho ancho, la barba de dos días y la mata de pelo oscuro, le trajeron a la memoria un recuerdo de veinticinco años atrás. Él tenía once años el día que su padre irrumpió en su habitación y lo pilló con aquella revista.

–Qué bien que ya te hayas bajado los pantalones, chaval –dijo el viejo, al tiempo que se desabrochaba el cinturón–. Te voy a dejar el culo colorado.

Después de aquello no volvió a tener puerta en su cuarto. También aprendió a ser mucho más escurridizo. Los cambios de humor de su padre tomaban giros impredecibles y en ocasiones violentos. Acomodarse a ellos se convirtió en algo instintivo. Aprendió a leer las expresiones de los demás y a adaptarse sobre la marcha.

Sentado dentro de su coche en el parque, analizó el lenguaje corporal del policía y tomó una decisión rápida. Abrió la boca, dejó la mandíbula colgando y adoptó una mirada vacía, imitando el comportamiento de un idiota inofensivo.

–Lo siento. He perdido la noción del tiempo.

El policía continuó mecánicamente:

–Carné y documentación.

Cogió la documentación que llevaba sujeta en el visor antes de rebuscar su carné en la cartera.

–Aquí tiene, señor.

Suponía que lo de «señor» era un buen detalle. Muy respetuoso.

El poli echó un vistazo a los documentos bajo el haz de la linterna, luego dirigió la luz al interior del coche y lo examinó detenidamente.

–Está usted muy lejos de Charlottesville, señor Stevenson.

Él parpadeó, deslumbrado.

–Llegaré mañana por la mañana.

–No sucumba a la hipnosis de la carretera.

–¿Eh?

El policía soltó un profundo suspiro.

–Que no se duerma, señor Stevenson.

–Ah.

El policía se alejó meneando la cabeza.

Aunque Enigma se había preparado para aquella eventualidad, le seguía irritando tener que desprenderse de un coche que funcionaba a la perfección y de su identidad falsa gracias al gilipollas del policía ese.

Lanzó la hamburguesa a medio comer en el asiento del acompañante y dio marcha atrás con la mente puesta ya en su siguiente movimiento. Sacó el coche del lugar donde se encontraba y cambió de marcha mientras analizaba su situación. El vídeo de aquella mujer tenía muchas más visualizaciones de las que habría creído posibles. Estaba pasando. Todo el mundo quería unirse a la caza, resolver sus acertijos, entrar en su mundo.

Seguramente esos idiotas del MIT ya estaban aplicando algoritmos al nuevo código y obteniendo permutaciones viables. Aquello solo les serviría para la mitad del mensaje. La que él quería que resolvieran. Para el resto haría falta un tipo de visión distinta. Esos capullos arrogantes estaban a punto de descubrir a quién se enfrentaban.

15

Newhall Street, 1
Oficina del forense jefe de San Francisco

Nina bajó la vista hacia la mesa de operaciones en forma de L de la sala de autopsias, en cuya superficie se encontraba el cuerpo frágil que atestiguaba en silencio la brutalidad de Enigma. Bañada en la luz quirúrgica que la alumbraba desde arriba, Olivia Burch, de dieciséis años, estaba tendida sobre una lámina de acero frío. A su derecha estaba Ralph Colton, inspector de Homicidios de la policía de San Francisco, que les había proporcionado el nombre de la chica asesinada. Wade, a su izquierda, la miró de reojo.

–¿Prefieres salir? –le preguntó al tiempo que Nina experimentaba un segundo escalofrío.

No estaba dispuesta a admitir que la joven de la mesa le traía recuerdos del metal plateado bajo su propio cuerpo años atrás.

–Hace un poco de frío. –Se frotó exageradamente las manos antes de cortar de raíz cualquier otra pregunta con un toque sarcástico–: Cualquiera diría que estamos en la morgue.

Los habían introducido en la sala de autopsias una vez que el procedimiento estaba ya en marcha, algo que Wade le había echado en cara sin escatimar en quejas. Él habría querido estar allí desde el inicio, que se había adelantado debido a la naturaleza del caso. Colton los había puesto al corriente, aunque eso no parecía haber apaciguado a Wade, sobre todo cuando tuvo que ver las tres marcas circulares de quemaduras halladas en la espalda de la víctima mirando las fotos en el móvil del inspector.

El doctor Donald Fong alzó la vista.

–No puedo hacer mucho respecto a la temperatura.

El ayudante del forense era un hombre bajito y fornido, con el pelo moreno oculto bajo un gorro desechable a juego con la bata blanca de laboratorio. Se cubría la parte inferior del rostro con una mascarilla quirúrgica, y clavó en ellos sus ojos oscuros desde detrás de la visera de plástico que se extendía desde su frente hasta más abajo de la barbilla.

Nina se arrepintió de inmediato de su maniobra.

–No pasa nada.

Fong le dedicó un breve asentimiento y regresó a su trabajo.

–He estudiado un resumen de la autopsia de D. C. antes de empezar y no hay rastros de que dejara una nota en el cuerpo de esta víctima.

–¿Qué hay del contenido del estómago? –preguntó Wade–. A lo mejor se la tragó.

–Está vacío –respondió Fong–. Hacía mucho rato que no había comido.

–La vida en las calles –intervino Colton–. Nunca se sabe cuándo vas a conseguir la próxima comida. El patrullero que la identificó dijo que hacía un año que la veía aquí y allá. Cada vez que se la encontraba la remitía a los Servicios de Protección al Menor, pero ella volvía enseguida a la calle.

Nina intercambió una mirada con Wade. Habían encontrado el vínculo.

–Todas sus víctimas han sido chicas adolescentes que vivían apartadas de su familia biológica –dijo Wade–. Busca a las que se alejan del rebaño. Chicas vulnerables sin nadie que las proteja.

¿Era así como Wade la veía también a ella? ¿Era ese el motivo por el que no había recomendado su contratación? Cambió de tema.

—¿Han localizado a los padres de Olivia?

—La familiar más cercana es una abuela en Oakland. —Colton meneó la cabeza—. No sabía cómo contactar con los padres, pero con toda la cobertura mediática estoy seguro de que no tardarán en dar señales de vida.

—Miren esto —dijo Fong, centrando su atención de nuevo en la autopsia—. Ese diente... Da la sensación de que se ha roto hace poco.

Aplicó presión con el pie en una barra elevadora hidráulica y la mesa se alzó varios centímetros para permitirles observar más de cerca. El doctor extendió las manos embutidas en guantes de nitrilo, abrió más la boca de Olivia con unas brillantes tenazas y señaló un incisivo con la punta rota y dentada.

—A lo mejor le dio un puñetazo —sugirió Colton.

Fong negó con la cabeza.

—No hay daños en los tejidos que coincidan en el interior del labio superior. Este diente se fracturó con alguna clase de instrumento que le metieron en la boca.

Un recuerdo repentino pilló a Nina con la guardia baja. Se volvió hacia Wade.

—¿Podemos hablar un momento?

Tras observarla, Wade dio media vuelta y salió de la sala sin hacer comentario alguno.

En cuanto la puerta se cerró tras ellos, Nina habló en un tono bajo y urgente:

—Enigma utilizó algo para abrirme bien la boca. Eran como unas tijeras, pero sin el borde afilado. Me abrió la mandíbula y me metió a la fuerza una mordaza entre los dientes.

Un elemento más del crimen que había caído en una oscura grieta de su mente y que la mera imagen de una escena sin relación había sacado a la luz. Tal vez la mesa de acero, la joven y el instrumento metálico que el doctor Fong había utilizado habían bastado para activar un detalle largo tiempo olvidado. ¿Cuántas otras esquirlas mentales se habrían perdido?

Se centró en la revelación y en lo que podía significar.

—¿Quién tendría un aparato así?

—Un dentista. —Wade se acarició la barbilla mientras pensaba—. O un otorrinolaringólogo. —Al ver que Nina arqueaba una ceja, se explicó—: El médico del oído, la nariz y la garganta.

—Y evidentemente también lo utilizan los forenses. —El pensamiento le iba a mil—. Se trata de alguien relacionado con la profesión médica, y eso también incluiría a un enfermero o a un veterinario.

Wade sacó el móvil, que le había empezado a sonar en el bolsillo.

—Es Buxton.

Miró por encima de su hombro para asegurarse de que estaban solos y luego pulsó la pantalla para ponerlo en altavoz.

Buxton sonaba agobiado.

—Aquí tenemos un cisco de nivel cinco. ¿Cuál es su situación, agente Wade?

—Estoy en la autopsia con la agente Guerrera y el detective Colton, del departamento de Homicidios de la policía de San Francisco. —Resumió los hallazgos del doctor Fong y explicó lo que había recordado Nina junto con sus implicaciones—. ¿Qué pasa en Quantico?

Buxton soltó un gruñido.

—Una foto de la pista que dejó nuestro hombre corre por internet como un virus informático.

—¿Quién la ha publicado?

—Según nuestro agente de campo en San Francisco, a la mujer que encontró el sobre pegado al contenedor se le olvidó mencionar que había publicado un vídeo en YouTube con toda la escena, que incluye un fotograma del mensaje. —Dejó escapar un suspiro—. Y al patrullero que habló con ella tampoco se le ocurrió preguntarlo. Anotó sus datos personales, metió el sobre en una bolsa de pruebas y se lo llevó directo a su sargento.

Nina no lo culpaba. Después de aquel caso, se cambiarían los procedimientos policiales habituales. Entre ellos, el diámetro del perímetro que delimitaba el escenario de un crimen. El contenedor estaba en el embarcadero, muy alejado del lugar donde se había hallado el cuerpo.

Wade parecía estar pensando en los mismos términos.

—En el escenario de Washington, nuestro hombre quería asegurarse de que encontrábamos sus mensajes —dijo—. Esta vez ha dejado que alguien del público lo encontrara por casualidad. Además, es probable que varias cámaras lo grabaran pegándolo al contenedor.

—Estamos recabando todas las grabaciones relevantes. —La voz de Buxton se expandía por el pasillo desde el minúsculo altavoz del móvil—. Ya hemos establecido parámetros de búsqueda y nuestro equipo examina las imágenes a medida que los inspectores nos las traen. En cuanto llegue material nuevo, seguiremos revisándolo.

—Es un espectáculo —dijo Wade—. Está alimentando a su creciente audiencia.

—Si ese es el plan, ha tenido éxito —señaló Buxton—. Julian Zarran acaba de meterse justo en medio de este desaguisado.

Nina había visto varias películas de Zarran. El héroe de acción era uno de los los actores con más éxitos de taquilla en Hollywood.

Buxton continuó hablando en tono apresurado y frustrado:

—La gente ha comentado y compartido el vídeo de la mujer hasta que ha alcanzado su masa crítica en el momento en que Zarran lo ha retuiteado a sus veinte millones de seguidores junto con una oferta de medio millón de dólares para la primera persona o grupo que descifre el código.

Wade maldijo por lo bajo.

—Zarran se crio en San Francisco. Seguro que piensa que así ayuda.

—Sean cuales sean sus intenciones, ha desatado la locura —dijo Buxton—. Como si no tuviéramos bastante que hacer, ahora cualquier detective de sillón con una calculadora ha enviado potenciales soluciones al código, cada una más improbable que la anterior. Tenemos tantas respuestas que no podemos revisarlas todas. Podría ser que la solución correcta se encontrara entre el montón, perdida en medio del desbarajuste.

–¿Qué pasa con nuestros analistas? –quiso saber Nina–. ¿El departamento de criptografía ya está trabajando en ello?

–Por supuesto. –Buxton sonó irritado–. Me avisarán cuando estén razonablemente seguros de que tienen la respuesta correcta. Hasta ahora han planteado varias soluciones, cada una de las cuales lleva a distintas conclusiones. No podemos permitirnos dar un paso en falso aferrándonos a la primera posible solución que aparezca.

–O bien este tipo tiene una estrategia de la hostia o bien lo que tiene es mucha suerte –dijo Wade–. La cantidad de caos que provoca entorpece todo lo que hacemos.

–En los últimos cuarenta minutos, desde el anuncio de Zarran, se han formado más equipos para reclamar el premio –comentó Buxton–. Los estudiantes del MIT que descifraron la anterior pista están en todas las redes sociales del sospechoso. Ahora se hacen llamar la Panda de la Cerveza. Me imagino en qué se gastarán el dinero del premio si lo ganan.

–¿Qué es lo que le dicen a Enigma en las publicaciones? –preguntó Nina.

–Que van a descifrar su código de parvulitos antes del desayuno.

Wade hizo una mueca.

–Mierda, están poniendo en cuestión su inteligencia. La necesidad de control lo llevará a vengarse. Puede que eso acorte los plazos.

Aquella era la oportunidad que Nina había estado esperando. Fingió que la idea se le acababa de ocurrir.

–Quizás haya una forma de ganar tiempo.

Wade le dedicó una mirada recelosa, pero a Buxton pareció despertársele la curiosidad.

–¿Qué se le ha ocurrido, agente Guerrera?

–Podemos responderle nosotros directamente –habló con rapidez, para poder bosquejar su plan antes de que Wade la interrumpiera–. En su página de Facebook o en su perfil de Twitter, o donde sea. Si habla con nosotros, tal vez podamos convencerlo de posponer sus planes. Cuando menos, a lo mejor conseguimos que diga algo revelador o que ofrezca a los de Delitos Informáticos más posibilidades de seguir cualquier miga de pan virtual que haya dejado a su paso y que nos pueda llevar hasta él.

Wade se apresuró a poner objeciones.

–Si nos relacionamos directamente con él a través de las redes sociales, eso aumentará su narcisismo. –Miró a Nina mientras le hablaba a su jefe–. Además, todavía no sabemos lo suficiente sobre él. Cualquier comentario involuntario por nuestra parte podría provocarlo más si decimos algo equivocado.

–Hablando de eso –intervino Buxton–. La agente Breck está a la espera para cerrar todos sus perfiles en las redes sociales. Ya estaría hecho, pero los de Delitos Informáticos están desarrollando un nuevo componente para un programa ya existente que nos permita rastrear su localización. Por desgracia, Enigma hace honor a su nombre. Hasta ahora hemos caído por varias madrigueras de conejo.

–En ese caso, es el momento perfecto para mantenerlo activo en internet –señaló Nina–. La táctica de ignorarlo no ha funcionado. Cerrar sus cuentas tampoco funcionará. Creará nuevos perfiles tan rápido como nosotros los cerremos. Otra chica ha muerto. Si esta pista es como la última, nos llevará a otro cuerpo dentro de cuarenta y ocho –dijo, mientras echaba un vistazo a su reloj–… que sean cuarenta y seis horas. Si aplicamos un enfoque distinto, tenemos mucho que ganar y nada que perder.

Wade la fulminó con la mirada. Nina se lo tomó como algo positivo. Lo que decía tenía sentido y ambos lo sabían.

La respuesta de Buxton restalló en el aire entre ellos.

–Coincido con la agente Guerrera. Tenemos que probar algo

distinto. Voy a hacer que alguien del equipo de aquí de Quantico le envíe un mensaje directo en lugar de publicar algo en su perfil. Lo mandaremos desde nuestra cuenta oficial, para que sepa que somos nosotros de verdad.

Nina había conseguido meter la patita por la puerta. Era el momento de abrirla de par en par.

—Señor, tengo que ser yo quien se comunique con él.

—Explíquese. —Buxton escupió la palabra tras una breve pausa.

—Si tiene una fijación conmigo, será incapaz de resistirse. Se...

—Se meterá en tu cabeza —la interrumpió Wade—. Aprovechará la oportunidad para atormentarte, y te necesitamos centrada en el caso.

Nina se enfureció.

—¿Estás diciendo que me va a afectar tanto que no estaré en condiciones de razonar? Porque si es así, quizá te hayas leído todos mis informes, pero no me conoces en absoluto. —Dio un paso hacia él, invadiendo así su espacio personal—. Durante toda mi vida la gente ha tratado de abusar de mí, pero me las he apañado bastante bien para mantenerme firme, joder.

Wade giró la cabeza para ocultar su expresión, probablemente porque había captado el mensaje subyacente en el discurso de ella.

—Los quiero a los dos aquí lo antes posible —dijo Buxton rompiendo el silencio—. He conseguido autorización para crear un grupo operativo a tiempo completo dedicado a esta investigación. Lo vamos a ubicar en una de las grandes salas de reuniones de la academia en Quantico por motivos logísticos y de seguridad. Ya discutiremos la idea de los mensajes cuando lleguen. La oficina de San Francisco puede seguir trabajando con la policía de la ciudad en lo referente al asesinato que ha tenido lugar, pero nuestro trabajo es evitar el siguiente.

—Cogeremos el próximo vuelo directo —dijo Wade, sin mirar aún a Nina.

—Hablando de aviones —dijo Buxton, que parecía exhausto—, he organizado equipos para coordinar el análisis científico de los dos escenarios y comprobar las listas de pasajeros. Estamos recopilando los nombres de todas las personas que han volado desde los aeropuertos Reagan, BWI o Dulles hasta San Francisco en los últimos tres días.

Nina captó el mensaje implícito en sus palabras, así como el cansancio. No tenían nada con qué comparar las listas de pasajeros aparte de las habituales bases de datos de criminales, aunque dudaba que incluyeran el nombre de su sospechoso. Buxton quería tener la información preparada de modo que tuvieran otra serie de pasajeros para comparar cuando el hombre volviera a actuar.

Cuando muriera otra chica.

16

Al día siguiente
Grupo operativo Enigma
Academia del FBI, en Quantico

Un leve toque en su brazo desvió la atención de Nina del gráfico informativo que colgaba en la pared. Al volverse se encontró con uno de los especialistas en informática, que la miraba desde arriba.

–Enigma acaba de responder al MD en Twitter –anunció.

En las horas transcurridas desde el final de la reunión de la mañana, Nina había esperado a ver si Enigma mordía el anzuelo. Mientras tanto, se había unido al resto de su equipo y a un buen número de agentes, analistas y personal de apoyo con el objeto de convertir una de las salas de reuniones más grandes de Quantico en un centro de mando para el creciente grupo operativo que había establecido Buxton mientras ellos estaban en California.

Las paredes estaban cubiertas por enormes gráficos llenos de fotografías del escenario del crimen, copias de los mensajes cifrados y mapas. Se habían organizado estaciones de trabajo agrupadas por tareas que ocupaban todo el espacio. Un leve zumbido de actividad flotaba en la habitación, generando una especie de expectativa a medida que cada equipo analizaba los elementos de la información que habían recopilado hasta aquel momento.

Nina dejó su café en la mesa y se abrió paso a través de la extensa zona de reuniones hasta llegar al terminal designado como centro de comunicaciones de redes sociales. Se sentó en el borde de la silla frente a la pantalla iluminada, mientras Wade y Kent la flanqueaban.

—Interactúa con él tanto rato como puedas —le gritó Breck desde unas mesas situadas a unos cuantos metros, donde se apelotonaban ella y otros dos especialistas informáticos—. El cabrón es muy escurridizo y no para de redireccionar, pero si disponemos del tiempo suficiente tal vez podamos pillarlo.

Nina asintió para dejar claro que lo entendía. Breck había contribuido a convencer a Buxton de que la dejara contactar directamente con Enigma, al señalar que Nina tenía más posibilidades que cualquier otro de llamar la atención de su hombre.

Aunque de mala gana, Kent también había aprobado el plan, siempre que Nina le permitiera asesorarla en sus respuestas, sin duda con la intención de usar sus técnicas de análisis psicolingüístico.

El único que se oponía era Wade, aunque acabó por admitir que podía aprovechar la ocasión para poner al día su perfil de Enigma observando sus respuestas a Nina en tiempo real. Se situó a la derecha de esta, con un boli y un bloc en la mano, y unas gafas de leer cerca de la punta de la nariz.

Breck había enviado mensajes directos desde la cuenta oficial del FBI en Facebook, Instagram y Twitter la noche anterior, pero él no había contestado hasta entonces. Había elegido Twitter.

Nina releyó el mensaje que habían acordado entre todos para abordarlo. Diseñada para picar su curiosidad, la declaración era breve e iba al grano.

FBI: *NINA GUERRERA QUIERE HABLAR CONTIGO.*

La respuesta era igual de escueta.

ENIGMA: *¿ERES LA CHICA GUERRERA?*

–Ha picado –dijo Kent–. No le des ningún arma. Quiero ver cuánto tarda en creerte.

FBI: *SOY YO.*

ENIGMA: *DEMUÉSTRAMELO. DIME ALGO QUE SOLO SEPA LA CHICA GUERRERA. TIENES 10 SEGUNDOS.*

–No quiere darte tiempo a que lo busques –dijo Wade–. Es una prueba.

Por encima de su hombro izquierdo se oyó la voz grave de Kent:

–También establece control sobre los parámetros de la comunicación. Tiene que sentir que está al mando. Dale un detalle que refleje cómo te redujo.

FBI: *ME COGISTE DE LA COLETA.*

ENIGMA: *CUÉNTAME ALGO QUE NO ESTÉ EN NINGÚN INFORME POLICIAL. APROVECHA LA OPORTUNIDAD O SE ACABÓ.*

Nina dejó los dedos sobre el teclado y se estrujó el cerebro buscando algo ínfimo pero concreto. Había permanecido bocabajo sobre la mesa, con la cabeza vuelta hacia un lado y la mejilla surcada de lágrimas apoyada sobre la dura superficie metálica. Enigma desapareció de su campo de visión durante unos instantes. Nina había estudiado la zona en busca de una salida y había visto una puerta en la pared opuesta. A la derecha del marco había…

FBI: *UN PÓSTER DE LOS MINNESOTA VIKINGS. EN LA PARED, DENTRO DEL COBERTIZO.*

ENIGMA: *MUY BIEN, CHICA GUERRERA. TE CONCEDO UNA PREGUNTA.*

–¿Te «concedo»? –Kent curvó los labios–. El Todopoderoso se ha dignado a concedernos audiencia. Complejo de dios; de libro, vaya. –Se inclinó hacia Nina–. Hazle una pregunta abierta. Con un «por qué».

FBI: *¿POR QUÉ HACES ESTO?*

ENIGMA: *DÍMELO TÚ.*

–Quiere saber qué pensamos de él –observó Kent–. Seguro que da por hecho que estamos analizando cada palabra que escribe. Adula su intelecto. Haz que siga hablando.

FBI: *NO TE ENTIENDO. ¿ME LO PODRÍAS EXPLICAR?*

ENIGMA: *QUÉ DECEPCIÓN.*

Breck se puso en pie y los llamó por encima de su monitor.

—Mantened el pez en el anzuelo.

Su cabeza desapareció en cuanto volvió a sentarse.

—Háblale de sus hazañas —propuso Wade—. Nunca ha tenido la oportunidad de alardear ante nadie. Dásela.

Nina se dio cuenta de que tendría que escarbar más a fondo. Se había engañado a sí misma diciéndose que podía interactuar a un nivel superficial, pero no iba a funcionar. Enigma se iba a cobrar hasta el último céntimo antes de permitirles acceder a su mente. Nina decidió seguir su instinto y cambió de táctica.

FBI: *TE GUSTA OBSERVAR EL SUFRIMIENTO.*

ENIGMA: *ERROR. VUELVE A INTENTARLO.*

—No lo has perdido —dijo Kent—. Pero otra apreciación que él considere un error manifiesto podría acabar con la comunicación.

Nina se volvió hacia Wade.

—Dame algo.

Wade contempló todo lo que tenían colgado en las paredes.

—Todas las víctimas que ha elegido eran jóvenes en riesgo. Chicas...

—A las que nadie quería —dijo Nina, terminó el pensamiento de Wade.

Se inclinó de nuevo sobre el teclado.

FBI: *QUIERES LO QUE LOS DEMÁS NO QUIEREN.*

ENIGMA: *COMO TÚ.*

Había dado en el blanco. Nina reprimió cualquier reacción y mantuvo los ojos fijos en la pantalla, al tiempo que sentía la amistosa mano de Kent en el antebrazo.

—Lo estás haciendo genial —le dijo él en voz baja—. Recuerda que tiene una mente retorcida. Ese hijo de puta está enfermo.

Nina se obligó a sonreír.

—Lo tengo bajo control, gracias.

FBI: *¿CÓMO LO SABES?*

ENIGMA: *LO VEO TODO.*

–Qué giro más interesante –comentó Kent–. Podría referirse a su planificación previa al crimen.

–A ver si puedes hacer que hable del proceso –dijo Wade–. De cómo elige a sus víctimas.

FBI: *ASÍ QUE ¿PRIMERO OBSERVAS?*

ENIGMA: *SIEMPRE ESTOY OBSERVANDO.*

–Comportamiento de acosador –murmuró Wade al tiempo que garabateaba con furia en su bloc de notas–. La elección de la víctima es importante para él. Parte del juego, en su mente.

–Profundiza más –señaló Kent–. Que hable de su metodología.

FBI: *¿CÓMO ELIGES?*

ENIGMA: *HAY QUE CASTIGARLAS.*

Nina se dio cuenta de que aquella expresión era importante y se detuvo. Por supuesto, Kent y Wade se pusieron a debatir los potenciales significados subyacentes a la frase.

Kent estudió la pantalla como si leyera entre líneas, tanto literal como figuradamente.

–Su lenguaje lo distancia un poco del acto. No dice: «Las castigo», sino «Hay que castigarlas». O bien se siente incómodo con lo que hace o bien se siente aislado y por encima de todo.

–Es esto último –dijo Wade con decisión–. Como un dios que condena a los pecadores, a aquellos que no son dignos.

A Nina le vino un pensamiento a la cabeza.

–Un dios también lo ve todo. –Señaló los mensajes anteriores–. Y castiga.

–Ve por ahí –decidió Wade–, pero que se note que es personal para ti.

FBI: *¿Y YO? ¿QUÉ HICE PARA MERECER UN CASTIGO?*

ENIGMA: *TÚ FUISTE UN CASO ESPECIAL.*

–Tenemos que saber cómo te eligió –dijo Kent–. Eso es lo que más nos ayudaría a averiguar su identidad.

FBI: *¿Y ESO?*

ENIGMA: *AHORA ME TOCA PREGUNTAR A MÍ.*

Nina esperó un breve instante, hasta que apareció un nuevo mensaje.

ENIGMA: *¿FOLLAS CON ALGUIEN?*

–Ha cambiado por completo de tema –dijo Wade–. Nos hemos acercado demasiado.

El tono por lo general calmado de Kent se elevó una octava:

–Ha pasado a decir palabrotas, con la intención de impresionarte. Su próxima comunicación será un ataque sumamente personal.

Nina no tenía ninguna intención de participar en sus jueguecitos mentales.

FBI: *NO ES ASUNTO TUYO.*

ENIGMA: *ME LO TOMARÉ COMO UN NO. ¿ES POR MÍ?*

–Se siente posesivo con respecto a ti –comentó Wade–. Quiere ser el único hombre en el que pienses.

–Estoy de acuerdo –convino Kent–. Está celoso.

El mero pensamiento enfermó a Nina.

–No pienso hablar con él sobre mi vida sexual. –Se interrumpió antes de añadir–: O la ausencia de esta.

Wade y Kent compartían sugerencias para recuperar el control de la conversación cuando apareció otro mensaje en la pantalla.

ENIGMA: *TARDAS MUCHO EN RESPONDER, CHICA GUERRERA. ¿TE HE MOLESTADO, O ESTÁ ESE PERFILADOR ACABADO CON EL QUE TRABAJAS INTENTANDO ENCONTRAR UNA RESPUESTA?*

Wade se puso rojo.

–Me ha visto en las noticias y debe de haber buscado mi nombre en Google.

No habría hecho falta buscar mucho para que apareciera el pasado del doctor Jeffrey Wade. Ya era muy conocido antes de la gran cobertura mediática del caso de Chandra Brown.

–Podemos utilizarlo –propuso Kent.

La mano de Breck apareció por encima de su pantalla haciendo un movimiento giratorio, alentándolos a seguir. Nina tecleó algo para no interrumpir el intercambio.

FBI: *YO HABLO POR MÍ MISMA.*

ENIGMA: *¿CUÁNTAS PERSONAS MÁS ESTÁN AHORA MISMO EN LA SALA CONTIGO, NINA? TE QUIERO SOLA.*

—Ahora utiliza tu nombre de pila —dijo Kent—. Intenta generar intimidad. Síguele el rollo.

Nina tenía una idea de lo que quería decir a continuación. Lo más seguro es que enfureciera a todos los que tenía alrededor, sobre todo a Wade. Pero podía salvar la vida de una chica.

FBI: *PUES VEN A POR MÍ.*

Kent soltó una maldición.

A Wade se le tensó la mandíbula.

—¿Qué coño haces, Guerrera?

ENIGMA: *LO HARÉ, CHICA GUERRERA, PERO DÓNDE Y CUÁNDO YO DECIDA.*

Nina ignoró a los dos hombres que le ladraban instrucciones al oído y escribió una respuesta rápida.

FBI: *AHORA ES UN BUEN MOMENTO.*

ENIGMA: *¿TE HAS ENVALENTONADO, PEQUEÑA? ACABARÁS SUPLI-CÁNDOME COMO HICISTE EN SU MOMENTO. ¿SABEN TUS AMIGOS DEL FBI LO MUCHO QUE LLORASTE Y SUPLICASTE Y GRITASTE? PRONTO VERÁN TU VERDADERA PERSONALIDAD.*

Wade se había quedado en silencio. Nina tenía la sensación de que este no solo analizaba las respuestas de Enigma sino también las suyas. Se dio la vuelta a propósito y se dirigió a Kent.

—¿De qué habla?

—Su lenguaje denota manipulación —dijo Kent—. Quiere volver a sumirte en el estado de miedo en que ya te sumió en el pasado. En su mente, eso es algo que te conecta a él. Le permite ejercer control sobre ti sin ni siquiera tocarte. No tiene ni que estar cerca de ti para que pienses en él, lo cual le resulta esencial porque él piensa en ti todo el rato.

Nina le dedicó una sonrisa desprovista de humor antes de volverse hacia la pantalla.

FBI: *VALE, DEJA EN PAZ A LAS DEMÁS. ESTO ES ENTRE NOSOTROS.*

ENIGMA: *SIEMPRE LO HA SIDO. TODO EMPIEZA Y ACABA CONTIGO, NINA.*

FBI: *ENTONCES ACABÉMOSLO AHORA. NOSOTROS DOS SOLOS. NO ES NECESARIO HACER DAÑO A NADIE MÁS.*

Todo el mundo se calló. Sabía que había un montón de monitores en todo el edificio siguiendo su conversación. Incluido el de Buxton.

ENIGMA: *ADIÓS, CHICA GUERRERA... POR AHORA.*

No contestó a ninguno más de los mensajes de Nina.

Buxton había salido de su despacho. Se fue derecho al escritorio de Breck.

—¿Lo habéis localizado?

Ella negó con la cabeza y bajó la mirada.

—Va rebotando entre muchos servidores... No he visto nada igual aparte de las comunicaciones de las células terroristas, e incluso en el caso de estas no hay tantas redundancias. Este tipo tiene formación informática o bien se ha documentado a fondo.

—¿Seguís preparados para eliminarlo de las redes? —preguntó Buxton.

Breck alzó la cabeza y en sus delicados rasgos apareció una expresión decidida.

—Tardaremos varios minutos, pero sí. Ya hemos llegado a acuerdos con la mayoría de las plataformas de redes sociales. Borrarán sus perfiles en cuanto se lo ordenemos, puesto que los utiliza para dar publicidad a sus asesinatos. Les hemos pedido que de momento no hagan nada por motivos relacionados con la investigación, pero puedo pedirles que lo desenchufen en cuanto me lo pida.

—Mantengamos esa opción abierta por ahora —dijo Buxton—. En este momento, son nuestra única opción para comunicarnos directamente con él. —Rodeó a Nina—. Por cierto, ¿qué demonios ha sido eso?

La conversación de Buxton con Breck le había proporcionado tiempo a Nina para pensar en una manera de mitigar los daños. Le dio la respuesta más sincera que pudo:

–Mi intento de impedir que mate a otra chica en las próximas veinticuatro horas.

El recordatorio del tiempo del que disponían y de lo que estaba en juego suavizó el tono de Buxton.

–Se suponía que debía seguir las instrucciones, agente Guerrera.

Kent carraspeó.

–Las respuestas de Enigma nos han proporcionado información nueva, señor.

Nina le dedicó una mirada de agradecimiento, pero el reproche que percibió en la expresión de Kent le dejó claro que estaba tan poco satisfecho con su táctica como su jefe.

Buxton miró a Kent.

–¿Qué ha sacado en claro?

–Revisaré una copia de la conversación y buscaré cualquier coincidencia en nuestra base de datos para sus patrones de discurso más distintivos. Por ahora, puedo decirle que es sumamente inteligente, con formación y un lenguaje idiosincrásico. Puede que tenga tendencias obsesivo-compulsivas en su vida profesional o personal. Es sumamente estructurado y metódico. –Hizo una pausa–. Y tiene un complejo de dios de cojones.

–Quiero su análisis completo lo antes posible. –Buxton desvió su atención hacia Wade–. ¿Alguna idea?

–Si Guerrera trataba de conseguir que el tipo abandonara sus otros planes y fuera a por ella, no ha funcionado –dijo Wade–. Ha cuestionado su masculinidad, que creo que de por sí ya es frágil en extremo. Sentirá la necesidad de vengarse. –Lanzó una mirada fulminante hacia Nina–. Mi predicción es que va a recortar el plazo con respecto a su último mensaje. Liquidará a otra víctima y se burlará de nosotros en público. Puede que repita sus crímenes varias veces solo para demostrar que puede hacerlo. Luego se centrará en Guerrera para el final del plan que tiene en mente, sea cual sea.

–¿Qué hay de ese póster de los Vikings? –quiso saber Buxton–.

Busco cualquier cosa que pueda ponernos tras la pista de la identidad de este tipo.

—Podría significar muchas cosas —dijo Wade—. Igual es de Minnesota, o un aficionado al fútbol americano, o igual se cree la reencarnación de Erik el Rojo. —Dejó escapar un suspiro—. No disponemos de información suficiente como para estar seguros.

El recuerdo del póster trajo de nuevo el cobertizo a la mente de Nina.

—Le fascinaban las cicatrices de mi espalda —dijo—. Él añadió sus propias marcas encima. Y luego les hizo quemaduras idénticas a las otras dos chicas. Todas en forma de triángulo. —Miró por el rabillo a Wade, desesperada por encontrar la respuesta a la pregunta que había mantenido en silencio durante once años—: ¿Por qué?

Wade hizo una mueca.

—En un sentido literal, te estaba marcando, herrándote como propiedad suya. Cubrió el sello de posesión de otro hombre con el suyo. —Se pasó una mano por el pelo—. En cuanto a las otras víctimas, o bien esa se ha convertido ahora en su firma o bien quería convertirlas en tus sustitutas.

—Él te «otorgó» su marca —corrigió Kent—. Igual que cuando ha dicho que te concedía una pregunta. Son elecciones de palabras muy peculiares que nos permitirán identificarle en cuanto tengamos a un grupo de sospechosos.

Nina se quedó pensando en lo que acababa de decir Kent acerca de la manera en que Enigma expresaba las cosas.

—¿Y el comentario de que todo comenzó conmigo y terminará conmigo? ¿Significa eso que fui la primera?

Wade contestó sin vacilar:

—Puede que hubiera tenido fantasías durante años, pero estoy casi seguro de que tú fuiste la primera que consumó. Tenemos que averiguar qué fue lo que le llamó la atención de ti para trasladar sus fantasías a la realidad. —Hizo una pausa al tiempo que se frotaba la mandíbula—. También ha despejado cualquier duda de que te conociera de algo antes de raptarte. Ha admitido que te estuvo observando.

—Estoy de acuerdo —convino Kent—. Todos los indicios apuntan a una obsesión persistente que se ha fortalecido desde que te ha vuelto a encontrar.

Nina se imaginó a Enigma viéndola por primera vez después de años al toparse con el vídeo viral de la Chica Guerrera reduciendo a un potencial violador en el parque. ¿Se habría enfadado? ¿Excitado? ¿Puesto celoso? ¿Creería que Nina «se lo había buscado» por correr sola por un parque arbolado?

—Basándonos en lo que sabemos sobre sus víctimas, acecha a adolescentes con una vida familiar inestable que se han escapado de su hogar —dijo, haciendo sus pinitos en el análisis de perfiles—. Chicas a las que hay que castigar.

—Lo que hace son juicios. —Kent frunció las cejas rubias—. Determina la sentencia y ejecuta las condenas.

—Como un juez —dijo Wade—. O un dios colérico.

Breck se había acercado a ellos desde su escritorio.

—¿Crees que es una especie de fanático religioso?

—Tal vez —contestó Wade, que pareció darle vueltas a la idea—. Pero no en un sentido tradicional. No da señales de seguir los dictados del Señor. Este tipo no responde ante un poder superior. En su cabeza, él es el poder superior.

—Todo se reduce a su comportamiento —dijo Kent—. Cada acción suya está cargada de significado. Escogió a la chica de Washington para asegurarse de que lo vinculáramos con Guerrera. Quería que ella formara parte del caso, así que dispuso el escenario para que sucediera.

—Renunció a algo de gran valor a fin de poder ejecutar su plan. —Wade hizo un gesto en dirección a Nina—. Dejó su colgante, un botín que había guardado durante más de una década.

—Un trofeo —dijo ella.

Wade le dedicó un breve asentimiento.

—Nunca habría entregado algo tan preciado para él a menos

que tenga en su poder algo más significativo, o que tenga planeado sustituirlo por otra cosa de un valor aún mayor.

A Nina se le secó la boca. Enigma quería tenerla de nuevo a su merced. Lo había dejado meridianamente claro. Nina no se había planteado que el hecho de estar dispuesto a renunciar a su trofeo demostrara hasta qué punto confiaba en su éxito.

–Por mí. –Nina ofreció la única conclusión posible–. Su intención es sustituirlo por mí.

17

Apartamentos Hermosa Vista
Springfield, en Virginia

Nina subió a duras penas el último tramo de escalera y se encontró a Bianca sentada en el escalón superior, mordiéndose las uñas.

–¿Qué pasa, Bee?

–He visto el vídeo ese de YouTube –contestó Bianca–. Hemos decidido hacernos cargo.

Nina suspiró.

–¿Quiénes sois y de qué vais a haceros cargo?

–Mi equipo de la Universidad George Washington y yo –explicó Bianca–. Vamos a descifrar la pista de Enigma.

Debería haberlo previsto. Enigma no solo la atormentaba a ella: le hacía lo mismo a todo el que arrastraba a su juego enfermo. Ahora su joven vecina sentía la necesidad de tomar cartas en el asunto.

–Gracias –dijo Nina al tiempo que le dedicaba una sonrisa cansada–, pero ya nos ocupamos nosotros.

Bianca no pareció muy impresionada.

–No sé lo que están haciendo tus informáticos de pacotilla, pero nosotros podemos hacerlo mejor.

No era la primera vez que Nina escuchaba el desprecio de Bianca hacia todo aquello que percibiera como burocrático o gubernamental.

–Te pido que te mantengas al margen, Bee. –Giró la llave en la cerradura de doble vuelta. Tras atravesar el umbral, desactivó la alarma antes de cruzar el pequeño vestíbulo y entrar en casa. Se fue directa a la nevera, sacó dos botellas de agua fría y le tendió una a Bianca–. No quiero que esto le robe tiempo a tus estudios.

–Puedo hacer varias cosas a la vez, no te preocupes. Además, es importante.

–Y por eso el FBI ha dedicado una tremenda cantidad de recursos al problema. Seguro que eres una *pro* de los ordenadores, pero nuestro equipo de informáticos forenses y ciberespecialistas no son «informáticos de pacotilla». Deja que hagan su trabajo.

Bianca parecía a punto de rebatírselo, pero el timbre de la puerta la interrumpió antes de que pudiera empezar.

Nina se acercó al vestíbulo y miró por la mirilla. Dejó escapar un gruñido antes de abrirle la puerta a Jaime, el encargado del edificio.

–*Hola, bonita* –dijo Jaime a modo de saludo.

Nina llevaba rechazando las insinuaciones del encargado desde que se había mudado, aunque Jaime no había captado el mensaje. Lo más seguro era que nunca lo captara.

–¿Pasa algo?

–Tengo que comprobar el burlete de tus ventanas. Hay un montón de inquilinos que se quejan de la factura de la luz. Puede que tenga que volver a sellar el edificio entero, pero tengo que enseñarle al propietario que el aire se cuela por al menos la mitad de los marcos.

Nina tenía que reconocérselo: sus excusas eran cada vez más creativas. Al menos esta vez no estaba sola. Se apartó.

–Pasa.

Jaime se escabulló hacia el interior y se le hundieron los hombros al ver a Bianca, que lo saludó con la mano.

—¿Has venido a reparar los quemadores de la cocina? —preguntó la chica—. ¿O ahora es el condensador de fluzo?

Nina reprimió una risa mientras la piel de Jaime adquiría un tono granate. Daba la impresión de querer discutir, aunque se lo pensó mejor e ignoró la pulla, al tiempo que se volvía hacia Nina.

—He visto las noticias, *bonita* —observó—. Dicen que el tal Enigma mató a esa chica en Georgetown porque se parecía a ti.

Nina no tenía ninguna intención de ponerse a comentar el caso con él.

—Esa es la teoría.

—Puedo quedarme aquí cuando tú no estés, si tienes que volver a salir de la ciudad —se ofreció—. Así vigilo el piso.

Bianca resopló.

—Y así le olerás todas las bragas.

Él giró sobre sus talones y se enfrentó a Bianca.

—Muy mal, *mi'jita*. Para ser tan joven tienes una mente muy sucia. Creo que pasas demasiado tiempo en internet.

Nina le contestó con firmeza:

—Gracias por el ofrecimiento, pero no.

Jaime no estaba dispuesto a rendirse. Se acercó a Nina.

—Ya sé que tienes un arma y tal, pero ese tipo podría colarse aquí mientras tú no estés y esconderse. Y luego, cuando vuelvas…

—Puedo cuidarme sola.

Bianca apoyó una mano en la cadera.

—Si se le ocurre entrar, Nina le pateará el culo.

—¿Y si te sorprende? —Jaime se desplazó con rapidez hasta quedar detrás de Nina y le rodeó el torso con los brazos, inmovilizando los de ella a los costados—. Así, por ejemplo.

En un gesto instintivo, Nina echó hacia atrás el cuello y le dio con la cabeza en la barbilla antes de volverse y liberarse de su llave.

—Maldita sea. —Jaime se frotó la mandíbula.

Nina lo fulminó con la mirada.

—Si no quieres que te haga daño, no me agarres así.

–¿Y así? –dijo Jaime, al tiempo que extendía los brazos y le rodeaba el cuello con las manos.

La sensación de unos gruesos dedos sobre su garganta le desbocó el corazón. Estaba en la parte trasera de la furgoneta de Enigma. Unas manos con guantes le apretaban la tráquea e incrementaban de manera gradual la despiadada presión. Ahogaban sus gritos. La asfixiaban. Se retorció intentando liberarse de la cinta americana que le ataba las muñecas y los tobillos. El monstruo se inclinó para acercarse a ella y jadeó ante la perspectiva de lo que le esperaba. El mundo se oscureció por los bordes y luego los oídos de Nina se llenaron de la risa que se derramó desde los crueles labios del monstruo.

Nina restregó con fuerza el borde del zapato por la espinilla de Jaime y luego le dio un pisotón, al tiempo que alzaba con rapidez los brazos en forma de arco para liberarse de su agarre. Apenas fue capaz de parar antes de golpearle con la palma de la mano en el puente de la nariz.

–¡Para ya, Jaime! –El miedo que reflejaba la voz de Bianca devolvió a Nina de golpe a la realidad.

Jaime saltaba a la pata coja, insultando en dos idiomas.

–Creo que será mejor que te vayas –le dijo Nina mientras el ritmo de su respiración recuperaba la normalidad.

–Sí. Ya veo que lo tienes todo bajo control. –Jaime se incorporó–. Me alegro de haberte ayudado a… esto… practicar tus movimientos.

Sin hacer ninguna referencia a las filtraciones de aire en los marcos de las ventanas, el asunto que según él lo había llevado allí, se alejó arrastrando los pies, intentando disimular su cojera, y se marchó.

En cuanto la puerta se cerró a su espalda, Bianca estalló en carcajadas.

Nina arqueó una ceja.

–No es divertido que le hagan daño a alguien, Bee.

–Lo sé, pero es Jaime. –Meneó levemente la cabeza–. Ya lo has visto: llega aquí todo chulito, intentando ser el malote protector, y lo has dejado totalmente para el arrastre.

—Tiene buenas intenciones.

—Lo que tiene son ganas de meterte mano.

—Eso no va a pasar.

—Lo sé. Tú lo sabes. El resto del edificio lo sabe. Y aun así, el sigue intentándolo. —Bianca lanzó un suspiro exagerado—. La negación es algo muy poderoso.

—Palabras de sabiduría de la chica que nunca sale con chicos.

—Tampoco te veo a ti saliendo los sábados por la noche. Ni recibiendo a hombres en casa. —Bianca se apuntó al pecho con el pulgar—. Yo estoy ayudando a mi profesor a crear la próxima generación de implantes de nanotecnología. ¿Qué excusa tienes tú?

Nina no tenía ninguna. Al menos que pudiera admitir. Mientras ganaba tiempo para encontrar una réplica superficial, bajó la vista y contempló los vivos colores de la camiseta de Bianca. Ladeó la cabeza, se inclinó para verla más de cerca y distinguió por primera vez el diseño.

—¿Nina? —El tono de Bianca era de preocupación.

—Estoy bien. Es solo que... me gusta tu camiseta. ¿Dónde la has comprado?

Bianca bajó la vista.

—Es de la competición del club de ciencias de final del último semestre. Graciosa, ¿verdad?

El dibujo de la camiseta de algodón negro representaba a todo color la tabla periódica. Debajo se leía la frase «ESTAMOS EN NUESTRO ELEMENTO».

Nina intentó reírse, pero el sonido le salió hueco.

—El humor científico es tronchante.

—¿Dónde has estado escondida? Ahora los *nerds* son guais.

Nina le guiñó el ojo.

—Me alegra saberlo, porque yo también soy un veinte por ciento *nerd*.

–Perdona, pero lo que eres es una tipa dura al noventa por ciento –dijo Bianca–. El diez por ciento restante no importa.

Disimular debía de dársele mejor de lo que creía. La distracción momentánea le había proporcionado tiempo para respirar a medida que se calmaba el subidón de adrenalina que Jaime le había provocado. El *jet lag* había ralentizado su ritmo de recuperación habitual.

–Necesito otra botella de agua. Estoy deshidratada.

–Eso es porque en los aviones el aire es reciclado. –Bianca cogió una segunda botella de la nevera y se la pasó–. Seguro que no has bebido lo suficiente para compensar dos vuelos de punta a punta del país.

–Me han dicho que también reciclan el agua del lavabo –comentó Nina mientras desenroscaba el tapón–. ¿Crees que por eso el café de los aviones tiene un sabor tan raro?

Bianca se rio justo mientras tragaba.

–Me has hecho escupir el agua.

Nina dejó su botella sobre la encimera.

–Un momento, que te doy papel de cocina.

Esperó mientras Bianca se daba toquecitos en la parte frontal de la camiseta, donde la humedad oscurecía el diseño fluorescente. Entornó los ojos y observó las nítidas hileras de cuadraditos, cada uno con una o dos letras en el centro y un número en la esquina.

Letras y números.

Agarró a Bianca de la muñeca y le apartó el brazo.

–¿Qué coño haces, Nina? –Bianca retrocedió.

Nina la soltó y giró sobre sus talones para localizar su portátil. Tras una búsqueda infructuosa por la salita, recordó que seguía metido en la maleta. Ignoró las preguntas de Bianca y se apresuró a ir hacia su dormitorio, cogió el ordenador y volvió con él a la cocina. Lo dejó sobre la mesa y lo abrió.

Bianca la miró.

–¿Me dices de qué va esto?

–Tu camiseta me ha dado una idea –explicó Nina mientras el portátil se encendía–. Podría no ser nada, pero tengo que comprobarlo.

–¿Es por lo de la pista de Enigma? –se emocionó Bianca–. Deja que te ayude. De verdad que quinientos mil dólares me irían de lujo. –Colocó una silla al lado de Nina–. Y también me darían derecho a fardar.

Nina buscó la tabla periódica en Google.

–Pásame una hoja de papel y un lápiz de ese cajón de ahí. –Señaló con la barbilla el cajón «para todo» que se hallaba en el extremo más alejado de la encimera.

Bianca rebuscó dentro y regresó a la mesa instantes después.

–Yo busco una imagen de la pista de la nota que dejó en San Francisco. Tú escribe los elementos que se correspondan.

Nina le dedicó a Bianca una sonrisa rápida al tiempo que cogía el papel y el lápiz. Lo captaba todo con rapidez. En momentos como aquel, Nina recordaba que Bianca tenía un cociente de inteligencia superior a 160.

Bianca leyó los números haciendo una pausa entre ellos para que Nina pudiera buscar el número atómico y anotar el nombre químico y el símbolo del elemento.

–Setenta y cinco –dijo Bianca.

Nina arrastró el dedo por la pantalla para ampliar la imagen de la tabla, que era muy pequeña.

–Renio. Símbolo: Re.

Bianca procedió con el siguiente número de la lista.

–Setenta y tres.

–Tántalo; Ta –dijo Nina escribiendo las letras.

–Tres.

–Litio. Li.

Siguieron así hasta que Nina hubo escrito los siete números codificados con sus nombres químicos y sus símbolos.

Bianca echó un vistazo por encima de su hombro y trató de asimilar el revoltijo de letras.

Re, Ta, Li, F, Md, O, Re.

–¿Piensas lo mismo que yo? –susurró Bianca.

–Seguramente no.

–¿Y si es un anagrama? –dijo Bianca, que casi vibraba de la excitación–. Ya sabes, lo de reordenar letras. Yo a veces los hago después de los deberes, para relajarme.

Nina notó que estaba a punto de poner los ojos en blanco y apenas consiguió evitarlo.

–¿Eres consciente de que otros adolescentes hacen dibujos obscenos en las libretas para relajarse?

Bianca le tendió una mano.

–Déjame ver eso. –Se colocó la hoja delante y la contempló–. Hay miles de posibilidades. –Miró a Nina–. Y eso solo en inglés. ¿Y si ha cambiado a otro idioma?

Nina se encogió de hombros.

–No era nada, pues.

–No pienso darme por vencida. ¿Me dejas tu portátil?

–Todo tuyo.

Los dedos de Bianca volaron sobre el teclado.

–Hostia. Acabo de introducir las letras en un generador aleatorio de palabras y el algoritmo se ha detenido después de diez mil posibles combinaciones.

–¿Así cómo lo van a descifrar los criptoanalistas del FBI...? –Nina se frotó la frente–. Y puede que los números no tengan nada que ver con la tabla periódica; aun así, no puedo evitar la sensación de que aquí hay algo. Al mirar las letras que nos han salido, es como si me salieran palabras.

–Trabaja con eso –dijo Bianca–. Una de mis citas preferidas de Einstein es: «La mente intuitiva es un don sagrado y la mente racional es un siervo leal». Daba más importancia a la intuición que a la lógica, y yo también. –Ladeó el papel para que lo vieran las dos–. ¿Qué palabras ves?

Nina bajó la mirada.

–Retal. Fila. Molde. Y en inglés, *free*.

Bianca siguió su mirada y ambas se quedaron sentadas un minuto en silencio. Luego, Bianca tensó la columna. Poco a poco, clavó sus ojos en los de Nina al tiempo que una lenta sonrisa se le extendía por el rostro.

Nina percibió su excitación.

—¿Qué?

—La palabra que has dicho en inglés *free*; eso me ha dado una idea. *Freedom*. Después de eliminar las letras para esa palabra, las que quedan forman *trial*. Pero si cambias las let...

—Freedom Trail* —exclamó Nina al tiempo que daba una palmada en la mesa—. ¿Salen todas las letras?

Bianca asintió.

—Pero ¿cómo sabemos que es la respuesta correcta? Solo es una de muchas posibilidades.

—Está claro. Acaba de dejar un cuerpo en un lugar icónico de California. Los estudiantes del MIT se han burlado de él, así que cabe la posibilidad de que actúe de nuevo en Massachusetts. ¿Qué mejor sitio que uno de los recorridos más icónicos del estado? —Contempló la pantalla del ordenador con la imagen del acertijo de Enigma—. Pero necesitamos algo más. Tal vez haya dejado otra clave oculta en el mensaje.

Bianca pulsó en la pantalla y abrió una pestaña nueva. Introdujo «Freedom Trail» y leyó en voz alta:

—«El camino, pavimentado con viejos ladrillos rojos, recorre dieciséis localizaciones históricas, comenzando en el parque Boston Common y acabando en el buque USS Constitution en el puerto de Boston». —Abrió otra vez la pestaña con la nota—. Mira las frases de la parte superior. ¿Ves algo que tenga que ver con Massachusetts o que pueda hacer referencia al Freedom Trial?

—La primera frase —contestó Nina—. Siempre me ha parecido rara. «No entender te hará sollozar». Es una manera extraña de

---

* Recorrido turístico de unos cuatro kilómetros en la ciudad de Boston que conecta dieciséis lugares de relevancia histórica. *(N. de la T.)*

expresarlo, y no encaja con el patrón de la segunda frase, que suena normal.

Bianca asintió.

–Es como si hubiera forzado la redacción porque le hacía falta.

–Exacto. Comienza y termina con una extraña elección de palabras. El principio es una negación, y la mayoría diría «llorar» en lugar de «sollozar» al final.*

–Comienza y termina… –repitió Bianca–. No y sollozar.** El comienzo y el final. –Miró a Nina con los ojos azules abiertos de par en par–. ¿No lo ves?

–*Not* y *sob* –dijo Nina. Y de repente, encajó–. «Not» y «sob» es Boston al revés. Y es donde se encuentra el Freedom Trial. –Se inclinó hacia Bianca y le dio un rápido abrazo–. Eres un genio, Bee.

–Lo sé. –Bianca cogió su móvil–. A ver si he ganado a la Panda de la Cerveza del MIT. Eso me daría derecho a fardar a lo bestia. –Se rio–. Y puedo conseguir la recompensa de Julian Zarran. Solo tengo que… –La sonrisa se le borró de la cara al mirar a Nina. Se quedó un momento callada y luego bajó la vista–. No puedo publicar la respuesta y reclamar el dinero, ¿verdad?

Nina extendió el brazo y levantó con delicadeza la barbilla de Bianca para mirarla a los ojos.

–Bee, es la primera vez que vamos por delante de este tío. Es nuestra oportunidad de pillarlo. Si llegamos a Boston con tiempo suficiente, incluso podemos salvarle la vida a una chica.

Bianca palideció.

–Claro. No diré ni una palabra. –Se guardó el móvil–. Qué putada.

–Si quieres ponerte en contacto con Julian Zarran después de la detención, seré tu testigo oficial.

–En realidad, ahora que lo pienso, has sido tú la que has de-

* *Not understandig will make you sob* «sollozar», a diferencia de *cry*, «llorar». *(N. de la T.)*
** *Not* y *sob* en inglés. *(N. de la T.)*

ducido lo de la tabla periódica, que era la parte más difícil de la pista. Deberías quedarte tú el dinero.

–Soy agente federal. No puedo recibir recompensas.

–Vaya, eso también es una putada.

–El dinero nunca ha sido mi motivación. Lo que me importa es sacar a depredadores de la calle.

–Entonces has elegido la profesión adecuada. Siempre habrá malos y tú nunca te harás rica.

Nina se sacó el teléfono del bolsillo y luego se quedó quieta. ¿Debía llamar a Buxton? Podía reforzar su posición ante su jefe, demostrar que su valía iba más allá de sus recuerdos.

Nina nunca había sido una trepa. Escalar posiciones pasándose de ansiosa no era la forma de construir una carrera. Quizá fuera una intrusa en Quantico, quizá prefería trabajar sola, pero en esta investigación debía hacerlo en equipo. Tras tomar una decisión, inspiró hondo y pulsó el número que tenía en marcación rápida.

–¿Qué ocurre, Guerrera? –contestó Wade con su característico tono ronco de barítono.

–Haz la maleta –dijo ella emulando las palabras que había pronunciado él el día anterior–. Nos vamos a Boston.

18

Tres horas después, en algún lugar en el aire entre el aeropuerto Reagan National y el Logan International, Nina apartó la mano que le estaba clavando un dedo.

—Estoy despierta. —Percibió el agotamiento en su propia voz.

—Estoy muy a favor de estrechar lazos —le dijo Kent—, pero me estás babeando en el hombro.

Muerta de vergüenza, Nina se incorporó para examinar la camisa de Kent.

—No veo nada.

El polo con el sello del FBI bordado parecía estar un poco arrugado en la costura del hombro, pero seco.

Kent sonrió.

—Al menos ahora estás despierta.

Nina lo fulminó con el ceño fruncido.

—Me parto de risa.

—He sido yo quien le ha pedido que la despierte —intervino Buxton—. Les he dejado al agente Wade y a usted que se echaran una siesta rápida, pero hay temas que tenemos que discutir antes de aterrizar.

Sentado frente a ella y junto a Buxton, Wade se frotaba los ojos con las palmas de las manos. Tras su viaje de punta a punta del país sin casi respiro, el *jet lag* le había pasado factura a Nina al embarcar en uno de los aviones Gulfstream alquilados por el FBI que los esperaba en el Reagan National. El director había autorizado personalmente el uso exclusivo de una de las aeronaves para su equipo mientras durara la investigación. A partir de ahora, irían a todas partes como una unidad y transmitirían la información al grupo operativo en Quantico.

Kent les tendió a cada uno una taza humeante de café solo. Nina nunca había volado en un Gulfstream, pero teniendo en cuenta lo que había oído sobre ellos, no le sorprendió ver una cafetera sobre la pulida superficie de la mesa que se extendía por el lateral de la cabina principal.

—Quiero poneros al día con los hallazgos más recientes del grupo operativo —comenzó Buxton—. Hemos comparado las listas de pasajeros de los vuelos que han llegado al Logan desde los principales aeropuertos de San Francisco y del área de la capital, por si voló allí antes. No hay ningún nombre que coincida.

Nina dio un sorbo al café y el calor amargo de la bebida se introdujo en su organismo.

—Entonces usó un nombre falso, o no fue en avión.

—Es poco probable que usara un medio de transporte terrestre debido al corto periodo de tiempo entre los crímenes, aunque es posible conducir desde Washington D. C. hasta San Francisco en cuarenta y dos horas sin superar el límite de velocidad —dijo Buxton.

—Ir en coche sería casi tan arriesgado como ir en avión —observó Breck—. Muchas cosas podrían salir mal en un viaje en coche de punta a punta del país.

Wade sofocó un bostezo.

—A un sospechoso con los rasgos de carácter de Enigma podría resultarle emocionante. Disfrutaría mostrando sus habilidades. Aunque solo fuera a sí mismo.

—Ya confía en sus habilidades —señaló Kent—. Puede que haya ido en coche, pero eso significaría que o bien es autónomo o bien tiene un trabajo en el que puede desaparecer cuatro o cinco días seguidos sin llamar la atención.

Nina no se había planteado cuál podía ser la profesión de Enigma. ¿Era posible que trabajara en un cubículo, en un típico entorno empresarial? Había pasado con otros asesinos.

–Dada su destreza con los ordenadores, seguramente trabaje en el sector tecnológico –observó Nina–. Igual un puesto con horario flexible como consultor en red o algo así, que no le obligue a estar en la oficina.

–Parece probable que tenga una ocupación menos estructurada –dijo Buxton. Se volvió hacia Kent, intentando como siempre recabar información de todos–. ¿Ha hablado con los forenses?

–Han terminado con la autopsia de la víctima de Georgetown –explicó Kent–. Hablando en plata, el tipo rebozó el cuerpo de la chica con un agente químico antes de tirarla al contenedor. –Separó las manos–. Básicamente, lo que tenemos es una montaña de rastros materiales. Es como coger un grano de arena en la playa. Y con la contaminación cruzada, cualquier prueba que consigamos estará comprometida.

–¿Qué clase de agente químico utilizó? –quiso saber Nina–. ¿Era algo poco habitual o difícil de conseguir?

–Un detergente de uso médico que esteriliza, desinfecta y destruye el ADN –contestó Kent.

–¿Qué jabón es capaz de hacer eso?

Nina había visto técnicos de la científica utilizar luminol para localizar ADN en suelos fregados con lejía pura.

–Uno que incluya oxígeno entre sus ingredientes –explicó Kent–. El oxígeno degrada las muestras.

–¿Han podido identificar la marca concreta? –preguntó Buxton–. ¿Hay un número limitado de fabricantes?

–Los componentes químicos del detergente están presentes en varias marcas que se utilizan de manera habitual en hospitales de todo el país. –Kent suspiró al tiempo que se quitaba las gafas de sol y se pinzaba el puente de la nariz–. Por ahí no vamos a averiguarlo.

—¿Hospitales? —dijo Nina al tiempo que se erguía. Le había venido a la memoria el recuerdo que había aflorado en la autopsia en San Francisco—. El instrumento que utilizó el tipo para obligarme a abrir la boca era como el que tenía el forense. Ahora utiliza un producto de limpieza de uso médico. ¿Es posible que Enigma sea médico o cirujano?

—Un cirujano con complejo de dios —dijo Wade—. No lo había oído nunca.

—No perdamos ese dato de vista —decidió Buxton—. Quizá podamos utilizarlo para estrechar la búsqueda más adelante.

—Bueno, igual es médico. —Breck, que estaba tecleando en su portátil, se interrumpió de pronto—. O igual es un mozo de restaurante que sabe buscar en Google. No es tan difícil, mirad.

Le dio la vuelta a su portátil sobre la mesa plegable sujeta al brazo de su asiento. Una lista de productos de limpieza químicos oxigenados llenaba la pantalla.

—Es obvio que se siente cómodo con los ordenadores —dijo Nina—. No tendría que ser muy listo para encontrar la manera de enmarañar los análisis forenses.

—Sus patrones de discurso indican que, o bien tiene educación superior, o bien lee mucho. —Kent volvió a ponerse las gafas—. En cualquier caso, es probable que tenga un alto cociente de inteligencia.

Wade dejó la taza sobre la mesa.

—La última pista revela que es inteligente. Utilizó dos formas de encriptación, y ambas requerían una extrapolación secundaria.

Nina le estaba agradecida a Bianca por haber pasado por su apartamento. La camiseta de la chica y su considerable capacidad cerebral habían sido claves para descifrar el código del sospechoso. Jaime, por otra parte, seguro que se lo pensaría dos veces antes de volver con otra excusa. Así pues, todo bien.

—Estoy de acuerdo en que nuestro sujeto da la sensación de tener un intelecto avanzado, pero Breck no va desencaminada —observó Buxton—. Cabe la posibilidad de que tan solo sea un adicto a los ordenadores. –Se volvió hacia ella–. ¿Alguna novedad de los de Análisis Forense de Vídeo en alguno de los casos?

Breck volvió a girar el portátil y se puso a teclear.

–Hemos conseguido seguir la furgoneta que utilizó en Washington hasta la autopista de peaje del aeropuerto de Dulles. Al salir cogió la carretera 28 y se dirigió hacia el oeste hasta que no quedaron cámaras.

–Cuando me raptó a mí, me llevó hacia el oeste, desde Alexandria hasta Chantilly –dijo Nina–. En la misma furgoneta o en otra igual.

Buxton abrió una carpeta de cuero con el sello del FBI grabado y anotó algo.

–Deberíamos examinar la misma parcela de terreno adonde te llevó, aunque dudo que sea tan descuidado como para construir un nuevo cobertizo allí.

–Podríamos obtener fotos de satélite de toda la zona –añadió Breck–. Utilizar el ojo del cielo para detectar cualquier estructura no autorizada en la propiedad.

–Presentaré la petición –dijo Buxton sin dejar de escribir.

Breck asintió.

–Mientras, acabo de recibir un archivo del equipo de vídeo del grupo operativo. Hemos trabajado con datos visuales de ambos casos para crear un retrato robot mejorado del sospechoso.

Nina se animó. Hasta entonces no habían reunido suficiente información como para intentar siquiera hacer un bosquejo. Aquello podía darle un giro al caso. Dejó el café en la mesa y escuchó con atención.

–Hemos limpiado las imágenes en las que aparece en el callejón en Washington lo mejor que hemos podido, teniendo en cuenta la gorra y el vello en la cara. No hay ninguna correspondencia con las bases de datos de reconocimiento facial, pero al superponer las imágenes con el vídeo de San Francisco, hemos conseguido suficiente definición como para lanzarnos con un retrato robot generado por ordenador.

Nina se puso en pie.

–¿Puedo verlo?

Salió al pasillo y avanzó hacia Breck.

–¿Qué aspecto tenía en San Francisco? –preguntó Wade.

–En California no renqueaba, así que debió de cambiar su manera de andar en Washington –explicó Breck, y añadió–: En California tampoco está tan fornido.

Nina recordó las imágenes de la cámara de vigilancia de D. C. en las que el corpulento repartidor caminaba con una característica cojera mientras empujaba hacia el club nocturno el carro con la enorme caja. Nunca lo habría confundido con el hombre musculoso y atlético que la había reducido con facilidad. Ahora sabía por qué: la barriga y la cojera eran fingidas.

–Hay montones de vídeos suyos en el muelle treinta y nueve. –El comentario de Breck la sacó de sus pensamientos–. Robó una zódiac, metió un enorme bidón de carnaza en la popa y salió en dirección al muelle flotante. Abrió la tapa, sacó el cuerpo de la víctima, escondido en una bolsa de basura negra, y lo ató a uno de los pilones de madrugada, antes del alba. Se ve cómo mete la mano en el agua con un cuchillo para soltar la bolsa. Nadie le dio importancia en ese momento. –Breck se colocó un mechón pelirrojo y rizado tras la oreja–. El lugar estaba desierto y él llevaba una sudadera gris con una capucha que le cubría la cabeza. Debajo se había puesto un jersey de cuello alto con el que se tapaba la nariz, y se cubría los ojos con unas gafas de sol de aviador.

–¿Cómo trasladó el cuerpo hasta el muelle? –preguntó Nina al tiempo que se sentaba a su lado.

–Aparcó una furgoneta *pickup* cerca de la dársena más cercana a la zódiac, descargó el bidón de carnaza, que tenía ruedas en un extremo y un mango en el otro, y bajó con él por la plancha.

–Maldita sea –dijo Kent–. A plena vista.

–Forma parte de la emoción para él –dijo Wade–. Parte del juego. Demuestra hasta qué punto es mejor que nosotros.

–¿Algún vídeo del sujeto pegando el sobre a ese contenedor o caminando por las terminales de los aeropuertos cercanos? –preguntó Buxton.

–Hasta ahora no. –Breck giró un poco la pantalla hacia Nina–. Échale un vistazo a ver si tú puedes añadir algo. Aún nos queda tiempo para afinar la imagen si esta no sirve.

–Mis recuerdos están desfasados comparados con lo que tienes tú –dijo Nina, mirando de reojo a Wade–. Y por lo que veo, también dispersos.

Estudió la imagen del portátil. El hombre tenía una mandíbula bien definida y rasgos pronunciados, nada fuera de lo normal. Breck le había dejado puestas las gafas de sol. No había nada en él que llamara la atención. Nada que le hiciera destacar aparte de una sensación indescriptible que le ponía a Nina los pelos de punta.

–Recuerdo que tenía los ojos azules –dijo Nina tras un minucioso examen.

Breck cogió el ratón.

–¿Un tono en concreto?

Por mucho que se esforzara, no pudo decir más.

–Lo siento.

–Tranqui, es fácil. –Breck arrastró el ordenador y se lo puso delante–. Le daré una forma de ojos neutra y añadiré un azul medio a los iris. Lo tendré listo en menos que canta un gallo.

–Lo distribuiremos entre las fuerzas del orden –decidió Buxton.

–¿Se lo enseñamos a la ciudadanía? –preguntó Nina.

Buxton frunció el ceño.

–No quiero que circule hasta que tengamos una imagen más nítida. Con esa barba tan espesa y la gorra negra, se parece al cincuenta por ciento de los varones estadounidenses blancos de entre veinte y cincuenta y cinco años.

Kent asintió.

–Con la publicidad que ya tiene el caso, recibiremos cientos de miles de pistas falsas.

—Por ahora, solo lo distribuiremos a los agentes que patrullen por el Freedom Trail esta mañana —dijo Breck.

Aunque temía la respuesta, Nina planteó la pregunta que la carcomía desde que Kent la había despertado:

—¿Alguien ha publicado ya una solución a la clave de Enigma?

—Negativo —contestó Buxton—. Todavía llevamos ventaja. Si la suerte sigue acompañándonos, lo pillaremos sin montar un circo público.

—Se están formando más equipos por todo el país —señaló Breck—. Unos quieren ganar los quinientos mil pavos, otros atrapar al infame Enigma y otros intentan hacer las dos cosas.

Nina sacó su móvil.

—He mirado sus cuentas en redes sociales. Ha colgado una clasificación en Facebook con el nombre de las personas o los equipos que van a por él, y los de la Panda de la Cerveza están segundos por detrás de Julian Zarran. También se está asegurando de que todo el mundo se entere de lo de la recompensa.

—Alimenta la rivalidad —dijo Wade—. Para él, la atención pública ensalza toda la dinámica de poder. Ahora mismo, controla el discurso nacional.

—Y mientras, ha hecho que todos anden mordiéndose la cola. —Breck asintió—. El tercero de la lista es un grupo de supervivientes de agresiones sexuales que se hacen llamar la Ola Rosa. En cuarto lugar está un grupo de *exrangers* del ejército. No le doy muchas posibilidades de sobrevivir si estos lo atrapan antes que nosotros. En quinto lugar hay un grupo de estudiantes. En la lista solo salen los cinco primeros.

Nina puso los ojos en blanco.

—Así que no solo intentamos atrapar a este tipo, ¿también competimos de manera directa con un puñado de bandas en plan Scooby-Doo de todo el país que lo están persiguiendo?

—Sé que tenemos controladas las publicaciones en redes sociales de Enigma, pero ¿alguien monitoriza a los *Scoobies* de pacotilla? —preguntó Wade—. Enigma es la clase de tío que podría intentar introducirse en la investigación colgando publicaciones como si formara parte de un grupo y proponiendo soluciones a sus acertijos, o bien para desconcertarnos, o bien para manipularnos de alguna otra manera.

—La unidad del grupo operativo que controla el grado de interacción en las redes sociales investiga el pasado de todos los grupos que se involucran —explicó Buxton—. Me envían actualizaciones regularmente.

Nina contempló, a través de la ventanilla de la pequeña cabina, las luces de la ciudad que se extendía abajo, a lo lejos. Cientos, tal vez miles de civiles se habían implicado en la investigación. No había forma de controlar lo que ocurriría cuando interactuaran con el psicópata que se hacía llamar Enigma. Este se deleitaba en el caos. Lo generaba.

—Nuestro hombre está utilizando a la ciudadanía para generar interferencias —dijo Kent, como si hubiera escuchado los pensamientos de Nina—. Hasta ahora le ha funcionado. Esto va a ir de mal en peor.

—Estoy de acuerdo —dijo Buxton, que recondujo la conversación de nuevo al campo de la logística—. Tenemos que finalizar nuestro plan para Boston antes de aterrizar. Estoy en contacto con la oficina local del FBI y con el comisario de la policía de Boston. Han activado el COE a un nivel sutil.

A Nina no le gustó. La activación de un Centro de Operaciones de Emergencia por lo general implicaba una autorización de las autoridades de la ciudad e involucraba a numerosas agencias locales.

—¿Eso no llamará la atención de...?

Buxton la interrumpió alzando la mano.

—He hecho hincapié en que esta operación debe ser lo más encubierta posible y que si el tipo en cuestión sabe que le seguimos la pista, cambiará de planes. —Bajó la mirada hacia el papel pautado de la libreta que llevaba dentro de la carpeta—. Han redestinado a todo el personal de paisano disponible para que se despliegue por el Freedom Trail. Se les sumarán agentes uniformados en bicicleta, moto y a pie, aunque lo bastante dispersos como para que no parezca que han aumentado las patrullas. —Pasó una hoja—. En total, unos doscientos policías para cubrir todo el recorrido, de unos cuatro kilómetros de longitud.

—Cobertura total. —Kent le dirigió a Buxton un asentimiento apreciativo—. El muy cabrón no podrá ni tirarse un pedo sin que lo olamos.

—¿Dónde empieza al trayecto? —quiso saber Breck.

—La primera parada es el parque Boston Common —explicó Buxton—. Y termina en el puerto de Boston.

Kent soltó un gruñido.

—Otro puerto. A este tío le gusta el agua. ¿Qué está haciendo la policía de Boston al respecto?

—Tiene una Unidad Portuaria —dijo Buxton—. El supervisor del puerto está desplegando cualquier cosa que flote. También se han coordinado con la Autoridad Portuaria de Massachusetts. Esta tiene su propia fuerza policial, que trabaja en equipo con las patrullas estatales. Los han incluido en el COE para que vigilen las terminales marinas y todo lo que quede cerca del agua.

—¿Habrá apoyo aéreo? —quiso saber Nina.

Buxton echó un vistazo a sus notas.

—La policía de Boston no dispone de helicópteros. Utilizan la flota aérea de la policía estatal de Massachusetts. Coordinaremos el apoyo aéreo desde allí.

—¿Y tienen drones? —preguntó Breck.

—Volarán por encima de la zona durante todo el día, y también disponen de una red considerable de cámaras por todo el centro de la ciudad, especialmente en los monumentos históricos situados a lo largo del camino. —Se permitió una inusual sonrisa—. Boston está más controlado que una prisión federal. Vamos a pillar a este tío.

El entusiasmo de su supervisor resultaba contagioso. Por primera vez desde que había empezado el caso, Nina vio un rayo de esperanza.

–¿Cuáles son nuestras órdenes al aterrizar?

–Nos reuniremos con nuestros agentes de campo locales en el COE.

Nina no tenía ninguna intención de quedarse sentada en una habitación repleta de monitores mirando cómo lo atrapaban.

–Quiero ir al Freedom Trail con los policías de paisano de Boston.

–Gracias al vídeo viral, ahora es usted famosa, agente Guerrera –repuso Buxton, negando con la cabeza–. Reventaría toda la operación.

Nina se había preparado para eso.

–He traído una sudadera con capucha varias tallas más grande y me pondré mis gafas de sol tipo Jackie Onassis. Nadie me reconocerá.

Se percató de que Wade la analizaba con la mirada y ella, a su vez, lo fulminó con la suya. Más le valía no dejarla fuera.

–De hecho –dijo Wade despacio–, creo que Guerrera podría resultar útil sobre el terreno. Puede emparejarse con un inspector local de paisano y pasear por el sendero como una pareja de turistas con un aspecto de lo más natural.

–Yo también quiero ir –dijo Kent–. Nadie me conoce. Podría situarme en otro tramo del camino.

–De acuerdo. –Buxton alzó las manos imitando un gesto de derrota–. Pueden formar equipo con alguien de las fuerzas locales y tomar posiciones.

La puerta de la cabina se abrió y el copiloto entró en la cabina principal.

–Disculpe, señor, tiene una llamada urgente de Relaciones Públicas. –Le tendió a Buxton un teléfono satélite.

Se hizo el silencio mientras el agene sostenía el dispositivo pegado a la oreja.

–Buxton.

Tensó la expresión.

–¿Cuánto hace de eso? –Asintió–. Informa al COE de Boston. Diles que aterrizaremos en diez minutos.

Buxton le devolvió el teléfono al copiloto y se volvió hacia ellos.

—El grupo del MIT acaba de publicar la solución —anunció—. Todos los detectives aficionados de pacotilla al este del Misisipi y al norte de la línea Mason-Dixon van camino del Freedom Trail.

19

Tres horas después
Freedom Trail, Boston, Massachusetts

Nina tuvo que estirar el cuello para quedar a la altura de los ojos del inspector Joe Delaney.

–¿Cuánto tiempo llevas en Narcóticos?

–Unos cuatro años –respondió él con un acento de Boston tan marcado como densa era su barba pelirroja.

A Nina le costaba imaginarse al enorme policía irlandés enfundado en un uniforme. El pelo pelirrojo le caía por debajo de los hombros en una coleta suelta y la barba le llegaba hasta la mitad del fornido pecho.

–Supongo que tiraste a la basura la maquinilla de afeitar el día que te asignaron tu destino.

Es posible que él sonriera. Era difícil asegurarlo a través de aquel bosque de pelo.

–No me gusta afeitarme –dijo–. Eso sí es cierto.

Llevaban dos horas andando juntos por el camino, aparentando ser una pareja que disfrutaba de las vistas. Aunque la capucha interfería un poco en la visión periférica de Nina, estaba convencida de que no se le había pasado nadie por alto.

Se pusieron a conversar mientras caminaban. A Delaney le gustaba hablar y le reveló los secretos de la ciudad como solo podía hacerlo un policía. Se dirigieron sin prisa hacia el centro comercial Fanueil Hall, conocido por sus bulliciosas tiendas y restaurantes.

Aunque era pronto, los restaurantes habían comenzado ya a preparar las comidas.

—Algo huele bien —dijo ella.

Delaney olfateó el aire como un sabueso.

—Esas son las famosas alubias blancas de Boston. Se ponen pronto y las cocinan a fuego lento durante todo el día. —Miró a Nina—. Aunque tienes que ir con cuidado si no estás acostumbrada a comerlas. Pueden engordar.

Nina se pasó una mano por la barriga plana.

—Corro y entreno, así que me mantengo en forma.

—Ya —contestó Delaney—. Aunque lo peor son los pedos. Ya sabes.

Nina sonrió.

—¿Eso se considera gracioso en Boston?

—Las dos cosas son verdad. Las alubias son puro carbohidrato.

—¿Te acuerdas de que cuando nos han presentado te he preguntado por tu actual destino? Me has dicho que eras un «naco». Creía que igual era jerga de la policía de Boston para referirse a una unidad especial de la que no sé nada. He tardado unos segundos en darme cuenta de que te referías a «narco».

Él le dedicó una sonrisa irónica.

—¿Eso se considera gracioso en el FBI?

Touché.

Avanzaron entre un bistró y una cafetería hacia el exterior de Fanueil Hall. Las calles estaban cada vez más concurridas y Nina distinguió varias personas que se desplazaban con movimientos rápidos entre los paseantes y los turistas, girando la cabeza en todas direcciones.

—*Scoobies* —murmuró.

–¿Cómo dices?

Nina soltó un suspiro de exasperación.

–Internet ha sacado a la luz a un montón de detectives aficionados. Van todos detrás del dinero de la recompensa o bien del derecho a fardar.

–Ah, la banda de Scooby-Doo. –Delaney asintió–. Acabarán heridos o arruinando la investigación.

Nina volvió a estudiar su entorno. ¿Estaba allí Enigma? ¿Había venido y se había ido ya? ¿Había otra chica luchando por su vida en ese preciso instante? Apretó los puños. Sabía demasiado bien lo que estaría haciendo él si no encontraban una manera de pararlo.

Delaney se dio unos golpecitos en el costado de la cara, donde llevaba escondido el micro bajo una mata de pelo.

–Nada por aquí. ¿Vosotros?

–Por aquí tampoco nada. Seguro que si pasa algo el COE será el primero en enterarse.

Dieron media vuelta para emprender el camino hasta el final del sendero.

–Por lo general me gusta ver a un empleado municipal entregado a su trabajo, pero hoy no –dijo Delaney.

Ella siguió su mirada. Un hombre latino con un chaleco amarillo fluorescente en el que podían leerse las palabras «SERVICIOS PÚBLICOS» estaba vaciando una papelera municipal a una manzana del Freedom Trail. Nina frunció el ceño.

–Creía que habíais dado la orden de que hoy no recogieran la basura.

–Así es. –Delaney se dirigió hacia el trabajador–. Está claro que este tipo no recibió la circular.

Buxton le había pedido al comisario de la policía que se asegurara de que nadie tocaba un solo receptáculo de basura en un radio de tres manzanas alrededor del Freedom Trail. El hombre al que buscaban había establecido un patrón en el que anteriormente había utilizado contenedores para dejar pistas o deshacerse de los cuerpos. Si lo hacía hoy, quedaría grabado y él estaría vigilado.

Nina tuvo que trotar para mantener el ritmo de Delaney, que cruzó la calle a grandes zancadas.

–Eh –llamó Delaney al hombre–. Deja en paz la papelera.

Nina permaneció en silencio. Delaney se encontraba en la incómoda situación de intentar intervenir sin descubrir su tapadera. Nina lo dejó tomar la iniciativa.

El hombre se incorporó y se volvió hacia ellos al tiempo que se apartaba un denso mechón de pelo moreno y ondulado de la cara de piel oscura.

–Yo limpia –dijo en un inglés con un marcado acento–. Recoge basura.

–Se supone que hoy no tenéis que recoger la basura –explicó Delaney, pronunciando lentamente cada palabra–. ¿No te lo ha dicho tu jefe?

El hombre le dedicó una mirada desconcertada. Seguro que se preguntaba por qué un gigante pelirrojo le pedía que no hiciera su trabajo.

–Estaba antes en casa de hermana mía. No han pasado a buscar a mí, así que venido solo. –Sonrió.

–No –repuso Delaney–. Tú no venir hoy. ¿Lo entiendes?

Nina distinguió algo blanco en la mano enguantada del hombre y se dirigió a él en español:

–*¿Qué tiene usted ahí?*

Él la miró con los ojos muy abiertos.

–Encontrado esto –contestó al tiempo que sostenía un sobre blanco y cerrado con un trozo de cinta adhesiva colgando del borde–. Ahora justo. Encima de papelera –dijo al tiempo que la señalaba.

Delaney se lo quitó de las manos, se dio la vuelta, quedando de espaldas al trabajador, y miró a Nina. Sin decir nada, lo sostuvo en alto para mostrarle lo que había impreso en él.

CHICA GUERRERA

Con el corazón desbocado, Nina se lanzó hacia Delaney y le arrebató el sobre. Ambos se miraron durante un largo instante.

–¿Crees que deberíamos abrirlo? –preguntó Delaney en voz baja.

–Ya te digo.

Los de la científica no se alegrarían mucho, pero cabía la posibilidad de que dentro hubiera algo urgente. Luego ya se comería la bronca. En ese momento, necesitaban información. Deslizó un dedo por debajo de la solapa y sacó una tarjeta blanca. Delaney echó un vistazo por encima del hombro de Nina mientras ella leía:

UNO SI POR TIERRA, DOS SI POR MAR

Nina recordaba la famosa cita de sus clases de historia.

–Eso es del «Paseo a medianoche de Paul Revere», ¿verdad? Delaney asintió.

–Se suponía que debían encender una linterna si los ingleses atacaban por tierra, y dos si cruzaban el río Charles. –Frunció el ceño–. ¿Por qué haría alusión a eso?

–Paul Revere –contestó Nina–. La casa en la que vivió es una de las paradas en el Freedom Trial. Tenemos que avisar al COE.

–Espera un momento. –Delaney hizo una pausa con la mano a medio camino de su auricular–. Las linternas se encendían en el campanario de la iglesia Old North. Otra de las paradas del camino.

Que mejor que un natural de Boston.

–Bien visto –dijo Nina–. Tú habla con los del COE y yo intentaré sacarle más información al tipo de Servicios Públicos. A lo mejor en español es más charlatán.

Delaney se alejó para utilizar su intercomunicador sin llamar la atención. En cuanto se fue, Nina vio que el empleado público se había evaporado. Iban a necesitar sus datos de contacto y una declaración formal.

Maldiciéndose por no haberle indicado que se quedara, se puso a correr por la acera, estudiando la zona. Distinguió el deslumbrante chaleco del hombre a dos manzanas, limpiando basura en un callejón, y aceleró. El tipo no debía de haber entendido a Delaney cuando le había dicho que aquel día no había que recoger basura. O a lo mejor no se lo había creído.

–*Disculpe* –llamó al hombre.

Este fingió que no la oía y siguió avanzando hasta desaparecer entre dos edificios.

Ella corrió hacia él y rodeó la esquina donde lo había visto por última vez.

Recibió un puñetazo desde su izquierda, que le propinó un golpe tremendo en el lado de la cabeza. Nina se tambaleó e intentó recuperar el equilibrio. Vio el chaleco amarillo de Servicios Públicos como una mancha borrosa antes de que el hombre le rodeara el cuerpo con los brazos y le cubriera la boca con la mano enguantada.

Cuando agachó la cabeza para susurrarle al oído, su inglés no tenía ningún acento.

–Esta vez no te escaparás, Nina.

Aunque hubieran pasado once años, Nina reconoció esa voz.

20

Enigma inspiró hondo, inhalando su aroma único. El miedo de Nina lo embriagaba. Lo excitaba. Lo ponía a tono. Apretó su pequeño cuerpo contra su pecho y notó cómo el corazón le latía igual que las alas de un ruiseñor. Habían publicado la solución a su acertijo en internet hacía tan solo tres horas. No esperaba que ella llegara tan rápido a Boston.

No era así como había planificado su reencuentro. Ella se estaba acostumbrando a contrariarlo. Tendría que enseñarle otra lección. A ver si aprendía algo de obediencia antes de morir.

Apretó con más fuerza la mano sobre sus voluptuosos labios, silenciándola e inmovilizándole la cabeza al mismo tiempo. Luego agarró la parte superior del cuerpo de Nina con el otro brazo y la oprimió con más fuerza contra él. Ella le clavó los dientes en el dedo índice. Por suerte para él, la protección termostática del nudillo de goma evitó que el mordisco atravesara su guante táctico. Notó el movimiento de la mandíbula de Nina, que intentaba abrirse paso a mordiscos a través del tejido reforzado. Se le escapó una risita. Ella se resistió, lo cual volvió a excitarlo. Su pequeña Chica Guerrera quería pelea. Bien.

Deslizó los brazos por la espalda de Nina, acercando sus cuerpos. Antes de que él fuera consciente de lo que hacía, ella buscó su entrepierna con la mano. Le agarró las pelotas por encima de los pantalones, las estrujó con una fuerza sorprendente y las hizo girar con un movimiento brusco de la muñeca.

El aire abandonó los pulmones de Enigma con un restallido. Intentó controlarse, pero le cedieron las rodillas. Ella no lo soltó, sino que le giró las pelotas con brusquedad hacia el otro lado.

El hombre se rindió ante el dolor y la apartó, soltándola por fin. Luego se dobló en dos e inspiró con fuerza mientras se agarraba la entrepierna de manera involuntaria. Nina iba a pagar caro lo que había hecho.

Nina escupió un trozo de nailon que había arrancado del guante.

–Arrodíllate.

Él alzó la cabeza y vio la boca del cañón de su semiautomática apuntando directo hacia él. El arma no temblaba.

Nina entornó los ojos.

–Las manos a la espalda.

La muy zorra no tenía manera de saber lo que se sentía después de que te estrujaran los huevos y era obvio que no podía entender que él fuera incapaz de colocar las manos a su espalda ni aunque hubiera querido. Pero no quería. No tenía intención de arrodillarse siguiendo sus órdenes. Al final, sería ella la que se arrodillara ante él. Le rogaría, pero él no le concedería la salvación.

Reprimió una arcada al tiempo que el dolor amenazaba con superarlo.

–No puedo.

Ella mantuvo el arma apuntada hacia él con una mano y se llevó la otra al oído, sin duda preparándose para llamar a la caballería. El hombre se había quedado sin opciones. Ella se había convertido en una contrincante más dentro de la jaula. A punto de derrotarlo.

No lo permitiría.

Se sobrepuso al dolor agónico de la entrepierna, plantó los pies en el suelo y se lanzó sobre ella. El tiempo se ralentizó. En el momento en que él saltaba hacia delante, ella apretó el gatillo. En una décima de segundo el hombre notó el devastador impacto de un proyectil de punta hueca en el centro del pecho.

Cayó al suelo.

Ella se acercó a toda prisa mientras inspeccionaba su cuerpo de arriba abajo.

—Quédate en el suelo. Pediré ayuda. —Se llevó de nuevo la mano al auricular.

Contactara con ellos o no, la policía averiguaría el origen del tiroteo en menos de un minuto. El hombre había analizado la capacidad de reacción de la policía de Boston antes de elaborar su plan. Le quedaba un último as bajo la manga. Nina no tenía manera de saber que llevaba un chaleco antibalas.

El hombre extendió el pie y ejecutó un barrido de piernas perfecto. Ella saltó y acabó cayendo en la dura acera junto a él, sin aliento. La pistola se deslizó sobre el suelo del callejón y acabó golpeando la pared de ladrillos, lejos de su alcance.

Antes de que Nina pudiera recuperarse, el hombre rodó hasta quedar sobre ella. Su peso le impidió a Nina coger el suficiente aire como para gritar o pelear. Acercó tanto su cara a la de ella que los labios de ambos casi se tocaron.

—Todavía no, Chica Guerrera, pero pronto. Muy pronto.

En ese momento la deseaba más de lo que había deseado nada en su vida. Era tal cual la recordaba y, aun así, era mucho más. Le rodeó el delgado cuello con las manos; el terror que se reflejó en los ojos de Nina, abiertos de par en par, era algo hermoso.

—Serás mía de nuevo —susurró él.

En el instante en que el movimiento de él le dejó espacio a Nina, lanzó la mano para agarrar las de él, enguantadas. Le arañó la muñeca derecha con sus uñas cortas. Tras soltar una maldición, Enigma apretó con más fuerza. No quería matarla todavía, solo que se desmayara. Una maniobra delicada.

Unos segundos más tarde Nina se quedó quieta, cosa que él aprovechó para dar un salto y dirigirse cojeando hacia la calle a través del extremo más alejado del callejón. Agentes uniformados confluían en el lugar procedentes de todas direcciones. El hombre hizo un gesto con la mano para llamar su atención y señaló hacia el callejón en el que Nina debía de estar escupiendo y tosiendo en ese momento.

–Hombre armado –dijo con un marcado acento mexicano, acompañado de un tono histérico–. Ha disparado a mujer.

Los polis pasaron disparados por su lado en la dirección que les había indicado, con las armas en posición. No buscaban a un empleado público latino de piel oscura, sino a un hombre blanco de ojos azules. Nina le había visto los ojos y la piel que los rodeaba muchos años atrás. Aunque se suponía que debía llevarse esa información a la túmba, al hombre no le cabía duda de que la había compartido con la policía, proporcionándoles una idea general de su aspecto. Hoy, el hombre había encontrado la manera de convertir lo que habría sido un revés en una ventaja.

Recuperó gradualmente la capacidad de movimiento y dobló una esquina, listo para desaparecer. En cuanto hubo examinado la zona que lo rodeaba, notó un nuevo dolor. Bajó la mirada y vio que tenía sangre en la muñeca. El pánico lo embargó.

21

Nina parpadeó rápidamente varias veces y el gigante pelirrojo que estaba agachado a su lado quedó enfocado.

—Está volviendo en sí —les dijo Delaney a los demás.

Todavía estirada en la acera, Nina vio a un grupo de agentes de la policía de Boston, tanto uniformados como de paisano, que la miraban. Se aclaró la cabeza.

—Era él —dijo con la voz ronca—. Disfrazado.

Proporcionó una breve descripción del sospechoso, con el uniforme de Servicios Públicos.

—Qué buen camuflaje —dijo Delaney—. Emitiremos una orden de busca y captura.

—Una cosa más —recordó Nina—. Le he arañado la muñeca. —Se sentó—. Tengo su ADN.

—¿Dices que ahora tiene aspecto de hombre latino? —preguntó uno de los uniformados—. He pasado corriendo junto a ese tipo. Recuerdo el chaleco amarillo. El hijo de puta me ha señalado en tu dirección.

Pulsó con fuerza el transmisor de su radio para emitir la descripción actualizada del sospechoso que le había proporcionado Nina y luego les indicó el camino a los que se unieron a la búsqueda.

Ella se dio un golpecito en la cadera.

—Mierda, ¿dónde está mi pistola?

La idea de que Enigma se hubiera llevado su arma de servicio hizo que la cabeza volviera a darle vueltas. Delaney sacó la Glock de Nina de la parte trasera de la cinturilla del pantalón y se la tendió con la culata de frente.

—Solo has disparado una bala.

Nina experimentó un gran alivio.

—Gracias. Seguro que los de Balística quieren echarle un vistazo.

—¿Le has dado?

—Sí. En pleno torso. También ha caído al suelo. —Se frotó la cara con la mano—. Debía de llevar chaleco, porque me ha saltado encima en cuanto me he acercado lo suficiente para tomarle las constantes. —Se volvió hacia el agente de radio, que se había quedado con ellos—. Añade esa información a la descripción.

Él asintió y cogió de nuevo el transmisor.

—Hablando de disparos, ¿por qué habéis tardado tanto? —quiso saber Nina—. ¿El programa ShotSpotter no lo ha detectado?

En la reunión celebrada en el COE antes de tomar posiciones a lo largo del camino los habían informado de todos los detalles sobre el sistema de detección de disparos de Boston, que envía una alarma en tiempo real y gira las cámaras de vigilancia de la zona en dirección al sonido del tiro.

—El COE recibió la notificación sobre el disparo, pero en ese momento todos avanzaban en sentido contrario. Por lo visto, mientras tú y yo leíamos la nota de la papelera, ha aparecido el cuerpo de una chica.

Nina se puso en pie.

—¿Qué? ¿Qué ha pasado?

—Un restaurante de marisco en la calle Salem, cerca de la iglesia de Old North —explicó él—. Han encontrado una de esas neveras portátiles grandes en la puerta trasera de servicio esta mañana. Uno de los cocineros se ha imaginado que alguien se ha olvidado de meterla después de firmar el resguardo. Reciben envíos de pescado fresco todos los días, así que no le ha dado más importancia.

En la mente de Nina aparecieron unas imágenes perturbadoras que alimentaron su ira.

–Se han llevado la nevera a la cocina –continuó Delaney–. La han abierto para sacar el pescado y han encontrado a una adolescente muerta dentro, encogida en posición fetal.

Nina sintió deseos de golpear algo.

–¿Se sabe quién es?

–No llevaba documentación. Desnuda como las demás. Hemos puesto una foto en circulación para ver si alguno de nuestros agentes la reconoce. No podemos proporcionar la foto a los medios. La imagen no es agradable.

Nina se puso a andar arriba y abajo, al tiempo que se pasaba una mano por el pelo corto.

–¿Qué más me he perdido?

Delaney se tiró de la barba.

–A los medios se les está yendo la olla. Uno de los camareros del restaurante tuiteó acerca del hallazgo del cuerpo. Hemos acordonado el lugar, pero la calle entera está atestada de equipos de noticias y de curiosos.

El caos había cumplido su objetivo.

–Seguro que eso es lo que él quería.

–Los técnicos de emergencias están aquí –dijo Delaney–. Te echarán un vistazo.

Nina dio un paso atrás.

–No quiero que nadie me toque la mano hasta que llegue un técnico de la científica y me tome una muestra de debajo de las uñas.

Delaney le dedicó un breve gesto de asentimiento.

–Está de camino.

–Ahí tienes una contusión considerable –observó uno de los médicos contemplando su sien–. Déjame comprobar las pupilas.

Nina permaneció en pie mientras el hombre le levantaba por turno los párpados y los iluminaba con una linterna pequeña.

Dio la sensación de quedarse satisfecho y le colocó dos dedos en la muñeca para tomarle el pulso.

Mientras el técnico seguía a lo suyo, Nina continuó su conversación con Delaney:

–Casi lo tenía. –Ladeó la cabeza a un lado y a otro según le pedían–. Mierda, tendría que haberme dado cuenta de que había algo raro cuando le he hablado en español y me ha contestado en inglés.

–No te tortures –dijo Delaney–. A mí tampoco me ha llamado la atención. Estábamos un poco liados con el sobre.

El disfraz de empleado público que Nina acababa de ver no se parecía en nada al monstruo que la había atormentado años atrás.

–Esperaba a un hombre anglosajón. Debo de haberlo descartado automáticamente porque estaba demasiado concentrada en salvar a la chica a la que pudiera haberle echado el ojo.

–Es obvio que no se correspondía con la descripción que teníamos –observó Delaney–. Supongo que se ha cubierto con maquillaje oscuro o algo así.

Nina ya se había centrado en otra idea que la inquietaba.

–Después de desmayarme, podría haberme partido el cuello con facilidad. ¿Por qué no me ha matado?

Delaney se encogió de hombros con las palmas hacia arriba.

–¿Te ha dicho algo?

Nina recordó la sensación del corpulento cuerpo del hombre al lanzarse sobre ella, la proximidad de sus labios. «Todavía no, Chica Guerrera, pero pronto. Muy pronto». Se le aceleró el pulso al recordar la presión de sus manos en la garganta, la sensación del aliento cálido del hombre en la cara mientras le susurraba sus palabras de despedida. «Serás mía de nuevo».

Le había hecho una promesa. Una amenaza.

Las palabras de él no revelaban nada sobre la investigación, no generaban nuevas pistas, no proporcionaban información novedosa. Pero si se hacían públicas, era muy posible que la apartaran del caso. Se convertiría en objeto de más cotilleos y especulaciones, y pondría en riesgo su capacidad para trabajar y la del equipo para centrarse en las pistas. Se las confiaría a su equipo cuando estuvieran solos, pero a nadie más.

–No. –Apartó la mirada–. No ha dicho nada.

22

Nina contempló las fotos colgadas en la pared del Centro de Operaciones de Emergencia de Boston. La frustración se había adueñado de la sala. Después de que los técnicos de urgencias la atendieran en el lugar mientras un equipo de la científica le rascaba la parte interior de las uñas, había rellenado el papeleo por haber disparado su arma mientras la caza de Enigma continuaba sin ella.

Relegada al banquillo mientras la policía de Boston, la policía estatal de Massachusetts y los agentes federales se repartían para efectuar una redada en la ciudad, estaba más que dispuesta a informar al COE con Delaney tras completar una declaración preliminar.

La enorme estancia estaba atestada de tecnología puntera. Una pared entera estaba cubierta de pantallas de proyección, en las que se veían distintas imágenes de vídeo en un rompecabezas de ángulos de cámara que ofrecían una vista simultánea de distintas partes de la ciudad. Agentes y civiles manejaban una hilera de terminales en los que analizaban la información procedente de diversas fuentes.

La voz aguda de una de las civiles sentadas frente a una pantalla en la pared lateral interrumpió el zumbido generalizado del hervidero de actividad.

—Tengo algo.

Nina giró el cuello y vio a una mujer escultural con una larga melena castaña recogida en un moño.

—Hemos cargado los vídeos del ShotSpotter —dijo la mujer sin apenas mover la silla. Deslizó el ratón sobre una alfombrilla colocada junto al teclado, clicó y luego señaló la enorme pantalla de la pared—. Mirad esto.

Múltiples cámaras convergieron en una única imagen: Enigma entraba corriendo en el plano y enviaba a una estampida de policías hacia el callejón donde Nina yacía semiinconsciente.

—Mirad lo que hace ahora. —La voz de la técnica de la policía de Boston vibraba con la emoción.

Enigma aceleraba calle abajo y doblaba con brusquedad una esquina, donde lo grababa otra cámara. La técnica había empalmado las imágenes antes de presentarlas, generando así una cronología de la huida del sospechoso. Nina observó con el resto cómo el hombre cruzaba la calle esquivando el tráfico y luego se incorporaba a la acera del otro lado a un ritmo más reposado, seguramente para evitar llamar la atención. Al final se detuvo frente a la boca de una alcantarilla en medio de la acera. Se levantó el borde de la chaqueta y dejó a la vista la cinturilla del pantalón.

Nina entornó los ojos para verle las manos, que intentaban soltar algo apresuradamente. Al principio pensó que tenía problemas con una hebilla de cinturón voluminosa, pero luego se dio cuenta de que llevaba una pesada cadena en torno a la cintura, sujeta por un gran gancho de acero. Al cabo de un momento, el hombre lo desabrochó y sacó la cadena de las trabillas del pantalón.

—¿Qué coño hace? —Kent dirigió la pregunta a toda la sala.

Enigma se agachó y metió el gancho por un agujero cerca del borde de la tapa de la alcantarilla. Se incorporó y se enrolló la cadena en la mano derecha con dos vueltas. Luego, tiró de la cadena con ambas manos para subir la tapa con ambas. En un único y rápido movimiento, dobló las rodillas y arrancó la tapa, dejando a la vista la oscura boca redonda que llevaba al alcantarillado.

—No puede ser —dijo un teniente de la policía—. Esas tapas están hechas de hierro puro. Pesan más de noventa kilos.

A Nina no le sorprendía. Sabía que Enigma era capaz de eso y de más.

Los paseantes no prestaban ninguna atención a un empleado de Servicios Públicos vestido con un chaleco amarillo que bajaba por una alcantarilla. Segundos después de que desapareciera su cabeza, la tapa de metal se deslizó y cubrió la boca, completando así de manera efectiva la desaparición de Enigma. Nina se maravilló ante su ingenio.

—El hijo de puta es listo —murmuró Wade—. La maniobra completa apenas ha durado veinte segundos.

—Venía preparado —dijo el teniente de la policía, que se volvió hacia la técnica—. Revisemos las imágenes a ver si lo podemos pillar revisando con anterioridad su ruta de escape y esa tapa de alcantarilla. También quiero saber por dónde sale.

Ella asintió y volvió a sentarse frente a su terminal.

—Es un tipo meticuloso, un estratega —dijo Kent—. Me apuesto lo que queráis a que había preparado varias rutas de escape.

Wade habló lo bastante alto como para que lo oyera toda la sala:

—Es importante que no perdamos eso de vista de ahora en adelante. Si nos acercamos lo bastante a este tipo como para acorralarlo, lo más seguro es que disponga de varios escondrijos. Algunos puede que tengan incluso trampas explosivas. —Dirigió una mirada al grupo de la policía de Boston—. De hecho, cualquiera que se meta por esa alcantarilla debería tener cuidado. Puede que nos haya dejado una sorpresa desagradable para ralentizar a cualquier posible perseguidor.

El subjefe Tyson, a quien habían presentado como el oficial de mayor rango presente en las instalaciones, asintió.

—Se lo haré saber a mis agentes y los empleados municipales.

—¿Hasta dónde puede llegar por el sistema de alcantarillado? —le preguntó Buxton.

—Juntos, el sistema de tuberías de agua y el de alcantarillado suman unas mil bocas y recorren toda la ciudad. —Tyson se encogió de hombros—. No hay manera de saber por dónde ha salido; aun así, vamos a ponernos a estudiar el sistema de cámaras del centro.

—Mientras tanto —continuó diciéndole Buxton—, ¿han recibido la confirmación de la identidad de la última víctima?

Tyson señaló a un sargento, que se dirigió a los paneles de control de los vídeos al tiempo que contestaba:

—Hemos reenviado una foto del escenario del crimen a nuestra Unidad Contra la Violencia Infantil. Uno de los inspectores ha reconocido a la víctima. Se llama Denise Glover, aunque todos la conocen como Neecy. Tiene quince años.

Mientras Tyson terminaba de hablar una imagen apareció en la pantalla. En la foto, que evidentemente era de un anuario del instituto, se veía a una chica esbelta que parecía joven para su edad. O, quizá, lo que producía ese efecto eran las enormes gafas, que le daban un aspecto de búho a sus ojos marrones, y los lazos rosas en el pelo moreno y rizado.

Buxton se volvió hacia Wade.

—Ahora tenemos a tres víctimas: la primera, latina, la siguiente blanca y la tercera negra. ¿Qué nos dice eso de Enigma?

Antes de contestar a su jefe, Wade miró a Tyson.

—¿Qué sabemos sobre Neecy?

—Viene de un hogar roto. Siempre se escapa. —Tyson revisó sus notas—. La última vez que su madre de acogida la vio fue hace una semana.

—Ese es su mensaje —le dijo Wade a Buxton como si la información de Tyson confirmara algo que ya sospechaba—. A Enigma no le importa su aspecto ni su procedencia. No las ve como individuos, como seres humanos… solo como un tipo de persona.

—¿Y qué tipo de personas es ese?

—Algunos de los individuos más vulnerables de la sociedad. Chicas adolescentes que se hallan temporal o permanentemente sin familia.

Al recordar los mensajes que había intercambiado con Enigma en el ordenador, Nina bajó la voz de modo que solo Wade pudiera oírla:

—Igual que yo cuando me encontró.

Él le dedicó un gesto de asentimiento casi imperceptible. Nina decidió cambiar de tema, canalizando su creciente enfado hacia la caza de Enigma.

—¿Qué hay de la pista del sobre? —le preguntó a Tyson—. ¿Sabemos algo de los inspectores que han ido a comprobar la casa de Paul Revere y la iglesia de Old North?

La referencia a las señales utilizadas por los patriotas le rondaba por la cabeza. «Uno si por tierra, dos si por mar». Un código extraído de la vida real. ¿Era por eso por lo que lo había usado Enigma?

—No tenemos nada —dijo Tyson—. Los investigadores han logrado la ayuda de los guías turísticos y han examinado hasta el último rincón de ambas localizaciones. No falta nada, no ha dejado nada, no hay señales de que haya nada fuera de lugar.

—¿Pretende desviarnos del camino? —dijo Nina, antes de darse cuenta de lo inoportuno de su comentario.

—Espera un momento —dijo Tyson, que de repente parecía entusiasmado—. El restaurante donde se ha encontrado el cuerpo se llama Silversmith's.

Nina asimiló la información. Paul Revere había sido un famoso orfebre.*

—Entonces, ¿la pista debía llevarnos hasta el cuerpo? Lo ha hecho antes.

Wade se frotó la mandíbula.

—Proporcionar esa información también podría ser una pista falsa o una distracción en caso de que resolviéramos su pista y llegáramos a Boston antes de que le diera tiempo a abandonar el escenario del crimen.

* Orfebre, *silversmith* en inglés. *(N. de la T.)*

—Que es justo lo que ha pasado —dijo Kent—. ¿Crees que sabía que estábamos aquí? ¿Que tiene información privilegiada?

—¿Quieres decir si creo que es poli? —El silencio se hizo en la sala en cuanto Wade planteó la pregunta—. Quizá, pero es más probable que sea un aficionado que monitoriza la investigación de todas las formas que puede.

—¿Por qué no un policía? —dijo Nina.

Aunque nunca se había planteado la idea, no entendía por qué Wade la rechazaba con tanta seguridad. Wade pareció sopesar sus palabras antes de hablar, sin duda consciente de que lo hacía en boca de todos los presentes. La opinión de un analista de perfiles tendría un impacto en la investigación a partir de ese momento.

—Podría sentirse atraído por un puesto con un aura de autoridad, como un policía, un oficial militar, un médico o un piloto. Sin embargo, su necesidad de control y su narcisismo son tales que le costaría aceptar órdenes. Si hubiera conseguido un puesto de este tipo, enseguida lo darían de baja o lo despedirían.

—Entonces, ¿lo que dices es que él tendría que ser el jefe? —dijo Nina.

—Cuando estabas en ese callejón, tu contrataque no lo detuvo, ¿verdad? No tenía ni una pizca de miedo, ni siquiera cuando lo apuntaste con el arma.

Ella negó con la cabeza.

—Al revés, creo que lo excitaba. —Vaciló un momento antes de plantear su siguiente duda en un foro abierto—: Hablando de armas, el tipo podría haber cogido la mía mientras yo estaba inconsciente, pero no lo ha hecho.

—Eso es porque lo que deseaba era la emoción de la pelea. Prefiere una pelea cuerpo a cuerpo seguida por la intimidad del estrangulamiento. Es un asesino, pero también es un violador dominante.

Nina necesitaba que se lo aclarara y se imaginó que lo mismo les ocurría a más personas de la sala que no hablaban jerga psicológica.

–¿Qué significa eso?

–Ha torturado a todas sus víctimas antes de matarlas. Las heridas no eran *post mortem*. –Wade se soltó; se notaba que estaba en su elemento–: Disfruta manipulando a los demás. La violencia lo excita. Se pone viendo llorar y sufrir a sus víctimas.

–En otras palabras –replicó Nina–. Es un sádico.

–Más que eso. Se alimenta del poder total. Obliga a sus víctimas a suplicar. Les ofrece clemencia, solo para negársela hasta que obedezcan a sus peticiones. Quiere controlar todo lo que hacen, incluso cuándo y cómo mueren.

El sudor se acumuló en lo alto de la frente de Nina mientras escuchaba a Wade. Todo lo que describía era cierto. Hasta el último detalle. ¿Había obligado a las otras chicas a suplicar? ¿A llorar? ¿A sufrir? ¿Solo para que al final se dieran cuenta de que no había servido de nada? Nina estaba segura de que era así. La invadió una mezcla tóxica de ira y humillación.

El subjefe Tyson rompió el silencio:

–¿Y qué más podemos hacer ahora?

Por primera vez, Nina vio hasta qué punto la experiencia que había acumulado después de investigar a asesinos depravados y sus horribles crímenes convertía a Wade en la persona adecuada para contestar esa clase de preguntas. Este soltó de un tirón la respuesta sin vacilar:

–Apelar a su ego. Dejad que los medios se enteren de que tenemos un enorme grupo operativo encargado del caso. Dadle un nombre que le haga un guiño al que ha elegido él para sí mismo. Llamadlo Operación Enigma o algo así.

Se dirigió a Breck, que estaba sentada en la zona de los técnicos de vídeo.

–Nuestro hombre está siguiéndolo todo a través de las redes sociales normales, pero puede que eso ya no lo estimule lo suficiente. Obtened imágenes de la gente arremolinada en cada escenario del crimen y cruzad las referencias con las que tenemos en nuestra base de datos. A ver si podemos ampliar nuestra imagen.

A Breck se le dibujaron dos hoyuelos en las mejillas.

–Ahora que tenemos una muestra de su ADN, podemos generar una imagen suya utilizando el análisis predictivo de ADN, si es que no encontramos una coincidencia en la base de datos genética.

Wade respondió con un tono de absoluta certeza:

–No la encontraremos. –Se volvió hacia Buxton–. Y tenemos que comprobar las reservas aéreas de última hora con un regreso rápido.

–Ya lo hemos hecho –repuso Buxton–. Hablando de vuelos, quiero que volvamos a Quantico, donde disponemos de todos nuestros recursos. Podemos coordinarnos a través del grupo operativo mientras seguimos todas las pistas. –Miró el reloj de pulsera–. Va a ser un día largo para todos.

Nina no lo dudaba. Se miró las manos, enrojecidas después de habérselas restregado con agua jabonosa caliente una vez que el técnico de la científica le hubo raspado las uñas. Se moría de ganas de ducharse para desprenderse de cualquier partícula del monstruo que hubiera podido quedarse en su cuerpo, por microscópica que fuera. La mera idea de aquel hombre tocándole la espalda le revolvía el estómago.

El viaje a Boston había comenzado con gran optimismo. Una sensación de victoria inminente los había embargado a todos al embarcar en el avión. Ella misma se había convencido de que iban a efectuar una detención y a salvar una joven vida. A pesar de todo su esfuerzo, de sus expectativas, de su preparación previa, no habían conseguido ninguna de las dos cosas. En lugar de eso, otra chica había muerto y Enigma se había esfumado.

Libre para volver a matar.

23

Nina retiró el envoltorio de papel de aluminio e inspiró hondo.

–Dios bendiga a la policía de Boston.

Rasgó un paquetito de mostaza y estrujó el contenido sobre las capas de pimientos, cebollas y salchicha italiana antes de llevarse el rollo a la boca con gesto reverente.

El teniente Delaney les había dado a todos una bolsa de cartón grande llena de bocadillos después de llevarlos en coche al aeropuerto. Tras el despegue del Gulfstream, Buxton derramó el contenido de la bolsa sobre la mesita ubicada entre sus asientos.

Breck arqueó una ceja mientras miraba a Nina.

–Ya ves.

Nina señaló con la barbilla a Wade, que ya se había comido la mitad del suyo.

–No habíamos comido tan bien desde San Francisco.

El pan redondo de masa madre relleno de crema de almejas de la panadería Boudin era apenas un recuerdo lejano.

Kent se rio.

–Me gustan las mujeres con buen apetito. No soporto salir con una chica y que pida una ensalada con el aliño aparte. Me hace sentir como si fuera un neandertal comiendo un entrecot.

–No seas tan duro contigo mismo –replicó Wade con la boca

llena–. Por lo menos has evolucionado hasta la etapa de Cromañón.

Buxton rebuscó en la bolsa.

–¿Hay mayonesa?

Breck le tendió dos bolsitas.

–¿Sabemos algo de los de la científica?

–Hemos enviado el ADN por procedimiento de urgencia –explicó Buxton–. Si hay una coincidencia en cualquiera de las bases de datos, no tardaremos en enterarnos. –Intentó rasgar uno de los paquetes de plástico–. Mientras tanto, ¿la policía de Boston te dio el vídeo de la entrega de la nevera portátil?

Breck dejó el bocadillo en la mesa.

–Me han dado una memoria USB. El tipo es escurridizo. Les dimos un retrato robot de un hombre blanco de ojos azules y les dijimos a los policías que lo buscaran por el Freedom Trial, y consigue burlarnos y dejar el cuerpo de la víctima haciéndose pasar por un repartidor latino conduciendo su furgoneta por la calle Salem. –Abrió una lata de refresco–. Se mezcló con los demás vehículos que efectuaban repartos de comida en la parte de atrás de los bares y los restaurantes.

–Es un condenado camaleón –dijo Buxton, abandonando sus intentos de abrir la bolsita de mayonesa con los dientes.

Nina se tragó un mordisco de bocadillo.

–¿Y su huida por el alcantarillado? ¿Las cámaras de la ciudad lo han captado en algún sitio?

–Por ahora no ha habido suerte en ese frente –dijo Buxton–. Pero la policía de Boston ha rastreado la furgoneta de reparto que conducía. La abandonó en una calle lateral a medio kilómetro del restaurante.

–¿Era de alquiler? –quiso saber Nina.

–La alquiló en una agencia en el aeropuerto de Logan –explicó Buxton tras mutilar una de las esquinas de la bolsita con los dientes–. Los agentes de campo de la oficina de Boston acaban de mandar una copia del contrato de alquiler escaneado a la base de datos del grupo operativo.

—Puedo acceder al archivo mediante el servidor —dijo Breck abriendo su portátil. Tecleó unos instantes y luego giró la pantalla hacia ellos—. Por lo visto alquiló la furgoneta a nombre de Guillermo Valdez. Con un permiso de conducir de Florida.

Se inclinaron todos hacia delante para estudiar una imagen ampliada del carné que había utilizado el sospechoso para alquilar la furgoneta.

Nina casi se atragantó con un trozo de cebolla salteada.

—Esa es una foto de Julian Zarran. ¿Los de la agencia de alquiler de coches no lo reconocieron? Ha salido en las principales películas de acción en los últimos cinco años.

—Es un aeropuerto concurrido —dijo Kent—. Las agencias de alquiler tienen mucho trabajo. Seguramente había una cola de viajeros enfadados y cansados, y querían acabar cuanto antes.

—El tipo no ha elegido al azar la foto de Zarran para su carné —dijo Wade—. Nos está haciendo una peineta.

Kent frunció los labios.

—Cuando se sepa, y se sabrá, Zarran aumentará la recompensa a un millón.

—Y lo más seguro es que eso es lo que quiere nuestro hombre —dijo Wade—. Más *Scoobies*. Más caos. —Maldijo por lo bajo—. A lo mejor deberíamos llamar a Zarran.

Nina siguió centrada en lo que ya tenían.

—Me imagino que la dirección del carné de Miami también es falsa, ¿no?

—Hemos enviado una petición oficial desde el grupo operativo para que la policía de Miami-Dade se pasara por ahí a comprobarlo —dijo Buxton—. Nada. Seguro que escogió la dirección al azar.

—De alguna manera tiene que conseguir documentos falsos de calidad —observó Kent—. Es un tipo con recursos.

La puerta de la cabina se abrió y todos alzaron la vista.

—Una llamada para usted, señor. —El copiloto le tendió a Buxton un teléfono por satélite—. Es del laboratorio de ADN.

Buxton se llevó el aparato a la oreja mientras el copiloto se retiraba.

–Un momento; te voy a poner en altavoz.

Dejó el teléfono sobre la mesa y pulsó una de las teclas.

–Estoy con el equipo de Quantico. Adelante.

–Soy Dom Fanning –contestó una ronca voz masculina–. Hemos introducido en el sistema la muestra recogida por la agente Guerrera.

Nina contuvo el aliento mientras esperaba oír si por fin podrían ponerle nombre al tipo o si seguiría siendo un enigma.

–No hay coincidencias –continuó Fanning–. No consta en ninguna base de datos criminal. Ya hemos presentado una petición para compararla con las bases de los servicios genealógicos comerciales de ADN que cooperan con nosotros. Les he explicado la situación personalmente y han accedido a darle prioridad. En un período de cuarenta y ocho horas sabremos si hay una coincidencia familiar.

Buxton soltó un gruñido de frustración.

–Al menos ahora tenemos su perfil genético.

–Tienen más que eso –repuso Fanning–. He recibido una llamada del Equipo de Rastreo de Pruebas hace unos minutos. Se han coordinado con nuestro ERP en Boston y querían ver si había un vínculo con el ADN que hemos analizado, porque la conclusión a la que han llegado ellos es… inesperada, cuando menos.

–¿Qué han encontrado? –quiso saber Buxton.

–Emmeline Baker, la jefa de la unidad, ha solicitado una llamada inmediata para poder explicárselo directamente.

Buxton le dio las gracias a Fanning y colgó. Mientras iba bajando por la pantalla de su agenda y marcaba el número, Nina pensó en lo que les había contado Fanning. No había coincidencias de ADN, pero por lo visto el Equipo de Rastreo de Pruebas de la oficina de Boston había localizado algo que prometía.

Una voz femenina entrecortada surgió del altavoz del teléfono por satélite:

—Emmeline Baker.

Buxton se presentó y fue directo al grano.

—Me han dicho que tiene información respecto al caso de Boston.

—Los hallazgos son significativos. Quería avisarle lo antes posible.

Todos intercambiaron miradas de excitación, sabedores de que el ERP acumulaba una colección de referencia de pelo humano y animal, fibras textiles y tejidos naturales y manufacturados, así como de madera y otros artículos para compararlos con muestras de los escenarios del crimen. Podían haber encontrado una pista significativa en cualquier parte del escenario de Boston.

Buxton colocó las manos sobre la mesa.

—¿Han encontrado una pista?

—Al morder el guante del hombre, la agente Guerrera desgarró varias fibras. Nuestros técnicos de pruebas las recogieron de la calzada donde ella indicó que las había escupido. Esas fibras provienen de un tejido manufacturado que coincide exactamente con una muestra existente en nuestra base de datos. Si no fuera así, no habríamos podido contestar tan rápido.

Buxton carraspeó.

—¿Han verificado los resultados mediante análisis redundantes?

No hubo vacilación en la respuesta de Baker:

—Afirmativo.

—¿Cuántos casos podemos vincular? —preguntó Buxton.

Baker tardó un rato en contestar:

—Un total de treinta y seis asesinatos.

24

La excitación se transformó en asombro mientras asimilaban la información.

Nina fue la primera en hablar.

−¿Treinta y seis asesinatos?

Wade entornó los ojos.

−¿Puede ser que el tejido de vuestra base de datos lo use también la marca Red Zone para equipación de combate?

−Correcto −contestó Baker−. Es una fórmula patentada. Nadie más la usa. Es como una huella.

−Ni de coña −dijo Kent mirando a Wade−. No es posible.

Nina paseó la mirada de uno a otro. ¿Por qué estaban los dos tan claramente disgustados por algo que debería ser una buena noticia?

Buxton tenía toda su atención fijada en el teléfono.

−Los asesinatos que han vinculado, ¿incluyen el caso de Megan Summers?

Nina recordaba el nombre de la chica de su época de patrullera, antes de entrar en el FBI. Todos los agentes del orden de la zona metropolitana de Washington habían intentado cazar al llamado Acosador de Beltway. El día que terminó su reino del terror, fue como si toda la región dejara escapar un suspiro de alivio. Nina intentó armar el puzle, pero le faltaban piezas y no lo consiguió.

—Así es. —La voz de Emmeline Baker sonó a través del altavoz del teléfono y la sacó de sus pensamientos—. Vamos a revisar los casos de D. C. y de San Francisco, y a someter cada molécula de los rastros a nuestros procesos. Ahora que sabemos con exactitud qué aguja buscamos en cada pajar, es posible que encontremos la misma fibra. Aunque no prometemos nada debido a la contaminación cruzada en ambos escenarios.

—¿Y la víctima de Boston? —preguntó Buxton.

—Tiene fibras microscópicas coincidentes en la piel del cuello, donde la estranguló. Quizás esta vez no tuviera ocasión de frotar el cuerpo antes de deshacerse de él.

—Manténgame informado —dijo Buxton—. Envíe el informe completo cuando esté listo. Gracias por el aviso. —Desconectó y se dirigió al grupo—. Menuda coincidencia.

—¿Qué coincidencia? —dijo Nina, incapaz de reprimirse.

El tono de Kent fue tenso:

—La de que haya dos asesinos en serie con el mismo *modus operandi*, que llevan la misma marca oscura de ropa de combate de AMM y que operan al mismo tiempo.

—A menos que actúen a dúo —señaló Wade—. Ha ocurrido con anterioridad, asesinos en serie que colaboran entre sí. —Se pasó una mano por el pelo—. Aunque tiene todas las características de alguien que actúa solo. Estoy seguro de ello.

—Yo también lo estaba —dijo Kent—. Hasta ahora.

—Me estoy perdiendo algo —intervino Nina—. ¿Alguien puede hacerme un resumen?

Buxton se dirigió a ella:

—¿Qué sabe del Acosador de Beltway?

Nina se quedó callada mientras recordaba al brutal asesino que se cebaba con chicas adolescentes y había aterrorizado a la ciudad.

—Estaba activo en la época en que yo patrullaba en el condado de Fairfax. Cometió sus crímenes en Maryland, D. C. y Virginia, que pertenecen a jurisdicciones distintas. No nos dimos cuenta de que sus asesinatos estaban vinculados hasta que el ViCAP encontró coincidencias en las características de su MO.

Nina no añadió que las chicas en riesgo a las que escogía como víctimas en un principio no llamaron mucho la atención.

—Creo que había acumulado unas veinte víctimas que se remontaban a seis o siete años atrás antes de que juntáramos las piezas del puzle, y luego los medios se volvieron locos. Las siguientes diez víctimas después de eso generaron una tormenta de pánico.

—¿Recuerda cómo terminó el caso? —preguntó Buxton.

Nina hizo una pausa a medida que recordaba más cosas.

—El tío se suicidó. Encontraron su cuerpo junto al de su última víctima, que era... —Le lanzó una mirada a Wade. El color había abandonado su cara.

—Chandra Brown —terminó él la frase.

Se sostuvieron la mirada durante un largo instante. Nina intentó descifrar qué estaría pensando. El de Chandra Brown era el caso que lo había llevado de cabeza durante casi un año. Ahora entendía lo que había querido decir Buxton al comentar que era una coincidencia. Se volvió hacia su supervisor.

—Así que si no hay dos asesinos con un mismo MO, eso solo puede significar una de dos cosas. —Nina alzó un dedo—. Se nos ha pasado por alto un socio que trabajaba con él —dijo, al tiempo que levantaba un segundo dedo— o nos hemos centrado en el tipo equivocado, y el verdadero asesino lleva dos años suelto.

—Hay más —dijo Buxton en voz baja—. La familia Brown demandó tanto al agente Wade como al FBI.

—Lo recuerdo —dijo Breck frunciendo las cejas rubio rojizo—. Los Servicios del Menor la separaron de sus padres y la entregaron a un hogar de acogida debido a los abusos y la negligencia. Sus padres biológicos llevaban siete años sin hablar con ella ni interesarse siquiera por su salud.

—Sin duda salieron de debajo de las piedras tras su muerte

–observó Buxton–. Su abogado acusó al sistema y a todos los que lo componen. También demandaron al estado por no proporcionar una mejor supervisión.

–Y Wade acabó atrapado en el fuego cruzado –dijo Nina.

–Me equivoqué –intervino este–. La muerte de Chandra es culpa mía. La descripción del acosador no encajaba con la descrita en el caso de Summers, y su patrón de comportamiento era lo bastante distinto como para hacerme creer que no estaba relacionado con la serie del Acosador de Beltway, así que se lo devolví a la policía del condado de Montgomery.

Nadie habló, y al cabo de un momento él continuó en tono monótono:

–En un momento dado alguien metió la pata y nadie hizo un seguimiento de Chandra. La asesinaron al cabo de dos días.

Buxton se quitó las gafas y se apretó el puente de la nariz.

–La reputación del FBI recibía un golpe mayúsculo cada vez que el abogado de la familia Brown daba una rueda de prensa. Lo que acaba de descubrir el laboratorio vuelve a poner en cuestión la investigación –maldijo por lo bajo.

–Si es así, yo también soy responsable –declaró Kent–. A Wade lo trasladaron de la UAC y yo me hice cargo de sus casos, incluidos los análisis finales y el cierre de la investigación del Acosador de Beltway. –Tensó la mandíbula–. Si había una anomalía, soy yo quien tendría que haberla visto.

Así que Kent era quien se había encargado de hacer limpieza. En el momento del asesinato de Chandra, Nina acababa de comenzar su proceso de ingreso para convertirse en agente y nunca había llegado a saber quién se había hecho cargo de la investigación tras la caída pública en desgracia de Wade.

–No –dijo este–. Tú te involucraste luego porque a mí me sacaron de la unidad. Llevaba años trabajando en el caso. Era el más indicado para detectar un problema y no estaba allí para hacerlo. –A Wade se le perló la frente de sudor–. Disculpadme. –Se levantó y recorrió el pasillo hacia el baño.

—Los casos se sucedieron a lo largo de diez años —explicó Kent en cuanto Wade se hubo ido—. El asesino utilizó una variedad de métodos distintos. Estrangulación, traumatismo con objeto contundente, fractura de la columna vertebral. A algunas víctimas les habían dado una paliza, otras presentaban cortes, pero no escogió opciones que generaran un estropicio, como dispararles o apuñalarlas. Tardamos mucho tiempo en verificar que se trataba de una serie. El tío era cuidadoso. Nunca obtuvimos su ADN.

—¿Cómo relacionasteis los casos? —quiso saber Nina.

—A través de las pruebas físicas. Se recogieron unas fibras únicas en diversos escenarios del crimen. Puede que haya más víctimas que desconozcamos. Lo que tenemos se basa en la forma en que las unidades de la científica de la policía local peinaron, procesaron y preservaron los escenarios en cada caso.

Nina intentó no perder el hilo. El FBI no había compartido todas sus pistas con las fuerzas locales en su momento, así que nunca antes había escuchado estos detalles.

—¿En qué sentido eran únicas las fibras?

—Después de que el ViCAP nos diera nuestra primera coincidencia, mandamos una petición a las fuerzas policiales locales para que nos enviaran muestras de asesinatos sin resolver cuyas víctimas encajaran con la descripción general. —Kent se inclinó hacia delante para hacer hincapié en su argumento—. Los asesinos en serie pueden cambiar de MO, pero no pueden cambiar su móvil.

—¿Qué quieres decir?

—El *modus operandi* de un asesino se refiere a la forma en que comete sus crímenes, a su metodología, pero puede cambiarla a medida que aprende de su experiencia. Su móvil, en cambio, se refiere a por qué mata. La compulsión latente que es única en cada asesino. Yo lo llamo su picor, y nunca cambia.

—¿Su picor?

—Cuando el cerebro manda una señal a través de un nervio

que genera un picor, el impulso puede satisfacerse de varias formas. Puedes pellizcarte la piel, darte un manotazo, unos golpecitos o rascarte. Incluso puedes eliminarlo con pura fuerza de voluntad. Pero como seguramente sepas por experiencia, en cuanto te pones a rascarte, es muy difícil parar. El picor vuelve una y otra vez.

—Entonces, ¿lo que diferencia a los asesinos en serie del resto de asesinos es que tienen que seguir rascándose el picor después de esa primera vez?

—Exacto. Por eso es crucial analizar meticulosamente el primer asesinato. El asesino no ha perfeccionado su crimen ni ha refinado su MO, así que su móvil, el picor que intentaba rascarse, es más fácil de averiguar. Una vez entiendes eso, tienes muchas más posibilidades de identificar al sospechoso.

—¿Qué tiene eso que ver con el caso del Acosador de Beltway? —preguntó Nina.

—Es el motivo por el cual Wade está tan enfadado consigo mismo. Me contó que se había centrado demasiado en el MO y no lo suficiente en el móvil o la victimología. El Acosador de Beltway atacaba a chicas adolescentes en situación de riesgo; sin embargo, sus métodos variaban mucho. Por eso hicieron falta más de veinte asesinatos en D. C., Maryland y Virginia para darnos cuenta de que teníamos una serie entre manos.

Kent le había proporcionado un nuevo punto de vista. Nina se planteó a lo que se había enfrentado Wade.

—Wade dio por hecho que las víctimas eran similares porque eran presas fáciles para el Acosador de Beltway y había menos posibilidades de que denunciaran, o de que alguien se percatara de su ausencia hasta que llevaban varios días olvidadas.

—Las fuerzas del orden tardaron demasiado en encajar las piezas y darse cuenta de que el picor del asesino era el tipo de víctimas que escogía y la necesidad de atormentarlas y denigrarlas. Wade se echa la culpa. Dice que debía haberlo averiguado antes.

–¿Cómo os llevaron las fibras hasta un sospechoso?

–El Equipo de Rastreo de Pruebas procesó todas las fibras recogidas en los distintos laboratorios donde se hallaban las muestras. Rastrearon los elementos químicos utilizados en la elaboración hasta una fábrica textil en Filadelfia. Una agente de nuestra oficina de allí se acercó a la fábrica y entrevistó al propietario, que le contó que habían desarrollado el proceso a petición de un fabricante de ropa en D. C. Este tenía especificaciones acerca de la flexibilidad, el color y la durabilidad. Estaba creando una línea de ropa y equipo especializado para luchadores de artes marciales mixtas. Lo llamaba Ropa de Combate Red Zone. Su tío era el dueño de un local en el barrio llamado Club de Lucha Jaula de Acero, así que supuso que podría vender allí para poner en marcha el nuevo negocio.

Nina recordó que el Acosador de Beltway era bastante conocido en la comunidad AMM. Se había producido una breve protesta debido a las agresiones extremas que se producían en las peleas. Las objeciones se habían aplacado con el tiempo, cuando científicos e investigadores fueron incapaces de vincular de manera concluyente el deporte y la violencia.

Kent continuó con su explicación:

–Wade y el agente principal del caso fueron a entrevistar al fabricante, que les contó que sus productos nunca llegaron a ponerse de moda. No podía competir con el material producido en el extranjero por un coste mucho menor, pues los suyos eran demasiado altos. Había cerrado el negocio hacía más de diez años. Dijo que ese tío se ofreció a comprarle los productos que le quedaban y que le pagó una miseria.

–Y así fue como seguisteis el rastro hasta ese club en concreto –dijo Nina.

–Fui con Wade y el agente del caso a entrevistar al tío en el local. Aún lo recuerdo. El tipo se llamaba Sorrentino. Resultó que había vendido la mayor parte del material a los luchadores de su club... a precio de minorista.

—Qué tío más encantador.

—Era un pieza. En fin, el caso es que nos aseguró que no guardaba registros de compra ni facturas y que no se acordaba de quién le había comprado material.

—¿No os pudo dar ni siquiera un nombre?

—Lo amenazamos con una auditoría de uno de nuestros amigos de Hacienda y casi se caga encima. Llevaba años vendiendo el material. Todas las ventas eran en metálico y nunca pagó impuestos por los beneficios. El equipo que le compró a su sobrino también lo pagó en metálico, así que no había rastro del dinero. Estoy seguro de que eso formaba parte de su plan. Nos dijo que había vendido varios artículos a más de cien personas a lo largo de una década.

Nina puso los ojos en blanco.

—Una información muy útil.

—Peor que eso —dijo Kent—. A Chandra Brown la asesinaron justo después de nuestra visita. Estoy convencido de que Sorrentino comentó que nos habíamos pasado a hacer preguntas, o bien el Acosador de Beltway nos vio allí y supo que estábamos cerrando el cerco sobre él. Así que decidió asesinar una última vez antes de terminar «a su manera». Al menos eso era lo que decía su nota.

Nina siempre había sentido curiosidad acerca del contenido de esa nota, que nunca se había desvelado.

—¿Qué más ponía?

Nina contuvo el aliento mientras Kent la contemplaba con cautela. Igual creía que Nina tenía intenciones de poner en duda su investigación. Y no se equivocaría.

Lanzó un suspiro.

—Nunca me gustó el hecho de que estuviera escrita a máquina, pero en ella confesaba los treinta y seis asesinatos, y proporcionaba detalles que solo podía conocer el asesino, cosas que ocultamos a los medios. Teníamos pruebas físicas muy bien atadas, una confesión y, lo más importante, las muertes se habían interrumpido. –Cruzó los brazos–. Caso cerrado. ¿Por qué íbamos a investigar más?

–Por nada –repuso Nina.

Percibió el dolor en la expresión de Kent a medida que la inevitable culpa se asentaba.

–Hice el habitual análisis de comportamiento *a posteriori* para la base de datos de nuestros perfiles –continuó Kent–. El hombre tenía muchos problemas de agresividad. Lo habían detenido varias veces por violencia de género. Parecía sentir desagrado por la autoridad. Todo encajaba.

–Pero como has dicho, no hubo más muertes después de la de Chandra Brown, ¿no?

Kent soltó un suspiró.

–En este momento, lo único que puedo decir es que fue el último caso conocido.

–Ahora todo cobra sentido. –Wade se había acercado lentamente por el pasillo para reunirse de nuevo con ellos–. Es un camaleón. Cambia de aspecto, de vehículo, de patrones. –Apretó las manos en sendos puños–. Y nos dio un chivo expiatorio hace dos años.

En la cara demacrada de Wade se reflejaba la expresión desesperada de un pecador en busca de absolución. Se puso a hablar como si se sintiera obligado a justificar sus errores:

–Lo que mueve a la mayoría de los asesinos en serie es el tipo de compulsión que los lleva a repetir comportamientos. Es lo que constituye su patrón. –Alzó la voz–. Por decir algo, el patrón del Acosador de Beltway parecía consistir en que cambiaba de manera constante. Si no fuera por la científica, nunca habríamos relacionado los asesinatos. Así de distintos eran entre sí.

–Si el Acosador de Beltway y Enigma son la misma persona, ha vuelto a cambiar su patrón –observó Kent–. En lugar de pasar desapercibido, ahora atrae toda la atención que puede.

–Aún no estoy preparado para admitir que nos enfrentamos al mismo asesino –dijo Buxton–. Como ha señalado la agente

Guerrera, puede que estuvieran asociados y ahora el superviviente trabaja por su cuenta. Eso explicaría el cambio de un secretismo total a la máxima interacción con la ciudadanía. Necesitamos más datos antes de poder llegar a una conclusión sólida.

Se hizo el silencio en la cabina. Nina se dio cuenta de que Wade estudiaba a Buxton.

Wade entornó los ojos mientras miraba a su supervisor.

—Me va a retirar del caso. —Lo dijo como una afirmación.

Buxton contempló un instante a Wade antes de contestar:

—Preferiría mantener esta conversación en privado, agente Wade.

—Me importa un carajo quien lo oiga —replicó Wade—. Necesito trabajar en este caso. Necesito encontrarlo.

—Esto no va de lo que usted necesite —dijo Buxton—, sino de lo que es mejor para la investigación.

Mientras los dos hombres se sostenían la mirada, Nina consideró la situación. Buxton se disponía a echar a Wade porque estaba demasiado involucrado. En algún momento, Buxton podía decidir que nadie estaba más involucrado que ella misma. Si Buxton veía a Wade como un lastre, cabía la posibilidad de que la viera a ella de la misma manera.

Resiguió con la mirada el rostro de perfil de Wade. Era evidente que tantos años de estudiar a lunáticos y las espeluznantes cosas que hacían le habían pasado factura. Grabado en los surcos de su cara estaba el dolor de saber que no podía salvar a todo el mundo. Que algunos escaparían de la justicia. Que para Wade, ese era Enigma.

El que se escapó.

El pensamiento le recordó la nota que Enigma le había escrito y había dejado en la boca de Sofia Garcia-Figueroa. De pronto, supo que el doctor Jeffrey Wade debía permanecer en el caso. Y ella también.

Se volvió hacia Buxton.

—Wade ha estudiado a este tipo durante años. Lo entiende mejor que nadie en el FBI. —Le lanzó una mirada a Kent–. Sin ánimo de ofender.

—Tranqui –repuso Kent.

Nina se dirigió a Buxton:

—Ahora que entendemos a lo que nos enfrentamos, Wade puede revisar sus notas y actualizar el perfil.

Buxton arqueó una ceja en un gesto de escepticismo.

—Necesitamos un perfil completamente nuevo. Desde cero. Cosa que podría hacer el agente Kent.

Consciente de que se estaba pasando de la raya, Nina insistió:

—Podemos trabajar todos juntos para crear una imagen completa. —Se dio unos golpecitos en el pecho–. Yo soy su única víctima superviviente. —Desplazó la mano para señalar a Wade–. Él realizó el perfil inicial. —Terminó con Kent–. Y él se encargó del *post mortem*.

—Lo que dices es que todos tienen algo que ofrecer –resumió Buxton.

Esperaron mientras Buxton parecía sopesar la argumentación. Nina se percató de que Wade la miraba por el rabillo del ojo con las cejas arqueadas en una señal de incredulidad, aunque no dijo nada.

Buxton lanzó un suspiro.

—De acuerdo. Elaborarán un nuevo perfil como equipo. Y de ahora en adelante acudirán juntos al escenario de cada crimen. —Endureció la expresión–. Pero si detecto la más mínima señal de problemas, o si uno de ustedes se involucra demasiado, o si decido que su implicación va en contra de los intereses de la investigación, no dudaré en mandar al banquillo a quien sea.

Ellos asintieron para expresar que lo entendían.

Wade se volvió hacia Nina. Se entendieron sin palabras. El mismo hombre los había herido a los dos de manera irrevocable. Enigma, que había conseguido escapar de los dos para atormentar y matar a más víctimas inocentes. Los dos se sentían responsables por la pérdida de cada una de esas vidas y, por ello, ahora compartían un objetivo común.

El monstruo de Nina también era el monstruo de Wade.

25

Esa noche, Enigma se encontraba dentro de la jaula, preparado para lo que le viniera. Había tomado la precaución de tapar un centímetro más de piel de lo habitual con las cinta de entrenamiento que se colocaba alrededor de los nudillos y las muñecas para cubrir los arañazos que le había dejado Nina. Se aseguraría de otorgarle muchos más como venganza. Mientras, debía pagar el precio por la debilidad que había mostrado en Boston.

Se quedó completamente inmóvil, a la espera del gancho que estaba a punto de recibir. El puño de su contrincante, cubierto con un guante de lucha sin dedos, le impactó. La fuerza del golpe le lanzó la cabeza hacia atrás. Se tambaleó y luego cayó sobre la colchoneta.

El árbitro le dirigió una mirada de comprensión. La multitud contuvo la respiración al unísono. El hombre llevaba suficiente tiempo luchando en aquel escenario como para haberse convertido en una leyenda. No había otro luchador que hiciera lo que hacía él. Nadie podía. Lentamente, comenzando como un sonido de tambores distante que se incrementó en volumen y tempo, la multitud empezó con los cánticos:

—¡Odín! ¡Odín! ¡Odín!

Había tenido la audacia de apropiarse del nombre de un dios nórdico para usarlo como alias en el mundo de la lucha, pero nadie se rio. Ni siquiera sonrieron. Todos le temían, y así debía ser.

Todavía en el suelo, tomó su decisión. Había recibido su castigo por permitir que Nina Guerrera lo hubiera vencido. La que se hacía llamar Chica Guerrera no tenía ni idea de lo que era un verdadero luchador. Él podría enseñarle.

Dejó que la ira se acumulara en su interior mientras se ponía en pie y se dirigía a su rincón. Tras abrirse a su poder oscuro, lo reunió y alimentó la venganza que pensaba infligir esa noche. Se dio la vuelta y observó la mirada calculadora de su contrincante. Una mirada que le recordaba a la de su padre. Mientras el árbitro se desplazaba entre ellos, Enigma recordó el último castigo que le había impuesto su padre. No era más que un enjuto chaval de diecisiete años cuando su querido papá le había ordenado que entrara en un cobertizo en el extremo más alejado de su extensa propiedad, en el norte de Virginia.

—Quítate la camiseta, chaval —dijo su padre.

Él le obedeció y se la sacó por la cabeza.

Su padre lo contempló con una mirada de desprecio en sus pequeños ojos oscuros.

—¿Por qué has perdido el torneo?

Él sabía que era mejor no poner excusas.

—Ha sido más hábil que yo.

—Y que lo digas, joder. —La reluciente punta del cigarrillo subía y bajaba a medida que su padre hablaba—. ¿Sabes que a ese chico lo adoptaron de las calles de Calcuta cuando tenía cuatro años?

No contestó.

—Me he gastado los ahorros de mi vida en un purasangre que pierde contra un rocín. —Su padre escupió a sus pies—. Genes superiores, nos dijeron. —Meneó la cabeza en un gesto de desagrado—. No eres un chucho cualquiera concebido en la parte trasera de una furgoneta. Se suponía que ibas a ser excepcional en todos los sentidos. —Su padre le clavó un dedo rechoncho—. Así que la única conclusión que se me ocurre es que no lo has intentado con suficientes ganas. No lo deseabas lo suficiente.

Plenamente consciente de hacia dónde se dirigía la situación, mantuvo la mirada fija al frente.

–¿No tienes nada que decir? –Su padre le echó una bocanada de humo en la cara–. Veamos de qué estás hecho de verdad. –Se sacó el cigarrillo de entre los labios–. Quédate inmóvil. Domínate. Domina el dolor.

Su padre lo rodeó hasta quedar a su espalda.

El primer contacto de la punta ardiente le arrancó un grito. El dolor candente fue mucho peor que todo lo que le había hecho su padre con el cinturón. O los puños. O un cable eléctrico. Se aisló de la agonía.

–Maldita sea, chaval, voy a seguir hasta que aprendas a aceptar el dolor de pie y quietecito.

El cigarrillo tocó su otro omoplato y le chamuscó la carne. Empezó a sudar por los poros de la cabeza y no tardaron en correrle hilillos por la cara mientras él se esforzaba por mantener su posición. Apretó los dientes con tanta fuerza que le dolieron las muelas, pero no gritó. Aunque tampoco hubiera servido de nada. Nadie podía oírlo desde aquel lugar tan alejado de la propiedad.

Su padre retrocedió. Oía al viejo a su espalda, dando una honda calada al cigarrillo, e imaginó la punta incandescente y brillante.

–Lo has hecho mejor, pero has movido los hombros. No quiero verte ni parpadear.

En medio del silencio, oyó cómo chisporroteaba su propia piel y aspiró el olor a carne quemada cuando su padre le aplastó la colilla abrasadora en el centro de la espalda.

En esta ocasión no se movió ni un milímetro. Una única lágrima le rodó por la mejilla mientras obligaba a su mente a cerrarse. A encontrar consuelo en el futuro que crearía para sí mismo. Resistió. Persistió. Y planeó hasta el último detalle la muerte de su padre.

El rugido de la multitud lo devolvió al presente. El árbitro alzó el brazo en el aire dibujando un círculo, la señal para que los adversarios retomaran el combate.

Enigma acortó la distancia entre ellos con dos golpes rápidos. El clamor del público al aplaudir, gritar y golpear el suelo con los pies le aceleró el pulso. La electricidad lo recorría. Todos sabían lo que Odín estaba a punto de hacer. Y sintió que el hombre que tenía enfrente también lo sabía. Absorbió el miedo que emanaba de su contrincante como si fuera vapor. Y dejó que alimentara su sed de sangre.

Ahora, el hombre recibiría su merecido, igual que le pasaría a Nina Guerrera. Enigma operaba en dos niveles, planificando la mejor manera de destruir a ambos rivales. ¿Con qué les haría más daño? ¿Incapacitándolos para volver a pelear?

Se le ocurrió en un instante. Mientras utilizaba el pie para propinar una patada repentina en el plexo solar del hombre, le vino a la cabeza cómo iba a quebrar el espíritu de Nina. Del mismo modo que el público sediento de sangre que había aquella noche en el local, el mundo contemplaría su enfrentamiento en la jaula con la Chica Guerrera.

Su público quería espectáculo, y pensaba proporcionarles uno que no olvidarían nunca.

26

Al día siguiente
Grupo operativo Enigma, academia del FBI en Quantico

Nina estaba sentada junto a Wade a la mesa de reuniones circular que había en el despacho temporal de Buxton, pegado a la zona del grupo operativo. Echó un vistazo a los presentes y, por primera vez, tuvo la sensación de formar parte de algo. Kent dio un sorbo al café, que le empañó las gafas, de una taza de la Marina estadounidense. Breck cerró su sempiterno portátil y alzó la mirada, expectante. Wade dejó su bloc de notas sobre la mesa. Todos los ojos se volvieron hacia su supervisor, que tenía pinta de no haber pegado ojo.

Buxton se frotó la nuca y luego giró la cabeza de lado a lado.

—El grupo operativo se ha pasado toda la noche trabajando —dijo en cuanto se acomodaron—. Quería hablar en persona con ustedes cuatro antes de la primera reunión informativa del día. El director adjunto vio las noticias anoche y ha pedido informes diarios. —Soltó un suspiro—. Tendré que pasar más tiempo en reuniones y en videollamadas, así que quería asegurarme de que todos lo supieran.

Clavó el índice en la mesa, frente a él.

—*Este* equipo lidera la investigación. Todo lo que entre y salga pasará por ustedes cuatro.

Breck arqueó las cejas, sorprendida.

—Pero yo trabajo en Delitos Cibernéticos —observó—. No en la UAC.

—Todavía nos quedan muchas imágenes por revisar y es posible que la agente Guerrera intercambie mensajes directos con nuestro hombre —explicó Buxton—. No quiero esperar mientras todo va por los canales habituales. Ayer por la noche hablé con su supervisora. Con su doble formación en informática forense y delitos cibernéticos, es la persona perfecta para esta tarea. Han aprobado cederla un tiempo para que se dedique al grupo operativo Enigma.

A Beck se le dibujaron los hoyuelos.

—Haré todo lo que pueda para detener a ese gilipollas. Alguien tiene que pararle los pies. —Su sonrisa se hizo más amplia—. Señor.

—He revisado las redes sociales de Enigma —intervino Nina—. No ha publicado nada desde Boston.

Nina se había dedicado a pasar de una plataforma a otra desde que se había despertado; le daba pavor lo que pudiera decirle al mundo después de otro asesinato y una huida exitosa.

—Los de Relaciones Públicas se están coordinando con el equipo de redes sociales —dijo Buxton—. En los canales de noticias no paran de hablar del tema. Creo que tienen la esperanza de que Enigma vuelva a contactar directamente con alguno.

—Tal vez esté de viaje —comentó Breck.

Wade le dedicó una mirada sombría.

—Tal vez esté tramando algo.

Kent volvió a coger su taza.

—En el pasado su patrón era dejar una pista y una fecha límite en cada escenario. —Bajó la vista hacia el oscuro líquido y se quedó pensativo—. Ahora creo que el escenario de Boston estaba pensado para distraer nuestra atención del lugar donde había abandonado el cuerpo. No dejó ninguna pista.

—Seguro que toda la ciudad la buscó. —Nina puso los ojos en blanco—. Zarran acaba de anunciar que ha doblado la recompensa, así que ahora se sumará más gente a la caza.

Wade asintió.

—Con un millón de dólares en juego, se comportarán de manera irracional.

Kent miró a Buxton.

—¿Hemos hablado con Zarran?

—La oficina de Los Ángeles se encuentra en este momento en su residencia intentando hacerlo entrar en razón —explicó Buxton al tiempo que abría su carpeta de cuero—. Vamos a proponer ideas acerca de nuestros siguientes pasos en la investigación antes de que se las presente al grupo.

Wade fue el primero en hablar:

—Me gustaría volver a hablar con Sorrentino. Nunca tuvimos que apretarle las tuercas porque el caso se cerró justo después de que hablásemos con él, pero siempre he creído que sabía más de lo que nos contó.

—Deberíamos ir a verlo a su casa —dijo Kent—. La última vez que fuimos al club, una chica acabó muerta poco después. No quiero que nos dejemos ver por allí. Enigma podría enterarse y volver a atacar.

Nina había pasado bastante tiempo despierta la noche anterior, tendida en la cama y repasando la nueva información que había recibido en el vuelo desde Boston.

—Entonces, ¿nuestra hipótesis de trabajo es que Enigma estaba en el club y os vio haciéndole preguntas a Sorrentino, y por eso le tendió una trampa a otro luchador para colgarle todos sus asesinatos?

—O bien los cometieron juntos —dijo Breck—. Y empapeló a su amigo y se lo endilgó todo.

—No. —El tono de Wade era tan tenso que podía cortar el aire—. Anoche repasé mis archivos del caso. Estoy más convencido que nunca de que el Acosador de Beltway actuaba solo.

Wade apostaba por su análisis para conservar lo que quedaba de su dañada reputación. Si resultaba que esta vez también se equivocaba, su carrera en el FBI habría terminado.

–No descartemos nada –le dijo Buxton a Wade–. Estoy de acuerdo en que no deberíamos ir al club de lucha para interrogar a Sorrentino. Mejor pásese por su casa. –Señaló a Nina ladeando la cabeza–. Llévese a la agente Guerrera.

Esta pilló a Wade mirándola por el rabillo del ojo. Su primer interrogatorio en equipo. Sería interesante.

Buxton se dirigió a Kent:

–Revise la nota de suicidio que apareció junto al cuerpo del Acosador de Beltway. Analícela y compárela con las comunicaciones que hemos recibido de Enigma. Me gustaría tener más pruebas de que se trata de la misma persona.

–Hecho –contestó Kent.

–A mí también me gustaría ver el informe de ese caso –intervino Nina.

–Me ocuparé de que le den una memoria USB con toda la información –dijo Buxton antes de volverse hacia Breck–. Llame a los de informática forense y comprueben…

Un golpe en la puerta de la sala de reuniones lo interrumpió.

–Adelante.

–Disculpe, señor. –Una mujer alta y delgada con una blusa rosa pálido asomó la cabeza–. Los de Relaciones Públicas están tratando de hablar con usted. Dicen que es urgente. –Desapareció, cerrando la puerta con discreción.

Buxton se frotó los ojos inyectados en sangre.

–Mi móvil lleva sonando toda la noche. Lo silencio durante diez minutos para atender a una reunión y mirad qué pasa. –Se sacó el teléfono del bolsillo y lanzó un largo y lento suspiro–. Cuatro llamadas perdidas.

Lo dejó sobre la mesa y pulsó sobre la pantalla.

–Aquí Buxton. Estás en manos libres.

–Overmeyer, de Relaciones Públicas –respondió una voz de

barítono–. Hay actividad en todas las plataformas del sospechoso que tenemos monitorizadas. Creemos que es él de verdad.

–¿Qué dice?

–Está cebando un vídeo que está a punto de publicar. Los de Delitos Informáticos intentan localizarlo, pero por lo visto salta a través de varios servidores distintos.

–¿De qué se supone que va el vídeo? –preguntó Buxton.

–No dice mucho, salvo que todo el mundo querrá verlo y que es sobre la agente Guerrera.

Todas las miradas se volvieron hacia ella. A Nina se le secó la boca y le empezaron a sudar las manos. ¿Qué nuevo infierno había planeado ahora Enigma para ella?

–Hemos intentado contactar con usted antes –continuó Overmeyer–. Quizá sea mejor que lo vean en tiempo real, cuando lo cuelgue. Lo publicará en cualquier momento en su página de Facebook.

–Gracias. –Buxton colgó.

Breck abrió su portátil. Accedió a Facebook y comprobó la página de Enigma, en la que le apareció una imagen de un vídeo. Breck la amplió para que ocupara la pantalla entera. Cinco palabras escritas en negrita y color blanco destacaban sobre un fondo negro: «UN PLACER PARA VUESTRA VISTA».

Las letras de la pantalla se disolvieron y al cabo de unos instantes las sustituyó la emisión de un vídeo. Con el corazón a punto de estallar, Nina se inclinó hacia el monitor. Una luz fluorescente procedente del techo se derramaba sobre el cuerpo desnudo de una chica. Esta estaba tendida bocabajo sobre una mesa de acero, con las muñecas y los tobillos sujetos a cuatro postes de metal, uno en cada esquina de la superficie rectangular.

El horror le produjo a Nina arcadas y náuseas mientras contemplaba la pantalla, paralizada. Experimentó una gran repugnancia ante algo que había intentado desesperadamente borrar de su mente. Un sonido que había oído justo el día anterior.

La voz de Enigma.

«¿Sabes quién va a venir a salvarte?», le preguntó a la chica atada a la mesa.

Nina contempló a su yo de dieciséis años, con el cuerpo dispuesto ante la cámara. Desnuda, temblorosa, vulnerable. La chica que fue.

El monstruo acechaba sin salir en plano, su sombra proyectada sobre las pantorrillas de la chica mientras se acercaba a susurrar: «Nadie».

La chica se revolvió intentando liberarse y se dejó las muñecas en carne viva.

El monstruo se apartó y alzó la voz:

«¿Sabes a quién le importa que te hayas escapado? –Hizo una pausa–. A nadie».

La chica emitió un aullido teñido de rabia e impotencia mientras se revolvía con más fuerza.

«¿Sabes quién llorará sobre tu tumba? –continuó él con su implacable tormento–. Nadie».

La chica giró la cabeza para dirigirle una mirada abrasadora.

«¿Y sabes por qué? –Esta vez, no esperó a que ella respondiera–. Porque eres un pedazo de mierda».

Al oírlo reír, una lágrima rodó por la mejilla de la chica.

Nina se tragó una oleada de bilis que le subía por la parte de atrás de la garganta. No tenía ni idea de que Enigma había grabado lo que le había hecho. Desde la mesa a la que la había atado no se veía ninguna cámara. Ahora millones de personas estaban a punto de presenciar su tormento. Era peor que una ejecución pública: era una profanación pública. La angustia íntima que había ocultado durante años estaba a punto de ser expuesta para que el mundo entero la viera.

Y no le cabía duda de que el mundo miraría.

Del mismo modo que su equipo estaba pegado a la pantalla en ese momento. Igual que ella. Nadie podía apartar la mirada del horror que se desplegaba ante ellos.

El monstruo entró en la pantalla por la izquierda. Alto y de hombros anchos, a su lado la chica menuda tendida sobre la mesa parecía una mariposa pinchada a un cartón. De espaldas a la cámara, el hombre llevaba una capa negra con una capucha sobre la cabeza.

Al alzar el brazo, una mano grande cubierta por un guante de látex azul surgió de la ancha manga. Se inclinó para tocar la espalda desnuda de la chica.

«Qué hermosas –dijo–. Son recientes».

Recorrió con el dedo las hileras de verdugones de un rojo teñido por la ira, así como las laceraciones.

«Cuéntame qué sentiste cuando el cinturón te azotó en la espalda. –Bajó el tono de voz y habló en un susurro acusatorio–: ¿Lloraste?».

La chica no dijo nada y trató de encogerse para que él no pudiera tocarla.

«Ojalá hubiera sido yo quien te las otorgase. –Deslizó lentamente el dedo por la columna vertebral de la chica mientras hablaba, y se detuvo para acariciar una cicatriz más antigua, de un blanco pálido, que se cruzaba con las marcas más recientes–. Pero tengo mis propios planes para ti. Durante lo que te queda de vida, aunque sean solo unas horas… serás mía».

Nina sintió el impulso de cerrar el portátil. De golpe. Pero eso sería como cerrar los ojos ante el cañón de un arma que la apuntara. La bala no se detendría por el hecho de que ella no viera cómo le penetraba en la carne. El proyectil seguiría adentrándose en su cuerpo. Alcanzaría su corazón. Y la haría picadillo.

«¿Quieres misericordia? –La voz era suave, con un tono aterciopelado–. Suplícamelo. A lo mejor me das pena. Al fin y al cabo, eres penosa».

El recuerdo de ese momento abrumó a Nina y los ojos se le llenaron de lágrimas. Sabía lo que venía a continuación.

El monstruo se apartó mientras el clic de un mechero resonaba en el silencio. A continuación, su otra mano apareció en imagen sosteniendo de manera informal un cigarrillo entre los dedos.

«P-p-por favor –dijo la chica».

«Oh, no, pequeño desecho. No se acerca ni de lejos. A lo mejor no entiendes tu situación. Tienes que intentarlo de verdad. A ver si esto te aclara las ideas».

El hombre posó la punta encendida sobre el centro de su omoplato izquierdo. La chica se revolvió y gritó.

La pantalla se quedó en negro.

Luego aparecieron unas palabras en blanco que contrastaban con el fondo oscuro, como al principio.

SI QUERÉIS VER LO QUE SUCEDE A CONTINUACIÓN, DADLE A «ME GUSTA». AL LLEGAR A LOS 1000 «ME GUSTA», OS MOSTRARÉ LOS SIGUIENTES SESENTA SEGUNDOS DEL VÍDEO.

Todas las miradas de la sala se despegaron de la pantalla y se clavaron en Nina. Esta había visto antes esa expresión, cuando los agentes de policía o los trabajadores sociales inspeccionaban sus heridas, y sabía lo que venía a continuación.

Lástima.

La invadió una mezcla de rabia y humillación. Los muros se cernieron sobre ella. La ahogaban. Tenía que salir de allí. Escapar.

Breck le tendió una mano temblorosa, los ojos brillantes por las lágrimas que no había derramado. Abrió la boca para hablar, pero no le salieron las palabras.

Nina la detuvo levantando la palma.

–No te acerques a mí. –Fulminó al resto con la mirada y se puso en pie de un salto–. Ni tú ni nadie. No quiero veros la puta cara.

Nadie se movió. Nadie habló.

Nina abrió con brusquedad la puerta y salió disparada de la sala.

Nadie intentó detenerla.

27

Doce minutos después, Nina salió del vestuario como alma que lleva el diablo, desesperada por abandonar los claustrofóbicos confines del edificio. Sus pies se dirigieron hacia el sendero por voluntad propia, proporcionándole una dirección y un propósito.

La infame pista de obstáculos del FBI, apodada el «Camino de Ladrillos Amarillos», consistía en 9,8 kilómetros de terreno arbolado a través de las colinas de Virginia, en Quantico.

Saltó por encima de una raíz de árbol que se abría paso por el suelo y continuó corriendo, con pisadas cambiantes debido a la irregularidad del terreno. A lo largo del camino, saltó a través de una ventana simulada, se abrió paso por una red de carga y atravesó charcos de agua estancada. Luego llegó a la cuerda para trepar, alzó la vista hacia el abrupto precipicio que se cernía sobre ella desde lo alto e hizo cálculos. Rodeó la gruesa cuerda con las manos y se elevó hasta encontrar un hueco para el pie entre las rocas escarpadas. Continuó subiendo, tirando con las manos y empujando con los pies contra la pared de pura roca hasta que le ardieron los hombros y los cuádriceps. Al acercarse al borde que sobresalía sobre su cabeza, Nina oyó pasos. Echó la cabeza hacia atrás y distinguió una silueta que la miraba desde arriba.

Wade se puso de cuclillas.

–¿Vas a subir o no?

Nina no deseaba compañía, ni la necesitaba.

–¿Cómo me has encontrado?

–Es adonde habría ido yo –contestó él–. He empezado por el final del recorrido en dirección al comienzo. Me he imaginado que en algún momento me encontraría contigo.

–Vete.

–Sube aquí y hablamos.

Ella colocó el pie sobre la roca y empujó hacia atrás al tiempo que utilizaba los brazos para subir más.

–No sé qué clase de gilipollez psicoanalítica intentas descifrar, pero no estoy de humor, Wade. –Gruñó a la vez que volvía a impulsarse–. No necesito ayuda y no quiero compañía.

Wade no se movió.

Maldiciendo, Nina se empujó con los pies y tiró de la cuerda con las manos hasta contraer todas las fibras musculares de los brazos. A unos centímetros del borde de la pared de roca, volvió a mirar a Wade a los ojos. Este podría haber extendido el brazo con facilidad y elevarla hasta lo alto del saliente. En lugar de eso, se limitó a mirarla.

A lo mejor sí que la entendía.

Nina lanzó un brazo para agarrarse al borde que tenía encima. Apretó los dientes y flexionó los reacios bíceps hasta apoyar el pecho sobre la dura superficie. Tras recuperar el aliento, subió las piernas haciéndolas rodar.

Aún en cuclillas, Wade la contempló con una expresión impasible en su rostro arrugado.

–No estoy aquí para cargar contigo, Guerrera.

–Vete –replicó ella, jadeando–. Vete... a... la... puta... mierda.

Wade señaló el edificio principal.

–Me iré si vuelves a entrar conmigo.

Nina se sentó.

–¿Por qué te importa lo que haga?

—Porque soy la única persona que tiene tantas ganas de atrapar a ese tío como tú.

Nina soltó un resoplido desdeñoso.

—Vaya, así que tiene que ver contigo. —Se puso en pie y se sacudió el polvo de las manos—. Están a punto de arrastrarte otra vez por el barro por el caso de Chandra Brown, y tú quieres asegurarte de que esta vez detienes al tipo correcto.

Al ver a Wade estremecerse, Nina supo que sus palabras habían dado en el clavo. Absorbida por su tormento, había disparado al único blanco que tenía a mano. Sabía que no estaba bien, que no era justo, pero le había avisado de que se marchara.

—Si pensar eso te hace sentir mejor… —Wade se puso en pie y la miró con una expresión afligida en el rostro.

Nina se aplacó.

—En este momento me gustaría estar sola. Seguro que alguien con un doctorado en Psicología puede entenderlo.

Él la observó durante un largo instante antes de responder:

—Sé que decir esto me hace quedar como un completo capullo, pero no te puedo dar tiempo. Te necesitamos en el equipo. Ahora. Buxton cree que tu situación está comprometida. Nunca antes se ha visto a un agente siendo torturado y luego se lo ha mandado a investigar a su propio torturador. —Se pasó una mano por el pelo en lo que Nina había terminado por entender que era un gesto de frustración característico de Wade—. Joder, Nina, llevo más tiempo que Buxton en el FBI y nunca he visto nada parecido a esto. No puedo culparle por apartarte, pero creo que se equivoca.

—¿Qué ha dicho?

—Que ya no te encuentras en situación de interrogar a testigos, sospechosos y demás. —Cruzó los brazos—. Servirás como apoyo a la investigación desde tu escritorio en la oficina de Washington. Se acabó el trabajo de campo.

Buxton había cumplido su amenaza de apartar a cualquiera del equipo que resultara ser un lastre en lugar de un activo para la investigación. Wade y Nina se quedaron en medio del bosque, mirándose a los ojos. Ella recordó la conversación en el vuelo de vuelta de Boston a Washington. El día anterior Buxton había puesto sus miras en Wade, y ella había defendido su permanencia en el equipo argumentando que era la única persona en el FBI que tenía tantas ganas de cazar al sospechoso como ella.

Ahora Wade había utilizado el mismo razonamiento con ella. Y era cierto. Wade había soportado la deshonra pública y la humillación que ella misma estaba a punto de afrontar. El sospechoso los había dañado a ambos de manera irrevocable.

Aunque Wade no era el enemigo, su rabieta había dañado la frágil alianza forjada entre ambos en el avión. Nina siguió mirándolo. No se había largado después de que ella lo insultara. No se había vengado con un ataque verbal de su propia cosecha. Nina había hecho todo lo que podía para deshacerse de él y, sin embargo, ahí estaba, mirándola con aquellos inescrutables ojos grises.

—El de Chandra Brown no fue el único desliz que cometí hace dos años —dijo Wade en voz baja—. También me equivoqué contigo, y ahora Buxton va a cometer el mismo error.

Nina le hizo la pregunta que la había atormentado desde el día en que Shawna le había contado la verdad sobre su contratación:

—¿Por qué marcaste en rojo mi evaluación psicológica?

Él cerró los ojos y se frotó la nuca.

—He visto muchos traumas a lo largo de mi carrera. Atrocidades cometidas por lo peorcito que ha dado la humanidad. Me he sumergido en las profundidades de los depredadores más depravados. Personas que cazan niños. —Bajó la voz y habló en un susurro ronco—: Si pasas demasiado tiempo haciendo lo que yo hago, la oscuridad de sus almas acaba por manchar la tuya.

Ahora que había empezado, daba la impresión de querer sacárselo todo del pecho. Nina no lo interrumpió, sino que absorbió sus palabras y trató de verse a sí misma desde la perspectiva de él.

—Leí tu archivo para prepararme antes de la evaluación psicológica —dijo Wade—. El investigador incluyó el informe del caso de tu rapto así como fotografías de la policía y los informes de Urgencias que documentaban el abuso que habías padecido dentro del sistema antes de que te secuestraran. –Atravesó a Nina con la mirada–. Y cómo acabaste con esas cicatrices en la espalda. –Extendió el brazo como si fuera a tocarle el hombro, pareció pensárselo mejor y lo dejó caer–. Y las circunstancias que te llevaron a huir del hogar compartido. –Meneó la cabeza–. No fui capaz de conciliar eso con la persona que vi en la sala de interrogatorios. Fui duro contigo. Traté de averiguar qué había bajo aquel exterior tan profesional.

–¿Pensaste que yo era una bomba de relojería que podía estallar bajo la cantidad precisa de presión?

–Lo siento, Nina –se disculpó Wade–. Ahora me he dado cuenta de que hay algo que no tuve presente. Un rasgo que los psicólogos no tenemos el lujo de estudiar tan a menudo como los trastornos, las neurosis y los mecanismos de defensa. Tú lo tienes más que nadie a quien haya examinado personalmente. –La miró como si fuera un espécimen raro–. Resiliencia.

–Resiliencia –repitió ella, saboreando la palabra.

–Los seres humanos son capaces de mostrar una crueldad insondable y una fuerza inmensa. Tú no solo has sobrevivido: has prosperado. –Adoptó un tono grave–. He seguido tu carrera desde que entraste en el FBI. Tengo que reconocer que estaba esperando a que se te cruzaran los cables. A que perdieras los papeles. No me siento orgulloso de que una parte de mí deseara tener razón. Pero lo que pasó fue que me demostraste que me había equivocado. Has sido un gran activo para el FBI.

Nina bajó la mirada, incómoda con los halagos. Por lo visto Wade aún no había terminado.

–Y has sido de un valor inestimable para esta investigación –continuó–. Fuiste la única que vio el primer mensaje en el contenedor de aquel callejón en Washington. Descifraste la pista de Boston antes que nadie y podrías haber llamado a Buxton para llevarte todo el mérito, pero en lugar de eso me llamaste antes a mí. Eso es lo que hace un compañero. Diste la cara por mí cuando Buxton quiso apartarme del caso ayer en el avión. Ahora me toca a mí hacer lo mismo por ti.

Nina alzó la cabeza y cruzó su mirada con la de él. Le había planteado un desafío. ¿Era capaz de enfrentarse al monstruo mientras el mundo entero observaba, sabiendo que todos habían visto su humillación y su dolor? Y más importante, ¿podría volver a mirarse en el espejo si no lo hacía?

28

Nina empujó la puerta de acceso a la zona del grupo operativo y avanzó por la inmensa sala seguida de Wade, que le pisaba los talones. Un hervidero de actividad la recibió. Agentes reunidos en grupos, inclinados sobre hojas de cálculo, pasando páginas de informes y tecleando en sus ordenadores. Alzó la vista e inspiró con fuerza. El enorme monitor de la pared más alejada estaba dividido en cuatro cuadrantes, cada uno con una imagen congelada de la grabación. Una de ellas era una imagen de Enigma, con la capa que cubría su larga figura salvo una mano enguantada que sujetaba un cigarrillo encendido. Otra era un primer plano de la muñeca izquierda de la chica, sujeta al poste metálico con una cuerda de nailon.

Nina se quedó paralizada. Primero, un agente la vio y le dio un codazo a la persona que tenía al lado. Ese agente le dio un codazo a otro. Poco a poco, el silencio se extendió por la sala como un virus, silenciando cualquier discusión e interrumpiendo cualquier tarea.

Buxton estaba al teléfono en la esquina. En cuanto la vio, murmuró algo al móvil y colgó. Se colgó el dispositivo en una pinza del cinturón y se dirigió hacia ella.

—A mi despacho.

Nina lo siguió por el pasillo. Con las zancadas constantes de Wade a su espalda. Buxton pasó junto a la auxiliar administrativa, que se apresuró a bajar la vista hacia su teclado al ver que Nina iba tras él.

Mejor se iba acostumbrando a esa clase de reacciones.

–Entre y cierre la puerta –dijo Buxton, que a continuación frunció el ceño al mirar por encima del hombro de Nina–. Quiero hablar a solas con la agente Guerrera.

Al darse la vuelta, Nina vio no solo a Wade sino también a Breck y a Kent, que la habían seguido al interior del despacho temporal del superior.

–Estamos con ella –dijo Kent.

Breck asintió.

Buxton arqueó la ceja y miró a Nina con gesto interrogativo.

–Me gustaría que se quedaran –dijo ella.

–Bien.

Buxton se dirigió a la misma mesa en la que habían mirado el vídeo y todos se sentaron.

–Agente Guerrera –se dirigió a Nina–, como seguramente se imagina, leí el informe de su caso antes de proponerla para un puesto temporal en la UAC. Era mi obligación conocer todo lo que le había ocurrido en el pasado en relación con Enigma. –Inspiró hondo–. Lo que leí en ese informe era… perturbador, cuando menos. Lo que ha pasado, lo que ha sufrido… nadie debería tener que enfrentarse a eso, y mucho menos una chica de dieciséis años.

Nina se limitó a asentir. ¿Qué iba a decir?

–Como supervisor suyo, me preocupa su salud y su bienestar, tanto emocional como psicológico. Ahora que el público ha visto el vídeo, sería imprudente por mi parte no ponderar el impacto que tendrá eso en esta investigación. ¿Cómo se las apañará para llevar a cabo interrogatorios y lidiar con los medios en los escenarios de los crímenes?

Nina se adelantó para contestar:

–Señor, yo…

Él levantó una mano.

—Mientras el agente Wade y usted estaban fuera, yo me he pasado la última hora lidiando con las repercusiones del vídeo, que se ha hecho viral. —Curvó los labios en un gesto de disgusto—. Los medios han bombardeado a los de Relaciones Públicas. He indicado a los de Delitos Cibernéticos que se pongan en contacto con las principales plataformas de redes sociales y les ordenen cerrar las cuentas de Enigma. Las imágenes ya no son accesibles en ninguno de sus perfiles, pero las han descargado y publicado tantas veces que siguen estando en internet y todo el mundo puede verlas. —Endureció la expresión—. Por lo menos hemos conseguido parar al muy cabrón antes de llegar a los mil «Me gusta» que había pedido para poder ver los siguientes sesenta segundos.

El alivio embargó a Nina, pero enseguida se evaporó: a aquellas alturas, se había escapado dos veces de Enigma. Sin duda, llevado por las ansias de venganza, compartiría el resto del vídeo de todas maneras.

Buxton prosiguió en un tono grave:

—El director en persona me ha llamado y me ha dejado claro que tenemos su apoyo total, incluido el acceso sin restricciones a todos los recursos.

Nina se sintió al mismo tiempo conmovida por el interés del director en ella y avergonzada al darse cuenta de que él también había visto el vídeo.

—Le he asegurado que solo continuará usted en el caso como apoyo —dijo Buxton—. Y que ya no trabajará sobre el terreno.

El enfado, que se había cocido a fuego lento bajo la superficie desde que había visto el vídeo, hizo estallar a Nina.

—¿Ha decidido apartarme porque le preocupa mi bienestar o porque me he convertido en una vergüenza pública?

Recordó el mantra que le habían grabado a fuego desde el día que entró en el FBI. No poner en evidencia a la agencia. Quizá pudieran pasar por alto una infracción menor de la norma, pero no lo que acababa de pasar.

Buxton abrió los ojos de par en par.

–Agente Guerrera, me imagino que está angustiada, cosa comprensible; si no es así, tendré que concluir que está siendo irrespetuosa.

No le serviría de nada enfrentarse al agente especial supervisor. Nina tomó aire y reprimió su frustración.

–Señor, lo que más necesito en este momento es continuar trabajando con mi equipo para atrapar a Enigma.

Decidió de manera deliberada no decir «el hombre que me hizo esto», con la esperanza de generar una impresión de desapego profesional que no era tal, pero sus palabras no parecieron apaciguar a Buxton.

–En cada interrogatorio que lleve a cabo, la gente tendrá esa imagen en su cabeza. La ciudadanía se centrará en usted personalmente en lugar de contestar sus preguntas. Los agentes deben ser percibidos como objetivos. Y usted no puede serlo.

Nina intentó hacer pasar su defecto como una virtud.

–Tenemos todo un equipo de personas que pueden ser objetivas. Lo que necesitamos es a alguien que pueda ser totalmente subjetivo. Alguien que haya tenido una experiencia directa con Enigma.

Wade carraspeó.

–Señor, ¿me permite? –Buxton asintió y Wade expuso su opinión–: El vídeo demuestra que hay ciertas cosas que la agente Guerrera ha reprimido. Aunque no sea responsabilidad suya, hay detalles que no puede recordar, pero confío en que los recupere si está involucrada directamente con la investigación. Mi recomendación es que permanezca en el equipo.

Nina no estaba segura de que le gustaran los argumentos que había usado Wade para defenderla. ¿Por qué sacar a colación sus lapsos de memoria? ¿Intentaba ayudar a su causa o quería dañarla?

–¿Qué es lo que se supone que he reprimido?

–Nunca mencionaste que te había llamado «desecho» –contestó él–. Es información relevante.

Gracias al vídeo, Nina veía ahora a través de los ojos de Enigma lo que solo habían sido unos cuantos recuerdos distorsionados. La mente se le llenó de retazos de imágenes, hasta el punto de convertirse en una marea que la sobrepasaba y que la obligó a bajar la mirada.

Recordó a la agente de policía que le había pedido detalles tras su huida. A Nina le temblaba todo el cuerpo al revelar la enfermiza cadena de acontecimientos. Pero le había dado demasiada vergüenza repetir el calificativo que él le había dedicado.

«Desecho».

Al cabo de un momento el recuerdo se desvaneció, con la ayuda de su deseo consciente de empujarlo de vuelta al pozo oscuro y sin fondo que albergaba sus peores momentos.

—Esa palabra tiene un significado para él —explicó Wade—. En el vídeo la ha usado varias veces. Ninguna de las personas que investigaron tu caso en su momento sabía que te había llamado así. ¿Entiendes la relevancia de ese término?

Nina alzó la vista y lo miró.

—En el escenario del primer crimen, en Washington, sospechabas que nuestro hombre conocía mi pasado antes de raptarme esa noche.

No lo dijo en tono de pregunta, sino de afirmación.

—A Sofia Garcia-Figueroa la encontraron en un contenedor de basura —dijo él—. Analicé los hechos que tenía a mi disposición y llegué a la conclusión más lógica.

Y Nina se había opuesto a dicha conclusión porque no quería creerlo. Si Enigma sabía que la habían tirado a un contenedor cuando era un bebé, eso significaba que disponía de una gran cantidad de información sensible sobre ella, hasta el punto de que quizás había jugado un papel en su vida. Planteó otra explicación:

—A lo mejor cree que las chicas son desechables. Las utiliza y luego las tira como si fueran basura. —Se dio unos golpecitos suaves en el pecho—. No yo personalmente, sino todas.

—Entonces, ¿el resto de aspectos relacionados con el asesinato de Sofia se orquestaron especialmente para ti, pero el lugar que escogió para el cuerpo fue una casualidad?

Nina debía aceptar la posibilidad de que Wade siempre hubiera tenido razón. Su mente pasó a modo analítico.

—¿Cómo pudo conocer mi pasado?

—Exacto. —Wade se frotó la mandíbula—. Lo investigaron todo mal y centraron su búsqueda en un desconocido que te raptó al azar hace once años. ¿Y si no era un desconocido ni te eligió al azar? ¿Y si te conocía? ¿Y si tú en concreto eras su objetivo?

—Ni siquiera sabía que me iba a escapar hasta que lo hice —murmuró ella, perdida en sus pensamientos—. ¿Cómo lo iba a saber?

—Según tu declaración en ese momento, llevabas varios días en la calle cuando te cogió —dijo Wade—. A lo mejor iba detrás de ti. Estaba obsesionado y, por lo que parece, sigue estándolo.

Nina no se sentía como una guerrera en ese momento. Una honda sensación de vergüenza había hecho que reprimiera la palabra que podría haber cambiado las cosas. Con dieciséis años, no había entendido cómo trabajaba la policía en un caso, no sabía que hasta los detalles aparentemente insignificantes podían proporcionar un montón de información útil a un inspector perspicaz. ¿Y si esa pista hubiera enfocado la investigación en un sentido distinto once años atrás? ¿O cuatro días atrás? ¿Seguirían vivas esas treinta y seis chicas?

Lo peor de todo era que Nina sospechaba que no le había contado a la policía lo que él la había llamado porque, en el fondo, creía que Enigma tenía razón. Nadie la quería. Era algo que había quedado patente una y otra vez. Era un desecho, tan inservible como la basura a la que la habían tirado.

¿Cómo la verían los demás a partir de ahora? ¿Verían tan solo las cicatrices que Nina ya no podía esconder?

Enigma quería llevarla de vuelta a aquel lugar. La chica aterrorizada del vídeo. Sola, humillada, impotente. Él escogía víctimas que creía que no merecían vivir. Le había robado una parte de sí misma, la había cambiado para siempre, pero no iba a quitarle nada más. Ni a ella ni a nadie. Sería Nina quien lo detuviera.

Lentamente, alzó la barbilla y dirigió una mirada a Buxton.

—Señor, soy quien tiene más opciones de atrapar al sospechoso. Y tengo que estar sobre el terreno para conseguirlo. —Abrió los brazos con las palmas hacia arriba—. Apartarme del caso no servirá de nada. Enigma intentará atraerme de nuevo.

—Está obsesionado con la agente Guerrera —dijo Kent, hablando por primera vez—. No va a olvidarse de ella.

—Y yo no voy a esconderme detrás de mi escritorio con la esperanza de que no me encuentre.

—Tiene razón —intervino Wade—. Tarde o temprano irá directamente a por ella. Y por eso la agente Guerrera debe permanecer en el caso.

Nina esperó mientras le daba tiempo a Buxton para que reconsiderara su postura.

—Ha pasado por cosas mucho peores que cualquier agente que yo conozca —dijo Buxton al final—. Tengo que saber si puede lidiar con lo que se le viene encima. Porque las cosas están a punto de ponerse feas de forma exponencial.

Nina se irguió.

—Puedo lidiar con lo que me eche.

—No es solo Enigma. —Buxton parecía escéptico—. Son los demás agentes, y el público. Esta clase de escrutinio no... no tiene precedentes en el FBI.

Wade carraspeó.

—Yo también he tenido que lidiar con mi cuota de escrutinio público e interno —dijo—. Es mi compañera. —La señaló con la cabeza—. Yo le cubro las espaldas.

Nina se había preparado para afrontar sola la repercusión del vídeo, igual que había hecho con la mayoría de las cosas en su vida. Ahora tenía de su parte al doctor Jeffrey Wade, psicólogo, agente especial y autoproclamado gilipollas.

—Yo también —se sumó Kent.

–Y yo –añadió Breck.

Se hizo el silencio en la estancia. Nina tuvo que obligarse a no agitar la pierna bajo la mesa mientras esperaba a que su superior tomara una decisión.

Buxton lanzó un largo suspiro.

–Tendré que hacer otra ronda de llamadas. –La observó atentamente–. Puede quedarse en el equipo. –Recorrió la mesa con la mirada–. Pueden irse.

Todos se levantaron para marcharse. Mientras desfilaban por la puerta, Nina se volvió y vio a Buxton coger el teléfono de su escritorio. Por un breve instante, a Nina le pareció ver la sombra de una sonrisa en su rostro lleno de arrugas.

29

Nina pisó el acelerador del reluciente Tahoe negro y adelantó a una furgoneta que iba más lenta antes de que la carretera volviera a ser de un solo carril.

–No me puedo creer que Sorrentino viva tan lejos del distrito. Ir y venir tiene que ser un infierno.

–Sorrentino es un ave nocturna –repuso Wade desde el asiento del acompañante, a su lado–. Trabaja a horas extrañas. Sobre todo desde que anochece hasta las dos de la madrugada. Los atascos de tráfico no le suponen ningún problema.

Nina echó un vistazo al reloj del salpicadero.

–Seguramente no se marcha antes del mediodía, así que debería estar en casa.

Wade gruñó en señal de asentimiento mientras ella tomaba una calle lateral.

Habían decidido no llamar a Sorrentino para concertar un encuentro; preferían pillarlo con la guardia baja y lejos de su club. Una apuesta calculada.

Nina le había dado las gracias a Wade por apoyarla ante Buxton, incluida su propuesta para proceder con el plan de interrogar al dueño del club de lucha con ella. Antes de salir, se habían pasado una hora documentándose sobre el tal Joseph Thomas

Sorrentino, que daba todas las muestras de ser lo bastante deshonesto como para dar la talla.

Nina conocía a los hombres como él. Siempre en busca de dinero fácil, siempre tomando atajos y, lo más importante, siempre dispuestos a vender a un amigo si se presentaba la ocasión.

Redujo la velocidad y observó las direcciones hasta detenerse frente a una modesta casa de dos pisos de estilo colonial que se erguía tras una hilera de azaleas mustias en medio de un terreno irregular cubierto de césped. Giró el coche, subió por el camino de cemento hasta la casa y aparcó el vehículo.

—Toma tú la iniciativa —dijo Nina—. Ya lo has interrogado antes.

—No soy demasiado optimista —replicó Wade—. Sabe muchísimo más de lo que admitió la última vez.

Nina desabrochó el cinturón de seguridad y abrió la puerta del conductor.

—¿Qué le vamos a contar? Puede que tenga preguntas.

—Lo menos posible.

Se abrieron camino sobre las baldosas rotas y terminaron en una zona de hormigón llena de manchas que hacía las veces de porche delantero. Nina llamó al timbre y desató en el interior una cacofonía de agudos aullidos.

La puerta se abrió unos cinco centímetros. Una mujer de sesenta y tantos años, vestida con una bata de felpa rosa y unas zapatillas marrones, los miró por el hueco.

—No quiero comprar nada.

Se dispuso a cerrar la puerta, pero Nina introdujo el pie y le enseñó sus credenciales.

—Agente especial Nina Guerrera, FBI. Tenemos que hablar con Joseph Sorrentino; ¿está en casa?

La mujer entornó los ojos vidriosos para examinar las credenciales. Luego sonrió de oreja a oreja y soltó una carcajada lo bastante sonora como para hacer callar a sus tres perritos.

—¡Lo sabía! —Giró la cabeza para llamar a alguien que estaba dentro–. Joe, mueve el culo y ven aquí. Es el FBI. ¿Qué demonios has hecho esta vez?

Nina y Wade intercambiaron una mirada. Por lo visto, la mujer de Joe no era de las que encubrían a su marido.

–Dejen que me lleve a los perros –dijo ella de pronto y les cerró la puerta en las narices.

Nina se volvió hacia Wade.

–No se estará escapando por la parte de atrás, ¿verdad?

Él le dedicó una sonrisa burlona.

–Su mujer se chivaría si lo hiciese.

Oyeron aullidos de perros y pisadas detrás de la puerta hasta que esta se abrió por fin. Nina reconoció a Sorrentino gracias a la foto del permiso de conducir. Corpulento, con la nariz bulbosa y la cara rellena, los examinó desde debajo de unas pobladas cejas canosas.

–Usted –dijo a modo de saludo dirigiéndose a Wade–. No tengo nada más que decirle.

Por lo visto, Wade había dejado huella en él. O a lo mejor una visita del FBI se le había grabado a fuego en la memoria.

–¿Podemos pasar, señor Sorrentino? –preguntó Wade.

Sorrentino tenía aspecto de morirse de ganas de cerrarles la puerta en las narices, pero pareció pensárselo mejor. Dio un paso atrás.

–Por favor.

Lo siguieron hasta una cocina desordenada y se quedaron de pie mientras él apartaba un montón de papeles y una planta de interior mustia para hacer espacio a la mesa. Una araña muerta se deslizó por la superficie y cayó en un cuenco de agua para perros que estaba en el suelo.

Sorrentino les hizo un gesto con el fornido brazo para que se sentaran, aunque no llegó tan lejos como para ofrecerles un vaso de agua. Sin problemas. Nina tampoco se habría bebido nada que le diera aquel tipo.

–¿Se acuerda de nuestra conversación de hace dos años en el

club? –preguntó Wade al tiempo que se sentaba en una desvencijada silla de madera sin brazos.

Sorrentino hizo una mueca.

–Igual que recuerdo la última vez que tuve hemorroides.

–Nos gustaría hablar con usted sobre los artículos que vendió.

–Otra vez no. –Sorrentino se inclinó hacia delante y la silla crujió de manera inquietante bajo su peso–. Ya se lo dije: no he vendido nada desde que usted y los otros agentes federales vinieron a verme, y no sé nada más al respecto. –Alzó la mano derecha como si tomara juramento, el gesto universal de los mentirosos–. Lo juro.

–Aun así, repasémoslo. –Wade sacó su bloc de notas y lo abrió–. La última vez que hablamos, me comentó que había conseguido los guantes de lucha a través de su sobrino.

–Así es. El hijo de mi hermano, Sammy Sorrentino; hace mucho tiempo que su negocio quebró, así que le compré las existencias que le quedaban para hacerle un favor.

Wade abrió de una sacudida sus gafas para ver de cerca y se las puso antes de consultar sus notas.

–Le pagó cinco céntimos de dólar por cada artículo, y luego usted los vendió en su club. –Lo miró por encima de las gafas–. Al precio inicial.

Sorrentino carraspeó.

–Bueno, no hay nada malo en querer ganarse unas perras, ¿no?

–Siempre que pague sus impuestos.

–Oiga, ya lo hemos hablado. –Sorrentinó elevó las comisuras de los labios en lo que parecía ser su mejor imitación de una sonrisa encantadora–. Salí limpio de su investigación. ¿De verdad han venido aquí a tocarme las pelotas por vender equipación deportiva en mi propio establecimiento? Era material de calidad; todo el mundo quedó encantado. No timé a nadie ni nada parecido.

–Salvo a su sobrino –dijo Nina, incapaz de resistir la tentación de pincharle. Sorrentino podría haber ayudado más a su familia–. ¿Por qué pudo usted vender los guantes y él no?

Debió de sorprenderle la pregunta, porque Sorrentino abrió los ojos como si se percatara por primera vez de su presencia.

—Vaya, si eres la tía esa famosa del FBI. —Chasqueó los dedos—. La Chica Guerrera, eso es. —La examinó detenidamente—. ¿Te apuntas a un combate en la jaula? Podemos cobrarlo como un evento especial. Lleno garantizado; joder, si hasta podríamos cobrar el doble por cada entrada.

Nina entornó los ojos.

—Señor Sorrentino, permítame que le asegure que tengo cero interés en un combate en la jaula.

—¿Está segura? Es menuda, pero he visto el vídeo en el que le dio una paliza al tipo ese en el parque. Apuesto a que podría derrotar a la mayoría de las mujeres del circuito.

Nina se imaginó que también habría visto el otro vídeo que había publicado Enigma; el tipo podía conseguir publicidad gratis en los medios y amasar una fortuna vendiendo entradas. Era un oportunista, aunque no muy inteligente.

—Creo que no lo ha entendido. —Sentía una apremiante necesidad de limpiarle los oídos con el cañón de su Glock—. No voy a luchar en su club. Ni en el de nadie. Nunca.

Sorrentino se encogió de hombros.

—Usted se lo pierde. —Pareció que le costaba retomar el hilo de la conversación—. El caso es que a mí todos me conocen. Llevo mucho tiempo en el negocio. Confían en mí. En cuanto un par de tipos probaron los guantes, se corrió la voz y el resto vino a pedírmelos. ¿Qué iba a hacer yo, rechazar el negocio?

—¿Cuántos vendió? —quiso saber Wade.

—Unos cuantos.

Wade volvió a revisar sus notas.

—La última vez dijo que más de cincuenta pares.

—Bueno, si suma los guantes de pelea y los tácticos, sí, será esa cifra.

—¿Guantes tácticos?

—Los guantes de lucha de las AMM no tienen dedos —explicó

Sorrentino–. Mi sobrino utilizó el mismo material para fabricar también guantes completos. Tenía pensado vendérselos al ejército o a la policía como plan B, pero eso tampoco funcionó.

–¿Y nunca habló con su sobrino sobre las ventas que había realizado?

–Oiga, él ya había hecho constar las pérdidas en su declaración de la renta. Si me lo repartía con él, solo conseguiría causarle problemas con Hacienda, y nadie quiere eso.

Nina puso los ojos en blanco.

–Es usted un verdadero filántropo.

–Necesitamos el nombre de las personas a las que se los vendió –dijo Wade–. Y no nos diga que no lo sabe. Un tipo como usted guarda registros de todo.

Sorrentino levantó las manos con la palma hacia arriba.

–Mire a su alrededor. ¿Le parezco una persona ordenada?

En eso tenía razón.

–Usted es un hombre de negocios –insistió Wade–, y sabe cómo se puede rastrear el dinero. A lo mejor con una orden de registro conseguimos más información en sus carpetas y ordenadores.

–Lo último que necesito es otro examen rectal de los federales. La última vez no encontraron nada, y esta vez pasará lo mismo.

Wade frunció el ceño.

–Porque se asegura de que nada conste en los libros.

–Porque no hay nada –replicó Sorrentino, alzando la voz con el tono de indignación y superioridad moral propio de los realmente corruptos–. Mire, tengo registros de mis negocios, pero este negocio no era mío. Era de mi sobrino. Supongo que lo que vendí era para amortizar mi inversión inicial.

Wade pareció aceptar la derrota en ese frente y pasó a otra cosa.

–¿Tiene una copia del programa del club? ¿En el que aparezca quiénes luchaban entre sí y qué noche?

–Claro. ¿De cuándo los necesita?

–¿Desde cuándo los tiene?

Sorrentino abrió los brazos en un gesto magnánimo, el vivo retrato de la honestidad.

–Desde que convertí el club de boxeo en uno de AMM hace doce años, que fue cuando empecé a venderles guantes a los luchadores.

Wade se inclinó hacia delante, impaciente.

–¿Tiene aquí los programas?

–Están en el ordenador de mi club. Puedo mandárselos por *e-mail*.

–Hágalo –dijo Wade–. Hoy.

–¿A qué viene tanta prisa? –Todo el comportamiento de Sorrentino cambió y pasó de estar a la defensiva a calcular–. Eh, ustedes investigan a ese asesino en serie, Enigma. Esto no tendrá nada que ver con eso, ¿no? –Los miró alternativamente a uno y a otro con sus ojillos brillantes–. Si les proporciono información, podría conseguir una recompensa, ¿verdad? Digo... El tipo ese de Hollywood ahora ofrece un millón, así que, ¿cuánto pagan los federales?

–Le ofrecemos la posibilidad de seguir regentando su club –dijo Wade–. La otra opción es compartir una celda con alguien a quien le doble la edad y que quiera mostrarle sus habilidades marciales en una lucha tras barrotes reales.

–No hace falta amenazar. –Sorrentino hizo un gesto apaciguador con las manos–. Solo preguntaba, eso es todo.

–Pues ya tiene su respuesta. –Wade le tendió una tarjeta de visita–. Le doy dos horas para enviarme el *e-mail*. –Se puso en pie–. Igual que la última vez: no puede hablar con nadie de esta conversación, ¿entendido?

–¿A quién se lo voy a contar? –Sorrentino se puso en pie pesadamente–. No le dije nada a nadie la última vez y no lo haré ahora. Solo me haría quedar mal.

–Lo mismo vale para su mujer.

Sorrentino descartó la idea con un manotazo.

–A esa no le cuento una mierda. Ya verán lo decepcionada que se queda cuando vea que no se me llevan esposado.

Tras dejar a Sorrentino con su dicha doméstica, se dirigieron al vehículo. Nina meditó sobre la situación. Le habían sacado muy poco al dueño del club de lucha, aunque quizá su base de datos les proporcionara información útil. Al menos podrían eliminar a los luchadores que se encontraban en la jaula en los momentos en que sabían que Enigma había estado activo.

No era mucho y Nina se sentía cada vez más frustrada. El sospechoso no dejaba de lanzar sólidos golpes que dañaban su reputación, desbarataban la investigación y la humillaban en el proceso. Ella, en cambio, boxeaba a oscuras.

A pesar de varios días de intensa investigación, él seguía siendo un enigma, como siempre.

30

Tras pasar un largo día analizando viejos expedientes relacionados con la investigación del Acosador de Beltway, Nina se moría de ganas de darse una ducha larga y caliente. La que se había dado en el vestidor de Quantico después de salir a correr estaba apenas tibia. Se las había apañado para lavarse antes de ir a la entrevista con Sorrentino, aunque no había sido una experiencia agradable.

Esa tarde había regresado a su piso y se había ido derecha al baño, cuando sonó el timbre de la puerta. Con el pelo goteando, Nina se ciñó el cinturón de raso alrededor del corto albornoz y alcanzó de puntillas la mirilla. Una mata despeinada de pelo negro azabache con un artístico mechón de color azul cobalto ocupaba la mayor parte del pequeño hueco.

Con un suspiro, Nina fue rápidamente a la cocina para dejar su Glock en uno de los armarios superiores. Luego salió disparada hacia la puerta y la abrió de par en par para dejar entrar a Bianca.

—¿No tienes deberes o algo así?

Habló con un tono intencionadamente enérgico y alegre, como si unas horas antes no se hubiera visto sometida a la peor humillación pública de su vida.

–Ya los he hecho –contestó Bianca, interpretando su papel al dedillo–. He visto tu coche fuera y he venido a ver cómo estabas.

–No necesito que una chica de diecisiete años se asegure de que estoy bien.

Bianca la siguió hasta la cocina.

–En el edificio todo el mundo habla de ello.

No tenía sentido fingir que no sabía de qué hablaba.

–Seguro.

–También corría por todo el campus –siguió Bianca–. La gente alucinaba mirando el vídeo en su móvil. En cuanto mi profesor de Psicología se ha dado cuenta de que nadie le prestaba atención, ha decidido incorporarlo en la clase de hoy.

Genial. Un profesor de la Universidad George Washington la había incluido en su programa. Se imaginó un aula universitaria llena de alumnos tomando notas mientras analizaban la mente del sospechoso, y luego pensó que sería interesante escuchar el punto de vista académico.

–¿Y qué ha dicho?

–Básicamente, nos ha robado una hora de nuestras vidas que nunca recuperaremos para decirnos que a Enigma le falta un tornillo. –Bianca meneó la cabeza–. El capitán Obviedad ahí en el podio.

Nina leyó entre líneas más allá de la ironía. Bianca estaba preocupada. Colocó una mano sobre el huesudo hombro de la joven.

–Lo atraparemos, *mi'ja*.

Bianca no era de las que se tranquilizaba con topicazos.

–Hablas como una verdadera agente del FBI. El club de fans estaría orgulloso.

Nina entornó los ojos.

–¿Club de fans?

Bianca pasó por su lado y abrió la puerta de la nevera.

–Ya sabes, un grupo de gente que admira a alguien o lo que hace ese alguien.

–Sé lo que es un club de fans. –Nina se acercó a la nevera, rodeó a Bianca con el brazo y cerró la puerta–. ¿Qué es lo que me ocultas, Bee?

Bianca se irguió.

–A mí no me vengas con el rollito interrogatorio. Conmigo no funcionará.

Nina no apartó la mirada de la suya.

–Y tampoco me mires así. –Bianca se apoyó una mano en la cadera–. Sé lo que estás haciendo.

Nina no se movió.

–Suéltalo.

Bianca se examinó los zapatos.

–Ya ves; si te vieran ahora, la mitad te dejaría por el tío bueno.

–Espera, ¿qué tío bueno?

Bianca lanzó un suspiro que reflejaba la frustración de una genio adolescente obligada a explicarse. Una vez más.

–Dame tu portátil.

Nina lo cogió de la mesita de centro donde lo había dejado, junto al sofá de la salita, y se lo dio a Bianca, que tenía la mano tendida.

–Mira –dijo Bianca mientras tecleaba–. Alguien ha creado una página de fans y ha publicado una lista del Equipo FBI. –Giró el ordenador hacia Nina–. La gente vota por su agente federal preferido.

Horrorizada, Nina deslizó el dedo por la pantalla. Fotos espontáneas de agentes federales con el cortaviento aparecieron en distintos escenarios del crimen.

–¿Qué coño es esto?

–La gente ha hecho fotos tuyas con ese viejales, el agente Wade, mientras trabajabais en los casos en D. C., San Francisco y Boston, así que todo el mundo sabe que vosotros dos sois los investigadores principales.

–¿Viejales?

–Pero en Boston, de repente tenemos a dos agentes más –continuó Bianca como si Nina no hubiera hablado–. Una chica pelirroja y un buenorro con peinado a lo *G.I. Joe* y gafas.

—¿Y os referís a ellos como Pelirroja y Agente Joe?

—Yo no —repuso Bianca en un tono excesivamente inocente—. Esos apodos no se me ocurrieron a mí.

—No me puedo creer que esto esté pasando —dijo Nina—. Una pista más en el circo.

Bianca dio unos golpecitos en la pantalla.

—Nadie sabe tampoco quién es el tío negro y alto con el traje oscuro.

—Ese sería el agente especial supervisor Buxton. Nuestro jefe.

—Lo pillo.

Bianca le dio el ordenador y se sacó el móvil del bolsillo trasero.

—Espera. Será mejor que no compartas esa información.

—¿Yo? No.

Al ver a Bianca teclear con los pulgares, Nina no pudo evitar sospechar.

—¿Quién ha creado esta página de fans del FBI?

—Ni idea.

Una trola. Una negación instintiva y refleja con cero contacto visual.

—Has sido tú. —Nina la señaló con un dedo—. Tú y tus amigos.

—Mira, el asesino psicópata este tiene una página de fans —dijo Bianca sin doblegarse—. Tiene un apodo guay. Todo el mundo lo llama Enigma. Los buenos de la peli también deberían tener todo eso.

Nina sabía que algunos asesinos en serie atraían a seguidoras fanáticas, pero no se había enterado de este nuevo giro en la investigación actual.

—¿Dónde está la página de fans de Enigma? —dijo, al tiempo que le devolvía el portátil a Bianca—. Enséñamela.

Bianca se guardó de nuevo el móvil y buscó una página web mientras Nina sostenía el ordenador. Aparecieron imágenes de las pistas y los vídeos. Enviaría la dirección de la página a los de Delitos Cibernéticos. Quizá la tuvieran ya monitorizada, pero debía asegurarse.

Cerró el portátil y miró a Bianca.

—Hay personas a las que les fascinan los criminales violentos. Algunos asesinos famosos reciben en prisión las cartas de amor y las propuestas de matrimonio que les envían completas desconocidas.

—Mi profesor de Psicología lo llamó *hybristophilia*. —Bianca curvó los labios en una sonrisa—. Gente con problemas serios que se enamora de asesinos psicópatas. No lo pillo.

—¿Podrías hacerme un favor y cerrar tu página de fans del FBI?

Bianca volvió a sacar su móvil y se puso a mirarlo, evitando tanto la mirada de Nina como su pregunta.

Nina cruzó los brazos sobre el pecho.

—¿Podrías al menos mantenerte alejada de la investigación?

—Por si no te has dado cuenta, el planeta entero está involucrado en esta investigación. Creía que valorarías que alguien lo hiciese por los motivos adecuados. —Se le rompió la voz—. Es que no puedo soportar... lo que te hizo...

Nina se acercó a ella.

—Bee, no pasa nada, yo...

—Sí que pasa —replicó Bianca—. Todo, pasa. No me importa lo que me digas, ni de coña me voy a quedar de brazos cruzados mientras ese cabrón publica más imágenes de cómo te tortura. No si puedo hacer algo para ayudaros a encontrarlo.

Tras un largo silencio, Nina dejó el portátil en la mesa de la cocina y se sentó. Tras tomar una decisión meditada sobre lo que podía compartir, le hizo una seña a Bianca para que se sentara en la silla que quedaba enfrente.

—Nuestro equipo está diseccionando el vídeo. Ya hemos averiguado varias cosas que antes no sabíamos. Vamos a detenerlo.

—¿Antes de que cumpla su promesa de mostrar más imágenes de ese vídeo?

Nina se tragó el nudo que se le había formado en la garganta al imaginarse a Bianca contemplando los siguientes sesenta segundos.

–Por favor, déjalo correr, Bee. No quiero que veas sus vídeos ni que leas lo que publica ni que hagas nada que te envenene la mente. Déjanoslo a nosotros. Lo encontraremos.

–Tienes mucha más fe en esos informáticos de pacotilla que yo.

–La verdad es que son muy buenos en lo que hacen.

–Ah, ¿sí? –Bianca extendió el brazo sobre la mesa y abrió el portátil–. Entonces, ¿cómo se les ha podido pasar esto? –Giró el ordenador hacia ella, le dio varios golpecitos a la pantalla y luego la volvió hacia Nina–. Me imagino que no lo sabes, ya que no lo has comentado.

Nina miró la imagen.

–Esto tiene que ser una broma enfermiza.

–Es real –repuso Bianca, al tiempo que pulsaba un icono para reproducir un vídeo corto–. Ahí está la prueba.

Nina se levantó, se dirigió a la mesita de centro de la salita, cogió su móvil y pulsó el número de marcación rápida.

–Aquí Wade.

Nina fue directa al grano.

–Te voy a mandar un enlace.

–¿Qué ocurre?

–¿Te acuerdas de que nos preguntábamos por qué no habíamos encontrado una pista en Boston con un acertijo que nos llevara a otra ciudad?

–Te escucho. –La cautela afiló el tono de Wade.

–Un gilipollas ha grabado un vídeo en el que muestra dónde encontró un sobre: bajo una papelera a unos cuatrocientos metros del Freedom Trial. Lo ha puesto a subasta en eBay. Las apuestas se han abierto con veinticinco mil dólares. Ya han superado los sesenta mil.

31

A la mañana siguiente el tráfico era infernal y Nina consiguió pasar los controles de seguridad tanto del cuerpo de marines como del FBI en Quantico con el tiempo justo para llegar al comienzo de la reunión. Se había apresurado a dirigirse a la mayor sala de reuniones del extenso edificio, el nervio central del creciente grupo operativo.

Nina se deslizó en una silla entre Wade y Kent, y le dedicó una breve sonrisa a Breck por encima de la larga mesa rectangular. Luego se obligó a mirar hacia la cabecera y a fingir que no había notado las cautelosas miradas de agentes y analistas a los que ni conocía. Era evidente que sus compañeros, como millones de otras personas, habían visto el vídeo.

–Muy bien, chicos –dijo Buxton, acallando de manera abrupta cualquier conversación paralela–. Tenemos que tratar muchos temas. Quiero hacerlo rápido para que todos retomemos nuestra correspondiente tarea. Empecemos con el fiasco de anoche en eBay. –Se volvió hacia Nina–. Agente Guerrera, ¿puede empezar contándonos cómo se enteró de la subasta?

–Mi vecina es una chica de diecisiete años que vive en acogida y que está a punto de sacarse la licenciatura en la GW. –Una sonrisa burlona le curvó una de las comisuras de sus labios–. Tiene un cociente intelectual tan alto que da miedo y una grave adicción a las redes sociales. Me enseñó el enlace que alguien había publicado para una subasta en eBay.

Breck tomó la palabra:

—Nuestro equipo lo descubrió al mismo tiempo que tu vecina. —Meneó la cabeza con gesto de perplejidad—. Esa chica debería trabajar en el FBI después de licenciarse.

Nina sonrió.

—Acabaría siendo la jefa.

En apariencia la explicación de Nina lo había dejado satisfecho, así que Buxton le hizo un gesto a un hombre esbelto vestido con un traje un poco arrugado que estaba sentado a varias sillas de distancia de él.

—Este es el agente especial supervisor Jay Yakamura, de la oficina de Boston. Su equipo ha rastreado la pista que se puso a la venta en eBay.

A Nina la sorprendió verlo en la reunión en lugar de intervenir por videollamada. Su implicación personal ponía en evidencia la importancia que le daba el FBI a la investigación.

Yakamura dejó sobre la mesa un vaso de espuma rebosante de café solo y se frotó los ojos.

—Nos pusimos en contacto con eBay en cuanto recibimos la notificación del grupo operativo acerca del sobre subastado. Tienen una política muy estricta en contra de la venta de mercancía ilegal o cualquier artículo que pueda animar a la gente a cometer un delito. En cuanto les explicamos que el sobre era una prueba material de una investigación por asesinato, lo retiraron de inmediato y nos proporcionaron los datos de contacto del vendedor.

—Genial —dijo Breck.

—Resulta que el vendedor vive en Lynn, no muy lejos de Boston —continuó Yakamura—. Anoche fuimos a verlo a su casa.

Kent alzó su taza característica de la Marina e imitó un brindis.

—Apuesto a que se cagó en los pantalones al abrir la puerta y encontrarse a dos agentes federales.

Yakamura intentó sin éxito disimular una sonrisa.

—¿Qué tenía que contar, de todos modos?

—Dice que estuvo siguiendo el caso en las redes sociales durante toda la semana. Al ver que la Panda de la Cerveza publicaba la solución, cogió el coche y se dirigió a la estación de T más cercana.

Nina había oído al inspector Delaney referirse a la Autoridad del Transporte de la Bahía de Massachusetts como «la T» cuando le había contado que una de las paradas estaba a un paseo de distancia del comienzo del Freedom Trial.

—Se bajó en la estación de la calle Park —prosiguió Yakamura—. Luego decidió pararse a comprar una magdalena de arándanos en una de las panaderías locales de camino al Freedom Trial. Se come la magdalena y luego se acerca a la papelera más cercana para tirar el papel. Se le cae al suelo porque es idiota, pero se toma la molestia de recogerlo porque es un idiota con conciencia medioambiental. Entonces es cuando ve el sobre pegado en la base del receptáculo. Dice que estaba colgando, así que las letras azules le llamaron la atención.

Al igual que el resto de la sala, Nina estaba hipnotizada. Escuchar la historia era como ver un accidente de tren.

—Deduce que es una de las pistas de Enigma —dijo Yakamura—. Así que, por supuesto, la arranca y se la guarda en el bolsillo, asegurándose de que nadie lo vea. Luego sigue la historia por las noticias. En cuanto oye que Enigma ha escapado, sale pitando y vuelve a su casa en Lynn en lugar de contactar con la policía.

Se oyeron varios gruñidos alrededor de la mesa.

—Abre el sobre y se pasa las siguientes veinticuatro horas intentando que las pocas neuronas que tiene se conecten. Al final se da cuenta de que no tiene posibilidades de descifrar la pista, así que se le ocurre un plan B.

Nina miró de reojo a Buxton, que parecía aún más agotado que Yakamura. Se presionaba con un dedo el ojo izquierdo para que dejara de contraerse.

—El tipo sabe que no puede reclamar el millón de pavos que ofrece Zarran por resolver la pista —dijo Yakamura—. Pero aún puede ganarse algo si se la vende a alguien que crea que pueda descifrarla.

Wade meneó la cabeza en un gesto de desprecio.

—Así que lo pone a subasta en eBay. —Dirigió la mirada a Nina—. Supongo que no tenemos que preocuparnos de que se tope con la hija de acogida de tu vecina en su próxima reunión de Mensa.

—¿Qué comportamiento mostró durante el interrogatorio? —quiso saber Buxton.

—Hizo lo que mejor se le da —respondió Yakamura—. O sea, hacerse el tonto. Al ver que no funcionaba, empezó a pedir dinero por haberlo encontrado.

Nina hizo una mueca.

—No es el más listo del pueblo, ¿eh?

Yakamura la miró de soslayo.

—Es el tonto más tonto del pueblo. El ciego que quiere ser rey de los tuertos. —Le dio otro sorbo al café—. Tras debatir las comodidades de la prisión federal, nuestro tipo decide entregar el sobre… sin recibir recompensa.

—¿Qué había dentro? —preguntó Kent.

—El mensaje era otra desviación del patrón previo del sospechoso. —Yakamura señaló la pantalla del proyector, que destelló antes de que apareciera un primer plano de una tarjeta tipo ficha blanca de diez por dieciséis centímetros—. Esta vez, quiere que la gente resuelva un acertijo para localizar la pista real.

ENCUENTRA LA PISTA.

A esta frase la seguían otras cuatro impresas en negrita.

EN SILENCIO ELLA ESPERA, DÍA Y NOCHE.

VIVE CON EL GUARDIÁN DE LA LUZ.

LOS VE LLEGAR, LOS VE PARTIR.

LO QUE OCULTA SU CORAZÓN NADIE LO SABE.

Las palabras de la parte inferior de la tarjeta establecían el marco temporal.

LA PRÓXIMA MUERTE DENTRO DE CUATRO DÍAS.

Un manto de silencio cubrió la habitación mientras todos se concentraban en el mensaje. Nina apretó los puños. Otro marco temporal. Otra chica en peligro inminente. Y ellos no estaban más cerca de atrapar a Enigma.

El tono inusualmente duro de Buxton reflejaba su exasperación:

–Necesitamos respuestas, maldita sea.

–Estamos trabajando en ello, señor –dijo una mujer a la que Nina había visto en el equipo de análisis criptológico.

–¿Algún avance?

Ella se revolvió, incómoda, mientras Buxton la fulminaba con la mirada.

–Nada definitivo todavía. Creemos que «el guardián de la luz» puede hacer referencia a un farero, y Enigma actuó hace poco en Boston, así que estamos comprobando los pueblos costeros de Nueva Inglaterra para ver qué otros factores del poema coinciden con estructuras existentes. Los mantendremos informados de cualquier progreso.

Buxton giró la cabeza para clavar su mirada en otro agente que se sentaba más alejado de él.

–¿Y qué pasa con las listas de pasajeros de los vuelos?

–No había nombres duplicados que viajaran entre cualquiera

de las tres ciudades en las fechas que nos interesan –dijo el hombre–. Pero ahora sabemos que tiene acceso a documentación falsa y disfraces, así que potencialmente podría volar con distintos nombres y con diversas apariencias emparejadas con cada identidad.

–O puede que no haya cogido un avión –dijo Nina.

–No podemos pedirles a las fuerzas del orden locales de todo el país que busquen datos de sujetos o detenciones de tránsito sin darles un nombre o ni siquiera una descripción –dijo Kent.

Una mujer rubia, baja y fornida que estaba sentada junto a Breck levantó la mano.

–Quizá pueda ayudar con eso.

Buxton la presentó.

–Para aquellos que aún no la conozcáis, esta es Emmeline Baker. Está a cargo del Equipo de Rastreo de Pistas.

Una jefa de unidad era otra de las inesperadas incorporaciones a la reunión, cosa que señalaba de nuevo la gravedad de la situación y la naturaleza extremadamente pública y temporalmente sensible de la investigación.

–Hemos averiguado cómo disfrazó su origen étnico en Boston –dijo Baker–. Espray bronceador. Ultraoscuro. –Señaló a Nina con la cabeza—. Los restos se hallaron en la muestra recogida bajo las uñas de la agente Guerrera.

–Una peluca morena, lentillas marrones y piel oscura –señaló Wade–. Se pone un uniforme de Servicios Públicos y es irreconocible.

Baker asintió.

–Ha demostrado que puede ser operativo en un área concurrida donde todo el mundo lo busca. Eso quiere decir que puede desplazarse con impunidad. –Dejó que el dato calara antes de continuar–: También tengo una novedad en la coincidencia de la fibra. Tal y como comentamos en nuestra última llamada, volvimos a analizar las muestras halladas en los escenarios de Washington y San Francisco, así como del caso de rapto de la agente

Guerrera, en esta ocasión comparándolas con las fibras halladas en la serie del Acosador de Beltway.

–¿Las fibras de los guantes? –preguntó Nina.

–Es la única prueba consistente que tenemos –dijo Baker–. En cuanto supimos qué teníamos que buscar, pudimos encontrar filamentos casi microscópicos con detalles suficientes como para generar una coincidencia concluyente con los tres escenarios del crimen atribuidos a Enigma. El caso de Boston nos ha dado el impulso que necesitábamos. Había mucha menos contaminación cruzada y el cuerpo no estaba ni de lejos lavado como ocurría en los dos asesinatos previos.

–Entonces, ¿Enigma y el Acosador de Beltway son sin duda alguna la misma persona? –preguntó Nina, con la intención de obligar a Buxton a concretar. Habían discutido la posibilidad de que Enigma hubiera sido el compañero del Acosador de Beltway y que hubiera mantenido un perfil bajo durante un par de años antes de atacar de nuevo, esta vez ya solo–. ¿Está diciendo que podemos presentar cargos contra el sospechoso por treinta y nueve asesinatos y un secuestro?

Baker levantó una mano.

–Lo máximo que puedo hacer es asegurar que en todos los escenarios se encontraron unas fibras idénticas, que provienen de la misma fuente. Hasta ahí es donde llega la ciencia. No podría subir al estrado y testificar que la misma persona fue responsable de todos los crímenes basándonos en las pruebas físicas de las que disponemos en este momento.

No importaba lo que dijera Baker ni la precisión con la que había suavizado el resumen de los hallazgos: acababa de confirmar lo que Nina ya había aceptado como un hecho. Uno, que el hombre que se hacía llamar Enigma era también el Acosador de Beltway. Dos, que el FBI se había equivocado al identificar como el Acosador de Beltway a un hombre que había muerto dos años atrás. Tres, que el mismo hombre la había raptado a ella hacía once años.

Buxton tensó los músculos de la mandíbula.

–Nada de todo esto puede salir de esta sala, ¿de acuerdo?

Nina lo compadeció. A pesar de su rechazo inicial a dar el paso, era evidente que Buxton había llegado a las mismas conclusiones que ella. Él era el agente especial supervisor de la UAC3. El jefe de unidad que supervisó a los analistas de perfiles que habían trabajado con agentes de campo y con las fuerzas del orden locales durante la investigación del Acosador de Beltway. La reputación de la unidad había sufrido un mazazo con la muerte de Chandra Brown, y ahora la ciudadanía no tardaría en descubrir que su asesino seguía libre y que continuaba con su matanza a una escala mayor. Buxton sería objeto de las inevitables críticas.

El agente barrió con sus ojos oscuros la superficie de la mesa antes de detener la mirada en Wade.

–¿Algo que añadir a su 302?

Wade debía de haber presentado un 302, el formulario oficial del FBI para documentar investigaciones, después de la entrevista con Sorrentino.

–Nada –respondió Wade–. ¿Le ha llegado el documento adjunto con el calendario del club de lucha?

Buxton asintió.

–Se lo reenvié a Breck anoche.

Todas las miradas se clavaron en Breck, que por lo visto había estado esperando su turno.

–Tengo un gráfico. –Mientras tecleaba en el portátil, en la pared de enfrente apareció la imagen de un gráfico–. Hemos generado un programa y hemos introducido los puntos de datos para encontrar un nexo entre luchadores y víctimas.

Un punto luminoso rojo se deslizó por la parte izquierda del gráfico, con una lista de los luchadores en el eje vertical. Los nombres de las víctimas aparecían a lo largo de una cronología horizontal. Unos puntos verdes señalaban el lugar en que algunos se cruzaban. Nina vio que Breck había comparado las horas en las que no sabían dónde se encontraban los luchadores con la hora de la muerte de las víctimas del Acosador de Beltway.

–Hemos intentado entrecruzar las referencias de los nombres con la hora de cada asesinato –explicó Breck–. En verde tenemos a las víctimas del Acosador de Beltway. –Pulsó otra tecla y apareció un nuevo gráfico–. Aquí están los horarios de los mismos luchadores emparejados con la hora de la desaparición de las víctimas de Enigma.

En esta ocasión, los puntos eran azules. Sin necesidad siquiera de superponer los dos gráficos, Nina estaba segura de que habría cientos de puntos de datos que incluirían puntos de ambos colores.

–Los combinaré en un nuevo gráfico. –Breck vaciló antes de añadir–: Esta vez usaremos solo puntos azules.

Breck había dejado claro que si alguien creía que los casos debían mantenerse separados tenía que hablar en ese momento. El equipo intercambió miradas pero nadie puso ninguna objeción. En ese instante, la investigación tomó un nuevo rumbo. Aunque Nina sabía que Kent albergaba dudas, todos habían acordado tácitamente seguir adelante sobre la premisa de que el Acosador de Beltway y Enigma eran la misma persona.

Nina observó el gráfico. Las vidas de tantas chicas, vidas que habían proyectado tanta esperanza y tanto sufrimiento, reducidas a puntos de datos en un gráfico. La ira la embargó mientras contemplaba el rastro de destrucción que había dejado tras de sí un monstruo que creía que podía usar a los seres humanos y tirarlos como si fueran basura.

–En algunos de los asesinatos más antiguos la posible hora de la muerte abarca varios días o semanas –dijo Breck–. Así que solo hemos podido utilizar los que tienen una ventana más ajustada con el objeto de reducir la lista. –Desplazó el puntero a la parte inferior de la pantalla–. Con dichas restricciones, hemos eliminado de manera definitiva a diecisiete hombres. Eso nos deja con más de doscientos sospechosos potenciales. Y eso si solo incluimos a luchadores y no a otras personas que trabajaban en el club.

—Es un luchador —intervino Nina. No estaba segura de cómo lo sabía, pero la sensación era intensa—. La manera en la que se movía. Tenía mucha experiencia a sus espaldas.

—Estoy de acuerdo —dijo Wade—. Algunos asesinos en serie son tipos tímidos y sexualmente inadecuados en su vida habitual. Buscan sentir poder sobre sus víctimas porque les parece que no lo tienen en otras áreas. —Se frotó la mandíbula—. Este tío no es igual. No utiliza un arma porque prefiere el contacto directo. Los rasgos de su personalidad indican que disfruta del combate físico, sobre todo si tiene habilidades suficientes como para dominar y castigar a sus oponentes. Se alimenta del poder puro y duro y de la violencia de un deporte sangriento. Seguramente la multitud también lo estimula. Está claro que parece disfrutar de un buen espectáculo.

—Pero ese es un patrón de comportamiento radicalmente distinto —observó Kent, uniéndose a la conversación—. Antes intentaba pasar desapercibido. No quería llamar la atención. Nunca provocó a las fuerzas del orden. —Frunció el ceño mientras reflexionaba—: ¿No estaremos sacando conclusiones precipitadas? ¿Podemos estar seguros de que Enigma es también el Acosador de Beltway? ¿Que no eran compañeros?

—Ha cambiado. —Wade se animó y se inclinó hacia delante—. Es otra parte de su perfil. Parece tener una capacidad para adaptarse poco habitual.

—Entonces, ¿qué lo llevó a cambiar? —preguntó Kent—. Tuvo que ser algo potente.

—Yo —dijo Nina antes de pararse a pensar en la reacción que tendría una declaración como aquella. En una sala llena de expresiones de desconcierto, procedió a explicar algo que no había conseguido quitarse de la cabeza desde el caso de D. C.—. Acaban de confirmarnos que hay una prueba física que vincula mi secuestro y todos los asesinatos. —Paseó la mirada por la mesa mientras hablaba–. Enigma comenzó a ponerse en contacto con nosotros después de que el vídeo del ataque en el parque se hiciera viral. Debió de verlo y me reconoció. Si no es el Acosador de Beltway, hay algo en mí que lo llevó a atacar de nuevo después de reprimirse durante once años. Si es el Acosador, entonces el vídeo le hizo cambiar de manera drástica su *modus operandi*. En cualquiera de los dos casos, el denominador común soy yo.

Nadie se lo discutió. Su silencio suponía un reconocimiento implícito de que Nina se encontraba en el centro de toda la trama.

–¿Cómo podemos utilizar eso en nuestro beneficio? –Buxton le lanzó la pregunta a Wade–. Tiene que haber una manera de dejarlo fuera de juego, o al menos de retrasar el plazo que nos ha dado.

Wade contempló a Nina con aire pensativo antes de contestar.

–Su obsesión con Guerrera es evidente, y aun así ha renunciado a unos preciados recuerdos del tiempo que estuvo con ella. –Alzó dos dedos para indicar los artículos–. El colgante del ojo de Dios y el vídeo. Tal vez tenga una grabación digital de todos los asesinatos que ha cometido; no sería raro. Muchos asesinos en serie guardan trofeos, fotografías o vídeos de sus víctimas para... su disfrute posterior.

No hacía falta que lo deletreara. Nina reprimió un estremecimiento ante la idea de Enigma masturbándose mientras contemplaba su agonía. ¿Se ponía el colgante cuando satisfacía sus fantasías? La mera idea le resultó repulsiva, aunque mantuvo su máscara de desapego e interés profesional mientras Wade continuaba con su análisis.

–Estoy de acuerdo con Guerrera en el sentido de que ella es el detonante para Enigma, y no he cambiado de opinión respecto a que el Acosador de Beltway y él son la misma persona, y que nos entregó a un cabeza de turco muy conveniente hace dos años, cuando nos acercamos a él en el club de lucha.

Kent dio muestras de querer discutir, pero Buxton lo acalló alzando la mano.

—Prosiga, agente Wade.

—Comenzó dirigiendo sus amenazas a Nina con la nota y la pista en el escenario de D. C. Luego salió en las noticias y recibió una respuesta extraordinaria de los medios de comunicación y las redes sociales, así que volvió a cambiar su *modus operandi* y se dirigió directamente al público. Cada vez amplía más su audiencia. Hicimos que Guerrera se comunicara con él directamente a través de MD, pero él acabó regresando a sus plataformas públicas. Ahora hay millones de personas en todo el mundo hablando de él, intentando resolver sus acertijos, prestándole atención. Es una experiencia embriagadora para cualquiera. —Aspiró hondo—. Quiero volver a atarlo corto. Desviar su atención de ese frenesí público que alimenta su ego.

—¿Cómo vamos a hacerlo? —preguntó Breck—. Recibe un montón de atención en las redes sociales a pesar de que le han cerrado los perfiles. La gente sigue publicando cosas sobre él, y estoy segura de que lee los comentarios.

En lugar de contestarle, Wade se dirigió a Buxton.

—Lo único que podría tentarle a renunciar a todo eso es ofrecerle algo que desee aún más. —Le lanzó una mirada a Nina—. Creo que Guerrera debería volver a intentar comunicarse con él directamente. Si se ve capaz.

—Es mucho pedir —señaló Buxton—. Y supone un gran riesgo.

—Puedo asumirlo —intervino Nina—. Conozco la clase de cosas que va a decir y estoy dispuesta a hacerlo. Haré lo que sea necesario.

—Tendríamos que abrir de nuevo sus cuentas en las redes sociales —observó Breck en voz baja—. Todas han mostrado una total cooperación para cerrarlas, pero puede que no quieran volver a abrirlas sabiendo que su intención es publicar más metraje del vídeo.

—Si no lo hacemos pronto, encontrará otra manera de comunicarse que no podremos controlar —dijo Wade—. Está sediento de atención. Se está volviendo adicto a su propio juego.

Buxton echó un vistazo a su móvil, que sonaba sobre la superficie pulida de la mesa.

—Guardémonos esa opción en la recámara por ahora. Tengo que coger esta llamada. Es Dom Fanning, de la Unidad de Análisis de ADN.

Cuando Nina creía que sus nervios no podían tensarse más, una llamada del jefe de la UAA le demostró que se equivocaba. El hecho de que fuera él quien llamaba a Buxton señalaba que tenía novedades sobre la búsqueda en la base comercial de datos genealógicos.

—Le pongo en manos libres —le informó Buxton tras intercambiar un saludo—. Estoy con los encargados del grupo operativo.

La voz de Fanning se oyó a través del altavoz del móvil.

—Tenemos los resultados preliminares de ambas empresas. La buena noticia es que hemos obtenido diversas coincidencias de familiares cercanos. Algunas parecen ser de medio hermanos, y una es de una hermana carnal.

Todo el mundo intercambió miradas de excitación. Todo el mundo menos Buxton.

—¿Cuál es la mala noticia? —preguntó.

—Las dos empresas tienen formularios de consentimiento para compartir el ADN, en los que se incluye la información de contacto por motivos investigativos. Eso nos llevó a una conclusión inesperada.

A Nina no le sorprendía que las empresas pidieran permiso a los participantes para compartir sus datos. Ya se habían planteado muchos reparos cuando las fuerzas del orden obtuvieron coincidencias familiares de una base comercial de datos de ADN para identificar a un sospechoso en el caso del Asesino de Golden State. Tras ver los titulares, varias empresas habían optado por hacer firmar a los participantes un acuerdo en el que indicaban su disposición o su rechazo a compartir sus perfiles de ADN con las fuerzas del orden.

—Hay veintisiete medio hermanos dispersos por todo el país

—explicó Fanning—. Sin incluir a la hermana carnal, que vive en Maryland. —Se interrumpió un instante—. Y eso son solo los que han proporcionado su ADN a las dos empresas. Estadísticamente, debería haber muchos más que no lo han hecho.

Buxton se quedó desconcertado.

—¿Veintiocho hermanos en total?

—Las únicas veces en las que he visto semejantes resultados había un donante de esperma implicado. Pero en este caso, muchos de los medio hermanos están vinculados por el ADN mitocondrial, lo cual significa que tienen una madre en común.

—¿Donante de óvulos? —aventuró Buxton.

—Para obtener este resultado, tendría que haber donación tanto de óvulo como de esperma, lo cual implica…

—Una clínica de fertilidad —terminó Buxton por él.

—Esa sería mi apuesta —convino Fanning—. Al menos podrán rastrear a los padres biológicos a través de los expedientes de implantación y averiguar la identidad de su descendencia. Recomiendo comenzar con la hermana carnal.

—Nos pondremos a ello enseguida —dijo Buxton.

—Tengo algo más para su equipo. —El tono entusiasta de Fanning prometía otra prueba jugosa.

—¿Qué es? —preguntó Buxton, concediéndole su minuto de gloria al jefe de la UAA.

—Mientras esperábamos los resultados, hemos llevado a cabo un fenotipado del ADN para generar una imagen robot del sospechoso. Se lo mandaré por *e-mail* con el resto de nuestro informe.

La cosa mejoraba por momentos. Nina sabía que el proceso de fenotipado no creaba una imagen perfecta de la persona en cuestión, pero había visto lo mucho que se acercaba en muchos casos. Un *software* especial podía analizar el ADN de una persona para predecir características como el color del pelo, de los ojos, la forma del rostro, el tono de la piel, las pecas y la estatura entre otras cosas. Al menos tendría una idea aproximada del aspecto real de Enigma.

Buxton le dio las gracias y colgó. Por primera vez en días, sonrió.

—Señoras y señores, por fin tenemos un avance significativo en la investigación.

32

−¿Necesita ayuda con la bolsa, señor? −preguntó el taxista.

A Enigma siempre le sorprendía lo servicial que era la gente con las personas mayores. Una debilidad humana que le resultaba muy útil. Se apoyó con fuerza en el bastón.

−Gracias, hijo.

El fornido hombre depositó la bolsa de lona en el espacioso maletero del taxi.

−¿Adónde va?

−Al centro.

Enigma ralentizó sus movimientos y se metió con dificultad en la parte de atrás del sedán amarillo.

El conductor se quedó de pie junto a la puerta abierta mientras Enigma se peleaba con el cinturón de seguridad.

−¿A qué hotel, señor?

Enigma se planteó cómo sacar provecho de la situación.

−¿Hay un albergue para indigentes en el centro?

El conductor lo miró con gran recelo.

−¿Necesita un sitio donde dormir?

−No, no. No es para mí. −Descartó la idea con un gesto despreocupado de la mano−. Suelo donar dinero a los albergues.

El taxista pareció aliviado. Después de todo, el dinero de la carrera no estaba en peligro.

–Hay varios. Y también hay bancos de alimentos y comedores sociales. –Suspiró–. Parece que siempre hay personas que necesitan que se les eche una mano.

–Sobre todo las mujeres y los niños –repuso Enigma–. ¿Hay algún albergue solo para mujeres y chicas?

–Pues sí, hay uno justo en el corazón de la ciudad.

–Entonces lléveme al hotel más cercano a ese albergue.

El taxista cerró la puerta y rodeó el coche para acomodar su corpulenta figura en el asiento del conductor. Lanzó una mirada a su pasajero por el retrovisor.

–¿Es usted uno de esos hombres que dona dinero a causas y cosas así?

–Un filántropo –dijo Enigma, utilizando a conciencia un tono ronco– Sí, es lo que soy.

–Eso está muy bien. Es usted un buen hombre.

Enigma sonrió. La gente creía lo que deseaba creer. Veía lo que deseaba ver.

Mientras el taxi se alejaba de la ajetreada terminal aérea, repasó sus planes sentado en la parte de atrás. Aún le faltaba otro fragmento de información, pero no sabía si debía arriesgarse a preguntársela al taxista. No quería que lo recordara por ningún motivo. Por otra parte, el hombre era una fuente de información.

Decidió arriesgarse.

–¿Hace mucho que vive aquí? –preguntó.

–De toda la vida. Nací aquí.

Perfecto. Carraspeó.

–Puede que me quede a vivir un tiempo –explicó–. ¿Hay alguna parte de la ciudad que aún tenga espacios abiertos?

–Cerca del centro todo está abarrotado. Si quiere espacio, debería buscar en la zona norte o la sur.

–Gracias, hijo.

No tenía intención de registrarse en un hotel. Después de que el taxista lo dejara, cogería el autobús hasta la ferretería más cercana para comprar el equipo. Luego alquilaría una autocaravana y conduciría con ella a las afueras de la ciudad, donde la pondría a punto para sus necesidades. El anciano que había bajado del avión en el aeropuerto se metamorfosearía en otra cosa, y esa noche regresaría a la ciudad para comenzar la caza.

El mero pensamiento le aceleró el pulso. Todo el país lo buscaba. Les había proporcionado la distracción perfecta. Igual que había hecho tan a menudo en sus combates en la jaula, fintaba por la izquierda y lanzaba un gancho de derecha.

Y nadie vería venir su próximo golpe.

33

Unos de los criptoanalistas le dio un golpe a Nina al escurrirse por su lado, haciendo que el café de su taza de espuma se derramara sobre la manga de Kent. Nina utilizó la pequeña servilleta que tenía debajo del vaso para dar unos golpecitos al antebrazo de Kent y le dedicó una sonrisa tímida.

—Aquí todos corren como pollos sin cabeza.

—Tranquila —dijo Kent, y le sonrió—. Me alegro de que tengamos algo en lo que trabajar para variar. Un poco de caos es un precio que no me importa pagar.

En el momento en que Buxton había puesto fin a la reunión, cada equipo se había dirigido a una zona distinta de la sala del grupo operativo para seguir diversos aspectos de las pistas recientes que acababan de recibir. El enorme espacio de trabajo se había dividido en zonas especializadas. Agentes y analistas se arremolinaban alrededor de mesas, gráficos y ordenadores mientras ahondaban en sus respectivas tareas de investigación. El FBI estaba aportando sus considerables recursos para emplearse a fondo en cada uno de los individuos mencionados en el documento que les había enviado Fanning. Al acabar el día, lo sabrían todo sobre su pasado, desde el nombre de sus profesoras de guardería hasta sus notas del examen de acceso a la universidad, además de todos los lugares en los que hubieran vivido o trabajado.

En una zona de trabajo establecida en una esquina de la sala, los criptoanalistas estudiaban el poema de Enigma, decididos a averiguar su significado antes de que este lo colgara y uno de los *Scoobies* lo descifrara antes que ellos. Nina había leído los versos varias veces, pero no les encontraba ningún sentido. Al final decidió que era mejor invertir su tiempo de manera proactiva persiguiendo a Enigma en lugar de seguirle el juego. Se dirigió a la esquina opuesta, donde un grupo de agentes estudiaban el gráfico de Breck con los nombres de los luchadores de AMM que aparecían en la lista de Sorrentino. Kent y Wade estaban allí, de pie, contribuyendo con sus aptitudes como analistas de perfiles a reducir la lista a un número lo bastante manejable como para poder hacer un seguimiento.

Por supuesto, en cuanto entrevistaran a los hermanos de Enigma y averiguaran el nombre de la clínica de fertilidad donde los habían concebido, nada de esto sería necesario. Lo encontrarían todo en la base de datos de la clínica.

Breck le indicó con un gesto a Nina que se acercara a su mesa.

–Ven a ver esto. –Señaló el monitor–. He cogido la imagen que nos ha enviado Fanning y la he modificado levemente para añadir algunos de los puntos de datos faciales que hemos obtenido de las cámaras de seguridad.

Nina se acercó, impaciente ante la idea de ponerle cara al monstruo de su pasado. Breck había insistido en que Nina esperara a que hubiera terminado, pues quería que su primera impresión fuera lo más precisa posible.

–En todos los planos que hemos podido reunir lleva cubierta la mayor parte del rostro –explicó Breck–. He conseguido capturar un trozo de su mandíbula en un fotograma y una idea de la altura de su pómulo en otra. Lo he añadido todo a los rasgos predichos y *voilà*. –Pulsó el ratón y en la pantalla se materializó un primer plano de la cara de un hombre.

Nina se agachó para estudiarlo de cerca. Un hombre rubio y musculoso con ojos de un tono indeterminado de azul y un rostro esculpido le devolvió la mirada. A Nina se le heló la sangre en las venas. ¿Se había imaginado ella lo vacía que era su expresión o era una consecuencia del proceso informático de generación de imágenes? En cualquier caso, el resultado era una representación fidedigna de los ojos sin alma que la habían mirado a través de los agujeros del pasamontañas.

Durante un instante que duró una eternidad, se sumergió en las profundidades de aquellos ojos despiadados. Le empezó a latir el pulso en los oídos. Una red de fisuras recorrió los muros interiores que con tanta meticulosidad había construido mientras se esforzaba por ocultar su reacción. Hipnotizada, contempló a Enigma. Su monstruo. El hombre que casi la había destruido. La bestia que la había torturado y había mostrado su tormento al mundo.

Kent le puso una mano en el hombro.

–¿Estás bien?

Ella se volvió a mirarlo.

–Sí.

Nina dio un paso atrás para crear una distancia emocional y física. Él la atravesó con sus ojos azul cobalto. Kent tenía una gran experiencia en el trabajo de campo. Sabía leer el lenguaje corporal. Nina no se podía permitir que la psicoanalizara. Si descubría hasta qué punto la había perturbado ver la cara de Enigma, podía decirle algo a Buxton o –peor aún– intentar reconfortarla. A lo largo de su vida, Nina se había enfrentado a abusos, negligencia y rechazo. Eran cosas que sabía manejar, pero la simpatía y la compasión, no.

Le dio la espalda deliberadamente a Kent para dirigirse a Breck.

–Por lo poco que vi de él, coincide –dijo.

Nina sentía el peso del escrutinio de Kent, que seguía atento a sus reacciones aunque sin hacer comentario alguno.

Breck se acercó al monitor y estudió a Enigma.

—Es difícil captar el mal en una imagen, pero este tío se acerca más que nadie que haya visto. Solo hay que mirarlo para darse cuenta de que es astuto como una serpiente.

Nina no quería pasar ni un momento más mirando aquellos ojos fríos y crueles.

—Me estoy impacientando. El tipo está en libertad, planeando su próximo movimiento. Tenemos que tomar la delantera.

—Acabo de leer el informe sobre la hermana. —Wade se había acercado a ellos—. Se llama Anna Grable y es una especie de misterio. Tiene un doctorado en Física y otro en Astronomía, ambos en la Universidad Johns Hopkins en Baltimore.

Sorprendente. La hermana de un asesino psicópata que era una apasionada estudiosa del espacio exterior.

—¿Dónde trabaja Anna?

—Esa es parte del misterio. Hace quince años que no trabaja. Nunca se ha casado ni ha tenido hijos, y vive sola en una parcela de cuatro hectáreas que heredó de sus padres, en un barrio residencial de las afueras de Baltimore.

—¿Qué habéis averiguado sobre sus padres?

—Por lo que hemos podido encontrar, no hay registros de que la madre haya dado a luz. Es posible que la hija sea el resultado de una fecundación *in vitro* o de un vientre de alquiler, pero en este momento aún no podemos asegurarlo.

Nina estaba desconcertada.

—¿Una adopción legal?

—Si es así, todavía no tenemos acceso a esos datos. Buxton ha instado a los agentes de campo de todas las ciudades en las que vive un sujeto con una correspondencia de ADN familiar que lleven a cabo entrevistas —explicó—. Seguro que sabremos más cuando terminen de hablar con Anna.

A Nina le irritaba la idea de que alguien que no fuera ella entrevistara a la única hermana carnal conocida de Enigma. Le sería difícil convencer a los demás de que ella era la mejor opción, pero todos sus instintos como agente de la ley le gritaban que aquel era el camino más rápido para averiguar la verdad sobre su presa.

—Quiero entrevistar a Anna Grable en persona. Si la veo, puede que algo en ella desate mis recuerdos. Baltimore está a unas dos horas en coche, así que nos llevaría lo que queda de día, pero creo que vale la pena verla en persona.

—Yo también quiero ir —señaló Breck—. Puedo hacerle fotos de la cabeza desde todos los ángulos. Como es una hermana carnal, es posible que su estructura facial nos ayude a afinar el proceso de recreación.

—Es la mejor pista que tenemos. —Nina le dedicó una mirada decidida a Wade—. Voy a pedirle a Buxton que nos deje llevar a cabo la entrevista. —Hizo hincapié en usar el plural—. Solicitaré un conductor de la policía del FBI y una de las furgonetas de nuestra flota para poder seguir trabajando durante el camino. ¿Me apoyarás?

La unidad de la policía del FBI emplazada en Quantico se encargaba por lo general de la seguridad de las instalaciones, pero se les podían asignar otras tareas si hacía falta. Le estaba pidiendo a Wade que confiara en su instinto. Como compañera, y no como una más de su equipo de investigación. Su respuesta le daría más pistas acerca de la relación laboral que habían forjado que cualquier otra cosa que él hubiera dicho hasta el momento.

Él la contempló un largo instante y luego se volvió para dirigirse al despacho de Buxton mientras le contestaba por encima del hombro:

—Coge tu maletín.

34

Nina había fluctuado entre una sensación de anticipo que le ponía los nervios en tensión y un aburrimiento total durante el trayecto de dos horas hasta Towson, en Maryland. Buxton había preferido quedarse defendiendo el fuerte y lo había organizado todo para que el equipo viajara en una furgoneta Mercedes-Benz Sprinter equipada con suficientes dispositivos tecnológicos como para hacer sonreír a Breck. Su conductor, un agente de policía del FBI al que Nina reconoció del control de entrada a las instalaciones de Quantico, estaba instalado cómodamente en el compartimento del conductor, separado de ellos por un panel. Detuvo el vehículo frente a una casa de mediados de siglo situada en una espaciosa parcela de terreno y se quedó esperando mientras el equipo subía por el camino de gravilla hasta el porche delantero.

Al levantar la mano para llamar a la puerta, esta se abrió. Una mujer esbelta con los ojos claros y el pelo rubio grasiento apareció en el umbral. Llevaba un gorro de lana, una camiseta enorme de algodón que le llegaba hasta las rodillas y unas Birkenstock en los pies, enfundados en unos llamativos calcetines.

Nina le mostró sus credenciales.

–Agente especial Nina Guerrera, FBI. –Hizo un gesto hacia el grupo que permanecía tras ella–. Agentes especiales Wade, Kent y Breck. ¿Es usted Anna Grable?

Se habían puesto de acuerdo para que fuera Nina la que iniciara la conversación en esta ocasión. A juzgar por la reacción timorata de la mujer, habían acertado. Puede que si se hubiera encontrado a Kent frente a frente, se hubiera desmayado.

Abrió mucho los ojos y fue lanzando una mirada angustiada a cada uno de ellos.

–Soy Anna y sé por qué están aquí.

Se hizo a un lado y les indicó que pasaran.

Tras intercambiar miradas de perplejidad, cruzaron el vestíbulo y entraron en la sala. Un sofá amarillo mostaza con el respaldo cubierto por una manta de ganchillo y dos sillones desparejados rodeaban una mesita de centro de madera nudosa que era una muestra de estilo y buen gusto. En 1967.

Nina se sentó apretujada entre Kent y Wade en el sofá mientras Breck se acomodaba en el borde de una de las butacas orejeras de estilo escandinavo.

–¿Ha dicho que sabe por qué estamos aquí? –preguntó Nina.

Si un entrevistado le daba información sin pedirla, Nina siempre lo dejaba hablar.

Anna se sentó en el otro sillón.

–No hace falta que disimulen. Los estaba esperando. –Volvió a estudiarlos uno a uno, esta vez mucho más despacio–. Tengo que reconocer que han hecho un gran trabajo. Aunque los trajes oscuros los delatan, si quieren saber mi opinión.

–¿Trajes? –preguntó Wade.

Anna le guiñó el ojo.

–La próxima vez deberían ponerse unos tejanos azules y una camisa. Igual de cuadros, o con un estampado de cachemira. No llamarían en absoluto la atención.

Nina tenía la sensación de que se había producido un malentendido.

–Señorita Gable, ¿quién cree que somos exactamente?

–Puede llamarme Anna. No tiene sentido hacerme creer que no lo sabe todo sobre mí.

–Anna –volvió a intentarlo Nina–, ¿por qué no nos lo cuenta usted misma? Finja que de verdad no sabemos a qué se refiere.

Anna lanzó un largo suspiro.

–Lo pillo. Es una especie de prueba. Quieren saber si lo he averiguado. –Se inclinó hacia delante y pronunció cuidadosamente sus palabras–: Ustedes vienen de las Pléyades. Nos hemos visto antes en al menos doce ocasiones, aunque esta es la primera vez que me visitan mientras estoy despierta.

Se apoyó en el respaldo y le dedicó una sonrisa de satisfacción a cada uno.

Nina le lanzó una mirada a Wade. Kent y él eran los loqueros, no ella.

Wade lo entendió y adoptó un tono paciente:

–Anna, somos agentes del FBI. No venimos de las Pléyades; somos de la Tierra. Tenemos que hacerle varias preguntas de gran importancia.

Anna frunció el ceño.

–Solo hay una manera de estar seguros. –Se puso en pie–. Vengan a la cocina. Puedo esterilizar un cuchillo y…

–No –repuso Wade con firmeza–. No puede hacernos un corte. Necesitamos su cooperación para una investigación.

–Una investigación –repitió Anna al tiempo que volvía a sentarse–. ¿Así lo llaman hoy en día? –Resopló–. No los creeré hasta que pueda llevar a cabo unos experimentos por mi cuenta. A ver si les gusta que los estudien.

Anna había conseguido sacarse dos doctorados, pero en algún lugar del camino su mente había soltado amarras con la realidad y había quedado a la deriva. Nina pensó en Enigma. ¿Sería la locura una herencia familiar?

Wade lo intentó de nuevo:

–Anna, hay cosas sobre su pasado que necesitamos saber. ¿Es usted adoptada?

Ella soltó una risita burlona.

—Como si no lo supieran.

Kent, que era quien estaba sentado más cerca, se inclinó hacia ella.

—Por favor, Anna. Es muy importante. Díganos dónde nació usted y cuéntenos lo que sepa sobre sus padres.

Ella se volvió hacia Kent con una sonrisa conspirativa en el rostro.

—Están aquí por mi linaje. Soy descendiente de los nórdicos, como ya saben. —Se cogió las manos sobre el regazo—. Los Grises no han tenido nada que ver.

Nina estaba perdida.

—Anna, ¿de qué habla?

Ella señaló a Kent.

—Él se lo puede explicar.

Si Anna creía que eso aclararía las cosas, estaba muy equivocada. La perspectiva de entrevistar a la única hermana carnal de Enigma le había resultado muy emocionante a Nina, que estaba segura de que iba a recabar justo lo que necesitaba para encontrarlo. En lugar de eso, tenía que escuchar los desvaríos de una loca mientras el tiempo apremiaba. Le lanzó a Kent una mirada interrogativa.

Este tenía pinta de estar esforzándose por no poner los ojos en blanco.

—Esto ya me ha pasado antes debido a mi... aspecto. —Se apretó con dos dedos el puente de la nariz, bajo la gruesa montura negra de sus gafas—. Hay quien cree en una raza de humanoides extraterrestres procedentes de las Pléyades que recuerdan a los escandinavos. Los ufólogos se refieren a ellos como «Nórdicos». —Hizo una mueca—. En contraposición a los «Grises», que son pequeños y de piel grisácea, con grandes ojos negros.

Nina se habría echado a reír si la situación no fuera tan seria. ¿Cómo iban a sacarle a Anna información procesable? En la academia le habían enseñado que no era buena idea fomentar los delirios de la gente, pero ese era el camino que habían tomado Kent y Wade. Decidió probar un enfoque levemente distinto.

Adoptó una expresión de absoluta sinceridad y se volvió hacia Anna.

–Puede que haya algo en su ADN que nos sea de gran utilidad. Para conseguir esa información, debemos conocer sus orígenes. Todos los informes que teníamos han desaparecido.

–Vaya, ¿por qué demonios no lo han dicho antes? –se quejó Anna–. Mis padres... no los biológicos, evidentemente... fueron a la clínica Borr al descubrir que no podían tener hijos. No querían adoptar y habían oído hablar del laboratorio del doctor Borr a unos amigos de D. C. –Alzó la vista hacia el techo, intentando recordar–. No me acuerdo de cómo se llamaban, pero estoy casi segura de que trabajaban para el Gobierno.

Sorprendida tras haber conseguido que Anna hablara, Nina se ciñó a los detalles relevantes.

–¿Quién es el doctor Borr?

–Ya sabe, el famoso genetista. Fue un pionero de la manipulación genética de los embriones. Les dijo a mis padres que yo sería especial. –Bajó la voz y habló en un tono de conspiración–: Aunque, por supuesto, no les contó que el bebé sería medio extraterrestre –dijo, al tiempo que escudriñaba a Kent con la mirada.

–¿Sabe dónde está su clínica? –preguntó Nina, intentando que no se fuera por las ramas.

–A una hora de aquí, justo al lado de... –Señaló a Breck con el dedo–. ¡Eh! ¿Qué demonios hace?

Breck se apresuró a guardar el móvil.

–Nada.

–Me estaba sacando fotos. La he visto.

–Solo quería... ya sabe, sacar unas fotos de su cabeza y sus rasgos faciales.

Nina gruñó por dentro. Breck no debía trabajar como agente encubierta bajo ninguna circunstancia. Era la peor mentirosa del mundo.

Anna se puso en pie de un salto y señaló la puerta principal con el brazo extendido.

–Márchense. Todos.

A pesar de asegurarle en repetidas ocasiones que no debía temer nada, Anna no se bajó del burro. En su mente, se habían pasado de la raya al tomar en secreto medidas de su cuerpo sin su permiso. Les contó que la habían abducido demasiadas veces, que sufría estrés postraumático debido a ello y que no pensaba tolerar más pruebas, exámenes u horas de tiempo perdido.

Un aluvión de acusaciones salpicadas de obscenidades los siguió mientras se subían a la pulcra furgoneta negra y le indicaban al conductor que se dirigiera a Quantico. Nina miró por la ventanilla tintada lateral y vio a Anna de pie en su porche delantero, haciéndoles una peineta con las dos manos.

Con una maniobra, la furgoneta tomó la calle principal mientras Nina miraba a Kent, que se había sentado frente a ella.

–No sabía que tenías familia en las Pléyades.

Wade se rio.

–Sin duda eso explica muchas cosas.

–Tendré que informar sobre esto en mi planeta natal –replicó Kent, inexpresivo–. Y me temo que también tendré que borraros la memoria.

–No sé nada de bebés extraterrestres híbridos –dijo Breck al tiempo que pulsaba la pantalla de su móvil–, pero el doctor Borr tenía una clínica de fertilidad en Bethesda.

–Supongo que ya sabemos adónde nos toca ir ahora –comentó Wade–. Eso es justo de lo que hablaba Fanning. Tendríamos que conseguir una orden de registro si no nos garantizan el acceso a las historias clínicas.

Breck frunció el ceño con la vista en la pantalla.

–Salvo que la clínica en cuestión ardiera hasta los cimientos hace unos treinta años.

–¿Qué ocurrió? –quiso saber Nina.

–Según este artículo de periódico, la clínica la fundó el doctor

Wayland Borr, que publicitaba sus servicios a parejas que querían una descendencia superior. –Breck hizo la señal de las comillas con las manos al pronunciar las dos últimas palabras–. Lo llamó el Proyecto Borr.

Nina notó un escalofrío en la espalda.

–¿Descendencia superior?

Breck frunció los labios.

–Recogía óvulos y esperma exclusivamente de donantes blancos con una salud genética óptima y un cociente intelectual de genio.

–Increíble –dijo Kent.

–Los medios locales hicieron un reportaje sobre la clínica. –Breck continuó leyendo mientras la furgoneta tomaba la autopista–. Describieron el Proyecto Borr como un experimento eugenésico moderno. El día después de publicarse la noticia, alguien prendió fuego al edificio entero.

–¿La clínica volvió a abrir? –preguntó Nina.

–Según dice aquí, el doctor Borr se suicidó poco después. La clínica nunca volvió a abrir.

–Necesitamos acceder a sus historias, a cualquier registro que llevara.

–Espera un momento. –Breck deslizó el dedo por la pantalla para bajar–. En la necrológica se menciona que deja un hijo. Ahora tendrá unos cuarenta años. Si heredó la finca familiar, estará a una hora de camino en coche, en Potomac, Maryland. Nos viene de camino hacia Virginia. Podríamos pasar a hablar con él, a ver si conserva papeles de su padre.

–Llamaré a Buxton –le dijo Wade–. Informa al conductor que vamos a Potomac.

35

Nina estaba sentada en el asiento corrido junto a Wade cuando el conductor entró con la furgoneta en un camino de acceso circular y adoquinado. Breck cerró su portátil y Kent se desabrochó el cinturón de seguridad mientras se detenían. Un hombre de pelo oscuro vestido con un polo negro de golf y unos pantalones militares los esperaba en la escalera principal de una enorme mansión, en apariencia listo para recibirlos.

–Parece que el señor Borr no recibe muchas visitas –comentó Wade–. Y que no las desea.

En la verja de entrada les habían permitido el acceso a través del intercomunicador, lo cual les había robado la posibilidad de una visita sorpresa, pero les había confirmado que Gavin Borr estaba en casa.

Demasiado joven para ser el hijo de cuarenta y cinco años del doctor Borr, el gorila que los esperaba bajo el pórtico tenía que formar parte del equipo de seguridad privada.

–¿Qué le hace pensar a Borr que necesita un comando para vigilar su propiedad? –preguntó Nina–. Esto es Potomac. ¿Qué cree que le va a pasar en uno de los barrios más ricos del área metropolitana?

Kent miró por la ventanilla y entornó los ojos.

—Ese no forma parte de un comando; es un farsante.

Nina se imaginó que el pasado de Kent en las Fuerzas Especiales le permitía distinguir lo verdadero de lo falso.

—Aun así —dijo abriendo la puerta—, Gavin Borr debe de sentirse amenazado.

Bajaron de la furgoneta y le permitieron al segurata que inspeccionara sus credenciales antes de seguirlo al interior. Lo mismo que antes, el conductor se quedó esperando en la furgoneta.

Los recibió un hombre menudo y pálido de pelo canoso con entradas.

—Por favor, siéntense. ¿Quieren beber algo?

Todos declinaron mientras echaban un vistazo a la sala, amueblada con buen gusto. Nina contempló las altas estanterías de madera llenas de hileras de libros. Incluso para su ojo poco entrenado, algunos parecían muy viejos y caros. Un globo terráqueo del tamaño de una pelota de playa descansaba en un soporte de madera en el extremo más alejado. ¿La gente todavía tenía globos terráqueos? Con las constantes guerras que se libraban en el mundo, a Nina le daba la sensación de que quedaban obsoletos antes incluso de fabricarlos, más todavía si llevaban varios años en un rincón de la biblioteca privada de alguien.

La voz ronca de Borr la sacó de sus ensoñaciones:

—¿A qué debo el placer de una visita del FBI?

Sentado en un mullido sillón, no se levantó para saludarlos. Sus palabras sonaban indolentes, pero el gesto de humedecerse los labios repetidamente y retorcer las manos sobre el regazo revelaba su ansiedad. La aparición de cuatro agentes federales en la puerta de casa solía tener ese efecto, pero a Nina le dio la impresión de que el hombre estaba nervioso la mayor parte del tiempo. Sus rasgos de una palidez antinatural, los ojos enrojecidos y los hombros levemente encorvados le daban el aspecto general de un ratón de laboratorio que se encogía en la esquina de una jaula mientras se acercaba el científico.

—Hemos venido a hablar de su padre, el doctor Wayland Borr,

y su trabajo –comenzó a decir Nina–. ¿Qué puede contarnos de la clínica?

Borr curvó hacia abajo las comisuras de los labios.

–Esa condenada clínica. –Les hizo un gesto para que tomaran asiento en el lujoso sofá y las sillas que rodeaban la recargada mesita baja del centro de la estancia–. Es como si no pudiera escapar de ella.

La reacción les resultó inesperada. E intrigante. Basándose en lo que Breck había averiguado durante el trayecto, Nina probó suerte.

–¿Por eso tiene seguridad privada?

La mirada de sus pequeños ojos se agudizó mientras los agentes se sentaban.

–Hay gente que aún nos llama nazis. Es indignante. Ni siquiera somos de ascendencia alemana. –Levantó la barbilla–. Mis antepasados son holandeses. El apellido Borr también es habitual en la mitología escandinava. Borr es el padre del dios cíclope Odín, que a su vez es el padre de Thor.

Nina tenía que tomar las riendas o aquella entrevista acabaría tan mal como la de Anna Grable.

–Señor Borr, ¿puede explicarnos por qué la clínica de su padre le generó preocupación respecto a su seguridad?

–Todo empezó porque mi padre quería ayudar a las parejas estériles. Solo que se le ocurrió que, en lugar de aceptar donantes aleatorios, los cribaría para quedarse con hombres y mujeres sanos con una inteligencia superior. –Borr se encogió de hombros–. ¿Qué tiene de malo?

La pregunta hizo retroceder a Nina hasta su época en el sistema de acogida, cuando los padres potenciales la dejaban de lado para hacerles carantoñas a las demás niñas.

–Por lo visto, hay gente a la que le ofendió que los donantes fueran exclusivamente blancos.

–Habla usted como esa reportera –replicó Borr–. La que escribió ese artículo y comenzó todo el escándalo. Después de que se publicara, un troglodita prendió fuego a la clínica y entonces nuestra familia comenzó a recibir amenazas de muerte. En esa época yo iba al instituto. Mi padre fue incapaz de soportarlo así que se... –Su mirada se endureció–. Aun después de tantos años nos siguen acosando. Nunca perdonaré a esa condenada periodista. Retorció todo lo que mi padre intentaba hacer. Lo retrató como si fuera una especie de fanático racista. Mi padre era un visionario. Un hombre de ciencia. Intentaba hacer avanzar a la humanidad seleccionando una descendencia genéticamente privilegiada.

Nina notó que se le aflojaba la mandíbula. Borr, producto de su educación, creía que lo que decía tenía todo el sentido. Reacia a provocarlo en una etapa tan temprana de la entrevista, se tragó la réplica que intentaba abrirse camino a través de su boca y redirigió sus preguntas.

–¿Se salvó algún expediente tras el incendio de la clínica?

–No es la primera que me lo preguntan. A lo largo de los años, los hijos adultos de varios de sus clientes se han puesto en contacto conmigo buscando información sobre sus padres biológicos. –Borr hizo un gesto despectivo con la mano–. Tengo que recordarles que esto ocurrió hace más de treinta años, antes de que existiera la nube digital. Mi padre guardaba las historias en cajas de cartón. Tenía una copia de seguridad en un disquete de cinco pulgadas. Por desgracia, almacenaba los expedientes y los disquetes en la clínica. –Se hundió en la butaca–. Gracias a esos pirómanos, no queda ni rastro de sus registros.

La mente de Nina se rebeló ante la posibilidad de darse con otro muro después de haber llegado hasta ahí.

–¿No tiene nada de nada? ¿Una libreta extraviada que se trajera a casa?

–Nada.

–¿Qué me dice de algún socio empresarial o un inversor en la clínica?

–Mi padre era un científico fuera de lo corriente en el sentido de que era independiente. Al ver que nadie quería asociarse con él, se limitó a fundar la clínica él solo.

—¿Tenía empleados? ¿Un abogado? ¿Un contable?

—Sí a las tres preguntas, pero no disponen de ninguna información sobre la identidad de los clientes de mi padre. Créame, lo he intentado. Parece que mi padre se tomó muchas molestias para asegurar el anonimato de los donantes y los padres potenciales. En esa época las cosas eran distintas. Había mucho más margen para mantener esos acuerdos en la más estricta confidencialidad.

Nina intentó calcular las dimensiones del problema.

—¿Durante cuánto tiempo estuvo abierta la clínica? ¿Sabe al menos cuántos bebés nacieron?

—La clínica funcionó durante unos tres años. No estoy seguro de cuántos embarazos exitosos hubo, pero por los comentarios que hacía a veces mientras cenábamos, diría que entre cincuenta y cien. Las parejas que criaban a los niños no tenían ningún vínculo biológico con ellos —prosiguió Borr—. Los embriones se conseguían gracias a esperma y óvulos donados, y luego se inseminaban en la madre o, en algunos casos, en un vientre de alquiler.

—¿Hay algo más que pueda contarnos y que pueda sernos de ayuda?

—Creo que les he sido de gran ayuda, sobre todo teniendo en cuenta que no me han contado a qué viene todo esto. Ahora me toca preguntar a mí.

Nina se preparó para lo inevitable.

En los ojos claros de Borr apareció una expresión calculadora.

—Los he visto a los cuatro en las noticias. Investigan a ese asesino en serie, Enigma. —Hizo una pausa como si esperase una reacción. Al ver que esta no llegaba, continuó—: No soy estúpido, agente Guerrera. Teniendo en cuenta a quién persiguen, y la visita urgente y sin anunciar a mi casa para preguntarme sobre los registros de mi padre, solo puedo llegar a la conclusión de que tienen un sospechoso. Alguien concebido como parte del Proyecto Borr.

Wade intervino antes de que Nina pudiera contestar:

–No podemos confirmarlo ni desmentirlo, señor Borr.

Este soltó una risita sibilante.

–Me tomaré eso como una confirmación. –La sonrisa de sus labios desapareció–. Solo tengo una petición. Dejen a la clínica fuera de todo este asunto. Si se corre la voz de que los experimentos de mi padre tienen algo que ver, todos los miembros de mi familia volverán a convertirse en parias.

–No compartimos con nadie las pistas de nuestra investigación –le aseguró Wade.

–Tarde o temprano se sabrá la verdad, como dice el dicho. Siempre se sabe. –Borr los señaló con un dedo huesudo–. Quiero que entiendan algo. Esto supondrá una desgracia para todos los que nacieron gracias a la clínica. Si resulta que uno de ellos es un psicópata asesino, el resto quedará bajo sospecha. Sus vidas se verán alteradas. Los acusarán de ser el producto de un experimento eugenésico llevado a cabo por un científico loco. Esa es la clase de cosas que me he visto obligado a escuchar durante toda mi vida.

Había algo en su manera de hablar que le llamó la atención de Nina.

–¿Por qué usted?

El hombre se estremeció.

–No quería decir eso –respondió, quizá demasiado rápido.

–¿Es usted uno de los niños concebidos en la clínica?

Borr les lanzó una mirada tan venenosa, que Nina pensó que los iba a echar de la casa como había hecho Anna Grable. Se mantuvo firme, esperando su contestación. Al final, él pareció claudicar.

–Mi madre era estéril. Fue una de las razones por las que mi padre comenzó a estudiar la fertilidad.

La cosa se ponía interesante.

–Entonces, ¿el doctor Borr no es su padre biológico?

Borr negó con la cabeza enérgicamente.

–Utilizó su propio esperma, pero encontró una donante de óvulos que era científica de la NASA. No tenía ningún interés en ser madre pero estaba dispuesta a darle sus óvulos. –Tragó saliva–. Yo fui el primer prototipo. Mi padre implantó con éxito el embrión en el útero de mi madre. Por desgracia, ella murió poco después de darme a luz.

–Lo lamento.

Él le quitó importancia con un gesto de la mano.

–El caso es que varias personas se enteraron de cómo fui concebido, y algunas han sido extremadamente desagradables. Mi padre siempre tuvo grandes expectativas conmigo. Creía que me convertiría en presidente, que curaría el cáncer o diseñaría ciudades. En lugar de eso, tuvo un hijo con un cociente intelectual por encima de la media pero que resultaba anodino en muchos sentidos y padecía de mala salud. Creo que fui una decepción para él.

Nina notó un cosquilleo que le recorrió todo el cuerpo. Sus sentidos se pusieron en alerta, lo cual indicaba que estaba sobre la pista de algo.

–¿Lo maltrataba?

Recordó el perfil previo de Wade, en el que planteaba la hipótesis de que una figura paterna hubiera maltratado a Enigma. Aunque sabía que Borr no era su sospechoso, se preguntó si ambos tenían algo más en común, aparte de la manera en que los habían concebido.

–Por lo general ni se percataba de mi presencia –dijo Borr–. Solo se lo cuento porque tengo una especie de parentesco con el resto de las personas que nacieron gracias a la clínica. Ahora son adultos, y debería permitírseles llevar una vida normal, sin expectativas de grandeza o, en el caso de que Enigma resulte ser uno de ellos, sin sospechas de maldad o enfermedad mental.

–Estoy de acuerdo con usted, señor Borr. La biología no determina el destino –dijo Wade–. A lo mejor su padre debería haber pensado en ello al cribar donantes potenciales.

Borr se tensó.

—Creo que ha llegado el momento de que se marchen. —Su tono fue gélido–. Ya han abusado suficientemente de mi hospitalidad.

—Le agradecemos su...

—Gregory los acompañará. No vuelvan a menos que traigan una orden de registro.

Los cuatro siguieron a Gregory a través de la casa hasta la puerta principal. El hombre, vestido con su uniforme táctico negro, los llevó directamente y sin mediar palabra hasta la furgoneta que los esperaba.

Mientras todos se subían a la parte trasera y se abrochaban el cinturón de seguridad, Nina se puso a pensar: se habían marchado de las dos casas con un sabor amargo y las manos vacías. No había sido un buen día para el FBI.

El conductor cruzó la ornamentada verja principal y se incorporó de nuevo al tráfico.

—La cosa no ha acabado muy bien —comentó Nina al aire.

—Hemos sacado todo lo que hemos podido —señaló Wade–. Lo he observado con atención y no nos ha ocultado información.

—Yo también lo he observado —dijo Kent–. Y estoy convencido de que comparte a pies juntillas los prejuicios de su padre. Puede negárselo a sí mismo tanto como quiera, pero eso es exactamente lo que es cuando solo seleccionas candidatos de tu propia raza para el programa. —Soltó un resoplido de disgusto–. Descendencia genéticamente privilegiada... ¡y una mierda!

Nina le dedicó una sonrisa disimulada. A pesar de ser exactamente la clase de hombre que habría elegido el doctor Borr, Kent nunca se habría relacionado con él ni con su llamado «proyecto».

Kent le devolvió la sonrisa, en una confirmación de que ambos compartían el mismo sentimiento. Nina se dio cuenta de que Wade contemplaba el intercambio mudo como si tomara nota.

—Le he mandado un mensaje a Buxton —informó Breck, ajena a todo–. Me está llamando.

Sostuvo el teléfono para que todos lo oyeran.

—¿Pueden hablar con libertad? –preguntó Buxton.

—Estamos seguros –contestó Wade–. Diga.

—Cuéntenme qué tienen. –Como siempre, Buxton no perdía el tiempo con nimiedades.

Wade, como líder del equipo, le ofreció un resumen de lo que habían averiguado del hijo del doctor Borr. Buxton se enfureció al saber que los archivos de la clínica se habían destruido en el incendio, lo cual significaba que la única pista que tenían para identificar a Enigma resultaba inútil.

En esta ocasión, había esquivado una bala sin siquiera esforzarse.

—¿Han entrevistado a alguna otra persona de la lista de Fanning? –quiso saber Breck–. ¿Qué aspecto tienen?

Se oyó un movimiento de papeles antes de que Buxton contestara:

—Los agentes locales han ido a verlas a todas en persona. Unas conocían el Proyecto Borr y otras no. Por lo visto, los padres que los criaron habían tomado sus propias decisiones respecto a lo que querían o no contarles.

Nina hizo una mueca.

—Me imagino que eso provocó más de una discusión familiar incómoda para los que no lo sabían.

—Sin duda –convino Buxton–. Tras su llamada, hemos investigado al doctor Borr y su clínica. Según él, los niños debían representar un gran paso adelante para la humanidad, pero nuestras entrevistas sobre el terreno y las comprobaciones de su pasado no han desvelado nada inusual en los que nacieron mediante su programa. Algunos eran extremadamente inteligentes y han triunfado, pero otros han llevado una vida de lo más corriente y parecen situarse... en la media.

A Nina le fascinaron las implicaciones.

—Entonces el proyecto del doctor Borr no garantizaba nada. De hecho, hasta su propio hijo ha reconocido que no cumplió las expectativas de su padre.

—Según las estadísticas, un porcentaje de la población quedará por encima del cociente intelectual de cien y otro por debajo —dijo Buxton—. Entre los que hemos entrevistado, hay un artista, un dentista, varias amas de casa, un par de profesores, un ingeniero aeroespacial y un bedel.

Nina se apoyó en el reposacabezas mientras asimilaba la información. La furgoneta aceleró a través del denso tráfico.

—Entonces, ¿tenemos a un asesino, posiblemente con un alto cociente intelectual, que se cree superior a todo el mundo?

—Si sus padres le hablaron sobre la clínica —contestó Wade—, la respuesta es sí.

—Cosa que lo hace más peligroso —dijo Buxton, poniendo en palabras los pensamientos de Nina—. Tenemos que vernos mañana a primera hora en la sala de reuniones.

—¿Cómo progresan los demás equipos, señor? —preguntó Nina, con la esperanza de que el grupo operativo hubiese conseguido un avance durante su ausencia.

—Los de Cripto siguen trabajando con el poema —respondió Buxton—. Todavía no han logrado nada. Esta vez no es una ecuación matemática, un anagrama ni un código, así que no es su especialidad. Deberían darle unas cuantas vueltas mientras vienen hacia aquí. A lo mejor se les ocurre algo.

Nina se prometió a sí misma que descifraría aquellos estúpidos versos antes de que cruzaran el puesto de control de Quantico.

—¿Ha podido sacarle fotos a Anna Grable, agente Breck? —quiso saber Buxton.

—Le he hecho seis antes de que me pillara —explicó Breck—. Las introduciré en el retrato informático que tenemos y utilizaremos algoritmos predictivos para mejorarlo. Cuando lleguemos a Quantico dispondremos de una imagen más adecuada para trabajar.

—¿Deberíamos enseñársela a Sorrentino? —preguntó Nina, ansiosa por realizar un progreso.

—No es una buena idea —contestó Wade de inmediato—. No me

fío, podría irse de la lengua. Cabe la posibilidad de que chantajee a alguien si reconoce el retrato, o de que acepte un soborno para darnos pistas falsas. Tampoco recomiendo que la mostremos en el club de lucha. Todos sabemos lo que pasó la última vez que metimos las narices allí.

No hacía falta que diera el nombre de Chandra Brown para que todos captaran el mensaje.

Breck asintió con la cabeza.

—La imagen debería ser lo bastante buena como para ayudar al equipo que sigue las pistas del club de lucha a eliminar alguna. Se la mando en cuanto la acabe. Creo que es lo mejor que vamos a conseguir.

Nina se sentía culpable. Se había mostrado tan decidida a seguir estas pistas y ahora habían perdido un día entero. Tenía que compensarlo.

—Señor, me gustaría volver a hablar con él por MD.

Se encogió por dentro al pensar en lo que le diría su jefe. Los últimos mensajes de Enigma habían sido groseros y provocadores. Ahora que había colgado el primer minuto del vídeo, la hostigaría cruelmente. No obstante, Nina había decidido aceptar todas las pullas si eso la acercaba un paso más a meterlo entre rejas durante el resto de su miserable vida.

Para su sorpresa, Buxton accedió.

—Hablaré con los informáticos para volver a tenerlo en línea —dijo—. Desde el vídeo no ha dicho ni mu, lo cual resulta inquietante porque significa que está ocupado haciendo otras cosas o bien que ha creado nuevos perfiles de los que aún no sabemos nada.

—Es poco probable —apuntó Breck—. Si creara un nuevo perfil, perdería a sus seguidores. Estos no podrían encontrarlo a menos que nuestro hombre dejase claro que ha cambiado de cuenta y, en ese caso, nosotros también lo encontraríamos.

—Creo que ha estado activo en la vida real —intervino Kent—. Y eso no es bueno para nosotros. Voto por dejar que Guerrera se comunique con él, que lo reactive esta noche. Puede que él haga algo que nos ponga sobre alerta.

–Eso espero –dijo Buxton–. El plazo que nos dio se acaba, y viene directo hacia nosotros como un tren de mercancías. Necesitamos algo que lo haga descarrilar antes de que nos dé de lleno en la cara.

36

Nina se reclinó en el mullido asiento de la furgoneta, agradecida por la generosidad de Buxton. El hecho de disponer de un conductor y de una de las mejores furgonetas de la flota del FBI les proporcionaba el espacio y la privacidad que necesitaban para avanzar en la investigación mientras se desplazaban.

–Vamos a desarrollar el perfil –le dijo Kent a Wade–. Así tendremos algo más que ofrecerle al equipo que trabaja con los luchadores de AMM.

–Ahora tenemos más certeza respecto a su edad –observó Wade–. Si nos basamos en los años durante los cuales la clínica permaneció abierta al público, tendrá entre treinta y dos y treinta y cuatro años.

Lo cual quería decir que Enigma habría tenido entre veintiuno y veintitrés cuando atacó a Nina, once años atrás. ¿De verdad había sido su primera víctima? Se guardó sus pensamientos para sí misma y escuchó a los analistas de perfiles intercambiar ideas.

Kent le dirigió una mirada a Breck, que estaba sentada a su lado.

–La imagen generada por ordenador a partir del perfil genético y los recuerdos de Guerrera nos indica que se trata de un hombre blanco, de aproximadamente uno ochenta de alto, de piel clara y ojos azules. Eso coincidiría con los rasgos de su hermana.

−¿Cuál es la manera más rápida de reducir la lista de Sorrentino? −intervino Nina, deseosa de que la conversación dejara de lado la teoría y les diera información práctica−. ¿Alguna pista para que el equipo de trabajo se ponga con ella?

Wade se apresuró a responder:

−En cuanto eliminen a todos los que no encajan en el rango de edad, no coinciden con la descripción y no estaban luchando durante los ataques, deberían buscar a un hombre que no mantiene una relación estable, que se muestra solitario y que desempeña un trabajo muy por debajo de sus capacidades a pesar de su elevado cociente de inteligencia.

Kent asintió.

−Su temperamento le impediría escalar posiciones en su carrera.

−Es alguien que se muestra agresivo con el resto de los miembros del club −continuó Wade−. Incluso en el vestuario. Es arrogante y se asegura de que todo el mundo sepa que es superior. También le pirra la reacción del público. Deberían buscar a los favoritos de los aficionados.

−Mientras era el Acosador de Beltway tuvo que mantener un perfil bajo −observó Kent−, así que seguramente se alimentaba de los espectadores que acudían a sus combates. Pero ahora que ha cambiado su *modus operandi*, ya no tiene por qué esconderse. Aunque la necesidad de adulación siempre ha formado parte de su carácter.

−¿Necesita adulación? −preguntó Nina, curiosa ante este aspecto de su adversario.

A ella siempre le había parecido que tenía una confianza extrema en sí mismo.

−A pesar de su arrogancia y de su sentimiento de superioridad, en el fondo es muy inseguro −dijo Wade−. Y eso es lo que lo lleva a querer controlar todo lo que lo rodea. Para él, la violencia de los enfrentamientos en la jaula es una manera de ejercer su control sobre otros hombres, pero no existe ninguna forma socialmente aceptable de que domine a una mujer en el terreno físico. –Arqueó las cejas–. Y siente mucha ira hacia las mujeres.

–¿Por qué?

Nina se preguntó qué podría haberlo llevado a acumular tanta ira.

–Puede que de joven las chicas lo rechazaran, o que viera a su padre maltratar a su madre y tal vez acabara por creer que así era cómo había que tratar a las mujeres. O puede que su propia madre lo maltratara. –Kent levantó un hombro–. Fueran las que fueran las dinámicas familiares, podemos afirmar que tuvo una relación disfuncional con uno de los padres adoptivos o con ambos.

Incapaz de profundizar lo suficiente como para empatizar con un sádico asesino, y reacia a hacerlo, Nina dejó a Kent y a Wade la tarea de desentrañar su mente. Se sentó en el asiento corrido junto a Breck, que ya había enviado la actualización de la imagen generada por ordenador al grupo operativo y que en ese momento estaba dando buena cuenta de una bolsa de frutos secos variados.

Recordó que había jurado llegar al fondo de la pista del poema antes de que llegaran a Quantico.

–¿Puedes enseñarme el poema? Quiero ver si algo de lo que hemos descubierto hoy nos permite atar algún cabo suelto.

–Claro.

Breck parecía más feliz cuando podía usar el ordenador. Lo abrió de manera que Nina pudiera ver la pantalla y clicó en un icono del escritorio.

Nina volvió a leer los versos:

EN SILENCIO ELLA ESPERA, DÍA Y NOCHE.

VIVE CON EL GUARDIÁN DE LA LUZ.

LOS VE LLEGAR, LOS VE PARTIR.

LO QUE OCULTA SU CORAZÓN NADIE LO SABE.

–No es exactamente un pentámetro yámbico –comentó Breck.

–El equipo de criptografía dice que cree que el segundo verso podría referirse a un farero –dijo Nina recordando su anterior reunión–. ¿Por qué no buscas en Google faros estadounidenses famosos?

Ambas revisaron una larga lista de estructuras, desde Puget Sound, en Washington, hasta Cayo Hueso, en Florida. La cantidad de posibilidades era desalentadora.

–Empecemos por la Costa Este –propuso Nina.

Tras varios clics más encontraron un montón de faros que revisar. Breck meneó la cabeza.

–Me siento como un sabueso con sinusitis intentando seguir un rastro.

Nina coincidió por dentro, pero decidió seguir adelante.

–¿Me das un puñado de frutos secos? Me muero de hambre.

Breck le tendió la bolsa.

–Ya me he comido las nueces pecanas. Es lo único que vale la pena, la verdad.

–No soy quisquillosa. De niña aprendí a comerme lo que me ponían delante.

El hecho de ir de casa en casa, sin alimentarse bien a veces, le había quitado cualquier manía con la comida.

–Yo no. Prefiero pasar hambre.

Nina dedujo que solo alguien que nunca hubiera experimentado el hambre de verdad podía decir eso.

–Por ejemplo –dijo Breck mientras sostenía un cacahuete–. La gente cree que me encantan los cacahuetes porque soy de Georgia. Eligen presidente a un granjero de nueces y de pronto todo el mundo en nuestro estado tiene que perder la cabeza por ellos. –Soltó un resoplido desdeñoso–. Los verdaderos sureños saben que un cacahuete solo está bueno si lo hierves con la cáscara en agua salada. Si no, cómete primero las pecanas.

–Una vez comí tarta de pecanas –comentó Nina–. La verdad es que no me mató.

—Bendita seas —dijo Breck—. Debes de haber hincado el diente a algo procedente de la sección de congelados del súper. —Se estremeció—. Y es imposible que fuera una tarta de pecanas a menos que estuviera recién salida del horno y uno de los ingredientes fuera *bourbon*.

—¿*Bourbon*?

—Así es cómo la hacen en Savannah, mi ciudad natal. De hecho, si quieres probar la mejor tarta de pecanas al *bourbon*, tienes que ir al restaurante Pirate's House, junto al río Savannah. Es... —Breck se interrumpió con la boca y los ojos abiertos de par en par—. Madre mía.

Nina le agarró el brazo.

—¿Qué?

—Espera un momento. —Tecleó con furia hasta que una amplia sonrisa le subió por las mejillas rosadas mientras acercaba el ordenador a Nina.

La imagen de una estatua llenaba la pantalla. Nina examinó a la joven y el perro inmortalizados en bronce. La chica tenía los brazos alzados por encima de la cabeza, sujetando algo que parecía una bandera que ondeaba al viento.

—Tiene que ser esto —susurró Breck—. Maldita sea. Mi madre nunca me habría perdonado si no se me hubiera ocurrido.

—Si no se te hubiera ocurrido, ¿qué? —preguntó Wade.

Era evidente que Kent y él habían captado su nerviosismo y estaban deseosos de saber lo que ocurría. Breck los miró con sus ojos verdes brillantes.

—Es la estatua de Florence Martus, *Chica saludando*.

Kent cruzó los brazos.

—Haz como si nunca hubiéramos oído hablar de ella y ponnos al tanto.

Breck señaló el primer verso del poema mientras se explicaba.

—Durante cuarenta años, Florence le dio la bienvenida a todos los barcos que entraban en el puerto de Savannah. De día, agitaba un trozo de tela y de noche utilizaba una linterna.

Nina volvió a leer el inicio.

EN SILENCIO ELLA ESPERA, DÍA Y NOCHE.

Breck desplazó el dedo al segundo verso.

—Nunca se casó y vivía con su hermano, que era el farero del faro de la isla de Elba.

VIVE CON EL GUARDIÁN DE LA LUZ.

A Nina se le contagió el entusiasmo de Breck mientras pasaban al siguiente verso.

LOS VE LLEGAR, LOS VE PARTIR.

—Florence saludaba tanto a los navíos que entraban en el puerto como a los que zarpaban —continuó Breck.

—¿Y el último verso? —preguntó Nina mientras leía.

LO QUE OCULTA SU CORAZÓN NADIE LO SABE.

La sonrisa de Breck se ensanchó.

—Dice la leyenda que Florence nunca se casó porque se enamoró de un marinero que prometió volver a por ella, pero nunca lo hizo. Aunque nadie sabe si es cierto.

—«Lo que oculta su corazón nadie lo sabe» —dijo Nina—. Todo encaja.

—Tenemos que llamar al grupo operativo —dijo Wade—. Alguien de la oficina de Savannah debe ir a la estatua de inmediato.

Se sacó el móvil del bolsillo y se lo tendió a Breck, permitiendo así que se llevara el mérito.

—Llamaré ahora mismo a Savannah —dijo Buxton por el altavoz del teléfono tras oír su rápida explicación—. No tardaremos en recibir respuesta. En cuanto sepa algo, les llamo.

Se dedicaron a compartir sus ideas mientras esperaban, en un intento de averiguar cómo podía Enigma haber ido de Boston a Savannah con tantas prisas. Llegaron a la conclusión de que había cogido un avión. Mientras discutían sobre la mejor manera de rastrear los posibles aviones y aeropuertos, sonó el teléfono.

—Aquí Wade.

La voz de Buxton revelaba su excitación.

—Bingo.

Esa única palabra le dio más esperanza a Nina de la que había sentido en días.

—¿Qué han encontrado?

—He enviado un archivo *jpeg* al *e-mail* de la agente Breck —explicó Buxton—. Una hoja de papel corriente de oficina. Estaba dentro de un sobre cerrado y pegado con cinta a la base de la estatua. La URP lo está procesando en busca de pistas forenses en este mismo instante. Mientras, nos han proporcionado una copia para estudiarla.

Breck entró con un clic en el servidor privado del FBI y abrió el archivo de su *e-mail*.

—Lo tengo.

Amplió la imagen y Nina asimiló lo que veía. Un cuadrado consistente en mosaicos fragmentados de líneas dentadas con ángulos agudos llenaba la parte superior de la tarjeta. Cada segmento incluía números impresos.

—Los criptoanalistas creen que contiene una imagen oculta —explicó Buxton—. Siguen trabajando en ello, pero, por favor, inténtenlo también ustedes en lo que les queda de camino.

—A diferencia del poema, parece que esta pista es matemática, así que seguramente lo resolverán ellos más rápido —dijo Breck con un tono evidente de decepción—. Cada fragmento tiene un número.

—Y hay cientos de números —dijo Buxton.

—Lo estudiaremos hasta que lleguemos, más o menos dentro de una hora —dijo Nina.

–Como ha señalado la agente Breck, este parece un problema más adecuado para los criptoanalistas. –El tono de Buxton no admitía réplica–. Ustedes ya han hecho bastante por hoy. Los veo mañana en la reunión a primera hora. Los quiero descansados y a tope. –Hizo una pausa–. Y una cosa más. Preparen una maleta antes de venir. En cuanto descifremos el código, tendrán que volver a coger un avión o algún otro vehículo.

37

Tras subir el último tramo de escalera, Nina se encontró a Bianca esperándola. Otra vez. La chica debía de tener una cámara que controlaba su plaza de aparcamiento reservada. Nada de lo que hiciera Bianca podía sorprenderla ya.

Siguió su rutina habitual de abrir la puerta y desconectar la alarma antes de dejar caer su maletín en el minúsculo recibidor, donde quedó apoyado en la pared. Bianca la siguió al interior.

—Todos los perfiles de Enigma en las redes sociales vuelven a estar activos —dijo Bianca sin más preámbulos—. No es muy buena idea, si quieres que te diga la verdad.

Nina arqueó una ceja.

—Sé que no te gusta, Bee, pero nos hace falta que Enigma vuelva a conectarse. Los de Delitos Informáticos pueden cancelarlos de nuevo si es necesario.

De camino a su apartamento, Nina había revisado las cuentas en redes sociales de Enigma. Todavía no había publicado la pista que llevaba a la estatua de la *Chica saludando* en Savannah. Al menos, por ahora les llevaban ventaja a los *Scoobies*.

—Bueno, a mí no me eches la culpa. —Bianca le dio la vuelta al ordenador y lo deslizó sobre la mesa para que quedara mirando a Nina–. La lista de clasificación que tiene en Facebook recibe más visitas que nunca.

–Espera un momento. –Nina se inclinó hacia delante y distinguió algo que no había visto antes–. ¿Qué hace el FBI en esta lista?

Recordó la primera vez que Breck le había enseñado el listado de los cinco primeros grupos o personas que participaban en su «juego». Julian Zarran seguía en lo más alto, seguido por el Equipo FBI en segundo lugar y la Panda de la Cerveza en tercero. A la Ola Rosa la había reemplazado el equipo que antes ocupaba el último lugar.

–Me imagino que quería incluiros, así que os ha dado un hombre y os ha metido –dijo Bianca.

–¿Y quién son estos que están en cuarto lugar, este grupo de estudiantes de la Universidad George Washington que se hacen llamar «Los Listos»?

Bianca apartó la mirada.

–Ni idea.

–Parece el típico nombre que se os ocurriría a ti y a tus amigos. –Nina entornó los ojos–. Y, que yo sepa, tú vas a esa universidad.

–Vale, sí. –Bianca alzó las manos en gesto de rendición–. Somos nosotros.

–¿Cómo habéis entrado en la lista?

–La Panda de la Cerveza lo consiguió al resolver un acertijo y Zarran, al ofrecer una recompensa –explicó Bianca–. El resto básicamente aparece por haber comentado en su hilo y retuitear comentarios diciendo que lo van a pillar.

Puede que el CI de Bianca se acercara al de Einstein, pero no tenía nada que hacer ante un psicópata.

–Déjalo en paz –le pidió Nina–. Es...

Una llamada a la puerta la interrumpió antes de que se pusiera a despotricar. Maldiciendo, Nina se levantó para abrirla.

La señora Gomez le tendió un recipiente de cristal lleno de empanadas.

—Son para ti —dijo, antes de pasar junto a Nina y entrar en el piso.

—Señora G, de verdad, no tenía por qué hacerlo. No tengo tanta hambre. —Contempló la cazuela de cristal que la señora Gomez había dejado en el centro de la mesa. El aroma a carne marinada en salsa de adobo era embriagador—. Y aunque la tuviera, aquí hay suficiente comida para una familia de diez.

—Cuando está disgustada se dedica a cocinar —explicó Bianca—. No ha salido de la cocina desde que se emitió el vídeo.

La señora Gomez le dedicó una mirada sombría, aunque no dijo nada.

—Yo de ti me lo quedaría —dijo Bianca—. Ha cocinado algo para todos los inquilinos.

—Tienes que comer —dijo la señora Gomez—. Reponer fuerzas.

Mientras la señora Gomez señalaba la cazuela humeante con las pastas en forma de media luna, Nina se dio cuenta que tenía los ojos enrojecidos y profundas bolsas bajo ellos.

Nina extendió el brazo para tocarla.

—No se preocupe por mí, señora G.

—*Ay, mi'ja* —contestó ella, temblando—. No soporto ver lo que te hizo ese *cabrón*.

—¿Por qué no se sienta con nosotras?

La señora Gomez se sacó un pañuelo de papel del bolsillo del delantal y se sonó.

—Tengo comida en el horno. —Se dirigió hacia la puerta, se paró y se volvió hacia Nina—. Si las empanadas no te levantan el ánimo —dijo, mientras sacaba una botella de tequila del otro bolsillo del delantal y la dejaba en la mesa junto a la cazuela—, prueba con esto.

Se echó a llorar y se marchó.

Nina se volvió hacia Bianca.

—¿Qué coño le pasa?

—Eso es lo que he tenido que tragarme desde que salió ese vídeo. —Bianca le dedicó una sonrisa burlona—. Se cree que tú también eres su hija de acogida, lo sabes, ¿verdad?

Nina se apresuró a neutralizar la sensación de calidez que se extendía por su cuerpo y cambió a modo interrogatorio, que le resultaba mucho más familiar que las preocupaciones maternales.

Clavó en Bianca su mejor mirada de «nada de tonterías».

—Estábamos hablando de cómo tu equipo y tú ibais a abandonar esta investigación.

—Esto... no —respondió Bianca—. Estábamos hablando de lo mucho que he ayudado ya. En serio, el FBI debería tenerme en nómina. ¿Cómo si no os ibais a enterar de lo último en Ciberdom?

Nina puso los ojos en blanco. Genial, un nuevo término que se sumaba al léxico relacionado con internet.

—¿Ahora qué?

—¿Te acuerdas de ese bobo de Boston que intentó vender el sobre que encontró pegado a una papelera? ¿El que lo puso a subasta en eBay?

Nina asintió.

—Tú me enseñaste el anuncio.

—Enigma acaba de publicar la pista en su muro —dijo Bianca—. Con un comentario que dice que no debería permitirse que el FBI lo mantenga en secreto. Dice que hay que jugar limpio.

Nina soltó un gruñido. Todo el esfuerzo que habían invertido en localizar al vendedor de eBay y recuperar el sobre tan solo les había dado veinte horas de ventaja. Habían aprovechado ese tiempo para localizar el acertijo que Enigma había dejado en Savannah, pero ¿cuánto tardaría en publicarlo también en sus redes?

38

Nina estaba sentada frente al ordenador en una esquina de la abarrotada sala del grupo operativo, junto al equipo de informática. Tenía ya la primera taza de café del día sobre la mesa, junto a la almohadilla del ratón. Miró la pantalla con el ceño fruncido mientras leía el mensaje.

ENIGMA: *¿CREÍAS QUE PODÍAS HACER TRAMPAS Y ESCONDÉRSELO A MIS SEGUIDORES? SOY YO QUIEN DECIDE QUÉ REVELAR Y CUÁNDO, NO TÚ, CHICA GUERRERA.*

Cuatro horas atrás, antes del amanecer, un equipo de *Scoobies* había descifrado el poema dedicado a la estatua de la *Chica saludando* y se había apresurado a quejarse en internet de que allí no había más pistas. Al cabo de unos minutos, Enigma había respondido colgando la foto del rompecabezas en Facebook, Instagram, Twitter y Pinterest.

–Cada vez que nos adelantamos, el muy hijo de puta nos alcanza –dijo Kent.

–Porque busca el caos –dijo Wade–. Necesita cobertura para lo que está haciendo, y eso significa una multitud. Si nadie lo resuelve pronto, publicará la solución al acertijo justo antes o después de atacar de nuevo para generar la máxima confusión posible.

—Lo que significa que tenemos que resolverlo antes para poder pillar a ese condenado –dijo Kent.

—Los de Criptología llevan toda la noche con ello. –Nina miró hacia la esquina opuesta–. Espero que hayan avanzado.

Kent siguió su mirada.

—Mientras tanto, debemos mantenerlo ocupado.

Nina se puso a teclear.

—¿Qué te parece esto?

FBI: *TENEMOS UN GRUPO OPERATIVO ENTERO PISÁNDOTE LOS TALONES. TE ATRAPAREMOS.*

ENIGMA: *NO SI TE ATRAPO YO ANTES, CHICA GUERRERA.*

—Intenta ponerte nerviosa –dijo Kent–. Tú sigue a lo tuyo.

FBI: *PUEDES ENTREGARTE CON TU ABOGADO. NO TE HAREMOS DAÑO.*

ENIGMA: *¿CREES QUE TE TENGO MIEDO? ¿O AL FBI? EL DOCTOR JEFFREY WADE NO APRENDIÓ NADA DE SU ERROR.*

Con el ceño fruncido, Wade se acercó.

—Teclea exactamente lo que te diga.

Nina accedió.

FBI: *SOY EL DOCTOR WADE. ¿A QUÉ ERROR SE REFIERE?*

ENIGMA: *DOS PALABRAS: CHANDRA BROWN.*

Wade soltó una maldición.

—Ahora va a por mí.

Kent le tocó el hombro a Nina.

—Pregúntale acerca de Chandra.

Tras dedicar una larga mirada a Wade y a Kent, escribió un mensaje corto y directo.

FBI: *¿LA MATASTE TÚ?*

ENIGMA: *TENGO QUE ORGANIZAR UNAS COSAS. NO ME QUEDA TIEMPO PARA HABLAR.*

No respondió a ningún mensaje más.

Nina se apartó del teclado.

—Juega con nosotros y nos hace perder el tiempo. Dijo que la próxima moriría al cabo de cuatro días. Ya han pasado tres.

—Eso hace que me pregunte a qué se debe este cambio de patrón –dijo Kent–. Antes, sus pistas siempre conducían a un cuerpo.

–Ha sido un movimiento de distracción –dijo Wade–. Debe de necesitar más tiempo antes de prepararse para su siguiente víctima.

Nina se imaginó a Enigma libre por las calles, de cacería. Los había enviado a un callejón sin salida mientras él acosaba a otra chica. La frustración se la comía por dentro.

–Las pistas son cada vez más complicadas –observó Wade–. La primera era un cifrado de sustitución rudimentario. La siguiente se basaba en el mismo principio pero añadía una capa extra de cálculos y descubría parte del código. Después tenemos un cuarteto, algo que se desvía de sus métodos. Esta vez, nos ha dado algo que parece combinar el arte y las matemáticas.

–Está alardeando –dijo Kent.

–Estoy de acuerdo –convino Buxton, que se había acercado a ellos por la espalda–. He estado siguiendo el intercambio de mensajes. Nos está tomando el pelo mientras planea su próximo asesinato. Tenemos todo el personal que necesitamos, pero se nos acaba el tiempo. Me gustaría que compartiéramos ideas sobre cómo proceder con la investigación, ahora que sabemos mejor a quién nos enfrentamos. –Hizo un gesto amplio con el brazo que abarcaba el inmenso espacio y los diversos grupos de personal, cada uno en su zona de trabajo–. Disponemos de recursos, así que usémoslos.

–¿Podemos intentar realizar otra búsqueda de los padres biológicos de Enigma? –preguntó Nina–. ¿El Proyecto Borr incluía donantes de todo el mundo, de Estados Unidos o solo de la zona de Washington D. C.?

–No lo sabemos –contestó Kent–. No hay manera de continuar con la búsqueda.

–Igual podríamos conseguir pistas nuevas si le contáramos a la ciudadanía la conexión con el Proyecto Borr –dijo Breck, sumándose a la conversación–. Pero ¿qué queremos desvelar al público en este punto de la investigación, si es que queremos revelar algo?

Buxton tenía aspecto de necesitar un antiácido.

–No quiero revelar la información acerca del Proyecto Borr a menos que sea absolutamente necesario. –Levantó la vista hacia el techo–. Imaginen cómo reaccionarían los blogueros y los tuiteros y los partidarios de las teorías conspirativas. Los rumores sobre depredadores que atacan a chicas jóvenes correrían como la pólvora. –Meneó la cabeza–. Y el resto de los niños fruto del proyecto, que ahora son adultos perfectamente normales, recibirían un montón de críticas que no merecen.

Era parecido a lo que les había contado el hijo del doctor Borr, así que Nina coincidió con él. Pero por dentro tenía la sensación de que disponían de poco tiempo antes de que la información se filtrase, sobre todo ahora que varios agentes de todo el país habían entrevistado a los niños del Proyecto Borr.

Se preparaba para discutirlo con el grupo cuando el jefe de los criptoanalistas, Otto Goldstein, se dirigió hacia ellos casi vibrando por la emoción.

–Deme buenas noticias sobre ese acertijo –dijo Buxton con un leve tono de desesperación en la voz.

Goldstein sonrió de oreja a oreja. Sus gruesas gafas de montura metálica brillaron bajo las luces fluorescentes.

–Lo hemos resuelto.

39

Avión Gulfstream del FBI
En algún lugar sobre el Medio Oeste

Nina se sentó junto a Wade a la mesita, frente a Kent y Buxton. Breck se acomodó al otro lado del pasillo, con el ordenador abierto sobre la bandeja plegable del reposabrazos.

Buxton pulsaba botones en el mando a distancia del televisor.

–Noticias nacionales –masculló, haciendo *zapping* hasta que encontró el canal que quería.

Nina reconoció a Amy Chen, la experimentada presentadora. Bajo su imagen, una cortinilla anunciaba: «ÚLTIMA HORA. CIENTÍFICOS RECLAMAN LA RECOMPENSA DE UN MILLÓN DE DÓLARES».

«A continuación, hablaremos con el científico que ha descifrado el código –dijo Chen a cámara–. Tenemos con nosotros en el estudio a la exayudante de dirección del FBI, Shawna Jackson, que nos ofrecerá su punto de vista interno acerca del progreso de esta investigación de alto riesgo. Todo esto y más, con cobertura total, después de la pausa».

–Shawna me pidió permiso antes de aceptar –explicó Buxton por encima del sonido de un anuncio de lavavajillas–. Dado lo que ha hecho por nosotros, no podía pedirle que no hablara.

La cadena había contactado con Shawna para comentar el asunto una hora antes, cuando un científico de California había accedido a dar la solución al acertijo de Savannah en una entrevista telemática exclusiva. Shawna había llegado a un acuerdo en el que accedía a debatir varios aspectos de la investigación a cambio de que no emitieran la noticia hasta al cabo de una hora, de modo que Buxton y el equipo de Quantico pudieran avanzarse de camino a su próximo destino. Buxton le había pedido a Shawna que negociase veinticuatro horas con el canal de noticias, pero se habían plantado.

Chen volvió a aparecer en pantalla. Shawna sentada a su lado.

«Antes de hablar con la exayudante de dirección –empezó a decir Chen–, escuchemos al doctor Charles Farnsworth, que estudia espectroscopia en su laboratorio de investigación en California. –La pantalla se dividió para mostrar a un hombre corpulento con entradas y un bigote poblado–. Díganos, doctor Farnsworth, ¿cómo descubrió el significado de la pista, y cuál es la respuesta?».

Farnsworth se sonrojó mientras miraba a la cámara con el rostro inexpresivo.

«¿Doctor Farnsworth?».

Nina reconoció los signos del miedo escénico. Era evidente que el hombre acababa de darse cuenta de que habían llegado sus quince minutos de fama, y no estaba ni de lejos preparado.

Chen le lanzó un salvavidas.

«Quizá le gustaría hablarnos antes de su trabajo».

Chen no había llegado a lo más alto de su profesión sin aprender cómo sonsacarle información a un entrevistado nervioso.

Farnsworth pareció aliviado.

«Estudio la interacción entre la materia y la radiación electromagnética», dijo.

Dio la impresión de que Chen hacía un esfuerzo para no poner los ojos en blanco.

«¿Podría decirlo en términos más sencillos, doctor?».

«Estudio el espectro de la luz».

«De acuerdo. Y ¿cómo lo ayudó eso con la pista?».

Ahora que había empezado, Farnsworth cogió carrerilla:

«Las cifras de tres dígitos dentro de las líneas representan ondas electromagnéticas, expresadas en terahercios, del intervalo de frecuencia de los colores detectables por el ojo humano».

Chen parpadeó y a continuación habló con una paciencia exagerada:

«Doctor, la mayoría de nuestros espectadores no estudian la luz. ¿Podría explicarlo más llanamente?».

Farnsworth se quedó un momento pensativo.

«Cada número representa un tono de un color».

«Gracias, doctor. –Chen sonrió. Al parecer, ya había tenido suficiente de jerga científica y estaba lista para dejar caer una bomba ante la expectante audiencia–. Hemos utilizado los hallazgos del doctor Farnsworth para rellenar los huecos del diagrama –explicó, mirando otra vez a cámara antes de que la imagen se fundiera a negro–. He aquí lo que revela la imagen».

Nina se inclinó hacia delante junto con el resto del equipo mientras la estilizada imagen de un pájaro de un tono naranja rojizo muy intenso sobre un fondo azul y verde ocupaba la pantalla. De sus alas y de las plumas de la cola surgían llamas amarillas.

«A mí me parece un ave fénix –dijo Chen, dirigiéndose a Shawna–. Nuestra invitada tiene una estrecha relación con Nina Guerrera y ha mantenido contacto con el equipo de Quantico. ¿Qué piensan acerca de la imagen?».

«Trabajan sobre el supuesto de que es un fénix», contestó Shawna.

«Y ¿qué harán ahora?»

«Primero, deben establecer a qué localización hace referencia. Hay ciudades que se llaman Fénix* en Arizona, Illinois, Luisiana, Maryland, Michigan, Nueva York y Oregón. Y eso solo en Estados Unidos».

* Phoenix en inglés. *(N. de la T.)*

«Seguro que se refiere a Arizona –dijo Chen, frunciendo el ceño–. Es la única ciudad grande de entre todas».

«Parece probable –convino Shawna–. Pero no dejaremos nada al azar».

Nina apartó la vista del monitor para mirar a Wade, que era quien había sugerido que Arizona era la ubicación más probable. Había estudiado los patrones anteriores de Enigma e, igual que Chen, había llegado a la conclusión de que el sujeto prefería grandes ciudades en las que pudiera pasar desapercibido. A Nina le pareció distinguir una sonrisa triste en el rostro de Wade, cuya mirada estaba centrada en Shawna.

«También me he dado cuenta de que esta pista no proporciona datos concretos sobre dónde atacará el asesino», dijo Chen.

«En el pasado, señalaba el lugar exacto donde se encontraba un cuerpo –dijo Shawna–. En esta ocasión se trata de una ciudad entera y, si resulta que es la capital de Arizona, eso implica mil trescientos kilómetros cuadrados de terreno urbanizado y de desierto».

«Parece que ahora quiere despistarnos. No hay forma humana de cubrir esa superficie. –Chen hizo un gesto hacia la cámara–. ¿Qué puede hacer el público para ayudar al FBI?».

«Denunciar cualquier actividad sospechosa –contestó Shawna–. Tenemos una línea gratuita a la que pueden llamar».

–Ahí vamos –dijo Kent–. Veinte mil llamadas de graciosillos, amantes de las conspiraciones y videntes que se comunican con el espíritu de las chicas muertas… y tal vez, solo tal vez, una pista útil en medio de la maraña.

Chen se llevó la mano a la oreja al tiempo que abría mucho los ojos.

«Nuestro equipo de redes sociales nos informa de que hay una publicación nueva en la página de Facebook de Enigma. –Chen asintió brevemente y volvió a dirigirse a la cámara–. Ahora mismo se lo mostraremos. Les advertimos de que las imágenes pueden herir la sensibilidad de los espectadores».

Nina contempló la imagen que de pronto ocupó toda la pantalla. Era una fotografía de una chica que sostenía una cartulina grande. Abarcaba del cuello a la cintura, y lo único que resultaba visible eran sus manos desnudas y una estrecha franja de su barriga. Sobre la superficie blanca de la cartulina, podía leerse un mensaje escrito en letras mayúsculas con rotulador negro.

VEN A SALVARME, CHICA GUERRERA.

ME QUEDAN SEIS HORAS DE VIDA.

Nina notó el peso de la mirada de todos sus compañeros en el reducido espacio del avión. Como habían dicho Wade y Kent, la obsesión de Enigma con ella era su fuerza motriz. Había comenzado con ella y seguiría hasta terminar con ella. No quería limitarse a matarla: quería poseerla, controlarla y, finalmente, destruirla por completo.

A ella. Nina Guerrera. La Chica Guerrera.

Alzó la vista y vio a Kent entornar los ojos al mirarla; sin duda percibió la determinación en su expresión y la interpretó correctamente. Vocalizó, sin pronunciarla, la palabra «no» mientras negaba lentamente con la cabeza.

Pero Nina ya había tomado una decisión. Habían muerto chicas en D. C., San Francisco y Boston. Esta vez, la víctima estaba viva. Podía salvarla. Costara lo que costara, Phoenix no se convertiría en otro escenario para los asesinatos de Enigma.

40

Tres horas después
Centro de Operaciones de Emergencia, Phoenix, Arizona

Nina examinó el Centro de Operaciones. Situadas junto a la academia de formación de bomberos, las nuevas instalaciones disponían de tecnología punta. Los agentes de la oficina del FBI de Phoenix se mezclaron con los inspectores y los supervisores de patrulla, así como con un jefe de la policía de Phoenix. Varios miembros del personal civil de apoyo tecnológico se arremolinaban en el enorme espacio: era un típico escenario de sala de guerra con el que Nina se estaba familiarizando demasiado.

Igual que en Boston, la habían emparejado con un inspector de la policía local, esta vez de la unidad de Homicidios de la policía de Filadelfia. Su nuevo compañero, Javier Perez, lucía un cuerpo de deportista enfundado en un pantalón de vestir y un polo azul marino. Su pelo moreno y espeso y su piel color caramelo encajaban con los de Nina. Era el polo opuesto a Delaney, el corpulento poli de Boston.

Gracias a la línea caliente, el centro habia recibido cientos de llamadas nada más emitirse la noticia por la televisión. Se habían asignado grupos de inspectores, agentes y patrulleros para seguir las pistas más prometedoras, transferidas al COE por aquellos que atendían las llamadas.

Como el resto de equipos, a Nina y a Perez les habían entregado un montón de hojas con pistas. Buxton la había parado un momento antes de que se marchara. Nina había examinado rápidamente la hoja que él le tendía. La persona que llamaba se había identificado como una chica de dieciséis años que vivía en un albergue, y ambas cosas coincidían con el criterio de Enigma para escoger a sus víctimas. Luego había indicado que su amiga había desaparecido tras subirse a una furgoneta con un desconocido. Por último, había dicho que creía haber reconocido el tatuaje tribal que llevaba en la muñeca la chica que sostenía la cartulina. Su amiga desaparecida tenía uno igual. Al leerlo, a Nina se le había erizado el vello de la nuca.

—Tengo el coche en el aparcamiento —dijo Perez—. ¿Necesitas algo más antes de irnos?

Nina cogió una carpeta de cuero de la mesa.

—Todo bien.

Mientras lo seguía hacia la puerta, Kent se interpuso en su camino.

—No lo hagas —dijo en voz baja.

—¿El qué?

—Lo que sea que estuvieras pensando en el avión. He visto la expresión en tu cara.

—No sé de qué me hablas.

—El tipo quiere que hagas algo temerario. Que cometas un error.

—Perez y yo vamos a comprobar nuestras pistas. Igual que tu compañero y tú.

Wade le lanzó una mirada a Perez.

—No me gusta su aspecto.

—Pues has tenido suerte de que no te hayan emparejado con él.

Perez se reunió con ellos.

—¿Hay algún problema?

Ambos hombres se midieron con la mirada. Nina puso los ojos en blanco.

—Cuando hayáis acabado de daros golpes en el pecho, estaré en el aparcamiento.

Perez la alcanzó en el vestíbulo. Nina se percató de que le dedicaba una mirada elocuente, aunque no dijo nada hasta pararse junto a un Tahoe negro en la primera hilera de plazas de aparcamiento.

—El albergue no está muy lejos de aquí —dijo Perez mientras rodeaba el coche hasta la puerta del conductor.

Tras abrocharse el cinturón de seguridad, Nina abrió la carpeta para sacar la hoja de la llamada que le había dado Buxton.

—El sujeto al que vamos a entrevistar se llama Emma Fischer, una chica de dieciséis que en la actualidad vive en el albergue para mujeres y niñas, con su madre.

Perez se incorporó a la calzada.

—¿La madre de Emma sabe que ha llamado?

Nina estudió toda la hoja.

—No lo creo. Dice que Emma ha visto la noticia en la tele y ha pedido permiso para usar el teléfono de recepción. —Miró a Perez—. Apuesto a que no quiere que su madre sepa que anoche salió.

Perez asintió.

—¿Cómo quieres enfocar la entrevista?

—Yo tomaré la iniciativa. Se sentirá más cómoda hablando con una mujer.

—Entendido —dijo él con una sonrisa—. Yo seré el tipo duro y callado.

Al cabo de diez minutos, llegaron a la casa de adobe de un solo piso, de estilo misión, que se alzaba en una de las callejuelas secundarias. Tras aparcar en un lugar reservado para las fuerzas del orden, empujaron las puertas de cristal que daban acceso al vestíbulo y se dirigieron a recepción.

—¿Son policías? —preguntó una anciana con aspecto de pajarito que lucía un moño canoso.

Nina le mostró sus credenciales.

—Soy la agente especial Guerrera y él es el inspector Perez.

La mujer abrió mucho los ojos tras sus gafas cuadradas.

—Guerrera... ¿Es usted Nina Guerrera? —Se llevó la delgada mano al pecho—. Dios mío.

Nina sintió una corriente de calor que la abrasaba. Igual que muchísimas personas, la mujer había seguido la historia. Lo que significaba que seguramente había visto el vídeo. Le lanzó una mirada a Perez, y el calor se intensificó al darse cuenta de que él también lo había visto. Esta era su nueva realidad.

Se irguió.

—¿Dónde podemos hablar en privado con Emma Fischer?

La mujer se recuperó.

—Haré que uno de los empleados la acompañe a una sala de entrevistas. Tenemos varias. —Cogió una radio portátil del escritorio.

Nina se quedó callada y evitó establecer contacto visual con Perez.

—Vayan a la sala tres —dijo la mujer señalando hacia la izquierda—. Emma no tardará en llegar.

Recorrieron un amplio pasillo hasta llegar a una hilera de salitas que se alineaban en la pared interior. La número tres estaba abierta, y Perez entró. Era una sala espartana, con un pequeño sofá raído en un lado y dos sillas tapizadas en el otro.

—¿Hola? —dijo una tímida voz femenina desde el umbral.

Al volverse, Nina vio a una chica cuyos ojos delineados con kohl le daban un aspecto duro a un rostro que por lo demás era muy juvenil.

—¿Emma?

La chica asintió y Nina hizo un gesto en dirección al sofá.

—Soy...

—Sé quién es —la interrumpió Emma.

Nina se esforzó por reprimir el creciente ardor y señaló a su compañero.

–Él es el inspector Perez. Nos gustaría hacerte algunas preguntas acerca de tu llamada telefónica. ¿Está tu madre aquí?

–Está en la cama, desmayada.

–Vale –dijo Nina–. ¿Te importa si grabamos la conversación?

Emma se encogió de hombros.

–Necesito que contestes en voz alta –dijo Nina al tiempo que Perez colocaba una grabadora digital sobre la mesita de roble, llena de arañazos, que los separaba–. Para que conste.

–Sí, pueden grabar.

–¿Por qué no empiezas contándonos qué pasó ayer por la noche?

–Trina se peleó a lo bestia con su madre.

–¿Quién es Trina?

–Trina Davidson. La conocí hace apenas una semana, y empezamos a quedar porque somos las únicas chicas que no llevan pañales.

Nina asintió.

–¿A qué hora se produjo la discusión?

–Más o menos a las nueve. Después del altercado, Trina y yo decidimos… salir por ahí.

Nina lanzó una mirada a las manchas de nicotina que amarilleaban las uñas mordidas de Emma.

–Queríais fumar.

–Lo que sea –le restó importancia–. El caso es que giramos en la esquina, pero a Trina solo le quedaba un piti, así que fui al Circle K que hay al otro lado de la calle para comprar un paquete. Mientras hacía cola ante el mostrador, miré por la ventana y vi a un tipo que se acercaba a Trina.

–¿Qué aspecto tenía?

–De motero. –Emma se frotó los brazos con las manos arriba y abajo–. Iba todo tatuado, como desde los hombros hasta la cintura. Llevaba la cabeza rapada y una perilla morena.

Nina miró a Perez de reojo. La descripción no se correspondía con ninguna de las anteriores. Aunque claro…

—¿Era muy corpulento? –preguntó Nina.

—Era alto y bastante musculoso. –Emma señaló a Perez con la barbilla–. Como él.

—¿Qué hizo después de acercarse a Trina?

—La invitó a un cigarrillo. Habló con ella. Trina sonreía mucho. Creo que le molaba.

—¿Qué pasó luego?

—La estúpida que estaba en la caja tardó una eternidad en darme mis cigarrillos. No encontraba mi marca. Así que pedí otra.

Nina reprimió un gruñido.

—Digo que qué pasó con Trina.

—Ah, sí. Se fue con él a una especie de vehículo que parecía una casa y que estaba aparcado en el terreno vacío de al lado.

—Una casa con motor, dices. ¿Te refieres a una autocaravana?

—Sí, como las que conduce la gente para vivir en ellas mientras viajan por el país. Era toda negra, incluso las ventanas. No sé por qué, pero me dio escalofríos.

«Porque tu instinto de supervivencia te advirtió», pensó Nina.

—¿Qué ocurrió a continuación? –preguntó.

—Trina entró en la autocaravana con él y yo volví al albergue. –Se le humedecieron los ojos–. Fue la última vez que la vi.

—¿Se lo contaste a alguien anoche?

—No. Pensé que a lo mejor a Trina le gustaba de verdad ese tío. Yo qué sé.

—¿Y cuándo decidiste que tenías que contarlo?

—Esta mañana. –Emma se echó a llorar y dos regueros idénticos de perfilador de ojos le resbalaron por las mejillas–. Estaba mirando la tele en la zona del comedor y el científico ese comentó que la pista era un ave fénix. Sabía que se refería a esta ciudad. Lo sabía. –Contuvo un sollozo–. Luego vi la foto de esa chica sujetando el cartel y reconocí el tatuaje. Bueno, hay mucha gente que llevaba tribales en la muñeca, pero el de Trina es exactamente igual al que salió en la tele. Para asegurarme, la he buscado y no ha ido a desayunar, así que le he preguntado a su madre.

–¿Y qué te ha dicho?

–Que Trina no volvió anoche. Su madre creía que se había fugado por enésima vez. Yo no le he dicho nada. He ido a recepción y les he pedido que me dejaran usar el teléfono. Me han preguntado que para qué lo quería y les he explicado que tenía una pista y que tenía que llamar.

–¿Viste si la autocaravana se marchaba anoche? –preguntó Nina.

–No. Esta mañana he mirado en el solar. Está vacío.

Nina sacó un pañuelo de papel de una caja que había en un extremo de la mesa y se lo tendió.

–Dentro de poco vendrán unos inspectores para hacerte más preguntas. Me alegro mucho de que hayas llamado, Emma. Has hecho lo correcto.

–No, no es así. –Emma cogió el pañuelo–. Si hubiera hecho lo correcto, habría llamado antes a alguien. Ayer por la noche, por ejemplo. Ahora lo más seguro es que haya muerto. Y es culpa mía.

–No te eches la culpa, Emma. Has llamado. Eso es lo que importa ahora. –A Nina se le ocurrió algo–: Hablando de llamadas, ¿Trina tiene móvil?

Con suerte, podrían rastrear la señal y conseguir una localización.

–Aquí nadie puede permitirse un móvil. Por eso he tenido que usar el fijo de recepción para llamarlos.

–¿Puedes darnos más información sobre el motero? ¿Serías capaz de dibujar alguno de sus tatuajes o describirlo con detalle? ¿Había una palabra o una imagen en concreto que recuerdes?

–Era de noche y yo estaba bastante lejos. No vi nada concreto.

–¿Qué me dices de la matrícula o de algún dibujo en el exterior?

–Como he dicho, era de noche. –Frunció los labios–. Oigan, les he contado todo lo que sé. ¿No deberían estar buscándola?

Nina se levantó.

—Sé que estás preocupada por Trina, y nosotros también. Tenemos que investigar lo que nos has contado. Los demás inspectores querrán hablar contigo, con tu madre y también con la madre de Trina.

—La madre de Trina me matará. —Emma se cruzó de brazos—. Es mala.

—Nadie va a matarte. Estoy segura de que lo entenderá.

Emma no lo tenía tan claro.

—¿Me avisarán si encuentran a Trina?

—Te lo haremos saber.

Después de asegurarle repetidamente que la policía impediría que la madre de Trina la estrangulara, salieron juntos del edificio. Nina se quedó parada mientras Perez llamaba al COE para ponerlos al día y pedir una entrevista de seguimiento así como servicios de apoyo para Emma y la madre de Trina.

Nina le oyó pedir una orden de información sobre una autocaravana negra.

—Buena idea. Si tenemos suerte, alguien que aparque ilegalmente en un solar del ayuntamiento quizás aparque en otro sitio que no debería.

—O podrían ponerle una multa —dijo Perez—. Vale la pena intentarlo.

Nina asintió con la cabeza.

—Enigma no tiene ningún motivo para sospechar que estamos buscando una autocaravana. No sabe que Emma lo vio hablando con Trina y mucho menos llevándosela a su vehículo.

—Eso si se trata de nuestro hombre con un nuevo disfraz —observó Perez—. Porque podría ser otro cochino pervertido.

Nina coincidía en que cualquier adulto que atrajera con artimañas a un menor era asqueroso y deleznable, y sabía que muchas chicas llevaban tatuajes en la muñeca, pero intuía que se trataba de Enigma. Lo notaba en los huesos.

—¿Hay un aparcamiento de autocaravanas por aquí?

—Cerca del centro no.

—¿Adónde irías tú si tuvieras una autocaravana y quisieras retener a alguien dentro contra su voluntad? ¿Dónde hay un montón de espacio al aire libre e intimidad ante las miradas ajenas?

—Los aparcamientos de autocaravanas de las ciudades cercanas están abarrotados. Los vehículos están casi pegados.

—¿Qué me dices de un parque?

—No se puede dormir ahí —contestó él—. Los parques cierran al anochecer.

—Si es nuestro hombre, ya habrá planeado algo. Dejó esa pista en Savannah para asegurarse de que centráramos nuestra atención en el otro extremo del país mientras él se instalaba aquí.

Perez se sacó el móvil del bolsillo: tenía una llamada entrante.

—Es el COE. —Tocó con la punta del pie un canto rodado del suelo arenoso mientras escuchaba—. Ahora mismo. La agente Guerrera y yo lo comprobaremos. —Colgó y le sonrió a Nina—. Tenemos una correspondencia.

Perez le dio los detalles mientras se alejaban del centro con el coche.

—La unidad que patrulla el perímetro de Maryvale-Estrella recibió una denuncia por una autocaravana aparcada de manera ilegal anoche —dijo Perez mientras se abría camino entre el tráfico—. La recesión pegó con fuerza en Maryvale. Muchos constructores dejaron solares vacíos al marcharse.

—¿Qué vio el patrullero?

—Pasaba con el coche y vio un vehículo dentro de una zona vallada. Habló con el vigilante nocturno, quien le dijo que el dueño del solar le había dicho que había dado permiso a una autocaravana para aparcar allí dos días. Así que el agente tomó nota del nombre del guarda de seguridad y se marchó.

—¿Están comprobando la historia?

—El agente no introdujo el nombre de la compañía de seguridad. Alguien en el COE está tras la pista del dueño del terreno. No es un proceso sencillo. Mientras, podemos ir a echar un vistazo.

Nina se agarró de la manija de la puerta cuando Perez giró en una esquina un poco rápido.

—¿Crees que nuestro hombre se asustó al ver la patrulla y cambió de sitio?

—Al contrario —replicó Perez—. Seguramente cree que los polis no volverán a molestarlo, puesto que piensan que tiene permiso para estar ahí. Es una propiedad privada, así que puede tener más problemas con los de Urbanismo que con la policía. —Se encogió de hombros—. Y tiene pensado haberse ido mucho antes de que se presenten los de Urbanismo, así que ha ganado tiempo y no tendrá prisa por marcharse.

Nina esperaba que Perez tuviera razón. Durante el trayecto a Maryvale, él le habló de Phoenix y de su peculiar historia. Era la primera vez que Nina estaba en el Valle del Sol, y le gustaba el ambiente sureño del lugar.

Perez detuvo el Tahoe frente a una valla de alambre, al final de una calle desierta y sin salida. No bromeaba con lo de la recesión. Al parecer, los constructores se habían llevado las excavadoras y las hormigoneras en medio del proyecto de construcción. Con los años, el mezquite y los arbustos desvaídos habían reclamado los solares polvorientos.

Una enorme autocaravana negra destacaba sobre un fondo marrón de paisaje desértico, a unos veinte metros de la valla.

Nina miró a su alrededor.

—¿Ves algún rastro del guarda de seguridad?

—No. A lo mejor solo trabaja de noche.

—Esta autocaravana coincide con la descripción de Emma —señaló Nina—. ¿Tú qué crees?

Perez se apoyó una mano en la cadera.

—O bien encontramos a una chica de dieciséis años que se ha escapado de casa, o bien otra víctima del asesino.

Nina recordó su juramento de hacer lo que fuera necesario. Apretó los labios, se dirigió a la valla y deslizó las manos por el alambre.

–¿Ves una entrada por alguna parte?

–Hay una verja, pero tiene candado.

Nina sacudió la valla.

–Es bastante robusta.

Metió un pie en un hueco y comenzó a impulsarse hacia arriba.

–Supongo que el FBI no se preocupa por detalles menores como una orden de registro –dijo Perez.

–Es solo para investigar –dijo ella por encima de su hombro–. No voy a entrar en el vehículo.

Perez trepó tras ella y, al saltar, sus lustrosos zapatos levantaron una nube de polvo junto a Nina. Ella se acercó con cautela al vehículo.

–Todas las ventanas están cubiertas, como ha dicho Emma. No es solo que hayan corrido las cortinas, da la sensación de que algo las oscurece desde el interior. –Meneó la cabeza–. No me gusta.

Se dirigió a la puerta de la autocaravana.

–¿Qué coño haces?

–Me ha parecido oír algo. –Alzó la voz–: ¿Trina?

Del vehículo les llegó un grito ahogado seguido de unos golpes rítmicos.

–Tiene que ser ella –dijo Nina–. Creo que le está dando patadas a algo.

Perez sacó su móvil.

–Llamaré para informar.

Nina sacó su arma de la funda.

–A la mierda.

Había oído lo que sonaba como un grito agudo y ahogado. El sonido que haría una chica amordazada. No quería esperar refuerzos.

Perez vaciló.

–¿Agente Guerrera?

–Se trata de circunstancias urgentes. –Avanzó hacia el enorme vehículo–. Voy a entrar.

–Si él está dentro con ella, se trata de una situación con rehenes. Necesitamos ayuda…

–Cubre las ventanas traseras –le indicó Nina por encima del hombro mientras subía los escalones hasta la puerta.

Al extender la mano hacia el pomo, se le ocurrió que aquella era exactamente la clase de comportamiento temerario sobre el que Kent la había advertido.

41

Nina oyó a Perez maldecir a su espalda mientras ella tiraba de la manija desgastada. Estaba cerrada con llave.

—FBI. Abra la puerta.

—¡Mmmmf!

Tras la respuesta se oyeron unos golpes frenéticos.

Nina levantó el pie y pateó la puerta de metal. Consiguió abollarla, pero no cedió.

—Trina, ¿está él dentro contigo? —Pensó en un método para comunicarse—. Da dos patadas si estás sola.

La respuesta fueron dos patadas en rápida sucesión.

Nina se volvió hacia Perez.

—Te he dicho que cubras la ventana trasera.

—No pienso dejarte entrar sola —repuso él—. Los refuerzos están de camino.

—No voy a esperar.

Nina le dio una patada a la puerta. Y otra.

—¿Por qué no me dejas hacerlo a mí?

Nina lo ignoró y lanzó otra patada. La puerta cedió. Nina la abrió, subió a toda prisa los dos escalones y entró en la cabina principal. Oyó un aullido lastimero procedente del dormitorio de la parte de atrás.

—Agáchate —susurró Perez.

Por el rabillo del ojo Nina vio el cañón de la Glock de Perez casi sobre su cabeza. Se agazapó y avanzó poco a poco, permitiendo que él quedara por arriba. De ese modo, evitarían el fuego cruzado.

La mampara que aislaba el compartimento trasero estaba abierta y Nina vio unas piernas desnudas esposadas cada una a un lado de una cama de matrimonio que ocupaba casi todo el reducido espacio. Los grilletes estaban unidos a la pared con unas pesadas alcayatas de acero. Nina se acercó lanzando miradas en todas direcciones antes de fijarse en la cara de la chica.

Las lágrimas le caían por debajo de una bandana negra doblada para cubrirle los ojos y atada en la parte de atrás de la cabeza. Los mocos le colgaban de la nariz enrojecida hasta llegar a las dos tiras de cinta americana que le tapaban la boca. También tenía las muñecas amarradas a unas alcayatas. Nina se dio cuenta de que una de las piernas de la chica estaba lo bastante cerca de la mesita de noche empotrada como para permitirle darle patadas.

La chica sacudió la cabeza de lado a lado.

—¡Mmmmf!

—Cúbreme —dijo Nina por encima de su hombro al tiempo que guardaba el arma en la funda—. Ya estás a salvo. —Intentó transmitirle calma mientras se acercaba a la cama—. Soy la agente especial Nina Guerrera, del FBI. No voy a dejar que te haga más daño.

Le quitó la bandana y luego agarró la cinta adhesiva y tiró de ella hasta arrancársela.

La mirada de la chica era de puro terror.

—¡Socorro!

Nina se centró en la pregunta más crucial.

—¿Dónde está?

—Ha dicho que enseguida volvía —dijo la chica—. Tenéis que sacarme de aquí.

Desde el vehículo se oyó el sonido de las sirenas.

—Diles que apaguen las sirenas —le ordenó Nina a Perez—. Quiero sacarla de aquí y atraparlo a él cuando vuelva.

—No serviría de nada —repuso Perez—. Todas las unidades disponibles están de camino. Y he visto a vecinos de otro barrio que bajaban por la calle y se dirigían hacia aquí. En veinte minutos tendrán montado un puesto de tamales.

Enigma vería a la multitud y se escabulliría sin que nadie se diera cuenta. Nina cerró los ojos y maldijo antes de volverse hacia la chica.

—¿Dónde está la llave de los grilletes?

—Se la ha llevado.

Nina oyó un leve sonido metálico en el exterior: los agentes de policía que acudían al lugar y escalaban la valla.

—Mira a ver si alguien tiene una cizalla —le pidió Nina a Perez.

Una vez hubo salido, le acarició la mejilla a la chica. Coincidía con la descripción que les había dado Emma, pero tenía que asegurarse.

—¿Eres Trina Davidson?

Ella asintió.

—¿Dónde está mi madre?

—En el albergue. La policía la traerá para que se reúna con nosotros al marcharnos.

—¿Adónde me llevaréis?

—Al hospital. Te han de hacer una revisión.

Trina se echó a temblar.

—¿Puedes taparme con algo?

—Por supuesto.

Se quitó el cortavientos. Lo estaba colocando sobre Trina cuando Perez asomó la cabeza por la puerta.

—El equipo de rescate ha llegado. Tienen cizallas.

Luego desapareció y dos técnicos de emergencias subieron los escalones y llenaron el abarrotado espacio con su equipo.

—Disculpe. —Uno de ellos le dio a Nina con el hombro al pasar con una cizalla en la mano. Al inclinarse sobre Trina, esta se encogió.

Nina puso la mano sobre el antebrazo del sanitario.

—Espera un momento.

Se escurrió para pasar junto a él y se arrodilló en el colchón, junto a Trina.

—Mírame, cielo.

Trina la miró a los ojos.

—Están aquí para ayudarte. Como no podemos abrir los grilletes con la llave, tenemos que cortar la parte metálica que los sujeta a la pared.

Trina volvió a mirar al técnico sanitario y soltó un gemido.

—¿Qué ocurre, Trina?

—¿Puedes quedarte conmigo? —susurró la chica.

—No me moveré de aquí. Tú concéntrate en mí. No te preocupes por lo que están haciendo. Sé que no es el mejor momento, pero me gustaría hacerte algunas preguntas. ¿Te parece bien?

Eso serviría tanto para distraer a Trina como para recabar lo antes posible información que permitiera emitir una orden de busca y captura contra Enigma.

Trina asintió y Nina adoptó un tono tranquilizador.

—¿Qué aspecto tenía?

—Como uno de esos moteros. Era enorme. Muy fuerte. Llevaba tatuajes en todo el brazo, la cabeza rapada y una perilla morena.

Un potente sonido metálico sobresaltó a Trina. La alcayata se había roto en dos. Uno de los pies de Trina ya estaba libre.

Nina le pidió más detalles mientras el sanitario se ponía a trabajar con el otro tobillo.

—¿Qué me dices de sus ojos?

—No se los vi —contestó Tina—. Llevaba gafas de sol.

Se oyó otro sonido estruendoso de metal al romperse y Trina pudo por fin juntar las piernas. El sanitario se puso con la muñeca.

—¿Cómo hablaba? —preguntó Nina—. ¿Qué te dijo?

Trina negó con la cabeza con vehemencia.

—No quiero repetir las cosas que me ha dicho.

La tercera alcayata se rompió con un sonoro crac. Trina se llevó la mano libre al pecho y sujetó el cortavientos de Nina.

–Lo siento –dijo el técnico–, pero tengo que alcanzar la otra muñeca.

Se inclinó sobre Trina, que se hizo una bola bajo la chaqueta. Nina le tendió la mano y la chica la apretó con tanta fuerza que se le pusieron los nudillos blancos.

–Maldita sea –dijo el sanitario con un gruñido–. Este ángulo no es bueno. Lo siento, pero no tengo otra manera de alcanzarla. –Movió la pierna y se puso a horcajadas sobre Trina para prepararse.

Trina se revolvió, histérica.

Nina agarró al técnico del brazo y tiró de él para quitarlo de encima de la chica.

–¿Qué te piensas que haces?

El hombre soltó un suspiro exasperado.

–Intentar liberarla.

Nina no le soltó el brazo.

–Tienes que encontrar otra postura.

Le vino a la mente el retazo de un recuerdo. La presión de unas pesadas piernas de hombre aplastándola contra el suelo. Como en una trampa. Once años atrás, el monstruo se había puesto a horcajadas sobre ella para que se estuviera quieta y obligarla a someterse. Seguramente le había hecho lo mismo a Trina al encadenarla.

–Esto me gusta tan poco como a ti –dijo el técnico–. Pero no se me ocurre otra manera de cortar esa cosa. –Le tendió la cizalla–. Igual será mejor que lo hagas tú.

Nina cogió la cizalla y miró a Trina. La chica tenía los ojos muy abiertos y en ellos se reflejaba la locura y el pánico. Nina tendría que colocarse sobre ella como había hecho el sanitario para alcanzar la última alcayata. Nina se esforzó por reprimir una sensación de *déjà vu*, y revivió su propio ataque tanto desde la perspectiva de Trina como de la de Enigma mientras se sentaba a horcajadas sobre las piernas de la chica.

–Mira, quiero liberarte, pero no puedo hacerlo a menos que cooperes. ¿Me ayudarás quedándote quieta?

Trina se limitó a mirarla; no parecía dispuesta a hablar, o tal vez no pudiera hacerlo. Nina agarró con firmeza la herramienta y se inclinó sobre la chica para alinear los afilados filos con el borde de metal. Apretó. Tras un considerable esfuerzo, se vio recompensada con un sonoro «pop». Trina se incorporó bruscamente, apartando a Nina, e intentó salir de la cama hecha a medida. El sanitario la agarró, incrementando así su histeria, y Trina se puso a agitar los brazos y a arañarle.

—¡Basta! —dijo él cogiéndola de las muñecas—. Estamos intentando ayudarte.

En lo más hondo de Nina, algo se rompió. Volvió a extender el brazo y le dio un codazo al hombre en el hombro. Fuerte.

El hombre soltó a la chica y se encaró a Nina.

—¿Qué coño haces?

Nina sabía que se había pasado de la raya, pero no le importaba. Había actuado por reflejo al verlo agarrar a Trina por las muñecas. La chica estaba traumatizada, y las acciones del técnico no ayudaban. De hecho, empeoraban inmensamente las cosas.

Trina rodeó con los brazos el cuello de Nina y se echó a llorar desconsolada. Nina dio por hecho que, de momento, las preguntas se habían acabado.

—¿Puedes tratarla en la ambulancia? —le preguntó Nina al sanitario por encima del hombro de Trina, sin hacer caso de la expresión de indignación y centrándolo en su trabajo—. Quiero llevarla al hospital antes de que entre en *shock*.

Nina insistió para que los hombres se retiraran y la dejaran a ella ayudar a Trina a ponerse en pie. Mientras la sujetaba con un brazo alrededor de la cintura, Nina cogió la manta que le ofreció el segundo técnico sanitario y la colocó con cuidado sobre la cabeza de Trina como si fuera una capucha, de modo que solo se le viera una parte de su rostro.

—Nadie sabrá quién eres —le dijo a Trina, que asintió.

Al salir se encontraron un mar de curiosos que sostenían en alto sus móviles desde detrás de la cinta policial amarilla.

Nina oyó que la llamaban por su nombre al verla. Se apresuró a meter a Trina por la puerta trasera de la ambulancia que esperaba y le dijo a Perez que acompañaría a la chica al hospital. El inspector accedió a llevar a la madre de Trina a Urgencias para que se reuniera con ellas.

Nada más cerrarse las puertas, el segundo técnico de urgencias se sentó junto a Nina. Le dedicó una sonrisa a Trina, intentando tranquilizarla mientras comprobaba las constantes vitales.

Satisfecha con el modo en que la trataba, Nina reflexionó sobre su situación. No iban a atrapar a Enigma ese día, pero al menos habían evitado que hubiera otra víctima. Lo cual le hizo venir a la cabeza otro pensamiento, mientras la ambulancia se abría camino a través de las calles de la ciudad. Sin duda, él se vengaría por la huida de Trina.

Y cuando viera el vídeo de Nina acompañando a la chica al salir de la autocaravana, sabría hacia dónde proyectar su ira.

42

El aroma especiado a carne asada mezclada con cebollas salteadas y jalapeños flotaba en el Centro de Operaciones de Emergencia. Nina le devolvió la sonrisa a Perez mientras le hincaba el diente al jugoso burrito. El inspector había pedido que les trajeran comida de un restaurante llamado Casa Cruz Cocina, un local del sur de Phoenix que –según le había asegurado Perez– preparaba la mejor comida mexicana de la ciudad.

–¿Más salsa de tomate? –le ofreció Kent, distrayendo la atención de Nina del atractivo inspector de Homicidios.

–No, gracias.

En el extremo opuesto de la sala, Buxton estaba inmerso en una conversación con Steven Tobias, el comisario jefe de Phoenix. Las bolsas de comida mexicana estaban diseminadas en el centro de la mesa de reuniones rectangular. Cada uno cogió lo que quería y se lo sirvió en platos de cartón.

Buxton se volvió hacia el grupo y alzó la voz para hacerse oír por encima de la algarabía de conversaciones:

–Repasemos lo que tenemos hasta ahora. Me gustaría empezar con la declaración de la víctima. –Hizo un gesto en dirección a Nina–. La agente especial Guerrera fue la encargada de hablar con ella en el hospital.

Después de que los sanitarios llevaran a Trina en camilla a Urgencias y de que luego la trasladaran a una cama, las enfermeras se habían hecho cargo de ella. Nina permaneció en la habitación mientras la examinaban a fondo, y anotó las respuestas de Trina acerca de las diversas heridas que presentaba. Había hecho todo lo posible por tranquilizar a la chica mientras una enfermera le aplicaba el kit para violaciones. El mayor reto resultó ser la madre de Trina, que había irrumpido en la habitación como una *banshee**, chillando a quien quisiera escucharla cuando no se ponía a llorar como una histérica sobre la cama de su hija. Nina había tenido la suerte de disponer de unos minutos a solas con Trina para hacerle varias preguntas más antes de pasarle el testigo de la investigación al inspector de Phoenix.

Consciente de que todos esperaban una respuesta, Nina se apresuró a tragar y se limpió la boca con una servilleta de papel.

—La víctima es Trina Davidson, de diecisiete años, que vive temporalmente con su madre en el albergue para mujeres que está en el centro. Nunca había visto al sospechoso antes de anoche ni había mantenido contacto previo con él a través de las redes sociales.

—¿Te ha contado por qué el sospechoso la dejó sola en la autocaravana? —preguntó Buxton.

—Me dijo que había intentado escaparse mientras él la encadenaba a la cama. Le lanzó un puñetazo, él detuvo el golpe y lo desvió de modo que el puño de la chica acabó chocando contra una webcam sujeta al estante que hay sobre la cama. El tipo se puso como un loco al ver que se había roto. Trina cree que tenía pensado emitir en directo su asesinato.

Nina se percató de que Wade tomaba notas en su tableta.

—Él terminó de ponerle los grilletes y se marchó, o al menos es lo que ella cree, aunque no lo sepa con certeza, a buscar otra

---

* En la mitología irlandesa, espíritus femeninos que se aparecen a una persona para anunciar con sus llantos la muerte de alguien cercano. *(N. de la T.)*

cámara –explicó Nina–. Oyó una moto que se alejaba pero no lo había visto conducirla antes.

Buxton miró a los presentes a la mesa.

–¿Tenemos información sobre la moto?

Todos negaron con la cabeza.

–La autocaravana tiene un minigaraje hecho a medida. Es lo bastante espacioso para meter una bici o una Vespa, pero un coche no cabría. El espacio estaba vacío, pero los de la Científica encontraron una mancha de aceite que se había formado sobre el suelo.

–Seguro que conduce una Harley –murmuró una de los agentes de Phoenix.

A su lado, un inspector soltó una risita.

–Llevaba fuera como media hora cuando llegamos el inspector Perez y yo. Lo cual significa que seguramente al volver vio las luces y escuchó el sonido de las sirenas. Yo diría que dio media vuelta con la moto y se largó cagando leches antes de acercarse demasiado al lugar.

Buxton asintió.

–¿Qué más le ha contado la víctima acerca del sospechoso?

–Dice que llevaba guantes de piel negros y que no se los quitó en ningún momento. Estamos en octubre, pero aquí en Phoenix la temperatura exterior ronda los treinta grados. No los llevaba porque hiciera frío.

–Debe de saber que tenemos su ADN –observó Breck, que hablaba por primera vez–, así que, ¿por qué llevar guantes?

–¿Para ocultar sus huellas dactilares? –sugirió Perez.

Nina pensó en ello.

–A lo mejor están en alguna base de datos criminales.

–Hay muchas profesiones en las que también te piden las huellas –señaló Wade.

–A mí me pasó cuando estaba en la Marina –intervino Kent–. A lo mejor es militar.

–Utilizó vendajes médicos –dijo Nina al recordar ese otro detalle–. Le vendó una laceración en el muslo. Supongo que no quería que se desangrase antes de que él regresara. ¿Es posible que sea médico de combate o del ejército?

—Hablaremos con nuestros contactos en el ejército a ver si pueden ayudarnos —dijo Buxton—, aunque no tengo muchas esperanzas. Pasemos al perfil del sospechoso. ¿Qué podemos añadir a lo que ya tenemos?

La pregunta iba dirigida a Wade.

—No creo que hubiera planeado el secuestro de esta víctima, como sí hizo con las demás —comenzó a decir Wade—. Se dirigió a la agencia de alquiler de autocaravanas vestido con su disfraz de motero. Luego condujo con la moto hasta el solar... seguramente una Harley. —Le dedicó una sonrisa burlona al poli que había bromeado sobre la moto—. Quería asegurarse de que cupiera en el minigaraje. Todavía no la hemos encontrado, así que no sabemos de dónde la ha sacado, aunque doy por hecho que también es alquilada. Es demasiado listo para dejar que la policía lo pare con una moto robada y dudo que condujera con ella por todo el país, desde D. C. hasta Savannah.

—¿Por qué crees que Trina no era un objetivo planeado? —quiso saber Buxton.

—Yo apostaría a que tenía pensado vigilar el albergue y Trina le cayó del cielo —dijo Wade—. Su edad y su situación encajaban en su esquema, y de repente pasa por delante de él. Al ver que la otra chica iba a comprar cigarrillos, fue incapaz de dejar pasar la oportunidad.

—Seguramente un narcisista pensaría que el mundo se lo debe —dijo Kent—. Se siente tan superior que cree que no lo pillarán. Es más listo que el resto de nosotros, pobres mortales.

Nina se volvió hacia Kent.

—¿A qué crees que es debido?

—Es probable que desde pequeño le dijeran que era especial —dijo Kent—. Que es mejor que el resto. Él empieza a sentir que tiene derecho a todo. Cuando las cosas no salen como él cree que deberían salir, naturalmente busca a alguien a quien echarle la culpa.

No cabe la posibilidad de que él no esté a la altura. Tiene que ser culpa de otro. Y a ese otro hay que castigarlo.

—¿Qué me dicen de la cámara? —preguntó Buxton desde el otro extremo de la mesa.

Wade frunció sus pobladas cejas canosas.

—Tiene la sensación de que su público sigue creciendo, así que necesita un espectáculo más impresionante. No ha conseguido los mil «Me gusta» que había pedido para emitir los siguientes sesenta segundos del vídeo anterior, así que está creando uno nuevo que publicará sí o sí. Pero la cosa no le ha salido bien.

Nina le agradeció a Wade que se hubiera referido al vídeo sin mencionar su nombre. Era evidente que todos los presentes en la sala lo habían visto, pero lo último que necesitaba Nina era la distracción de discutirlo delante de ellos. Aun así, le dio un sorbo al café frío del vaso de porespán para ocultar el rubor que le cubría el rostro.

—¿Y estás de acuerdo con el agente Kent en que necesita culpar a otros? —le preguntó Buxton a Wade.

—Culpar y castigar —contestó Wade—. Un tema recurrente para él. Creo que de niño lo castigaron con severidad. Seguramente una figura paterna. Nuestro hombre descarga su frustración en chicas jóvenes, así que en su adolescencia tuvo que ocurrir algo crucial. Quizás con una chica de su edad, o quizás con el padre que lo castigaba. Se quedó estancado en esa fase de desarrollo y en cierto sentido está atascado.

Buxton había abierto la boca para plantear otra pregunta cuando el agente que se sentaba a su lado solicitó su atención.

—Señor, tenemos actividad en la página de Facebook del sospechoso.

El comisario Tobias llamó a uno de sus informáticos.

—Ponlo en el monitor.

Los dedos del empleado volaron sobre el teclado y uno de los monitores montados en la pared pasó de mostrar un fondo azul regio a la imagen de la página de Enigma.

—Sube el volumen —pidió Tobias.

La silueta de un hombre con capa apareció frente a una pared blanca al empezar la emisión de un vídeo en directo.

«Se hace llamar la Chica Guerrera», dijo.

Un miedo gélido recorrió a Nina al oír el sonido de su voz.

«La gente la llama heroína. Pero yo sé la verdad».

El silencio se hizo en la sala. Todas las miradas estaban clavadas en la pantalla.

«Y ha llegado el momento de que el resto del mundo la sepa también».

A Nina se le salía el pecho del corazón. ¿De qué estaba hablando?

«Nadie la quería. Ni siquiera sus padres. La tiraron a un contenedor. Junto con la basura. —Se inclinó hacia delante—. Porque Nina Guerrera es basura. Y ellos lo sabían».

Su risita le puso a Nina los pelos de punta.

«¿Qué pensáis ahora de vuestra heroína? Esperad a verla como la veo yo. Nada revela el carácter como el dolor, y, como estáis a punto de ver, ella no muestra más que miedo».

A Nina empezó a sudarle el cuero cabelludo mientras intentaba controlar la expresión. Consciente de que todos los ojos de la sala estaban clavados en ella, se mantuvo erguida y mirando directamente a la pantalla.

«Voy a mostraros el resto del vídeo —dijo la forma oscura sin rasgos a la cámara—. Veréis exactamente a quién estáis poniendo de ejemplo para vuestras hijas. La veréis suplicar clemencia, arrastrarse como un perro para salvar su miserable vida. No es una heroína. Es una niña asustada. —Bajó la voz hasta convertirla en un susurro—. Un desecho sin valor».

El vídeo terminó y lo sustituyó un fotograma de Nina a los dieciséis años. La nueva emisión comenzó justo donde lo había dejado la última vez. El monstruo retiraba el cigarrillo de la carne de la chica, que jadeaba y sollozaba sobre la mesa de acero.

El estómago de Nina rugió en señal de protesta. La sala desapareció y lo único que podía ver era el repugnante espectáculo que se desplegaba ante ella. Se le aceleró la respiración, igual que a su versión más joven, de la que a un mismo tiempo estaba alejada y unida en su agonía.

«Eso ha sido solo el principio —le dijo el hombre a la chica—. Tengo muchas más cosas pensadas para ti».

Se inclinó sobre ella y presionó la punta encendida del cigarrillo sobre su otro omoplato. Esperó con una paciencia infinita mientras ella aullaba de dolor, intentando desesperadamente liberarse de sus ataduras. Luego la quemó una tercera vez, en el centro de la parte inferior de su espalda, de modo que los círculos de carne quemada formaran un triángulo. Tiró el cigarrillo al suelo y retrocedió para examinar su trabajo con fría objetividad mientras ella le suplicaba que parase. Él ignoró sus peticiones, volvió a acercarse y rodeó la garganta de la chica con las manos enguantadas. Luego empezó a apretar mientras narraba para la cámara.

«Respirar. Un instinto primitivo. —Hablaba en tono aséptico, como si fuera un profesor de anatomía explicando las funciones corporales—. Por eso la tortura con agua es tan eficaz. El cuerpo se ve privado de oxígeno y lucha para inspirar. Pero no hay aire que aspirar. Al cabo de un rato, empiezas a desvanecerte».

El hombre aflojó la presión y ella retorció el cuerpo mientras intentaba llenarse los pulmones con grandes bocanadas.

«Pero entonces te llega un poco de aire —continuó él—. Lo justo para no perder la conciencia… para que puedas experimentar por completo la próxima vez. —Volvió a apretar—. Si sigo haciendo esto, empezarás a tener espasmos incontrolables. Al final, morirás. —La soltó y retrocedió para observarla mientras ella se retorcía de nuevo—. Pero no es eso lo que quiero. Todavía no».

Casi sin darse cuenta de lo que hacía, Nina se agarró al borde de la mesa de reuniones para mantener el equilibrio. Sentía las enormes manos del monstruo alrededor del cuello, su voz le resonaba en la cabeza, su malvada presencia la envolvía.

La asfixiaba.

Nina se levantó tambaleándose y se alejó de la mesa. Detectó movimiento y vio que Kent se disponía a ponerse en pie. Wade lo cogió por el brazo y tiró de él para que volviera a sentarse.

–Déjala –le dijo–. Dale un momento.

El vídeo seguía reproduciéndose en la pantalla. Nina le dio la espalda y, aunque notaba los pies pesados, comenzó a avanzar con más rapidez, hasta dejar atrás el espantoso espectáculo.

Empujó la puerta y salió al pasillo. Chocó con la pared y se deslizó hacia abajo hasta que su trasero se topó con el liso suelo de baldosas. Hundió la cabeza entre las manos mientras las lágrimas se le acumulaban como una tormenta.

Se había prometido a sí misma que nunca permitiría que la hiciera llorar otra vez. Había escapado de él once años atrás y, aun así, él se las había apañado para torturarla como si volviera a estar desnuda y con las piernas abiertas frente a él. La impotencia la embargó de nuevo y, junto con ella, la angustia de saber que un monstruo la controlaba. Era él quien decidía si podía respirar una vez más o no.

Se echó a temblar. Al cabo de un largo rato, se dio cuenta de que lo que la hacía temblar ya no era el miedo, sino la rabia. No pensaba entregarle su poder. Nunca más. El hombre arremetía en un intento de reclamar lo que había perdido. Culpaba a Nina de esa pérdida y estaba infligiendo su castigo.

Nina tuvo la sensación de encontrarse en una bifurcación del camino. Si sus sospechas sobre el material del club de lucha eran correctas, Enigma era un luchador. Seguiría atacándola desde todos los ángulos. Igual que los combatientes de artes marciales mixtas a los que había visto en la tele, cambiaría constantemente su táctica y utilizaría una variedad de técnicas para desconcertarla.

Nina había practicado judo, deporte en el que se utiliza el impulso del oponente contra él mismo. Tendría que probar con ese enfoque si albergaba alguna esperanza de atrapar a Enigma. Eso implicaba abrirse, colocarse de manera deliberada en una posición vulnerable con el fin de descubrir las flaquezas de él. Por segunda vez en ese día, recordó su juramento.

Costase lo que costase.

Que así fuera. Lo derrotaría. O moriría en el intento.

43

Enigma se quitó el chubasquero con capucha y lo dejó caer sobre el suelo enmoquetado. El espectáculo de Nina Guerrera había terminado, y él estaba excitado. Echó un vistazo al antiguo reloj que había en la repisa de la chimenea y se obligó a concentrarse en la tarea que tenía entre manos. No podía bajar la guardia. Se dirigió a la escalera, pasando por encima del cuerpo del viejo tendido junto a la mesa del comedor.

Media hora antes, el vejestorio había respondido a su llamada a la puerta principal. La vista del viejo debía de ser mejor de lo que esperaba, porque tras echar un vistazo al hombre que había en su umbral, intentó cerrar la puerta. La televisión retumbaba desde la salita y un retrato robot bastante preciso de Enigma como motero con tatuajes llenaba la pantalla. Un par de potentes golpes habían acabado con las preocupaciones del viejo. Para siempre.

Estaba contento con su elección. Después de estudiar varias casas del vecindario, había encontrado una en la que vivía un viejo. Estaba preparado para lidiar con una pareja, pero por lo visto el hombre era viudo. Mucho mejor. Nadie iría a la casa mientras él estuviera allí.

Subió al dormitorio del piso superior y luego se metió en el baño y abrió la ducha. Mientras se calentaba el agua, se quitó los guantes de cuero negros, dejando al descubierto el par de nitrilo azul que llevaba debajo. A continuación, se desvistió con una eficacia fruto de la práctica y se colocó bajo el chorro ajustable. El agua caliente le cayó sobre la espalda llena de cicatrices. Mojó un paño, lo escurrió y se frotó los brazos. La piel fue quedando visible a medida que los tatuajes temporales desaparecían por el desagüe que tenía a sus pies en un remolino en tecnicolor.

¿Por qué los viejos preferían los paños a las esponjas? Quizá el tejido fuera más gentil con su piel apergaminada, o quizá se trataba solo de una incapacidad para adaptarse. Habían crecido utilizando paños y, pasara lo que pasara, eso era lo que seguirían haciendo.

Frotó una pastilla de jabón verde y blanca Irish Spring contra el paño mojado y retomó la tarea. El agua caliente no lo relajó. Solo una cosa podía aplacarlo en aquel momento.

Venganza.

Empezó a retirar los restos de la perilla que se había pegado. Satisfecho, cerró el grifo y salió de la ducha para examinar el resultado en el espejo del baño. Marcó músculo y admiró el resultado de años de entrenamiento y lucha. Las gotas que corrían como un riachuelo sobre sus definidos músculos, potentes pero no exageradamente grandes, brillaban sobre la piel pálida. Su cuerpo, ahora afeitado de pies a cabeza, era un lienzo en blanco sobre el que podía pintar cualquier personaje que deseara.

Se secó con la toalla y se dirigió al armario de la habitación principal. Aunque el viejo había ido encorvado, la verdad es que era alto. Los pantalones de pana marrones dejaban a la vista sus tobillos porque él era aún más alto, lo cual ya le venía bien porque así lucía los calcetines de compresión que le marcaban las pantorrillas. Los zapatos ortopédicos eran de un número inferior al que él usaba, pero así se acordaría de cojear levemente. Mucho más cómodo que la piedra que se había metido en el zapato en Georgetown cuando se había disfrazado de repartidor cojo.

Los recuerdos de D. C. le erizaron el vello. En cuanto la vio en aquel vídeo viral, se había puesto a organizar todo su plan. Había escogido a la pequeña latina que se había fugado de casa para atraer a Nina a su juego, en el que él dictaba las normas y decidía el resultado. Durante años había pensado en la chica a la que había conocido como Nina Esperanza, la que se escapó.

Ahora, gracias a ella, ya eran dos. Lo había desafiado dos veces, así que Nina tendría que pagar el doble. Primero acabaría con alguien a quien Nina quisiera. Y luego, con ella.

Nina había visto lo que les había hecho a las otras chicas, pero no las conocía. No eran personas cercanas a ella. Eso estaba a punto de cambiar. Pero ¿quién? No tenía familia. No estaba casada.

Eso lo hizo pararse a reflexionar. ¿No había estado con otro hombre desde él? ¿Debido a él? ¿Acaso la había cambiado a un nivel tan profundo que no podía soportar el contacto de un hombre? Le había planteado la pregunta durante su primer intercambio directo de mensajes, pero ella se había negado a contestar. La idea amenazaba con reavivar su deseo, así que la reprimió.

Terminó de abotonarse la camisa y cogió la boina que descansaba encima de la cómoda. ¿Por qué todos los viejos tenían una de esas puñeteras boinas? ¿Acaso se las enviaban por correo junto con la tarjeta de AARP?* Se la caló sobre la cabeza rapada, contento de poder cubrir su calva hasta que volviera a crecerle el pelo rubio y espeso.

A continuación se colocó sobre la nariz las gafas con filtro para la luz azul, distorsionando así el color de sus ojos. Y si los plastas de la Agencia de Seguridad en el Transporte le pedían que se las quitara, les soltaría un rollo sobre su glaucoma y amenazaría con demandarlos. Le encantaba ser un viejo gruñón.

Su anterior disfraz estaba tirado sobre el suelo del lavabo,

---

* Organización estadounidense sin fines de lucro que trabaja por los derechos de las personas mayores de cincuenta años. (N. de la T.)

como la piel de una serpiente que ha mudado. Ya no podía utilizar el personaje del motero, y no podía volar a D. C. con el mismo carné que había utilizado para ir de Atlanta a Phoenix, pues se había quedado en la autocaravana. El disfraz actual le duraría uno o dos días, pero el vuelo al aeropuerto de Dulles duraba solo cinco horas, y luego desaparecería.

Encontró la cartera del hombre en el tocador, junto a las llaves de su coche. Genial. Si se mostraba lo bastante malhumorado, podría pasar por la seguridad del aeropuerto como si fuera el señor William Winchell, un cascarrabias de ochenta y seis años que no toleraba las tonterías de los mequetrefes sabelotodo. Puede que incluso blandiera el puño ante ellos.

Se metió la cartera en el bolsillo junto con las llaves y bajó a coger su teléfono y su cámara web. El televisor seguía retumbando, y decidió ponerse al día rápidamente antes de conducir el Buick del señor Winchell hasta el aeropuerto.

La mujer del FBI volvía a salir en la tele. La que había dicho que tenía una relación personal con Nina Guerrera. Era bastante atractiva, aunque obviamente mucho mayor que Nina. Leyó el nombre en la parte baja de la pantalla: exasistente ejecutiva de dirección del FBI Shawna Jackson. Una agente de muy alto rango de la agencia. Igual Nina la había tomado como ejemplo. La admiraba. Quería ser como ella. Una idea empezó a cobrar forma en su cabeza. Utilizó el móvil para buscarla en Google, encontró su perfil de Instagram y clicó. Shawna vivía en una de las zonas residenciales de las afueras de D. C. Igual que Nina. Interesante. Revisó sus publicaciones.

En menos de sesenta segundos, su plan tomó una nueva dirección. Shawna aparecía en una fotografía tomada en una ceremonia con Nina, que recibía el premio al trabajo comunitario por ejercer de mentora de una chica de acogida en riesgo de exclusión llamada Bianca Babbage. La menuda adolescente también salía en la foto: se fijó en su joven rostro enmarcado por una larga melena morena con un mechón azul.

Introdujo el nombre de Bianca con tanta rapidez que casi se le cae el teléfono. Lo primero que encontró fue su cuenta de Instagram. Buscó las fotos de hacía un mes y la vio preparándose para comenzar el semestre de otoño en la Universidad George Washington. Nina estaba de pie a su lado, la mar de sonriente, frente a un edificio de apartamentos. Resultaba obvio que la chica era muy importante para Nina. Que se preocupaba por ella. Volvió a meterse el teléfono en el bolsillo mientras su instinto depredador se despertaba. Había encontrado un rastro.

Ya tenía su objetivo.

44

En lugar de ocupar en la mesa el asiento habitual, al lado de Wade, Kent y Buxton, Nina optó por el que quedaba junto a Breck mientras el Gulfstream se elevaba hasta la altitud de crucero. Buscaba de manera instintiva una figura femenina reconfortante en Breck, alguien que le proporcionara un refugio en el entorno cargado de testosterona de la cabina. Habían dejado atrás Phoenix, pero las repercusiones de lo que había hecho Enigma sobrevolaban el avión como una nube tóxica.

Nina era plenamente consciente de que millones de personas habían visto su vídeo. Habían visto cómo el monstruo la destrozaba, aplastaba su espíritu y marchitaba su alma mientras destruía de forma lenta, metódica y meticulosa hasta su último gramo de dignidad. Ahora que disponía de un espacio privado, Nina reunió el coraje para preguntarle a Breck algo a lo que no dejaba de darle vueltas en la cabeza:

—¿Lo ha emitido entero, hasta el final?

Por fortuna, Breck entendió la pregunta sin necesidad de darle más explicaciones.

—Buxton ha dado la orden y hemos conseguido bloquearlo después de once minutos. Luego hemos vuelto a cancelar todas las cuentas en redes sociales de Enigma.

En cuanto tuviera ocasión, le compraría a Breck un julepe de menta, o lo que fuera que bebieran en Georgia. Carraspeó, decidida a escuchar lo peor.

–¿Ha llegado a la violación?

La piel pálida de Breck adquirió un tono rosado y luego granate.

–Sí.

Pese a ser consciente de que a Breck le costaba darle detalles, tenía que saber con exactitud qué era lo que el mundo había visto. Y lo que quedaba, porque estaba segura de que Enigma no había terminado con su espectáculo.

–Cuéntamelo.

Breck se inclinó hacia ella hasta que sus cabezas casi se tocaron.

–Después de que te fueras, se ha visto cómo seguía estrangulándote hasta dejarte medio muerta y luego te abofeteaba hasta que despertabas del todo. Luego él... –Breck se llevó una mano a la boca–. Oh, Nina, ¿de verdad quieres saberlo?

–Sí.

Aunque el corazón se le salía del pecho, se obligó a escuchar.

Breck tenía aspecto de querer estar en cualquier otro sitio menos en ese. Tras una larga pausa, irguió los hombros y miró a Nina directamente a la cara.

–Ha empezado a pegarte –dijo, con la voz teñida por la emoción–. Muy fuerte. Por todas partes. Y seguía obligándote a hablar. Obligándote a suplicarle clemencia. –Se le llenaron los ojos de lágrimas–. Luego se ha colocado de espaldas a la cámara y ha abierto la parte delantera de la capa. Su cuerpo estaba totalmente cubierto por el tejido oscuro y hasta seguía con la capucha sobre la parte de atrás de su cabeza. No se veía nada más que sus manos y sus pies. Luego se ha subido a la mesa y se ha colocado sobre tu espalda y... y ha seguido estrangulándote desde atrás y hablándote al oído mientras te violaba. –Sus últimas palabras fueron apenas un susurro sin aliento–. Eso es lo que pasaba cuando le hemos cerrado la cuenta al muy hijo de puta.

A Nina se le acumuló el sudor en la línea del pelo y en las palmas de las manos. Reprimió la repugnancia que le generaban las imágenes que le acudían a la cabeza y se centró en algo que había mencionado Breck. Enigma había hablado con ella. Nina había olvidado ese detalle.

—¿Has podido oír lo que me decía?

Breck negó con la cabeza.

—Hablaba demasiado bajo para que el micro lo captara. ¿Te acuerdas de lo que te dijo? ¿Es importante?

—No estoy segura. ¿Pueden los informáticos forenses ampliar el sonido?

—Por supuesto. —Breck pareció aliviada al tener algo constructivo que hacer. Cogió su portátil y lo abrió sobre la mesa sujeta al reposabrazos. Mientras se encendía, se volvió hacia Nina y le tocó el brazo con delicadeza—. ¿Quieres ir a la parte de atrás y echar un sueñecito? Aún falta mucho para llegar a Dulles.

Breck le estaba ofreciendo una escapatoria. Una excusa perfecta para retirarse. Nadie la culparía por experimentar *jet lag* después de tantos vuelos por todo el país, ni por sentirse emocionalmente agotada tras la emisión del vídeo. Le sería muy fácil decir que necesitaba descansar, dirigirse a la habitación privada de la parte trasera del avión y esconderse del mundo durante unas horas mientras se lamía las heridas.

Puede que eso fuera exactamente lo que quería hacer, pero era lo contrario a lo que necesitaba. Había más chicas como Trina ahí afuera y, si quería salvarlas, más le valía redoblar los esfuerzos.

Colocó la mano sobre la de Breck y le dio un breve apretón antes de romper el contacto.

—En realidad, preferiría ponerme a trabajar.

Se puso en pie y se dirigió a la otra mesa, mientras estudiaba por turno a cada uno de los tres hombres. Kent se había apresurado a salir al pasillo para buscarla después de que ella dejara la sala de reuniones en Phoenix y había permanecido a su lado desde entonces. Al ir ella al baño, él se había quedado en la puerta.

Fuera adonde fuera Nina, él le pisaba los talones como una sombra sobreprotectora e inquietante. Ahora, la miró en silencio desde su asiento.

Wade había hablado brevemente con ella y se había ofrecido a ejercer como caja de resonancia, pero no había insistido después de que ella declinara su oferta. No parecía haberse sorprendido ni ofendido al ver que ella gravitaba hacia Breck, que no tenía formación en psicología.

Buxton estaba muy quieto, algo poco habitual en él, y callado. A Nina no le cabía duda de que el jefe había hablado con sus superiores sobre aquel nuevo avance. La emoción por haber rescatado a Trina había sido fugaz, y la represalia de Enigma, rápida y devastadora para todo el equipo. Y para el FBI.

Los hombres se habían callado al ver que se levantaba y la habían observado mientras se acercaba.

—Estoy lista —declaró Nina sin más preámbulos.

Wade la miró.

—¿Para qué?

Nina había dedicado años a apuntalar sus muros interiores. Su cambio de nombre legal reflejaba el hecho de que ya no creía en la esperanza. A lo largo de su infancia, nadie había luchado por ella. Y cuando un sistema que no funcionaba le falló por completo, había decidido luchar por sí misma. Ahora, ya adulta, luchaba por otros. Había aprendido a confiar solo en ella. Era el momento de probar algo distinto.

—Lista para hacer lo que sea y pillar a ese cabrón —dijo—. Es obvio que Enigma sabía mucho de mí antes de raptarme. También es obvio que hay detalles que yo no recuerdo. Detalles que podrían encarrilarnos en la dirección correcta. —Les hizo un gesto a Kent y a Wade, preparada para hacer algo que nunca antes había hecho—. Os estoy pidiendo ayuda. Necesito recordar.

Los dos analistas de perfiles intercambiaron una mirada.

—¿Por dónde te gustaría comenzar? —le preguntó Wade.

Nina se lo pensó un momento, aliviada de que no le hubieran

preguntado si estaba segura o si prefería esperar. Quizá también experimentaran la presión del tiempo.

—No lo sé. En algún momento antes del rapto.

—Le fascinaban las cicatrices de tu espalda —dijo Kent—. ¿Por qué no empezamos por ahí?

Nina se dejó caer en el asiento junto a Wade, frente a Kent y Buxton, que siguió en silencio. Ella se dirigió a Kent.

—¿Quieres saber cómo me las hice?

Wade se removió, incómodo, puesto que ya conocía los detalles que constaban en su expediente. Nina estaba segura de que esa era una de las muchas razones por las que había dudado de su idoneidad para el FBI. No era una historia bonita, como tampoco era bonito lo que le habían hecho.

Kent asintió.

—Debido a los comentarios de Enigma sobre ellas, creo que es el mejor sitio para comenzar.

Nina no tenía una sugerencia mejor. Retrocedió mentalmente en el tiempo y sacó a la luz un dolor largamente enterrado, preparada para relatar uno de los peores incidentes de su vida.

—Tenía dieciséis años —comenzó—. Los de Protección del Menor me colocaron en un hogar de acogida con una pareja que no tenía hijos. Eran algo mayores, casi cincuentones, así que las autoridades les dieron a una chica que iba al instituto. En esa época a mí me parecían ancianos.

—¿Qué ocurrió el día que te hiciste las heridas? —preguntó Kent para que no se desviara del tema.

—Al llegar a casa de la escuela, me encontré a un desconocido. Nunca lo había visto. Apestaba como si no se hubiera duchado en un mes, llevaba el pelo largo y grasiento, y era enorme y peludo como un oso. Le estaba gritando a Denny, mi padre de acogida. Parecía que lo había golpeado varias veces. Mi madre de acogida no estaba en la casa. Ni idea de adónde había ido.

Los recuerdos se volvieron más vívidos a medida que contaba su historia.

—El Oso me echó un vistazo y dijo que ya sabía cómo podía pagarle Denny su deuda.

A Kent se le endureció la mirada hasta el punto de que sus iris parecieron dos hielos azules.

—Denny me dijo que entrara en el dormitorio con el Oso. Yo me negué. Intenté echar a correr, pero me atraparon. El Oso dijo que tenía que enseñarme cuál era mi sitio. Le dijo a Denny que me sujetara y luego sacó un cuchillo y me cortó la camiseta y el sujetador.

Vio a Buxton crispar las manos antes de deslizarlas bajo la mesa.

—Denny me sujetó con fuerza con la espalda desnuda de cara al Oso, que se sacó el cinturón. Era uno de esos de cuero trenzado. Prometió que me golpearía hasta que me desmayara o accediera a ir con él, pero en cualquier caso iba a entrar en el dormitorio. Empezó con los latigazos, pero al ver que yo no cedía, le dio la vuelta al cinturón y empezó a darme con la hebilla. Eso fue lo que me provocó todos esos cortes.

Kent parecía tener ganas de darle un puñetazo a algo, pero no la interrumpió.

—Al final le dije que haría lo que quisiera —continuó Nina, sorprendida de la calma con la que hablaba—. Antes de que el Oso pudiera arrastrarme al cuarto, metí la mano en el bolsillo de Denny, donde sabía que guardaba una navaja plegable. Había decidido apuñalar a aquel cabrón en la garganta en cuanto estuviéramos solos. Por desgracia, era el bolsillo equivocado, así que solo pude coger el mechero de Denny.

»El Oso me agarró por la muñeca y tiró de mí por el pasillo hasta el dormitorio. Le dije que tenía la regla. No le importó. Le dije que tenía que hacer pis. No le importó. Le dije que estaba a punto de vomitar y empecé a tener arcadas, así que me dejó ir al baño.

A pesar de su juventud, Nina había aprendido a pensar rápido después de haber tenido que defenderse de personas mucho más grandes que ella.

—Fui al lavabo y busqué un arma. No había tijeras. Nada afilado. Luego vi un bote de laca de mi madre de acogida. Me coloqué en posición, apuntando hacia la puerta. Encendí el mechero de Denny y sostuve la llama justo por debajo de la boquilla del bote. Cuando el Oso abrió la puerta, apreté y le lancé una llamarada directa a su desagradable y peluda cara. La barba empezó a arder. Mientras corría en círculos, gritando y dándose manotazos en la cara para intentar apagar el fuego, yo salí por patas.

Casi sonrió al recordarlo.

—Pasé corriendo junto a Denny, que venía por el pasillo para ver qué ocurría. Y seguí y seguí hasta que llegué al paso de cebra del final de la calle. La escuela primaria terminaba después de que yo llegara a casa, así que sabía que habría un guardia vigilando el paso.

—¿Qué hizo el guardia? —preguntó Kent.

—Era una mujer. Me puso su chaleco y llamó a la policía. Yo seguía sin camiseta. Al cabo de menos de cinco minutos, aparecieron los polis. Y también una ambulancia. Resulta que le habían dicho al operador de Emergencias que yo sangraba profusamente.

—¿Qué hizo la policía?

—Los polis me hicieron un montón de preguntas. Mientras les explicaba lo que había ocurrido, uno de los técnicos de urgencias me puso algo en la espalda que quemaba a lo bestia. Debía de ser un antiséptico. En ese momento no pensé, solo reaccioné. Me di la vuelta y me puse a golpearle tan fuerte como pude. Era un tipo grande, así que no pareció que le hiciera daño, pero me agarró de la muñeca. Estoy segura de que solo quería evitar que le diera otro puñetazo, pero al sentir su enorme mano en la muñeca, se me fue la olla. Me puse a darle patadas y a pegarle con la mano libre.

—¿Qué hizo él?

—Era fuerte del carajo. También tenía buenos reflejos. Me agarró por los dos antebrazos y me atrajo hacia él para que no pudiera patearle las pelotas, que es lo que iba a hacer. El otro sanitario y los dos polis se sumaron al grupo. Hicieron falta los cuatro para sujetarme. Al final aflojaron un poco y el chico que me había puesto el antiséptico me pidió que me tranquilizara. Me quedé flipando al oírlo. Me cogió del brazo con tanta fuerza que me dejó moratones y luego se puso frente a mí y me ordenó que...

Nina dio un respingo. Se volvió hacia Wade mientras en su boca se formaban palabras que no llegó a pronunciar. Él frunció el ceño.

—¿Qué ocurre?

—Trina —se las apañó para decir Nina.

—¿Qué pasa con Trina? —preguntó Kent, que parecía totalmente desconcertado.

Una cascada de recuerdos cayó sobre Nina, llevándose consigo la niebla y aportando claridad.

—El sanitario que acudió al lugar del crimen en Phoenix. Tuvo que cortar los grilletes de Trina para liberarla. Ella se puso histérica y él al final la agarró por las muñecas. —Nina apartó la mirada, avergonzada por su reacción exagerada—. La verdad es que perdí un poco la cabeza cuando lo hizo.

No mencionó que le había dado un codazo. Buxton no tardaría en leerlo en el 302, y Nina afrontaría cualquier consecuencia disciplinaria que le aplicara el FBI.

—¿Qué te llamó la atención del sanitario?

—Es algo que dijo. —Estaba reuniendo fragmentos de entre las esquinas de su mente, cosiéndolos para formar un patrón—. Le gritó a Trina. Le dijo que intentábamos ayudarla.

—No entiendo qué quieres decir —comentó Kent.

—Por eso reaccioné contra él. —Nina prácticamente vibraba de la emoción—. Cuando el sanitario de Fairfax se plantó delante de mi cara, me dijo que intentaban ayudarme. Dijo que debía aprender a dominarme.

—¿Dominarte? —Kent fue el primero en hablar—. Qué elección de palabras más extraña.

Nina se sintió aliviada al ver que ahora lo entendían.

—Exacto.

Wade frunció la frente en un gesto de perplejidad.

—¿Y qué significa?

Los recuerdos perdidos habían regresado. El peso del cuerpo del monstruo aplastándola por la espalda, sujetándola sobre la mesa. El olor almizclado de su sudor. La sensación de su aliento cálido en la oreja mientras hablaba.

—Eso era lo que Enigma me susurraba una y otra vez al oído.

45

Nina avanzó con rapidez por el amplio pasillo del Gulfstream. Breck, que parecía absorta en su ordenador, alzó la vista con una expresión de sorpresa.

Incapaz de reprimir su emoción, Nina se dejó caer en el asiento de al lado.

—Tenemos una pista. —Al ver que Breck se limitaba a mirarla, dio un manotazo en la mesa—. Una pista cojonuda y auténtica, te lo juro.

Notó la presencia de Wade a su espalda.

—El técnico de urgencias que le trató las heridas de la espalda hace once años —dijo este a modo de explicación.

Wade y ella se pasaron los siguientes diez minutos informándola sobre su revelación mientras el resto escuchaba, y contestaron a las preguntas de todo el equipo a medida que las planteaban. Aunque debería haberse sentido mentalmente exhausta, la verdad era que Nina se sentía llena de energía, y su emoción demostró ser contagiosa. El letargo que había engullido al equipo hacía media hora se había convertido en fervor.

Buxton sacó su carpeta de cuero y cogió el teléfono vía satélite.

—Voy a llamar al grupo operativo.

Su supervisor se encontraba en su elemento. Asignó tareas a los diversos equipos de agentes de campo y analistas. Era como si el mayor organismo policial de Estados Unidos hubiera contenido el aliento al unísono, a la espera de este momento. Era la segunda vez que tenían una pista viable que seguir e, igual que en la ocasión anterior, Buxton no escatimó al recurrir a todos los recursos de los que disponía.

Nina oyó cómo le encargaba a uno de los equipos que buscara los informes policiales y el personal de emergencias que respondió a la llamada en el paso de cebra. Ese era el resultado que más ganas tenía de conocer.

—Las cosas comienzan a encajar —dijo Kent—. Como el residuo del vendaje y un horario cambiante con un montón de tiempo entre turno y turno.

—Me aseguraré de que comparen esos turnos con las fechas de los raptos y los asesinatos —dijo Buxton tapando el micrófono antes de continuar con la conversación telefónica.

Breck volvió a inclinarse sobre su ordenador.

—Un técnico de emergencias tendría conocimientos acerca de escenarios del crimen y de cómo cubrir sus huellas para que la científica no lo detecte. —Desplazó los dedos sobre el teclado a un ritmo frenético—. Puede que haya conseguido acceder a los ordenadores gubernamentales municipales para identificar también posibles objetivos en el sistema.

Wade se acomodó en el asiento del otro lado del pasillo.

—Aún no estoy seguro de cómo elige a sus víctimas, aunque ya lo aclararemos más adelante. Puede que cambie de método en cada ocasión, lo cual tendría sentido dada la aparente aleatoriedad de otros aspectos de los crímenes.

Al cabo de quince minutos, Buxton interrumpió su conversación para ponerlos al día.

—El equipo que comprueba los registros ha descubierto que la policía no anotó en su informe los nombres de los técnicos. Sin embargo, dado que la llamada implicaba a una menor herida que estaba bajo tutela del estado, el departamento de bomberos de Fairfax guardó sus informes.

—¿Tenemos un nombre? —preguntó Nina.

—Los dos técnicos que respondieron a la llamada eran Halberd Falk y Brian Dagget. Ambos siguen ejerciendo la misma profesión. Falk se trasladó a un parque de bomberos en Franconia, pero Dagget aún trabaja en el de Springfield.

Dos posibles nombres. El Equipo FBI estaba muchísimo más cerca que esa misma mañana.

Buxton le hizo una seña a Breck.

—Han subido las fotos de empleado de ambos técnicos a la base de datos del grupo operativo. ¿Por qué no accedes al archivo y echamos un vistazo?

Breck abrió un enlace al servidor seguro del FBI y deslizó el ratón hasta uno de los iconos de carpetas creadas por el grupo operativo. A Nina el corazón le latía con tanta fuerza que pensó que igual reventaba mientras esperaba que se cargara la primera imagen.

Cuando apareció el rostro del hombre, soltó el aliento que ni siquiera sabía que estaba conteniendo.

Dagget era blanco, con el pelo rubio y los ojos azules. La foto se parecía a la generada por el programa de predicción de imagen gracias al ADN. ¿Era él? Nina no estaba segura.

Breck deslizó el dedo por la pantalla táctil y abrió la siguiente foto. Aquel era el momento de la verdad. Si Falk no coincidía en absoluto con la descripción predictiva, sabrían que era Dagget.

La imagen del hombre se materializó en la pantalla y a Nina se le escapó un grito ahogado mientras contemplaba a otro hombre de pelo rubio y ojos azules. Falk podría haber sido el primo de Dagget. Se acercó más, casi hasta tocar la pantalla con la nariz, y prestó especial atención a la zona de alrededor de los ojos. La única parte de Enigma que había visto sin disfraz alguno.

—¿Y? —Kent rompió el silencio mientras todos observaban la reacción de Nina.

Había esperado experimentar la misma respuesta visceral que había sentido al ver la imagen generada por fenotipo, pero no fue así. ¿Se parecían demasiado ambos hombres?

—Maldita sea. No estoy segura. —Se le ocurrió una idea y le lanzó una mirada a Breck—. ¿Tienes acceso a la lista de nombres que nos dio Sorrentino?

Una sonrisa se dibujó en el rostro de Breck.

—Un momento.

Todos se mantuvieron a la espera mientras Breck desplazaba el ratón por el escritorio y abría varios archivos.

—Lo tengo —dijo al tiempo que giraba levemente la pantalla para que Nina la viera—. Introduje los nombres en una hoja de cálculo, así que solo tengo que ordenarlos alfabéticamente.

Wade observó por encima del hombro de Nina.

—Te juro que si los dos tipos luchan en el club, propongo que los encerremos de todos modos y ya lo averiguaremos después.

—A estas alturas, no lo descarto —dijo Buxton.

Con unos cuantos clics más, la hoja de cálculo cambió y reorganizó las columnas. Solo coincidía un nombre. Un único sospechoso. Nina lanzó un largo suspiro.

Halberd Falk era su hombre.

Buxton, que seguía sosteniendo el teléfono vía satélite mientras volvía a cubrir el micrófono, se lo llevó a la oreja y se puso a dar nuevas instrucciones.

Nina notó una mano cálida apoyada en su hombro y al alzar la mirada se encontró con la de Kent.

—¿Cómo estás?

Para sorpresa de Nina, no experimentó la necesidad de encogerse ante el contacto.

—Estoy bien, gracias.

Y la verdad era que lo estaba. Se había enfrentado a sus demonios para encontrar la pieza perdida que necesitaban. Se volvió hacia Wade.

—Y gracias a ti también.

Sentía que era su compañero de verdad. El hombre al que había considerado un desalmado. El hombre que había intentado evitar su ingreso en el FBI. El hombre al que ahora consideraba un aliado y un amigo.

—Tú has hecho todo el trabajo duro. —Wade se ruborizó levemente y añadió—: Gracias por confiar en mí después de lo que te hice.

Kent los miró alternativamente al uno y al otro, intentando leer entre líneas.

—¿Qué le hiciste, Wade?

Nina contestó por él:

—Lo que creía que debía hacer... en su momento.

Le lanzó a Kent una mirada destinada a comunicarle que, para ella, el asunto estaba zanjado.

Breck soltó un chillido de emoción.

—No os lo vais a creer. —Alzó la vista para mirarlos—. A ver si adivináis el apodo que utiliza como luchador.

Wade refunfuñó:

—Si me dices que es Enigma me...

—Odín —dijo Breck—. Como el dios de la mitología escandinava.

Nina estableció la conexión con una sacudida.

—El hijo del doctor Borr mencionó a Odín.

—Borr era el padre de Odín —explicó Wade—. Todo encaja. Falk habría considerado que el doctor era su verdadero padre. El hombre responsable de crearlo, en cierto sentido. Joder, por lo que sabemos incluso podría ser el padre biológico de Falk si es que decidió volver a utilizar su ADN.

A Nina le daba vueltas la cabeza con todas las implicaciones.

—Seguramente Falk también se tragó toda la filosofía eugénica del doctor Borr. Aunque Borr murió antes de que Falk fuera lo bastante mayor como para conocerlo, puede que leyera acerca de él.

—¿No dijo el hijo de Borr que Odín era un dios cíclope? —preguntó Kent al aire.

–Lo era –dijo Wade, que por lo visto dominaba la mitología nórdica–. Supuestamente sacrificó uno de sus ojos para poder verlo y saberlo todo.

A Nina la recorrió un escalofrío.

–Mi colgante del ojo de Dios –susurró al tiempo que se llevaba la mano de forma instintiva al cuello, donde una vez lo había lucido–. Y ese comentario que me hizo cuando nos comunicamos por MD, lo de que me observaba siempre.

–Podría escribir una tesis sobre este hombre –murmuró Wade.

Durante los siguientes veinte minutos, se reunieron para revisar los casos anteriores desde una nueva perspectiva.

–Ya están llegando los informes –informó Buxton, interrumpiéndolos–. A estas alturas son solo preliminares. Para cuando acaben, sabremos hasta el apellido de soltera de su profesora en la guardería.

Resultaba aterradora la cantidad de información que podía recabar el FBI en una hora con los recursos de que disponía.

–Las puntuaciones de sus exámenes de admisión en el programa de técnicos sanitarios de emergencias estaban fuera de lo normal –comenzó a decir Buxton–. Y por lo que sabemos, también es un luchador excepcional. –Deslizó el dedo por la hoja en la que tenía sus anotaciones–. Es un solitario. Vive solo en una casa unifamiliar en la zona oeste del condado de Fairfax. Estamos redactando una orden de registro en este preciso instante. Deberíamos poder ejecutarla esta noche.

–¿Hoy trabaja? –preguntó Kent.

–En este momento está en excedencia –dijo Buxton–. Le dijo a su supervisor que tenía que cuidar de una tía enferma en Boise.

–Déjeme adivinar –dijo Nina poniendo los ojos en blanco–. ¿La tía no existe?

–Bingo.

–¿Cuál es el horario de sus turnos? –preguntó Breck.

–Su unidad trabaja dos días y descansa dos, trabaja dos más y descansa cuatro. –Buxton se permitió una sonrisa, algo poco habitual–. Han comparado las fechas. Todos los raptos tuvieron lugar al comienzo de un descanso de dos días o de cuatro.

–¿Hasta qué fecha han comprobado? –quiso saber Wade–. ¿Sabemos algo de la época del rapto de Guerrera?

–Acababa de reincorporarse al trabajo después de una suspensión disciplinaria –explicó Buxton–. Se metió en una refriega con un bombero en el vestuario del cuartel. Le rompió la nariz.

Wade asintió.

–Eso cuenta como factor estresante. Su carrera estaba en peligro, lo cual le haría sentir la presión.

–Apuesto a que fue entonces cuando empezó a combatir en la jaula –observó Kent–. Fuera consciente o no, trataba de encontrar una manera de canalizar su agresividad.

Nina experimentó un subidón al ver que otra pieza encajaba perfectamente.

–Eso explicaría las pruebas físicas halladas en mi caso. Si empezó a ir al club durante su suspensión, tuvo que comprarse unos guantes de AMM. Estoy segura de que Sorrentino le vendió un par.

Nina sintió que la investigación se aceleraba. Estaban armando el caso.

–¿Algo más relacionado con su vida personal? –preguntó Wade.

Buxton consultó sus notas.

–No se ha casado nunca y que sepamos no tiene hijos. Sus padres están muertos. Su madre falleció de un aneurisma cuando él tenía cinco años y su padre se cayó por las escaleras en el hogar familiar cuando Falk tenía veintiuno. –Buxton arqueó una ceja–. En el momento de los hechos, estaban los dos solos en la casa. Se consideró un accidente.

Wade habló con una certeza absoluta:

–No me cabe ninguna duda de que su viejo lo maltrataba y Falk lo empujó escaleras abajo.

–Heredó la casa –continuó Buxton–. Pero se compró otra más cerca de su trabajo.

Nina levantó el dedo.

–Un momento. –Algo en la cronología le hizo venir un pensamiento a la cabeza–. Si Falk tiene ahora treinta y dos años, hace once tenía veintiuno.

–Depende de la fecha –replicó Buxton–. ¿Adónde quiere ir a parar, agente Guerrera?

–¿Cuándo murió su padre exactamente?

Buxton volvió a bajar la vista.

–El 28 de septiembre.

–Falk me trató las heridas provocadas por el cinturón seis días después –dijo Nina al tiempo que se le aceleraba el corazón–. Seguramente era su primer día tras el entierro. –Miró a Wade–. Y tras la suspensión disciplinaria, que debe de ser el motivo por el que estaba en casa con su padre. Fue entonces cuando ocurrió todo.

–Otro factor estresante –dijo Wade, elevando un poco el tono a medida que se animaba–. Si su primer asesinato fue el de su padre, Falk estaría de los nervios, preguntándose si alguien descubriría lo que había hecho.

–Y en cuanto un depredador materializa sus fantasías por primera vez, todo cambia –dijo Kent, retomando el argumento donde Wade lo había dejado–. Se rasca el picor, pero entonces no puede parar porque el picor regresa una y otra vez. Apostaría a que fantaseó con matar a su padre durante años antes de hacerlo finalmente.

Wade clavó en Nina sus ojos grises.

–Está sujeto a una presión extrema en su trabajo y en su vida personal cuando te conoce. Ve que han abusado de ti y te sitúa en la categoría de víctima. Entonces tú presentas pelea mientras intenta curarte las heridas y algo le hace perder la cabeza. Es incapaz de tolerar una falta de respeto por parte de alguien a quien considera inferior.

Nina intentó verlo desde la perspectiva de Falk.

–Luego me escapo y él no puede soportarlo. Es superior a mí

en todos los sentidos, así que yo no debería haber podido desafiarlo.

Wade asintió.

—Supone una amenaza para todo su sistema de creencias. Para poner las cosas en orden, tiene que ponerte en tu sitio, controlar todos los aspectos de tu vida, incluida tu muerte.

Mentalmente, Nina llegó a una conclusión espeluznante.

—Entonces, todas esas chicas...

—Eran sustitutas —terminó Wade la frase por ella—. Hasta que te encontró de nuevo.

Nina sintió deseos de gritar, de enfurecerse ante la injusticia que representaba todo aquello. Era imposible que en ese momento hubiera podido saber lo que ella misma provocó el día que huyó de una clase de infierno para acabar en otro, pero aun así notó que le pesaba en el alma. Tantas vidas destruidas. Tanto dolor y sufrimiento.

—Tenemos que encontrar a ese cabrón —dijo—. Tenemos que detenerlo. —Le preocupaba lo hondo que habían escarbado y la cantidad de información que habían recabado en un periodo de tiempo tan corto—. Con todos estos espías que salen de debajo de las setas, puede que nuestro hombre acabe enterándose. No quiero asustarlo.

—Las preguntas que hacen son de perfil bajo —dijo Buxton—. No hay motivos para creer que sepa que vamos tras él.

—¿Tenemos suficiente para efectuar ya una detención? —preguntó Breck.

Buxton negó con la cabeza.

—La fiscalía de Estados Unidos quiere una coincidencia de ADN.

—Y eso significa que nos haría falta una orden de registro para tomarle una muestra bucal —dijo Nina.

—En este preciso instante los agentes del grupo operativo están redactando una declaración jurada —apuntó Buxton—. Por más prisa que nos demos, tardarán un par de horas en completar el papeleo. Luego tendrán que conseguir que un juez federal apruebe la orden de registro. Siendo realistas, tardaremos unas tres o cuatro horas en obtenerla.

—Eso con suerte —se lamentó Nina—. Si no, tendremos que esperar hasta mañana por la mañana.

—No dejaré que eso suceda —repuso Buxton—. Y mientras esperamos, he llamado al Equipo de Rescate de Rehenes para que desplieguen un grupo que ejecute la orden.

Nina estaba impresionada. El ERR, ubicado en la academia de Quantico con ellos, ejecutaba detenciones de alto riesgo y operaciones de vigilancia entre otras muchas labores y misiones tácticas. El hecho de incorporarlos en esta etapa crucial demostraba el compromiso del FBI para atrapar a Enigma. Estaba claro que Buxton no pensaba dejar nada al azar. Por primera vez, fue consciente del impacto que estaba teniendo este caso en la carrera del supervisor. Empezando por el director, todos los miembros de la agencia estarían observando. No le extrañaba que sus rasgos mostraran signos de tensión y fatiga.

—Nuestra esperanza es pillarlo esta noche en su casa en cuanto tengamos la orden de registro —continuó Buxton—. Luego podemos llevárnoslo para interrogarlo y obtener una muestra bucal para identificar su ADN.

—¿Avisamos a la ciudadanía? —preguntó Wade—. No podemos permitir que secuestre a otra chica.

—En cuanto consigamos localizarlo, el ERR lo mantendrá bajo vigilancia a todas horas hasta que estemos listos para intervenir.

—¿Y no tenemos ni idea de dónde se encuentra ahora? —preguntó Kent.

Buxton negó con la cabeza.

—No tiene que regresar al trabajo hasta dentro de dos días. No está en el club de lucha. No hay ninguna tía en Boise. —Se quitó las gafas de leer y se frotó el puente de la nariz—. El tipo es como un fantasma.

Nina estaba furiosa por dentro. Por fin habían logrado ponerle nombre a su némesis, pero no podían echarle el guante. ¿Dónde estaba? Y más importante aún, ¿qué estaba haciendo?

—Aterrizaremos dentro de menos de una hora —dijo Buxton, sacándola de su ensoñación—. Quiero que vayan cada uno a su casa y se vistan con ropa de asalto. En cuanto se emita la orden, les enviaré un mensaje con la ubicación del puesto de mando, adonde acudirán para mantener una reunión preparatoria con los del ERR. Se trata de una ofensiva en toda regla, señores. Vamos a cazar a ese cabrón esta noche.

A pesar de las afirmaciones de su superior, Nina tuvo un presentimiento. Falk estaba en libertad en alguna parte, impulsado por su ira y por los demonios que lo atormentaban, fueran los que fuesen. Y a Nina no le cabía duda de que estaba de caza. ¿Conseguirían atraparlo antes de que encontrara su próximo objetivo?

46

En cuanto llegó a su piso, Nina se dirigió a su cuarto para coger la ropa de asalto antes de darse una ducha rápida. Con una eficacia fruto de la práctica, dejó sobre la cama una camiseta táctica negra, pantalones, botas y su cortaviento del FBI, junto a la Glock y dos cargadores de más. Equipada y lista, podía salir por la puerta en dos minutos cuando Buxton enviara el mensaje.

Se sentó a la mesa de la cocina mientras se le secaba el pelo, bebiendo café con el ordenador delante, cuando la característica llamada a la puerta de Bianca la interrumpió. Tras ceñirse el cinturón de su bata corta de raso, fue a abrir y se encontró a su joven vecina de pie en el umbral. Nina cruzó los brazos sobre el pecho.

—¿Por qué has tardado tanto?

Bianca cruzó los brazos a su vez y subió la apuesta sacando una cadera.

—Necesito que me pongas al día de la investigación.

—La investigación es problema mío —replicó Nina—, no tuyo.

—Es problema de todo el mundo. —Bianca pasó a su lado, retiró una de las sillas de la cocina y se dejó caer sobre ella—. Mientras ese lunático siga en libertad nadie está a salvo, y por lo que sé, diría que no estáis más cerca de atraparlo que hace una semana.

—Pasó un dedo por el sello del FBI que decoraba la pesada taza de cerámica–. ¿Tienes más café?

—Bee, no es un buen momento. Estoy esperando un mensaje de mi jefe. En cuanto lo reciba tengo que irme.

—Sin problemas. Cuando te vayas yo también me iré. Mientras tanto, podrías servirme una taza.

Nina se rindió.

—Tendrá que ser solo. Se me ha acabado la leche.

—Me da igual. –Bianca hizo un gesto con la mano–. Solo necesito cafeína.

Nina se volvió hacia la encimera y cogió la jarra de la cafetera eléctrica. Luego abrió un armario para buscar una taza.

—¿Desde cuándo miras peleas de AMM en jaula? –quiso saber Bianca.

Nina se dio la vuelta y vio que Nina estaba echando un vistazo a su ordenador abierto. Se lanzó sobre la mesa, colocó la mano en la tapa y empujó para cerrarlo.

Bianca arqueó una ceja, en la que tenía un *piercing*.

—¿Quién es Halberd Falk?

Nina apretó los ojos. La chica era una cotilla, y demasiado inteligente, por desgracia.

—Nadie, Bee. Tú olvida lo que acabas de ver.

La verdad saldría a la luz más adelante y Bianca no tardaría en saber de quién se trataba. Pero no sería Nina quien se lo dijera.

Bianca entornó los ojos.

—Tiene algo que ver con el caso, ¿verdad?

El descomunal cerebro de Bianca estaba dándole vueltas a los hechos igual que si fueran un cubo de Rubik y, como siempre, las piezas no tardarían en encajar en su sitio.

—No te metas en esto, Bee.

Esta se irguió en la silla con los ojos brillantes.

—¡Madre mía! Halberd Falk es Enigma. –Se llevó ambas manos a la boca–. Y vais a detenerlo hoy, ¿a que sí? Por eso tienes que marcharte. Y ese es el mensaje que esperas de tu jefe.

Nina soltó un gruñido.

–No puedo ni confirmar ni desmentir...

–Sí, ya. –Le hizo un gesto con la mano para que la dejara–. Ve a vestirte. De todas maneras quiero mirar el vídeo. –Volvió a abrir el portátil–. Te prometo que no le contaré nada a nadie. –Bianca se santiguó.

Nina podía quitarle el portátil y llevárselo a su cuarto, pero Bianca se limitaría a buscar «Falk» en Google y lo miraría en el móvil. Dejó escapar un suspiro, se metió en el baño y empezó a secarse el pelo con la toalla.

–Hostia, Nina –la llamó Bianca desde la cocina–. Tienes que ver esto.

Con el pelo húmedo pegado a la frente, Nina colgó la toalla en el toallero antes de cruzar descalza la salita y encontrarse a Bianca con los ojos muy abiertos frente al ordenador.

–¿Qué pasa?

–¿Hasta cuándo has visto del vídeo?

–Solo los dos primeros segundos. Has llamado a la puerta antes de que pudiera ver más.

Bianca bajó el tono de voz, asombrada:

–Mírale la espalda.

Nina se sentó en la otra silla y fue a coger el portátil.

–Déjame ver.

Era evidente que se trataba de una grabación pirata que había realizado alguien del público sentado a uno de los lados del recinto metálico. Bianca había pausado el vídeo después de que los dos contrincantes, que se habían dedicado a saludar a la multitud, se dieran la vuelta para enfrentarse. La amplia espalda de Falk quedaba ahora de cara a la cámara.

La parte superior de su enorme torso estaba cubierta por unos tatuajes muy particulares. El diseño, un patrón geométrico hecho por unas manos muy hábiles, se extendía por toda su espalda y le llegaba hasta la cintura.

–Tres triángulos entrelazados –dijo Nina.

—Y eso no es todo —observó Bianca con voz trémula—. Mira lo que pasa cuando hago esto. —Deslizó el pulgar y el índice por la pantalla táctil para ampliar la imagen y la centró en los omoplatos tatuados.

Nina entornó los ojos a medida que la imagen quedaba un poco más borrosa.

Bianca pulsó varias teclas.

—Y ahora vuelve a mirar.

Cuando la imagen recuperó la nitidez, Nina se quedó boquiabierta. Por entre las intrincadas líneas negras del diseño del tatuaje, distinguió unas cicatrices circulares.

—Quemaduras de cigarrillo —susurró, incapaz de asimilar por completo lo que veía—. Tiene tres.

Intentó encajar aquello con la imagen mental que se había hecho del monstruo. Este no se había hecho las heridas a sí mismo. El tatuaje ocultaba las marcas de la tortura, cicatrizadas hacía tiempo.

—Forman un triángulo en su espalda —señaló Bianca—. Aunque los tatuajes las cubren.

—¿Qué significa ese símbolo? —murmuró Nina.

—Estoy en ello. —Bianca tenía el móvil en la mano y desplazaba los pulgares por el diminuto teclado—. Es el símbolo de Odín. Un dios nórdico.

—Pues claro —dijo Nina mientras la cabeza le funcionaba a toda máquina—. Por eso me hizo un triángulo en la espalda, porque se ve a sí mismo como Odín, hijo de Borr.

—Es porque es un chalado. —Bianca redujo la imagen a su tamaño normal—. Mira qué hace ahora.

Clicó en el icono de la flecha que se encontraba sobre el centro de la pantalla para seguir viendo el vídeo.

El contrincante de Falk le lanzó un ataque combinado brutal que lo hizo caer al suelo. Falk se puso en pie e irguió los hombros, preparándose para otra embestida.

—Ni siquiera intenta esquivar los golpes —observó Nina frunciendo el ceño—. Quiere que lo alcancen.

—Es como si provocara al otro tío –dijo Bianca–. Se queda ahí de pie y deja que lo derriben un par de veces. Ni siquiera se encoge o intenta apartarse. Sencillamente... lo acepta.

—Como si fuera un castigo –comentó Nina mientras una idea empezaba a cobrar forma en su cabeza–. ¿De cuándo es esta pelea?

—De hace cuatro días.

—Justo después del asesinato de Boston –concluyó Nina–. Se está castigando a sí mismo por haber dejado que yo lo encontrara. Mostró debilidad.

Bianca seguía con la mirada clavada en la pelea.

—Ahora se levanta del suelo y destruye al otro en veinte segundos. –Meneó la cabeza–. El tío está como una chota, pero es duro que te cagas.

Falk permitía a un rival menos capacitado que le hiciera daño antes de devolver los golpes. ¿Qué revelaba eso sobre Enigma? La teoría de Wade era que de pequeño una figura de autoridad –seguramente paterna– lo había castigado con dureza. Sin duda, alguien lo había torturado muchos años atrás. Las quemaduras eran la prueba. Así como su deseo de identificarse con el doctor Borr, un hombre al que podía idolatrar y adoptar como sustituto de su padre.

Nina tenía la sensación de que empezaba a hacerse una idea de la mente del monstruo, aunque todavía no lo pillaba del todo. ¿Qué interpretación le darían a aquello los analistas de perfiles?

—Tengo que vestirme. –De repente se moría de ganas de ir a Quantico mucho antes de que llegara la orden–. Puedes quedarte aquí hasta que me vaya, si quieres.

—Vaya que sí me quedo. Voy a mirar otras peleas suyas. El tío da mogollón de miedo.

—No lo sabes bien –murmuró Nina por lo bajo.

Volvió al baño y encendió el secador para acabar de secarse el pelo. Su pelo corto no necesitaba de muchos cuidados, pues le gustaba llevarlo alborotado. Apagó el secador, dejó el cepillo y, por último, observó el resultado en el espejo.

Desde la cocina le llegaron voces que captaron su atención. Distinguía el tono más suave de Bianca, pero no supo ubicar la voz masculina de barítono que conversaba con ella. No parecía la de Jaime.

—¿Con quién estás, Bee? –gritó.

—Con el agente Taylor –contestó Bianca–. Dice que lo ha mandado tu jefe.

Nina se dirigió a la salita ciñéndose la bata. Un hombre alto vestido con el uniforme azul del FBI estaba de pie en la cocina. Su pelo moreno de corte impecable, la cara recién afeitada y las gafas de montura negra eran elementos típicos de un agente federal. Todo su comportamiento revelaba a gritos que trabajaba para el Gobierno, hasta el cuello blanco almidonado.

—¿Quién te ha enviado? –le preguntó.

—El supervisor Buxton –contestó él al tiempo que sacaba y abría sus credenciales.

Hablaba con un acento que Nina no pudo identificar.

Se acercó y echó un vistazo a la identificación federal. Estaba destinado a la oficina de Washington, pero a Nina no le sonaba de nada. Claro que tampoco resultaba sorprendente, teniendo en cuenta que allí trabajaban unos mil setecientos empleados federales.

Aun así, seguía teniendo la mosca detrás de la oreja.

—¿Por qué no me ha enviado un mensaje él mismo? –le preguntó–. Llevo rato comprobando el móvil.

—Ha intentado ponerse en contacto contigo –contestó Taylor–. Debes de tener el móvil estropeado. Me han ordenado que venga a buscarte. Ha habido un avance significativo en el caso de Enigma. –Le lanzó una mirada a Bianca, que tardó demasiado en disimular su expresión de ávido interés, y añadió–: Te pondré al día por el camino.

—Bee, luego nos vemos –dijo Nina antes de darse la vuelta y tenderle la mano a Taylor con la palma hacia arriba–. ¿Me prestas tu móvil? Quiero hablar con Buxton.

—Me lo he dejado en el coche —contestó Taylor—. Puedes llamarlo de camino.

Nina seguía con la mosca detrás de la oreja. Intentó encajar los hechos. Si Buxton no pudiera comunicarse con ella por mensaje ni llamándola, y la necesitara para una operación crucial, ¿qué haría? Nina no tenía teléfono fijo, así que lo más probable era que enviara a un agente de la oficina del FBI más cercana para asegurarse de que estaba bien y transmitirle el mensaje. Pero ¿por qué iba a hacer que un agente la condujera hasta el punto de reunión? No tenía sentido. Debía encontrar una manera sutil de poner a Taylor a prueba.

—Entonces será mejor que me prepare —dijo en tono despreocupado—. No hay que hacer esperar al jefe. Ya sabes lo que dicen, no pongas en evidencia a... —Se interrumpió adrede y le dirigió a Taylor una mirada significativa.

—Al jefe —terminó él la frase tras un momento de vacilación.

—Exacto. —Nina le dedicó una amplia sonrisa para ocultar el miedo que se le había clavado como un cuchillo hasta alcanzar el hueso. Cualquier agente del FBI sabía que la frase correcta era: «No pongas en evidencia al FBI».

Taylor era un impostor.

Dirigió su atención a Bianca, que aún no se había marchado. Nina no podía permitir que Taylor albergara sospecha alguna de que lo había pillado, así que le siguió el juego para ganar tiempo.

—Discúlpame un momento mientras me visto.

Objetivo número uno: sacar de allí a Bianca. Objetivo número dos: coger su arma, que estaba en el dormitorio. Se volvió hacia Bianca.

—Vete a tu apartamento, Bee.

—Pero...

—Ni pero ni nada —replicó Nina en un tono un poco más severo de lo que pretendía.

¿Debía intentar hacerle una señal a Bianca para que entendiera el peligro? La chica era un genio y le encantaban los códigos.

¿Pillaría la indirecta y llamaría para pedir ayuda al llegar a su piso?

Nina descartó la idea en cuanto tomó forma en su cabeza. Si el hombre que tenía delante era quién ella creía que era, la única opción de Bianca era largarse de inmediato. Nina señaló con firmeza la puerta cuando Bianca le dedicó una mirada de súplica.

Esta salió por la puerta haciendo pucheros y cerró tras ella con un poco más de ímpetu del necesario.

–¿Qué es esto? –preguntó Taylor desde la cocina.

Estaba inclinado sobre el portátil que seguía en la mesa, contemplando la pantalla.

–Nada. –Nina se apresuró a regresar del vestíbulo con el corazón a mil. Tenía que cruzar la cocina y la salita para llegar a su cuarto. Taylor se interponía de lleno en su camino.

Tensó todo el cuerpo mientras él se incorporaba.

–¿Eres aficionada a las AMM?

–La verdad es que no. –Cubrió la distancia que los separaba con tres largas zancadas y cerró de golpe el ordenador–. Solo investigaba.

Él deslizó por la nariz sus gafas de montura negra y la miró con unos gélidos ojos azules. Esta vez, al hablar, ningún acento falso distorsionó la voz que Nina tanto temía:

–Mentirosa.

47

La excitación del combate agudizó sus reflejos. Extendió los brazos antes de que a la muy zorra le diera tiempo a reaccionar y le rodeó el esbelto cuello con las manos. Todo el cuerpo le vibraba ante la expectativa de una pelea. Ella le lanzó una patada con el pie desnudo, apuntando al borde exterior de su cuádriceps. Él se adelantó con facilidad a su movimiento y cambió de posición antes de que el golpe lo alcanzara.

–Se acabaron las tonterías.

Le apretó la garganta al tiempo que miraba sus fascinantes ojos marrones abrirse más y más con una expresión de pánico. Captaba el terror en cada sacudida y espasmo del cuerpo de Nina mientras ella se revolvía.

Nina no podía con él, ni física ni mentalmente. Daría todo lo que tenía para enfrentarse a él, pero su danza tenía un único resultado posible. Y ambos lo sabían.

Diez minutos antes, Falk tenía intención de ir a por Bianca, pero el destino se había cruzado en su camino, así que había cambiado de planes. Había accedido al servidor municipal del condado de Fairfax a través de la puerta trasera como había hecho durante años, aprovechándose así de una vulnerabilidad que le daba acceso desde el sistema del departamento de bomberos. En cuanto pudo utilizar su ordenador personal, había tardado menos de cuatro minutos en encontrar la dirección de Bianca.

Por las cosas que publicaba, era evidente que Bianca idolatraba a Nina Guerrera. Así que resultaría sencillo que confiara también en otro agente del FBI. Sin duda estaría dispuesta a acompañarlo, sobre todo si le decía que Nina lo había enviado a recogerla. Había planeado incluir una referencia a Shawna Jackson para dar veracidad a su historia. ¿Cuánto podía costarle engañar a una chica de diecisiete años? Lo había hecho ya en innumerables ocasiones.

Al llamar a la puerta de Bianca con su disfraz de agente especial, la señora Gomez le había informado de que Bianca estaba en el piso de al lado con la mismísima Nina.

Suerte. Destino. No importaba cómo lo llamara. Aquel momento lo había cambiado todo. El FBI ocultaba meticulosamente la dirección de los hogares de los agentes, pero Nina le había caído del cielo.

Se planteó irse para regresar en plena noche y llevarse a Nina a hurtadillas, pero no podía arriesgarse a que la señora Gomez le contara a Bianca que un agente del FBI la buscaba. Cabía la posibilidad de que le preguntara a Nina al respecto, y entonces se habría acabado el juego. Tenía que actuar en aquel momento o perdería su oportunidad.

Su nuevo plan había consistido en llevárselas a las dos. Le habría resultado sencillo reducir a dos mujeres que juntas pesaban menos que él. Y había aprendido que no debía dejar que la Chica Guerrera apuntara hacia sus pelotas. Primero anularía a Nina, gracias al factor sorpresa, y luego la pequeña Bianca sería una presa fácil.

Una vez más, el destino había alterado el curso de su camino. Una vez en la cocina, había visto el maldito ordenador. Solo podía haber un motivo por el que Nina estuviera mirando el vídeo de un combate suyo.

El FBI había averiguado su identidad.

La información no se había hecho pública, de eso estaba seguro. Lo cual significaba que tenía que poner en marcha uno de sus planes de contingencia antes de que empezaran a buscarlo por todo el país. Se acabaron los acertijos y las pistas. Había llegado el momento del desenlace final. Y eso quería decir Nina Guerrera.

Lo de Bianca ya no le molestaba. Para cuando el FBI se diera cuenta de que su agente más famosa había desaparecido, no importaría que Bianca les hablara de un tal agente Taylor que había ido a recogerla. Falk se habría marchado mucho antes. Y podría disponer de su trofeo para él solo.

Pero primero tenía que terminar aquella pelea. Por mucho que disfrutara jugando con ella, estaba perdiendo un tiempo valiosísimo.

Mientras la estrangulaba, a Nina la abandonaron las fuerzas. Falk aflojó un poco la presión para permitir que el aire alcanzase su cerebro privado de oxígeno. No tenía sentido matarla allí mismo. Se inclinó sobre ella, ansioso por oír y sentir su aliento en la oreja.

Sin previo aviso, Nina le lanzó un manotazo directo a la nuez de la garganta. Falk activó todos sus reflejos y se echó hacia atrás para minimizar el impacto de lo que de otra forma habría sido un golpe devastador.

Nina se aprovechó de su momentánea distracción y le clavó la base de la palma de la otra mano en el esternón. Así consiguió soltarse y lanzarse hacia un lado para quedar fuera de su alcance. Falk se acercó a ella tambaleándose, pero Nina consiguió llegar a la encimera. La vio coger un cuchillo de carnicero del soporte para cuchillos y se detuvo en seco mientras ella agitaba y blandía el arma dibujando un arco a su alrededor.

—Eso no va a servirte de nada, pequeña —dijo él—. Tan solo estás retrasando lo inevitable.

—Que te den.

—Qué bien te expresas. Justo lo que se esperaría de un desecho.

Nina entornó los ojos hasta que quedaron reducidos a dos

rendijas y él supo que sus provocaciones estaban teniendo el efecto deseado. Quería enfurecerla y que se le nublara el entendimiento. Los combates en la jaula le habían enseñado que los adversarios impulsados por una furia animal no eran capaces de desarrollar un pensamiento racional que implicara cosas como la estrategia, el contrataque y el uso de una técnica adecuada. La fuerza bruta podía llevarte lejos, pero la fría lógica y un control gélido te servían para acabar ganando.

–¿Te acuerdas del tiempo que pasamos juntos, Chica Guerrera? –dijo él al tiempo que se agachaba para esquivar un brutal cuchillazo–. Pienso en ello todas las noches. A veces me pongo el vídeo. –Dejó que una sonrisa se dibujara en sus labios–. Y cuando te oigo suplicar clemencia me excito sin ni siquiera tocarme.

Su táctica funcionó. Nina se lanzó hacia él y el metal brilló mientras blandía el cuchillo para darle en la cabeza. Él esperó hasta el último momento y luego levantó la mano derecha para cogerla del antebrazo mientras que con la izquierda agarraba la bata de raso.

Le retorció la muñeca y el cuchillo cayó con un tintineo sobre el suelo embaldosado. Nina liberó el brazo y giró sobre sí misma con su delgado cuerpo, y se apartó con rapidez, dejándolo con la bata en la mano mientras ella corría hacia la habitación, desnuda.

A Falk no le cabía ninguna duda de que iba a buscar su arma, que seguramente tenía en la mesita de noche. Cargó contra ella con un subidón de adrenalina.

Nina cerró la puerta del cuarto a su espalda y él la atravesó sin ni siquiera detenerse. Casi había alcanzado la mesita de noche cuando Falk se lanzó sobre ella. El impulso los hizo caer a los dos sobre el suelo enmoquetado, enzarzados en un revoltijo de piernas y brazos junto a la cama. Falk aprovechó su corpulencia para inmovilizarla sobre el suelo, atrapándola bajo su peso. Nina había cometido un error táctico. La envergadura de Falk le daba una tremenda ventaja en cualquier tipo de lucha sobre el suelo.

A pesar de que la derrota de Nina era inminente, se resistió como una posesa. Sin duda sabía lo que la esperaba si perdía, así que se negó a rendirse.

Él se desplazó sobre el cuerpo de Nina hasta que sus rostros quedaron a escasos centímetros uno del otro. Ambos respiraban con dificultad.

–Estos son los mejores preliminares sexuales de mi vida– susurró él–. Gracias, Chica Guerrera.

Por primera vez desde que había empezado la pelea, Falk detectó un miedo cerval. Nina decidió no centrarse solo en luchar con él y abrió la boca para gritar pidiendo ayuda. Y eso no podía consentirlo.

Falk echó la mano hacia atrás y luego le dio una bofetada con todas sus fuerzas. La cabeza de Nina giró bruscamente hacia un lado y ella se quedó quieta.

Falk metió la mano en el bolsillo delantero de la chaqueta del traje y sacó una aguja hipodérmica con el mejunje que en un principio estaba destinado a Bianca. Por suerte, ambas mujeres eran menudas. Si le inyectara a Nina la dosis necesaria para una mujer de tamaño normal, podría ser letal.

Nina empezó a forcejear de nuevo y la descoordinación de sus movimientos le indicó a Falk que seguía aturdida por el golpe que había recibido en la cabeza. Si actuaba con rapidez, no tendría que arriesgarse a provocarle una conmoción cerebral con otro golpe. El cóctel a base de ketamina requería una inyección intramuscular. Le clavó la aguja en el muslo y presionó el émbolo.

Por un breve instante, Nina abrió mucho los ojos y luego dejó de resistirse y se le cerraron los párpados. Un suspiró se escapó de sus labios entreabiertos mientras se iba quedando inmóvil bajo su peso.

Falk acercó los labios a los de Nina y saboreó la sangre con regusto a cobre. Debía de haberse mordido el interior de la mejilla con el golpe. Intensificó el beso y gimió con una embriagadora mezcla de placer y anticipación. Nina era aún más deliciosa de lo que recordaba.

Se obligó a parar y se puso en pie lentamente. La contempló mientras ella permanecía tendida a sus pies, con su piel de color caramelo brillante por el sudor. La deseaba justo ahí, en ese mismo momento, pero tendría paciencia. Primero, debía llevársela. En cuanto se encontraran a salvo en la guarida, dispondría de todo el tiempo que quisiera para disfrutar de ella.

Y el mundo tendría un nuevo espectáculo que contemplar.

48

Wade miró a los ocupantes del oscuro interior del Suburban.

–¿Alguien ha podido hablar con Guerrera?

Recibió la misma respuesta negativa que antes.

–Me alegro de que esta vez haya decidido no venir –dijo Buxton, pisando el acelerador para mantener el ritmo de la cohorte de vehículos del FBI que se dirigía a la residencia de Falk–. Si no lo hubiera decidido ella, seguramente yo mismo la habría apartado de la operación de todos modos.

Guerrera le había mandado un mensaje a Buxton hacía cuarenta y cinco minutos para informarle de que tenía una intoxicación alimentaria y que no estaría disponible hasta nuevo aviso. Desde entonces, nadie había sabido nada más de ella.

A Wade no le olía bien. Nina Guerrera era la única persona del FBI que sentía más deseos de atrapar a Falk que él mismo. Si él tuviera una intoxicación alimentaria, se habría presentado para entregar la orden de registro aunque tuviera que llevarse una bolsa para vomitar. Y estaba seguro de que ella se sentía igual.

–¿No podemos enviar a alguien a su apartamento para comprobar que esté bien?

Buxton negó con la cabeza.

—Para esta operación necesitamos a todos nuestros efectivos. No podemos prescindir de nadie.

Kent iba en el asiento trasero junto a Wade.

—¿Y si va un policía local? —propuso—. Podemos pedir que vaya a verla un patrullero que se encuentre en su zona. Ella fue agente de policía del condado de Fairfax hasta hace dos años, así que estoy seguro de que no les importará.

Buxton los miró a los dos por el retrovisor.

—Nuestra función no es pedir a la policía que vaya a ver a una agente que tiene dolor de barriga.

—¿Os habéis parado a pensar que igual no quería venir? —preguntó Breck desde el asiento del acompañante—. A lo mejor una «intoxicación alimentaria» —dijo, al tiempo que hacía con las manos el gesto de las comillas— es su excusa para escabullirse.

—¿Escabullirse de qué? —preguntó Wade.

—¿Acaso no viste el vídeo con nosotros? —observó Breck—. Seguramente no quiera volver a compartir espacio con ese cabrón. —Se estremeció—. Y no me extraña.

—Entonces, ¿crees que es una manera sibilina de evitar a Falk? —preguntó Kent—. No cuela.

—Ya casi hemos llegado a la casa de Falk —anunció Buxton—. Si no hemos recibido ningún mensaje más cuando hayamos acabado aquí, le pediré a la policía local que se pase por su casa. —Lanzó una mirada penetrante a Wade y a Kent por encima del hombro—. ¿Satisfechos?

En realidad no, pero tendrían que conformarse.

Buxton se llevó la mano al pinganillo.

—¿Cuándo? —preguntó—. Informaré al equipo. —Giró el volante para adelantar a un coche que iba más lento en una curva de la autovía—. No, no vamos a abortar la misión.

Se dio un golpecito en el pinganillo para interrumpir la comunicación y se volvió hacia Breck.

—Encienda su iPad. Falk ha creado una página web. Está preparándose para emitir un mensaje en directo.

Breck abrió la funda de la tableta.

–¿Cuál es la URL?

–Hay un enlace en su cuenta de Twitter –respondió Buxton–. Que vuelve a estar abierta y activa.

–¿Está en su casa? –intervino Wade–. ¿Podemos establecer una ubicación?

–Están trabajando en ello –repuso Buxton.

Beck sostuvo el iPad en alto y pulsó el icono para ampliar la imagen a pantalla completa.

–¿Lo veis bien?

La pregunta iba dirigida a Wade y a Kent. Buxton siguió con la vista clavada en la carretera. Aquel registro no se iba a detener ante nada.

Wade asintió en respuesta a Breck al mismo tiempo que frente a la cámara aparecía una figura cubierta con una capa negra.

«Soy aquel al que llamáis Enigma –dijo–. Bienvenidos a mi santuario».

–Espero de corazón que esté en casa –dijo Kent–. Me encantaría ver cómo se encuentra cara a cara con los de Rescate de Rehenes.

Su mirada pensativa revelaba el deseo de ser él quien echara la puerta abajo en la misión de aquella noche.

Wade estaba ensimismado mirando a Falk. El comportamiento tranquilo y la seguridad que mostraba en sí mismo resultaban inquietantes. Siempre que un sociópata estaba relajado y a gusto, era porque alguien sufría. Seguro de que Falk no se habría tomado la molestia de abrir una página web a menos que tuviera algo dramático que mostrar al mundo, Wade se dio cuenta de que estaba conteniendo la respiración.

«Dejadme que os lo enseñe», dijo Falk, y cogió la cámara de la plataforma estable donde la había colocado. Una vez salió del encuadre, solo se veía uno de sus musculosos brazos emerger de la ancha manga para hacer un gesto en dirección a la pared opuesta.

«Yo mismo he construido esta estructura –dijo–. Tiene todo lo que necesito».

La pared estaba cubierta de un material verde claro con textura esponjosa.

«Insonorizado –continuó Falk, acercando la cámara lo suficiente para que se vieran los detalles–. Y hay más aislamiento detrás del tabique de yeso. Esta noche, nada de interrupciones».

Un fluorescente proyectaba su luz desde el techo, bañando la escena en un resplandor extraño. Wade se imaginó un aplique rectangular y largo de tipo industrial. El espacio se parecía a una casa prefabricada y el interior debía de tener el tamaño de un garaje de dos plazas.

El espectáculo de *cinéma vérité* continuó mientras Falk giraba sobre sí mismo, mostrando las cuatro paredes lisas.

«Y ahora, la atracción principal».

Volvió a colocar la cámara sobre el soporte y enfocó por primera vez hacia abajo.

–¡No!

Wade oyó el grito gutural de Kent antes de que su mente asimilara por completo lo que veía.

Nina Guerrera estaba tendida con los brazos y piernas en cruz sobre una mesa de madera, en el centro de la estancia. A diferencia del vídeo anterior, en esta ocasión estaba bocarriba. También estaba inconsciente o muerta.

–¿Qué pasa? –preguntó Buxton mientras adelantaba a un camión articulado.

–Falk tiene a Guerrera –Wade consiguió pronunciar las palabras a pesar del doloroso nudo que se le había formado en la garganta.

Mientras su jefe maldecía, Wade cerró los puños con tanta fuerza que notó cómo las uñas se le clavaban en las palmas.

Sin dejar de dirigirse a su audiencia invisible, Falk se acercó a Guerrera.

«Esta noche tengo una visita muy especial. –Su voz era ronca–.

Y cuando se despierte, todo el mundo contemplará qué pasa con la Chica Guerrera».

–Acelere –le dijo Wade a Buxton–. Tenemos que llegar antes de que empiece a torturarla.

«Pero antes, la gran revelación. –Falk alzó el brazo y se quitó la capucha de la capa dejando al descubierto su cuero cabelludo, con el pelo rubio casi rapado. A medida que iba retirándose la prenda, dejó al descubierto un rostro anguloso de rasgos esculpidos y un par de ojos de un azul cristalino que miraron de frente al espectador–. Se acabaron los disfraces. –Dejó que la pesada capa cayera al suelo–. Me llamo Halberd Falk. –Una sonrisa salvaje se dibujó en su rostro–. Soy el futuro de la raza humana».

Desnudo de cintura para arriba y con las piernas enfundadas en unos tejanos azules, el torso corpulento y musculoso revelaba las señales de una refriega reciente. Guerrera había presentado batalla.

«Se acabó el preocuparme por el ADN», dijo Falk, acercándose a Nina.

Se inclinó para chuparle la mejilla con un lánguido lametazo.

Dando gracias porque ella siguiera inconsciente, Wade se inclinó hacia delante y distinguió los triángulos entrelazados que cubrían las dorsales ondulantes de Falk. Durante la reunión informativa sobre la orden de registro, habían repartido fotos de Falk en sus combates de AMM. Wade había investigado el diseño y había llegado a la conclusión de que no se habían equivocado acerca del complejo de dios de Falk. Sus tatuajes lo señalaban como un ser poderoso y divino, por encima de la insignificante justicia de los mortales.

«Y también se acabaron los guantes de nitrilo –continuó Falk–. Esta vez, piel contra piel».

Rodeó la mesa de madera, se dirigió al extremo más alejado, de modo que su gigantesco cuerpo no bloqueara la visión, y extendió el brazo para tocar la base del cuello de Guerrera. Se tomó su tiempo para dibujar con el índice un camino que recorría el centro de su cuerpo inerte. Se detuvo en la esbelta cintura, donde extendió la palma y los dedos para cubrir todo su abdomen, de cadera a cadera.

«Es tan pequeña», susurró, antes de que su enorme mano se deslizara implacable hacia el punto donde se unían las piernas abiertas de Guerrera.

–Quítale tus asquerosas manos de encima. –Las palabras de Kent rezumaban una amenaza gélida. Apartó la mirada de la pantalla para fijarla en Wade–. Voy a perseguir a ese hijo de puta hasta que lo encuentre –dijo en voz baja para que solo lo oyera él–. Y luego lo mataré. Lentamente.

Wade comprendía a la perfección cómo se sentía Kent. Los recuerdos del caso de Chandra Brown acudieron a su mente. Así debían de haber sido las últimas horas de Chandra. Si no hubiese sido tan terco y hubiera escuchado, podría haber evitado su muerte. Y ahora Guerrera correría la misma suerte porque él había sido incapaz de interpretar correctamente la situación. De nuevo. Era un analista de perfiles experto. Creía que les quedaba más tiempo, que por fin iban a atraparlo. Debería haber previsto que Falk iría a por Guerrera esa misma noche. Debería haber insistido en que la llamaran para ver cómo estaba. Nunca se lo perdonaría.

Le susurró a Kent su propia promesa:

–Te ayudaré a deshacerte del cuerpo.

49

Nina parpadeó, sin poder explicarse el letargo y la pesadez en sus extremidades y la sensación de algodón en la boca.

—¿Por fin se ha despertado la Chica Guerrera?

Esa voz. Una oleada de imágenes la inundó, trayendo consigo una cascada de terror. La pelea en su apartamento. Las estrellas que había visto después de un bofetón en toda la cara que le había sacudido hasta los dientes. Una aguja que se le clavaba en el muslo.

El monstruo la había atrapado.

Abrió por completo los ojos mientras un subidón de adrenalina le recorría la sangre y le despejaba la mente. Intentó sentarse. La parte racional de su cerebro por fin se estaba poniendo en marcha. Empezó a sentir partes de su cuerpo. Registró dolor en las muñecas y en los tobillos. Echó la cabeza hacia atrás y vio las bridas de plástico negro que la ataban a unas alcayatas de acero taladradas en la superficie de madera de una rudimentaria mesa de trabajo. Nina intentó flexionar el brazo, pero las ataduras estaban tan ceñidas que apenas podía mover nada.

—Esta vez no te escaparás —dijo Falk, siguiendo su mirada—. Tus compañeros del FBI deben de estar echando abajo la puerta de mi casa en este preciso instante, no me cabe ninguna duda. Pero nosotros no estamos ahí. Nadie sabe dónde estamos. –Cruzó los brazos sobre el pecho y la miró con esos ojos fríos e inexpresivos–. Nadie va a venir a salvarte –susurró.

Se inclinó sobre ella, bloqueando la luz del fluorescente del techo.

–Me has desafiado dos veces, pequeño desecho. Sufrirás durante el doble de tiempo que las otras. –Le colocó una mano sobre el pecho izquierdo–. Se te sale el corazón. –Gimió y cerró los ojos como si quisiera saborear la sensación–. Estás absolutamente aterrorizada. –Se agachó sobre ella, rozándole los labios con los suyos–. Y haces bien.

Aquel contacto se parecía más a una agresión que cualquier paliza que le hubieran dado. Nina notó su aliento cálido sobre su piel, con un vago olor a menta. Desprendía un aroma a limpio. Era evidente que se había duchado y se había desprendido de los restos del disfraz de agente del FBI, incluida la peluca morena.

Falk se incorporó y retiró la mano.

–He esperado tanto tiempo a que fueras mía otra vez. –Arqueó una ceja–. ¿No tienes nada que decirme?

Ella lo fulminó con la mirada. No pensaba entrar en su juego.

–¿Y a tus admiradores? –Hizo un gesto hacia la derecha–. ¿No tienes nada que decirles?

Nina giró la cabeza y vio una cámara pequeña montada sobre un trípode en la esquina de la habitación. La lente estaba enfocada hacia la mesa, y la lucecita roja estaba encendida. Inspiró hondo. El monstruo estaba grabando cada segundo de aquella fantasía enfermiza que tenía y que estaba a punto de llevar a cabo.

–Estoy emitiendo en directo –dijo él–. El mundo entero te verá suplicarme clemencia. Y no te la concederé. Al cabo de un rato, me suplicarás que te mate. Pero la muerte no llegará hasta que yo no esté satisfecho.

El miedo la embargó y le quitó sus últimos vestigios de esperanza. Buxton y el resto del grupo operativo estarían en casa de

Falk, pero él era demasiado listo. Se la había llevado a otra parte. Estaba total y completamente sola. Y en manos de un demente.

—Aquí mando yo, ¿lo entiendes? —Se dio un golpe con el puño en el pecho desnudo—. Yo decido cuándo mueres. Yo decido cómo mueres. Soy tu dios.

Nina alzó la vista para mirarlo. Era enorme, fornido, y estaba decidido a acabar con ella. La ingeniería genética que lo había creado lo había programado biológicamente para ser superior.

Ella, en cambio, no había heredado rasgos destacables. No tenía pedigrí. Solo la habían impulsado su fuerza de voluntad y el deseo de doblegar las reglas. No sobreviviría a esa noche. Quizá ni siquiera sobreviviera a la siguiente hora. La única opción que le quedaba era morir cómo ella decidiera.

Enigma quería verla humillada. Quería denigrarla de todas las formas posibles. Nina no le daría nada de eso. Para cuando acabara con ella se habría llevado todo lo que tenía, incluida su vida. Pero no le quitaría su humanidad.

Una vez que se hubo hecho esta promesa, la situación se simplificó. Su objetivo quedó claro. Tenía que hacer todo lo que estuviera en su mano para escapar. Mantener los ojos bien abiertos para captar hasta la más mínima oportunidad. Si eso fallaba, moriría luchando contra él, no suplicando.

Falk se agachó para coger una caja de herramientas negra del suelo. La dejó en la mesa, junto a ella. Lo único que podía hacer Nina era girar la cabeza para observar sus movimientos.

Él abrió los dos cerrojos.

—Deja que te enseñe lo que tengo preparado para las próximas horas.

Levantó la tapa y hurgó en el interior. Uno a uno, se puso a sacar objetos y colocarlos en una hilera impecable junto a ella. Unos alicates, un punzón, pinzas de cocodrilo, un cincel y un tornillo de banco.

Cada herramienta que dejaba sobre la mesa le evocaba imágenes cada vez más horrendas, hasta el punto que se le revolvió el estómago. No sabía lo que le había inyectado, pero combinado con el terror absoluto que se había adueñado de ella le había hecho subir la bilis por el esófago.

Se le nubló un poco la visión y luego volvió a enfocar la mirada.

—Voy a vomitar.

Notó cómo algo le subía por la garganta y ladeó la cabeza. Falk la había atado con tanta fuerza que no podía elevarse de la mesa. Joder. Mierda. Iba a ahogarse en su propio vómito.

Al menos no moriría a manos de él. El destino había intervenido proporcionándole una salida. Al notar la primera oleada de náuseas, no se resistió.

Falk dejó caer las tenazas.

—Ni se te ocurra vomitar.

Nina tuvo una arcada y se le llenó la boca de un líquido amargo.

Él entornó los ojos.

—Basta.

El cuerpo de Nina se sacudió a medida que subían más fluidos.

Maldiciendo, Falk rebuscó en la caja hasta sacar unas tijeras cortachapas. Se inclinó sobre ella y cortó la atadura de la muñeca derecha y luego le rodeó la nuca con la mano y tiró hacia arriba, intentando elevarle la cabeza y girársela hacia un lado.

Con el brazo izquierdo aún inmovilizado, solo podía levantar el cuerpo unos cinco centímetros. Parte del líquido se derramó sobre la superficie de madera, pero la mayor parte permaneció en su boca.

—Para o te vas a ahogar.

La única respuesta de Nina fue otro espasmo convulsivo.

—Mierda. —Falk le pasó el brazo por encima y cortó la otra ligadura.

En cuanto Nina tuvo los brazos libres, él la incorporó con brusquedad hasta dejarla sentada y le golpeó la espalda llena de cicatrices con su mano descomunal.

El contenido restante del estómago salió disparado de su cuerpo mientras ella tosía y escupía. Se le aclaró la mente lo suficiente como para darse cuenta de que Falk estaba respondiendo de manera automática a su entrenamiento como técnico de emergencias. Le permitió acercarse a su cuerpo mientras liberaba su mente para analizar la situación. Tenía ambas manos sueltas, lo cual le ofrecía nuevas opciones.

Tan solo disponía de unos segundos para elaborar un plan, y solo tendría una oportunidad de llevarlo a cabo. Para ganar tiempo, se forzó a toser mientras estudiaba sus inmediaciones. Se negaba a estirarse en la mesa y dejar que el monstruo hiciera todas las nauseabundas cosas que le tenía preparadas.

Fingió una gran arcada, se dobló sobre sí misma y se agarró la barriga. Él tenía una mano sobre su muslo y la otra sobre su espalda. Nina simuló asfixiarse de nuevo y, como había previsto, él le dio un fuerte golpe en la espalda. Ella aprovechó la fuerza del golpe y permitió que hiciera descender su torso. Extendió un brazo como para prepararse y cogió el punzón. Antes de ser consciente de lo que había hecho, le introdujo la afilada punta en el centro de la barriga.

Él retrocedió tambaleándose, lanzando maldiciones mientras se miraba la herida punzante y sangrante. A una velocidad sobrenatural, proyectó una mano y la agarró de la muñeca.

Ella intentó soltar el brazo, pero no era rival para él.

—Zorra desgraciada —dijo él entre dientes.

Flexionó su imponente brazo y le retorció la mano para que soltara la herramienta.

Nina tenía que distraerlo, o la aplastaría sobre la mesa y la ataría de nuevo. Recordó lo que Wade le había contado mientras elaboraba el perfil de Enigma, antes de que averiguaran su identidad. Lo combinó con lo que había visto en el vídeo del combate.

—¿Tu padre te pegaba muy a menudo, Falk?

Él se quedó quieto agarrándole aún la muñeca, pero no hubo otra respuesta.

–¿Por eso torturas a niñas? ¿Papaíto te dejó tan traumatizado que no se te levanta a menos que...?

–Cierra el pico.

La retuvo en su sitio con una mano, cerró la otra y la echó hacia atrás para darle un puñetazo.

Ella deslizó el trozo cortado de brida por la palma hasta que el borde serrado emergió como el filo de un cúter. Antes de que los nudillos de Falk impactaran en su nariz, Nina le clavó el afilado borde de la brida en uno de esos ojos azules que la miraban con furia.

Falk lanzó un aullido y la soltó, antes de cubrirse el ojo herido con ambas manos.

Ella agarró las tijeras cortachapas y se inclinó con rapidez para liberar los tobillos. Mientras salía disparada por el lado opuesto de la mesa, él trastabilló por la habitación, bramando como un toro herido.

Nina sostuvo la afilada pieza de plástico en una mano y las tijeras en la otra, con la mesa entre ellos. Falk extendió el brazo para agarrarla y ella se echó hacia atrás.

–Voy a pasarme el resto de la noche despellejándote viva –dijo Falk–. Y luego te voy a follar mientras te mueres.

Nina estudió la estancia y distinguió la puerta a la espalda de él. No había ventanas ni otras vías de escape. Falk era más fuerte, más corpulento y más listo. Pero ella pensaba darlo todo, usar todos sus maditos genes inferiores para seguir peleando.

Se desplazó hacia la izquierda y lo atrajo en su dirección. Lo dejó que se acercara unos centímetros. La sangre se escurría entre los dedos de la mano con la que Falk se apretaba con firmeza el ojo. Era tan peligroso como cualquier animal herido.

Esperó hasta que él quedara a la distancia de su brazo y se lanzó hacia la derecha mientras él arremetía contra ella. Joder, qué rápido era. Los combates de AMM le habían proporcionado unos reflejos tan afilados como una cuchilla de afeitar. Lo había infravalorado. Si su percepción de la profundidad no se hubiera visto alterada por la pérdida de visión en un ojo, la habría cogido del brazo. En lugar de eso, las manos de Falk se cerraron en el aire, justo en el lugar dónde estaba ella un instante antes.

Él lanzó un rugido de frustración y le soltó varios insultos más. Nina ignoró sus palabras y se concentró en los movimientos del cuerpo de Falk. Cada vibración en sus tensos músculos telegrafiaba su siguiente paso, y eso le daba a ella una ventaja de una milésima de segundo que significaba la diferencia entre la vida y la muerte.

Siguió rodeando la mesa y luego se fue corriendo hacia el otro lado cuando él extendía los brazos. Poco a poco, acabó con la puerta a su propia espalda.

—Está cerrada con llave —dijo él—. No pierdas el tiempo.

A Nina se le cayó el alma a los pies. Se había esforzado mucho por colocarse en el lugar adecuado. Y no había servido para nada. ¿Cuánto tiempo podría continuar con aquel baile? Centró la mirada en la mesa. Ahora estaba lo bastante cerca como para alcanzar más herramientas. Vio la que creía que podía resultarle más útil.

—Todos esos tatuajes no ocultan las quemaduras de cigarrillo de tu espalda, Falk. ¿Te las hizo papaíto? ¿Su hijo diseñado genéticamente resultó ser una decepción?

Con un grito de guerra desgarrado, Falk se lanzó sobre la mesa. Ella agarró el cincel y lo sostuvo erguido, desviado en dirección a él. El impulso hizo que el cuerpo de Falk siguiera cayendo y acabara empalado por el pecho en el borde afilado del cincel.

Ambos acabaron en el suelo y él cayó con todo su peso sobre Nina con un sonoro golpe. Un gemido gutural se le escapó de entre sus labios cuando el aire abandonó su cuerpo.

A Nina se la había clavado el mango de plástico del cincel que sujetaba en la mano. El resto había penetrado en el torso de Falk, justo debajo del punto de unión de su caja torácica. El tremendo peso de Falk la aplastaba y le impedía respirar bien. No podía llenar los pulmones.

Soltó el mango y trató de quitárselo de encima. No se movió ni un centímetro. Mierda. Había conseguido sobrevivir solo para que él la matara asfixiándola después de muerto.

Ni… de… coña.

Volvió a empujar. Nada. La sangre que manaba del pecho de Falk formaba una pátina resbaladiza entre sus cuerpos. A lo mejor podía salir de ahí deslizándose. Se revolvió para esparcir la sangre y comenzó a deslizarse hacia un lado centímetro a centímetro. Logró avanzar varios. Utilizaba las piernas para hacer palanca y volvía a empujar. Poco a poco, su cuerpo salió de debajo del de él.

Se quedó tendida sobre el suelo, aspirando enormes bocanadas de aire.

De repente, él le aplastó el pecho con su fornido brazo y la arrastró hacia él.

–E… res… mía –pronunció las palabras en un susurro ronco y gutural.

Nina dobló las piernas hacia arriba e hincó las plantas de los pies en la cadera de Falk.

–Nunca.

Empujó y se alejó de él.

Él rodó sobre sí mismo y se arrastró hacia ella. Nina se apartó con dificultad, pues las manos y los pies le resbalaban en el suelo empapado de sangre. Él extendió un brazo y la agarró. Nina dobló la rodilla, apuntó bien y colocó el talón en dirección a la nariz de Falk. Reunió hasta el último aliento de fuerza que le quedaba y lanzó el pie contra su objetivo. Un sonoro crujido llenó el aire en el momento del impacto, y el tabique se le incrustó en el cerebro.

El ímpetu del golpe le echó la cabeza hacia atrás y la siguió el resto del cuerpo, que se estampó contra el suelo. Se estremeció, y luego se quedó inmóvil.

Nina se tendió de espaldas, jadeando.

La puerta se abrió de golpe y una columna de operativos de rescate de rehenes, vestidos con uniforme negro, entró en tropel gritando órdenes. La cacofonía de la estampida de botas y el retumbar de las voces hizo añicos la quietud que había impregnado la atmósfera un momento antes. El equipo táctico se desplegó y aseguró el espacio en cuestión de segundos.

Uno de los hombres apuntó con el rifle a la cabeza de Falk, mientras otro se arrodillaba a su lado para buscarle el pulso. Nina sabía que no encontrarían signos vitales. Si le quedara un aliento de vida, se habría asegurado de matarla antes de sucumbir.

Un miembro del equipo se agachó junto a Nina.

—¿Dónde está herida, agente Guerrera?

Nina se dio cuenta del aspecto que debía de tener.

—La sangre es de Falk.

Mientras contestaba, un segundo hombre cayó de rodillas a su otro lado.

—Nina —dijo con una voz que rezumaba emoción.

Ella se volvió y vio a Kent observándola de arriba abajo, con una expresión que Nina no fue capaz de interpretar y que tensaba las hondas arrugas de su tosco rostro.

—Estoy bien, de verdad. —Era mentira, pero se deleitaba en el dolor.

Significaba que estaba viva.

50

Dos días después
Edificio J. Edgar Hoover, Washington, D. C.

Nina se sentó a la reluciente mesa redonda de la esquina más alejada del espacioso despacho del director. Había visto una única vez al director Thomas Franklin, al graduarse de la academia en Quantico.

El hombre tenía una expresión seria. Aunque claro, tampoco era conocido por reír mucho. En el FBI se rumoreaba que el trabajo era su vida. Hasta sus pijamas estaban almidonados.

Se reclinó en su silla de cuero negro y entornó los párpados con un atisbo de fatiga.

–Ha sido la rueda de prensa más larga que he dado nunca. –Meneó la cabeza canosa–. Había periodistas de todo el mundo. Por lo visto el planeta entero ha seguido esta historia.

Nina no tenía ni idea de qué contestar, así que permaneció en silencio. Era evidente que ella era la responsable de su falta de sueño y del coste de una cantidad nada desdeñable de recursos.

–Lo que más les interesaba era cómo habíamos logrado rastrear a Enigma –continuó–. Estoy muy satisfecho de la rapidez con la que el equipo se adaptó cuando resultó que su casa estaba vacía.

El equipo se había reunido con ella después de la revisión médica para ponerla al día. Tras salir con las manos vacías de la residencia de Falk, habían decidido comprobar la casa en la que se había criado. Las fotos del satélite mostraban un cobertizo en un extremo alejado de la propiedad, rodeado de árboles.

–Antes de nada, tengo que decir que estoy profundamente impresionado con su rendimiento a lo largo de toda esta investigación. Ha tenido que lidiar con cosas a las que nadie debería enfrentarse, y lo ha hecho mientras el mundo la miraba en tiempo real.

Nina se revolvió incómoda al recordarlo. Todavía no se había acostumbrado a que la gente la mirara cuando creían que ella no los veía o a que todas las conversaciones se interrumpieran en cuanto ella entraba en una habitación.

–Ha demostrado un valor ejemplar al enfrentarse a Halberd Falk, sobre todo teniendo en cuenta lo que le hizo en el pasado –continuó Franklin.

–Gracias, señor.

–Su valentía merece un reconocimiento especial –dijo Franklin–. La semana que viene le entregaré la Insignia al Valor en una ceremonia oficial.

Nina se quedó pasmada. El director del FBI la había propuesto para uno de los más altos honores del FBI. La Insignia al Valor recompensaba los actos valerosos en cumplimiento de sus deberes relacionados con un grupo operativo, una operación encubierta, una situación grave o la gestión de una crisis en los casos de máxima prioridad de la agencia. Seguramente aquel caso encajaba con todos los factores de la descripción.

Aun así, sentía que no lo merecía.

–Señor, hice lo que era necesario para sobrevivir. Cualquier otro agente hubiera hecho lo mismo.

–Usted hizo más que sobrevivir –repuso él–. Superó un grave trauma personal bajo una presión extrema y utilizó su entrenamiento y su ingenio para detener a un asesino que habría seguido cobrándose vidas. –Arrugó la frente en un gesto de preocupación–. No, agente Guerrera, ningún otro agente habría resuelto este caso. Tenía que ser usted.

A Nina le subió un rubor ardiente por el cuello y se puso a alisar una arruga de los pantalones, como excusa para poder apartar los ojos de la penetrante mirada de Franklin.

–Hay otro motivo por el que quería hablar con usted –continuó él, afortunadamente cambiando de tema–. El agente especial supervisor Buxton ha solicitado prolongar su asignación temporal a la Unidad de Análisis del Comportamiento.

Nina levantó la cabeza.

–¿Cómo podría yo ayudar a la UAC, señor?

–En los últimos meses se han producido varios secuestros en el área metropolitana de D. C. La oficina de Washington se ocupa del caso. Diría que está familiarizada con los detalles.

Estaba íntimamente familiarizada con ellos.

–Mi equipo dirige la operación.

–No ha habido muchos avances –dijo Franklin–. El supervisor Buxton cree que ustedes cuatro podrían estudiarlo con una mirada nueva y aplicar algunas de las técnicas que utilizaron en el caso Falk.

–¿Nosotros cuatro?

–Kent, Wade, Breck y usted. –Franklin juntó las yemas de los dedos–. Si la cosa va bien, existe la opción de que el equipo se haga permanente.

La posibilidad intrigó a Nina. El agente especial supervisor Conner, su actual jefe en la oficina de Washington, no era muy fan de sus poco ortodoxos métodos de investigación. Buxton, en cambio, parecía valorar su experiencia previa tanto en la vida como en las fuerzas del orden, en lugar de verla como el miembro más inexperto del equipo.

Franklin la sacó de sus pensamientos.

–No quería comentárselo delante de nadie de su cadena de mando por lo que ha tenido que soportar hace poco. Teniendo en cuenta todo lo que ha pasado, también podría asignarle algo menos... estresante. Algo que la mantenga alejada de la opinión pública.

—¿Cree que ya no debo trabajar sobre el terreno?

—En absoluto —replicó él—. Le estoy ofreciendo una opción.

Nina podía unirse a la investigación de los secuestros desde Quantico, regresar a su puesto anterior en la oficina de Washington o pedir un traslado a un trabajo de oficina. Más claro, el agua.

Se irguió en la silla.

—Por favor, comuníquele al supervisor Buxton que mañana a primera hora me presentaré en Quantico.

Franklin la observó durante un largo momento. Asintió levemente con la cabeza antes de curvar hacia arriba las comisuras de los labios.

Quizá los rumores no fueran ciertos después de todo. Aquello parecía una sonrisa de verdad.

—Me queda un último tema por tratar —dijo él, poniéndose serio otra vez—. El grupo operativo recabó una tremenda cantidad de información acerca de su pasado. En cuanto supimos que Falk conocía las circunstancias de su nacimiento, Buxton asignó equipos para que removieran hasta la última piedra. Los miembros del grupo operativo obtuvieron una declaración del basurero que la encontró de bebé, de la trabajadora social que le dio su nombre, de todos los miembros de las familias de acogida con las que vivió, de la mayoría de sus profesores y de todos los médicos de Urgencias que la trataron cada vez que fue al hospital a lo largo de su infancia.

Nina permaneció sentada y paralizada. Se imaginó a un montón de sus propios compañeros desplegándose por todo el condado de Fairfax, localizando a todos aquellos que habían tenido un impacto en su vida.

—Por lo que dice han sido muy exhaustivos.

—Parte de esta información no está incluida en ningún informe oficial —dijo Franklin—. Sospecho que gran parte de ella ni siquiera la conoce usted. —Hizo una pausa como si quisiera escoger con cuidado sus siguientes palabras—. Creo que tiene derecho a ver lo que hemos reunido. Al fin y al cabo, es la historia de su vida hasta la fecha de su emancipación, a los diecisiete años.

La historia de su vida. No la clase de historia que se les lee a los niños antes de irse a dormir.

—Aquí está la copia del expediente completo —dijo Franklin al tiempo que empujaba el grueso sobre de manila que tenía a su lado en la mesa—. Se la puede quedar.

—Gracias, señor. —Recogió el voluminoso expediente y lo abrazó contra el pecho.

—Buena suerte, agente Guerrera.

Nina entendió que era su manera de decir que podía retirarse, así que se puso en pie y se dirigió a la puerta. La auxiliar administrativa la saludó con un brusco gesto de asentimiento al verla pasar por la sala de espera exterior.

Avanzó por el amplio pasillo; sus pasos resonaban sobre el suelo embaldosado. El lugar estaba extrañamente desierto y eso le dio la oportunidad de pensar en lo que le había dicho el director sobre el expediente. El sobre de manila era muy pesado. Lo que contenía le pesaba tanto en la mente como en los brazos.

Ahí dentro estaban todos los detalles de su infancia. Cada retazo de dolor, humillación y abuso meticulosamente documentado en un impersonal tono aséptico. Los informes que contenía relataban cómo había pasado de ser un desecho a ser la Chica Guerrera. Había recorrido un camino muy oscuro hasta alcanzar la luz. Ahora podía volver a hacerlo desde la perspectiva de su yo adulto y aprender cosas nuevas acerca de las personas que antes habían controlado su vida. ¿Cuáles eran sus motivaciones, sus intenciones ocultas, sus secretos? ¿Por qué la habían atormentado así? Las respuestas que tanto había anhelado de niña se encontraban en el tesoro de documentos que ahora se hallaba en su poder.

Pasó junto a la sala de fotocopiadoras y se detuvo. Retrocedió varios pasos, entró y encontró lo que buscaba junto a la fotocopiadora. La estancia estaba vacía.

Vaciló durante un largo momento. Al final se decidió, cruzó la habitación y se colocó de espaldas a la fotocopiadora. Dejó la carpeta sobre la mesita que tenía a su izquierda. Tras abrirla, cogió las primeras páginas y las alisó. Le iba a llevar un buen rato.

Inspirando hondo, empezó a introducir las hojas en la trituradora de papeles, dejando por fin su pasado en el lugar que le correspondía.

51

El Camino de Ladrillos Amarillos
Academia del FBI, Quantico

A la mañana siguiente de su reunión con el director, los pasos de Nina resonaban sobre el terreno irregular del sinuoso sendero. El sol de primera hora de la mañana proyectaba sobre el suelo la sombra de los altos árboles de Virginia. Tendría que haber esperado. Darle a su cuerpo la oportunidad de recuperarse del trauma que le había infligido Falk. Pero este recorrido no era para su cuerpo. Era para su alma. Esta vez, conseguiría llegar al final del Camino de Ladrillos Amarillos.

Había llegado pronto con la intención de asegurarse de que disponía de tiempo suficiente para cubrir el trayecto entero, darse una ducha en el vestuario y presentarse ante Buxton para su primera reunión informativa. Al cabo de unos tres kilómetros, sin embargo, empezó a tener dudas. El cuerpo, cubierto de moratones, le dolía a cada paso que daba.

Llegó al siguiente obstáculo y se paró. La zanja medía unos siete metros y medio de largo por unos dos de ancho. Para darle un poco más de emoción, los instructores la mantenían siempre llena de agua embarrada. Una serie de troncos se apoyaban unos en los otros para crear una barrera levemente elevada cuyo objetivo era obligar a los corredores a agacharse por debajo. Si quería avanzar, debía estar dispuesta a bajar al barro.

–Las damas primero.

Alzó la vista y vio a Wade corriendo hacia ella desde el sentido opuesto.

–¿Qué haces aquí?

–Uno de los instructores me ha comentado que estabas aquí. He pensado que no tuvimos ocasión de terminar el recorrido la última vez, así que he decidido hacerlo contigo.

Había echado a correr desde la meta, igual que en la anterior ocasión, esquivando los obstáculos para encontrarla.

–Eso no contesta mi pregunta.

–Vamos a ser compañeros –dijo él–. Los compañeros se cubren las espaldas.

–No tienes por qué hacerlo.

–Sí que tengo que hacerlo.

Nina meneó levemente la cabeza y, al meterse en la zanja, el agua helada le provocó una sacudida en todo el cuerpo. El fondo lodoso le atrapaba los pies cada vez que los intentaba levantar para avanzar. Dio otro paso y luego se puso a gatas. Con medio cuerpo sumergido en el fango, Nina se desplazó casi a rastras.

Wade saltó al agua junto a ella y el agua sucia le salpicó la cara y le entró en la boca. La escupió y siguió adelante.

Nina temblaba de frío y agotamiento mientras se acercaban al otro lado y salían de la zanja. Él le dedicó una sonrisa, con los dientes de un blanco reluciente en medio de su cara cubierta de barro.

Nina había emergido del fango, pero no había salido indemne. Estaba sucia, manchada, pero no sola. Wade la había acompañado a lo largo de todo el camino.

Se recobró y obligó a sus piernas a correr, decidida a seguir adelante. Después del calvario, una buena ducha sería su recompensa. Se frotaría el cuerpo de la cabeza a los pies. Y quizá volviera a sentirse limpia.

Y entonces vio el muro enfrente, bloqueándole el paso.

El muro era el mayor reto del recorrido. Nina era baja, apenas superaba el metro y medio. Había sido la más baja de su promoción en la policía y también en su clase del FBI. Su tamaño siempre había supuesto una carga hasta que Nina aprendió a pelear y a compensarlo de otras maneras.

A pesar de todo el entrenamiento, de todas sus habilidades, Falk había estado a punto de acabar con ella. Por la fuerza, jamás habría logrado derrotarlo. La capacidad de pensar con rapidez era lo que la había salvado.

Observó el obstáculo que tenía ante sí.

—¿Vas a quedarte toda la mañana aquí mirándolo?

Nina giró sobre sus talones y vio a Kent a varios metros de distancia, acercándose a ellos a toda velocidad. Con la experiencia de Kent en las Fuerzas Especiales, Nina supuso que podía hacer el recorrido dos veces en el mismo tiempo en que ella tardaba en completarlo una sola vez.

Se volvió para enfrentarse a Wade.

—¿Has invitado a toda la puñetera unidad?

Él no parecía arrepentido en lo más mínimo.

—Puede que haya mandado un par de mensajes.

Nina puso los ojos en blanco y centró de nuevo su atención en el muro, sin contestar a Kent. Apartó a ambos hombres de su cabeza y saltó. Se agarró con los dedos al borde superior de la pared, pero se escurrió. Cayó directa al suelo y dio con el trasero en la tierra.

—Tú puedes —le dijo Kent dedicándole una sonrisa—. La próxima vez retrocede y echa a correr, apoya los pies en la pared e impulsa el cuerpo hacia arriba. Déjame que te lo enseñe.

Avanzó a grandes zancadas hacia la barrera, saltó y apoyó un pie en un lado para propulsar el cuerpo hacia arriba. Se aferró con las manos al borde superior y flexionó los poderosos músculos para pasar el torso por encima. Hizo lo mismo con las piernas y, con un movimiento fluido, desapareció al otro lado.

Luego rodeó la pared y la señaló con un gesto.

—Es todo cuestión de técnica.

—Medir más de metro noventa también ayuda.

—Vamos, Guerrera —dijo Kent—. Demuéstrame de qué eres capaz.

La cosa iba a ponerse fea. Nina esprintó hacia el muro, apoyó los pies y esta vez consiguió agarrarse con fuerza al borde superior. Subió el cuerpo a peso y lanzó un brazo por encima de la pared, luchando por no caerse hacia atrás.

De repente notó que la barrera temblaba y vio a Kent colgado a su lado, en posición de dominadas, para poder darle instrucciones a solo unos centímetros de distancia.

—Utiliza los pies.

Nina pateó la pared con las zapatillas deportivas hasta que las puntas de goma se clavaron lo suficiente como para hacer palanca y propulsarse hacia arriba. A pesar de que le ardían los músculos, consiguió elevarse lo suficiente para pasar la parte superior del cuerpo por encima del borde. A continuación, dejó que la gravedad acabara el trabajo.

Cayó con fuerza al otro lado. Al cabo de un momento, Kent se agachó a su lado, seguido enseguida por Wade.

Quedaban pocos obstáculos para terminar. Siguieron avanzando por el camino. Mientras Wade y Kent charlaban, Nina reservó las fuerzas para el siguiente reto.

La mata pelirroja de Breck apareció corriendo en sentido contrario hacia ellos. Era obvio que había comenzado el recorrido por el final, como Wade.

Nina miró a su nuevo compañero.

—¿En serio, Wade?

—Qué detalle aparecer cuando solo quedan *tres* kilómetros —le gritó Wade a Breck en tono burlón.

Breck ignoró la observación mordaz y se colocó junto a Nina, adaptando su ritmo al de ella.

–¿Cómo está mi chica?

Nina estaba segura de que debía de tener un aspecto patético, que era como se sentía a aquellas alturas del recorrido. Todos los músculos del cuerpo le gritaban que parara. Estaba magullada, dolorida y agotada.

–Genial.

Breck le lanzó una mirada dubitativa.

–Cielo, tienes pinta de haber corrido quince kilómetros por una mala carretera.

Wade se puso a recitar una letanía de observaciones:

–Apoyas con más fuerza la pierna izquierda, haces una mueca de dolor cada vez que utilizas el brazo derecho y aspiras demasiado aire.

–No importa –replicó ella–. Voy a acabarlo.

–Y nosotros te acompañaremos durante todo el camino.

Nina se dio cuenta de que necesitaban que ella aceptara su ayuda. Si iba a formar parte de esa unidad *ad hoc*, tendría que cambiar la manera en la que hacía las cosas. Con los años, había aprendido a no depender de nadie más que de sí misma. La gente la había decepcionado demasiadas veces. Ahora debía aprender a formar parte de un equipo.

Pensó en las tres personas que la flanqueaban a medida que se acercaban al final del recorrido. Un sentimiento nuevo que no pudo identificar la embargó y renovó sus fuerzas. Juntos lo conseguirían. Al cruzar la meta, entendió qué sentimiento era.

Confianza.

Pensó en lo que le había dicho el juez en la vista de su emancipación, tantos años atrás. Esa vista no había cambiado solo su nombre, sino toda la trayectoria de su vida. «Las circunstancias la han llevado a convertirse en alguien muy independiente pese a su corta edad, señorita Esperanza. Pero tiene que aceptar la ayuda de los demás cuando la necesite. No lo olvide».

Nina no lo había olvidado, pero hasta aquel momento no había entendido por completo lo que el juez intentaba decirle. Era la misma lección que había aprendido en el Camino de Ladrillos Amarillos.

Se había convertido en una guerrera que ya no tenía que librar sola sus batallas.

AGRADECIMIENTOS

A mi marido, Mike, que me ha apoyado incondicionalmente en todos mis proyectos. Es el mejor compañero y amigo que alguien pudiera desear, y lo es todo para mí.

A mi hijo, Max, que me muestra el mundo a través de los ojos de un niño cada día. Qué afortunada soy.

A mi familia, ya sea la de sangre o la adoptada por los lazos de la amistad. Nunca podré agradeceros lo suficiente vuestra comprensión y vuestra paciencia durante tantos años.

A mi agente, Liza Flessing, que comparte mi visión y hace milagros. Sus consejos, su apoyo y su excepcional profesionalidad me han ayudado a transitar los baches inesperados en el camino. Y ha habido unos cuantos…

A mi otra agente, Ginger Harris-Dotzin, cuya aguda mirada y una mente igualmente aguda han resultado de tremenda ayuda cuando a las ideas en bruto les costaba tomar forma.

A los hombres y mujeres del FBI, que dedican su vida a estar a la altura de su lema: «Fidelidad, Valor, Integridad». Un agradecimiento especial a la exsubdirectora Jana Monroe, al exagente especial John Iannarelli y la exagente especial Jerri Williams.

A Megha Parekh, quien presentó la idea de mi libro a Thomas & Mercer, por guiarme a través de cada etapa del proceso. Me ha dado una lección de humildad y tengo mucha suerte por su apoyo y su decisión de arriesgarse con una voz nueva.

A mi editora de mesa, Charlotte Herscher, por poner todo su considerable talento a disposición de la historia para mejorarla. Sus incisivas observaciones y su ojo para los detalles han sido de un valor inestimable.

Al fantástico equipo de *marketing*, edición y diseño de Thomas & Mercer. Me siento muy afortunada por tener a mi lado a unos profesionales con tanto talento.

Esta primera edición de *Enigma*,
de Isabella Maldonado, se terminó de imprimir
en Grafica Veneta S.p.A. di Trebaseleghe (PD)
de Italia en mayo de 2023. Para la composición
del texto se ha utilizado la tipografía Sabon
diseñada por Jan Tschichold en 1964.

Duomo ediciones es una empresa comprometida
con el medio ambiente. El papel utilizado para
la impresión de este libro procede de bosques
gestionados sosteniblemente.

PEFC

PEFC/18-31-226

Este libro está impreso con el sol. La energía
que ha hecho posible su impresión procede
exclusivamente de paneles solares.
Grafica Veneta es la primera imprenta
en el mundo que no utiliza carbón.

GRAFICA VENETA